新訳 アンの青春

モンゴメリ
河合祥一郎＝訳

角川文庫
24627

Anne of Avonlea
By Lucy Maud Montgomery, 1909

Translated by Dr. Shoichiro Kawai
Published in Japan by
KADOKAWA CORPORATION

本書は2015年3～4月に角川つばさ文庫より刊行された児童書『新訳　アンの青春（上）　完全版』『新訳　アンの青春（下）　完全版』を一般向けに大幅改訂したものです。なお、訳者あとがきは書き下ろしです。

目次

主な登場人物

アン・シャーリー　主人公。16歳半で母校アヴォンリー校の教師となる。

ダイアナ・バリー　隣に住むアンの親友。幼馴染（おさななじみ）のフレッド・ライトと恋愛中？

ギルバート・ブライス　アンの2歳上の学友。ホワイト・サンズ校教師となる。アンに恋愛感情を抱く。

マリラ・カスバート　アンの母親代わり。兄のマシューを亡くしたばかり。

デイヴィー・キース　カスバート家にやってきたいたずらざかりの6歳児。

ドーラ・キース　デイヴィーと双子の女の子。おとなしい、いい子。

ポール・アーヴィング　アンの新しい生徒。ラベンダー・ルイスと婚約していたスティーブン・アーヴィングの息子。

ラベンダー・ルイス　小間使いのシャーロッタ四世と一緒に暮らす独身女性。

J・A・ハリソン　変人の新しい隣人。

ジェーン・アンドルーズ　アンの学友。

プリシラ・グラント　クイーン学院での学友。カーモディ校の教師となる。作家シャーロット・E・モーガンの姪（めい）。

ルービー・ギリス　アンの学友。プリシラの後任としてカーモディ校教師着任。

ステラ・メイナード　クイーン学院でのアンの親友。アンの手紙の受け手。

レイチェル・リンド夫人　マリラの友人。

ミス・ジョゼフィーヌ・バリー　ダイアナの父の叔母（おば）。アンを応援している。

アンの青春

あの女(ひと)が濃(こま)やかに務め果たし
歩みしその路(みち)に、花は咲く
人生の頑(かたく)なな硬き流れも
彼女がふれれば美の曲線を描く

ホイッティア

わが恩師ハティ・ゴードン・スミス先生に捧ぐ
その思いやりと励ましを感謝とともに思い出しつつ

第1章　短気なお隣さん

　ある八月の午後のこと、すらりと背の高い〝十六歳半〟の少女が、プリンス・エドワード島の農家の玄関先にある赤い砂岩の石段に腰掛けて、ウェルギリウス（古代ローマの詩人。ラテン語で『アエネーイス』などの長詩を書いた）の詩文を何行も解読しようと頑張っていた。目は、まじめな灰色。髪の色は、友だちに言わせると赤褐色（オーバーン）だった。

　けれども、青い靄（もや）が収穫期の畑の斜面をすっぽり包み込み、そよ風が妖精（ようせい）のようにポプラの木にささやき、サクランボの果樹園の隅の若い樅（もみ）の木立の前で真っ赤に輝くポピーが踊るように首を振っている八月の午後は、もはや使われない古語を読むよりは、夢を見ているほうがふさわしかった。ウェルギリウスの本は、いつしか地面にぽとりと落ち、アンは、組み合わせた両手の上に顎（あご）を載せ、J・A・ハリソンさんの家の上にむくむくと湧き立つ大きな白山さながらの雲を眺めながら、遙（はる）か彼方（かなた）の夢の世界へ迷い込んでいた。夢の世界では、一人の教師がみごとな仕事をしていた。生徒たちがやがて政治家として活躍できるように、若い心に大志を吹き込んでいるのだ。

確かに、厳しい現実を見すえれば……アンが確かになかなか現実を見ようとしなかったことは認めなければなるまい……アヴォンリー校からは、およそ有名人など出てきそうになかった。とは言え、教師が生徒たちによい影響を与えたらどんな結果になるか誰にもわからないではないか。やり方さえまちがえなければ、教師にはすばらしいことが成し遂げられるというバラ色の理想が、アンにはあったのだ。そして今、アンは、四十年後に自分が有名人と一緒にいるすばらしい場面を想像していた……いったいその人が何で有名なのかは、都合よく曖昧模糊としているが、大学の学長かカナダの首相だったらすてきじゃないかしらとアンは思った……その人が、アンの皺だらけの手を取ってうやうやしくお辞儀をして、自分の大志に初めて火を点してくれたのはアン先生であり、自分の人生における成功はすべて、ずっと昔アヴォンリー校でアン先生から受けたご指導の賜物だと言うのだ。そんな楽しい想像をしているところへ、ひどく嫌な邪魔が入って、想像はかき消されてしまった。

おとなしそうな小さなジャージー種の牛が道を駈けてきて、その五秒後にハリソンさんがやってきたのだ……「やってきた」という言い方が、庭に飛び込んできたハリソンさんの剣幕を表すのにふさわしいとしたら、の話だが。

ハリソンさんは、木戸を開けるのももどかしく柵（さく）を飛び越えて入ってきて、呆気（あっけ）にとられているアンの目の前に、怒って立ちはだかった。アンは、と言えば、立ち上がり、面食らってハリソンさんを見つめていた。ハリソンさんというのは、すぐ隣の家に最近引っ越してきた人で、一度か二度ほど姿を見かけたきりで、まだきちんと挨拶（あいさつ）をしたことがなかった。

　四月の初め、アンがクイーン学院から帰省する前に、ロバート・ベルさんがカスバート家の西隣にあった農場を売り払ってシャーロットタウンへ引っ越し、その農場を買ったのがJ・A・ハリソンという人だったのだが、この人についてはハリソンという名前と、ニュー・ブランズウィック州出身ということぐらいしか知られていなかった。ところが、アヴォンリー村にひと月もいないうちに、この人は変人という評判をたてられていたのだ……レイチェル・リンド夫人に言わせれば「変わり者」ということになる。リンド夫人が思うままにずけずけ言う人だということは、お馴染（なじ）みのみなさんは憶（おぼ）えていらっしゃるだろう。ハリソンさんは、確かに、ほかの人とはちがっていた……それこそが、誰もが知るように、変わり者の本質である。

　そもそも、この人は独り暮らしで、女などという愚か者どもには近づいてほしくないと公言していたのだった。アヴォンリー村の女性軍は、仕返しに、ハリソンさんの家事や料理について、身の毛のよだつ噂話をした。噂の出所は、ハリソンさんが雇ったホワイト・サンズ村のジョン・ヘンリー・カーター少年だった。まず、ハリソン家では、食事の時間が決まっていないそうだ。ハリソンさんは、お腹が空くと「ひと口かじる」だけだった。ジョン・ヘンリー少年は、たまたまそのとき近くにいれば一緒に何か食べられるのだが、近くにいなければ、ハリソンさんが次にお腹が空くまで待っていなければならない。ジョン・ヘンリー少年は、日曜日ごとに家に帰って思いっきり食べて、月曜日の朝に母親が「お腹の足しに」と、食べ物でいっぱいのバスケットをいつも持たせてくれなかったら飢え死にすると、悲しげに断言するのだった。

　皿を洗うことについては、ハリソンさんは雨降りの日曜日になるまでは、やろうとするそぶりさえ見せなかった。日曜日に雨が降ったとなると、いよいよ仕事にかかり、大樽にたまった雨水でいっぺんに皿を洗って、そのまま乾くまで放っておくのだ。

　それに、ハリソンさんは〝けち〟だった。アラン牧師の給料のために寄付を求められると、まず牧師の説教にいくら払う価値があるか確かめたいなどと言う……品物も確かめずに金を払うなんてことはしないそうだ。リンド夫人が、布教活動のために寄付をお願いしに……ついでに家の中を覗きに……行くと、ハリソンさんは、アヴォンリーのおしゃべりばあさん連中ほど信心の薄い者はいないから、リンドさんが連中をキリスト教徒にしてくれるのなら、よろこんで布教活動に寄付すると言うのだった。逃げ帰ったリンド夫人は、「ロバート・ベルの奥さまが無事にお墓に入っていてよかったわよ。奥さまがあんなに自慢なさっていたお家がこんなことになってしまったのを目にしたら、さぞかしお悲しみになるでしょうよ」と言った。

「だって、ベルの奥さまは一日おきに台所の床を磨いていたのよ」とリンド夫人は、腹を立てて、マリラ・カスバートに言った。「それが今はどうよ！　スカートの裾を持ち上げなきゃ歩けないほど、汚れていましたよ」

そのうえ、ハリソンさんは、ジンジャーというオウムを飼っていた。アヴォンリー村では、誰もオウムなんて飼ったことはなかったから、オウムを飼うなんてとんでもないと思われた。しかも、そのオウムときたら！　ジョン・ヘンリー・カーター少年の言葉を信じるなら、あんな忌々しい鳥はいない。恐ろしく汚い言葉で罵るのだ。ジョン・ヘンリー少年の母親は、息子にほかの勤め先を世話できたなら、直ちにここをやめさせていたことだろう。しかもこのオウムは、鳥籠のすぐそばでかがんでいた少年の首のうしろをがぶりと噛んだのだ。可哀想な少年が日曜日に家に帰ってくるたびに、母親はみんなに傷を見せてやるのだった。

ハリソンさんが怒りで口もきけない様子でアンの前に立ったとき、こうしたことがさっとアンの頭をよぎった。ハリソンさんは、最も機嫌のよいときでさえ、お世辞にもかっこいい人ではなかった。背が低くて、太っていて、はげていた。しかも今や、その丸顔が怒りで紫色になって、ぎょろりとした青い目は顔から飛び出さんばかりだった。アンは、これほど醜い人は見たことがないと思った。

ふいに、ハリソンさんは、ようやく声が出るようになった。

「もう、我慢ならん」とまくしたてたのだ。「もはや限界だ。いいかね。なんてこった、今度で三度めだ……三度めだよ！　我慢にも程がある。あんたのおばさんに、二度とこういうことのないように言っといたのに……またやった……またた……どういうつもりなのか知りたいもんだ。どういうつもりか聞かせてもらおうか」

「何が問題なのか説明してくださいますか」アンは、できるかぎり威厳のある態度で尋ねた。学校が始まったら規律を保てるようにと、普段からそういう態度をとる練習をしていたのだ。しかし、ご立腹のJ・A・ハリソン氏には効き目はないようだった。

「何が問題かだと？　なんてこった、大問題だよ。あんたのおばさんの牝牛が、うちのカラス麦の畑にまた入ってきたんだ。つい三十分前にね。三度めだ。この前の火曜日も入ったし、昨日も入りやがった。そのとき、わしはここに来て、二度とそういうことのないようにって、あんたのおばさんに言ったんだ。それを、またやりやがった。おばさんはどこだね？　ちょっと会って、こっちがどう思ってるか教えてやる……J・A・ハリソンがどう思っているかを少々お伝えしてやろうじゃないか」

「ミス・マリラ・カスバートのことをおっしゃっているのでしたら、私のおばではございません。それに、とても具合の悪い遠い親戚を見舞いにイースト・グラフトンまで出ておりまして、留守にしております」アンはひと言ごとに威厳を増しながら言った。「私の牛が、お宅の麦畑に入り込んでしまったのは、本当に申し訳ございません……あれは私の牛で、ミス・カスバートの牛ではありません……三年前、あれがまだ小さな子牛だったころ、マシューが私のためにベルさんから買ってくれたものです」

「申し訳ないだって！　申し訳ないじゃあ、何の解決にもならないんだ。あの動物がうちの麦畑をどれほどめちゃくちゃにしたかを見てくるがいい……隅から隅まで、すっかり踏み倒しやがったんだよ」

「本当に申し訳ございませんが、」アンはきっぱりとした口調で繰り返した。「お宅の柵をきちんと直していらしたら、ドリーだって入り込んだりしなかったと思いますよ。うちの牧草地とお宅の麦畑を仕切っているのはお宅の柵ですけど、先日見たときは、あまりきちんとなっていませんでしたもの」

「うちの柵は、問題ない」逆襲をくらってますます怒ったハリソンさんは、切り返した。「あんな悪魔みたいな牛は、牢獄の塀だって破っちまう。それにいいかね、この赤毛のとんちきめ、牛があんたのだって言うなら、くだらん黄表紙の小説なんか読んで坐ってないで、牛が他人さまの麦を食べないようにちゃんと見張っていたらどうなんだい」そう言うと、ハリソンさんは、アンの足許にあった、何の罪もない、日に焼けたウェルギリウスの本をじろりとにらんだ。

髪のことはふれてほしくないと、アンはずっと気にしていた……だから、そう言われた瞬間、アンは、赤毛のように真っ赤になった。

「耳のまわりにちょろちょろっと生えてるだけで何もないよりは、赤毛のほうがましです」アンは、カッとなって言った。

この一発は効いた。ハリソンさんは、自分のはげ頭のことを言われるのが大嫌いなのだ。再び怒りで息が止まりそうになったハリソンさんは、何も言えずにアンをにらみつけるばかりだったが、アンは落ち着きを取り戻し、勢いに乗じて偉そうに言った。

「大目に見てさしあげるわ、ハリソンさん、だって私には想像力がありますから。自分の麦畑に牛が入っているのを見つけたら、さぞ腹立たしいだろうと想像がつきますし、あなたにひどいことを言われたからといって、うらんだりもしません。ドリーには二度とあなたの麦畑に入らせないとお約束します。その点については、名誉にかけて誓います」

「せいぜい気をつけるんだな」とつぶやく口調はやや穏やかになっていたものの、ハリソンさんは怒ってどしんどしんと足音をたてて、うめきながら、遠ざかっていった。

アンは、すっかり気が動転し、裏庭を突っ切って、いたずら者の牛を乳しぼりの囲いに閉じ込めた。

「ここなら柵を壊さないかぎり、もう出られないわ」とアンは考えた。「今はとてもおとなしくしているようだけど、きっとカラス麦を食べ過ぎたんでしょう。先週シアラーさんがこの子をほしがったとき、売ってしまえばよかったわ。家畜の競り売りのときまで待って、ほかの家畜と一緒に売れればいいなんて思ってしまったけど。ハリソンさんが変わり者だってことは、本当だったわ。あの人は、絶対〝魂の響きあう友〟には、なれやしない」

アンは、〝魂の響きあう友〟がいないかと、いつも気をつけているのだった。

アンが家の中に戻ると、マリラ・カスバートが馬車で庭に入ってきたので、アンは大あわてでお茶〔ここでは夕食の意味〕の準備を始めた。二人は、食事をしながら、この事件の話をした。

「競り売りが終わったら、ほっとするんだけどね」とマリラ。「これだけたくさんの家畜を飼っているだけでも大変だもの。しかも、今その面倒を見てくれるのは、頼りにならないマルタンだけ。あの子、まだ帰ってこないんだよ。おばさんのお葬式に出るから休みがほしいと言ってきたときは、昨日の夜のうちに帰ってくるって約束してたのに。いったい何人のおばさんがいるんだろうね。一年前にあの子に来てもらってから、おばさんが死んだのは、これで四人めだよ。刈り入れが終わって、バリーさんが農場を引き受けてくださったら、ほんと、やれやれだわ。マルタンが帰ってくるまで、ドリーは囲いに閉じ込めておかなきゃならないね。放すなら裏の牧場だけど、それには柵を直さなきゃならないから。レイチェルの言うとおり、厄介な世の中だわ。可哀想なメアリー・キースは死にかけてるし、あとに残る二人の子はどうなってしまうのやら。メアリーは、ブリティッシュ・コロンビア州にいる弟に、子供たちのことを手紙で相談したんだけど、まだ返事がないんですって」

「子供たちって？　いくつなの？」

「六歳とちょっと……双子なのよ」

「ああ。ハモンドさんのところに双子がたくさんいたから、あたし、双子は大好きよ」アンは熱心に言った。「かわいいの？」

「わからないね……私が見たときは真っ黒だったからね。デイヴィーが外で泥のパイをこねていて、中に入るようにってドーラが呼びに出たら、デイヴィーがドーラを一番大きなパイの中に頭から押し込んだのよ。ドーラが泣くもんだから、泣くようなことじゃないってところを見せようと、デイヴィーが自分からパイに突っ込んで転げまわってみせたんだよ。メアリーに言わせれば、ドーラはほんとにいい子なんだけど、デイヴィーはいたずらばかりで手がつけられないって。ちゃんと躾を受けていないってことだろうねえ。二人が赤ん坊のときに父親が死んでしまって、それからずっとメアリーは具合が悪いものだから」

「躾を受けていない子供は、いつも可哀想に思うわ」アンはまじめに言った。「あたしもマリラが引き取ってくれるまではそうだったんだもの。子供たちのおじさまが面倒を見てくれるといいわね。キースの奥さまは、マリラとはどういう親戚関係なの？」

「メアリーとかい？　何の関係もないよ。あの人の旦那さんがね……うちのまたいとこのいとこなのよ。おや、レイチェルが庭からやってきた。きっとメアリーの様子を聞きにくるだろうと思ってたわ」

「ハリソンさんと牛のことは、黙っていてね」アンは頼んだ。

マリラはわかったと約束してくれたが、そんな約束は無意味だった。というのも、レイチェル・リンド夫人は、腰を下ろすが早いか、こう言ったのだ。

「今日、カーモディから帰ってくるとき、ハリソンさんがお宅のジャージー種の牛を自分の麦畑から追っ払っているのが見えましたよ。ひどく怒っているようだったけど。ひと悶着あったの？」

アンとマリラはおかしそうに、こっそり笑みを交わした。アヴォンリー村で、リンド夫人の目を逃れることなんてできないのだ。つい今朝がたも、アンはこう言ったばかりだった。「真夜中に自分の部屋に入って、ドアに鍵をかけ、ブラインドを下ろして、くしゃみをしたら、リンドのおばさまは次の日きっと『風邪の具合はどう？』って聞いてくるんだわ！」

「ええ、大騒ぎだったようですよ」マリラは認めた。「私は留守だったんだけど、アンをどなりつけたのよ」

「あんな不愉快な人ってないわ」アンは怒って、赤い頭をつんとそらして言った。

「まったくそのとおりですよ」リンド夫人は厳かに言った。「ロバート・ベルが自分の地所をニュー・ブラシズウィックから来た人に売ったときに、きっとごたごたがあるだろうってわかっていましたよ。こんなによそ者がどんどん押しかけてくるようじゃ、アヴォンリーはどうなってしまうかわかりませんね。枕を高くしておちおち寝ていられなくなりますよ」

「あら、ほかにどんなよそ者が来たっていうの？」とマリラは尋ねた。

「聞いてないの？ まず、ドネル一家でしょ。ピーター・スローンのところの古い家を借りたのよ。ピーターが水車小屋の面倒を見てもらうために雇った人ですよ。東部から来たそうだけど、その素姓について誰も何も知らないのよ。それから、あのろくでもないティモシー・コトン一家がホワイト・サンズからやってくるけど、迷惑ったらないわ。旦那は肺結核で……寝込んでなきゃ盗みを働くし……奥さんは何ひとつちゃんとやろうとしない、ものぐさな天邪鬼でね。坐ったまま皿洗いをするんですよ。ジョージ・パイの奥さんも、旦那の甥に当たるアンソニー・パイという身寄りのない子を引き取りましたからね、アン、あなたの学校の生徒になるのよ。だから、厄介なことになると思ってたほうがいいわ、まったくもって。ほかにも新しい生徒が来ますよ。ポール・アーヴィングがアメリカからやってきて、おばあさんのところに住みますからね。あの子の父親を憶（おぼ）えてるでしょ、マリラ……スティーヴン・アーヴィングよ。グラフトンのラベンダー・ルイスをふった男」

「ふったりなんかしてないわよ。喧嘩（けんか）別（わか）れしたんだから……悪いのは、どっちもどっちよ」

「まあ、ともかく結婚はしなかった。あれ以来ルイスは、おかしくなってしまったそうよ……自分でエコー・ロッジとか呼んでいる小さな石造りの家で独り暮らしをしているんですから。スティーブンは、アメリカへ出ていって、おじとビジネスを初めて、ヤンキー娘と結婚したわ。それ以来、家には帰ってこないのよ。母親が一、二度、会いに行ってあげてるのに。二年前に奥さんが亡くなったので、男の子をしばらく母親に預けることになってね。十歳なんだけど、さて、理想的な生徒になりますかどうですか。ああいったヤンキーって、わけがわかりませんからね」

リンド夫人は、プリンス・エドワード島でないところで生まれたり育ったりしたような不幸な人たちを、「ナザレから何のよいものが出ようか」（『新約聖書』「ヨハネによる福音書」1：46）という言葉と同じく、「プリンス・エドワード島以外から何のよいものが出ようか」という態度ではっきりと見下すのだった。もちろんいい人もいるかもしれないが、疑ってかかったほうが安全だと思っているのだ。そして、リンド夫人はアメリカ人のことを

「ヤンキー」と呼んで、特別な偏見を持っていた。夫人の夫がかつてボストンで働いていたとき、アメリカ人の雇い主から十ドルだまし取られたのだ。それは、アメリカという国のせいではないということをリンド夫人に納得させることは、「どんな天使にも、支配者にも、力ある者にも」（『新約聖書』「ローマの信徒への手紙」8：38）できなかったのだった。

「アヴォンリー校に新しい風が少々入るのは、悪いことじゃありませんよ」とマリラはそっけなく言った。「その子が父親似なら、だいじょうぶですよ。スティーブン・アーヴィングは、このあたりで育った子供のなかでは、一番感じのいい子だったからね。高慢だと言う人もいたけれど。おばあさんも、お孫さんを迎えて大よろこびでしょうね。旦那さんを亡くしてから、随分さみしい思いをなさっていらしたから」

「そりゃ、その子はだいじょうぶかもしれないけど、それでもアヴォンリーの子と同じというわけにはいかないわ」リンド夫人は、それで話に決着がついたかのように言った。人や場所や物について、リンド夫人は、いつだって頑として意見を変えることがないのだ。「アン、あなたたち、村の改善協会を設立するそうだけど、どういうことなの？」と夫人は続けた。

「このあいだの討論クラブで、お友だちと話していただけなんだけど」アンは顔を赤らめて言った。「すてきなアイデアだって、みんな思ってくれたんです……アラン夫妻もそうおっしゃって。今じゃ、いろんな村にあるのよ、改善協会って」

「まあ、そんなことして、ひどい目に遭うのが落ちよ。やめときなさいな、アン、まったくもって。改善されたい人なんて、いないんだから」

「あら、人を改善しようっていうんじゃないわ。アヴォンリーそれ自体を改善するの。村をもっと美しくするためにやれることって、いっぱいあるのよ。たとえば、リーヴァイ・ボウルターさんのところの上の農場に建ってるあの身の毛のよだつような古い家を取り壊してもらえたら、改善じゃなくって?」

「それはそうね」リンド夫人は、うなずいた。「あのあばら家は、もう何年も目ざわりだものね。でも、リーヴァイ・ボウルターに一銭の得にもならないようなことを、みんなのためにやらせようなんて無理。あなた方改善協会が説得できるっていうなら、私は、それをこの目で見てみたいもんだね、まったくもって。アン、あなたのアイデアにはいいところもあるから、水を差そうっていうんじゃないけどね。でも、どうせどっかのくだらないヤンキーの雑誌から見つけてきたアイデアなんでしょ。あなた、学校のことで手いっぱいになるんだから、友人として忠告するけど、改善なんてよしたほうがいいわよ、まったくもって。でも、あなたは、いったんこうと決めたら、やるんでしょうね。なんとしても、やりとげなきゃ気がすまないんだものね、アンは」

アンの唇がきっと結ばれた様子から、リンド夫人にほぼ図星をさされたことがわかった。アンは、改善協会を結成しようと、そればかり考えていたのだった。ギルバート・ブライスは、ホワイト・サンズ校で教えることになっているが、金曜の夜から月曜の朝までいつも家に帰ってくることになっていて、やはり協会結成に熱をあげていた。ほかの仲間たちも、ときおり顔を合わせて何かおもしろいことができるなら、何でも参加してくれそうだったが、何が「改善」なのかということについては、アンとギルバートのほかは、誰もはっきりした考えを持っていなかった。二人は何度も話し合い、実際にできるできないはともかくとして、頭の中で理想的なアヴォンリー村が見えてくるまで計画を立てたのだった。

リンド夫人には、まだニュースがあった。

「カーモディ校は、プリシラ・グラントの受け持ちになるんですってよ。そんな名前の子とクイーン学院で一緒だったんじゃない、アン？」

「ええ、一緒だったわ。プリシラがカーモディで教えるんですって！　なんて完璧にすばらしいのかしら！」アンはそう叫んで、灰色の目をまるで宵の明星のようにきらきら輝かせたので、リンド夫人は、アン・シャーリーが本当は美人かそうでないのか、またわからなくなってしまった。

第2章　あわてて売って、ゆっくり後悔

翌日の午後、アンはダイアナ・バリーを誘って、カーモディの町へ買い物に出かけた。ダイアナは、もちろん改善協会によろこんで入ってくれていたので、カーモディへの往き帰りの話題といったら、そのことばかりだった。

「まずすべきことは、あの公会堂にペンキを塗ることね」二人の馬車が、アヴォンリー公会堂……森の窪地（くぼち）に建っている、かなりくたびれた建物で、四方を唐檜（とうひ）〔蝦夷松によく似た松〕の木で覆われていた……を通り過ぎたとき、ダイアナが言った。「あんなのが建ってるのは、恥ずかしいことだわ。リーヴァイ・ボウルターさんにあばら家を取り壊してもらう前に、こっちを先にすべきよ。ボウルターさんの件は、うちのお父さんが、そい、りゃ無理だって言ってたわ。リーヴァイ・ボウルターは、けちだから、取り壊す手間暇なんか、かけるはずがないって」

「取り壊すのは男の子たちにやらせるし、材木はボウルターさんの薪になるように割ってさしあげますって約束したら、やらせてくれるんじゃないかしら」アンは、希望に満ちて言った。「まずはゆっくりと進めるように、頑張らないとね。何もかもすぐに改善はできないもの。もちろん、まず、民心を教育しないと」

ダイアナは、民心を教育するとはどういうことなのかよくわからなかったが、すてきに思えたので、そうした理想を掲げる協会の一員であることを誇らしく感じた。

「昨夜、あたしたちができることを思いついたのよ、アン。あのカーモディとニューブリッジとホワイト・サンズからの三本の街道が出会う三叉路があるでしょ。あそこ、唐檜の若木が一面に生い茂っているけど、すっかり伐採したらすっきりすると思わない？　あそこにある樺の木を二、三本残しておいて」

「すてき」とアンは陽気に同意した。「そして、樺の木陰に丸太のベンチを置きましょうよ。春になったら、真ん中に花壇を作って、ゼラニウムを植えるの」

「そうね。ただ、お年を召したハイラム・スローン夫人の牛が道をうろつかないようにする方法を考えださないとね。さもないと、ゼラニウムをぜんぶ食べられてしまうわ」とダイアナは笑った。「民心を教育するってどういうことかわかってきたわ、アン。ほら、ボウルターさんのあばら家よ。こんなボロ家、見たことある？　しかも、道のすぐ近くまでせり出しているんだもの。窓ガラスがなくなった古いお家って、なんだか目がなくなった死体みたい」

「誰も住んでいない古い家って、ひどく悲しいわ」アンは夢見るように言った。「家が昔をしのんで、かつてのよろこびが失われたことを嘆いているような気がするの。マリラが言ってたけど、ずっと昔、あの家には大家族が住んでいて、すてきなお庭があって、家にはバラがからみついて、とてもきれいなところだったんですって。小さな子供が大勢いて、笑い声や歌声が響いていたのに、今じゃがらんとして、通りすぎるのは風ばかり。なんてさみしくて悲しいんでしょう！　ひょっとすると、みんな月夜に戻ってくるかも……ずっと昔の小さな子供たちと、バラと、歌の亡霊たち……そしたら、ほんのしばらくのあいだ、あの古い家も若やいで、楽しい夢を見るんだわ」

ダイアナは首を振った。

「あたし、もう、そんなこと思わないわ、アン。〝お化けの森〟にお化けがいるって想像したとき、うちのお母さんとマリラがどんなにかんかんになったか憶えてないの？　あたし、いまだに、日が暮れてからあの森を通ると気味が悪いわ。あなたがボウルターさんの古い家のことをそんなふうに想像し始めたら、あたし、ここも通れなくなっちゃうじゃないの。それに、その子たちは死んじゃいないわ。みんな大人になって元気にしているもの……なかには立派にお肉屋さんになった子だっているのよ。それに、お花や歌の亡霊なんてないわ」

アンは、微かな溜め息を嚙み殺した。ダイアナのことは大好きで、とても仲良しだけれど、想像の世界にさまようときは、一人で行かなければならないと、随分前にわかっていたのだった。想像の魔法の小道へは、親友でさえ、ついてこられないのだ。

アンたちがカーモディの町にいるあいだに、雷を伴う夕立となった。ただ、長くは続かず、帰りは、枝に雨粒がきらきら光る道を通ったり、濡れそぼった羊歯の葉からつんとした香りがたちのぼる緑の小さな森を通ったりして、楽しいものとなった。とところが、馬車がカスバート家の小道にさしかかると、美しい景色を台なしにしてしまうものが目に入った。

右手前方にハリソンさんの畑が広がり、遅蒔(おそま)きの深緑色のカラス麦が濡れて一面に穂を垂らしていた。その真ん中に、すべすべの脇腹まで麦に埋まって、麦穂越しに目をぱちくりさせてこちらを静かに見つめているのは、ジャージー種の牛ではないか！アンは手綱を取り落とすと、唇をきっと結んで立ち上がったが、そんなことをしても、この泥棒牛には何の効き目もなかった。アンはひと言も言わずに、すばやく車輪を伝って馬車を降りて、ダイアナが何があったのかわからないうちに、柵(さく)をあっという間に乗り越えていった。

「アン、戻ってきて」ダイアナは、声が出せるようになったとたんに叫んだ。「そんな濡れたところに入っちゃ、ドレスが台なしになるわ……台なしになるってば。聞こえやしないわ！　もう、アン一人であの牛を連れ出すなんて、できやしないんだから。助けに行かなきゃ、もちろん」

アンは、麦畑の中を猛烈な勢いで突っ走っていた。ダイアナは、さっと馬車から飛び降りると、馬をしっかり杭(くい)に結わえつけ、かわいい格子柄のスカートを両肩までたくし上げると柵を乗り越えて、猪突猛進(ちょとつもうしん)する友だちを追いかけ始めた。アンはびしょ濡れのスカートが足にまとわりついていたので、ダイアナのほうが速く走れて、やがて追いついた。麦を踏み倒して進んでいった二人のうしろには、ハリソンさんが見たら心臓がとまりそうな跡がついていた。

「アン、お願いだから、止まって」哀れなダイアナはあえいだ。「あたし、息が切れたし、あなた、びしょ濡れよ」

「あたし……あの……牛を……ハリソンさんに……見られる……前に……連れ出さなきゃ」アンは、ハアハアと息を切らして言った。「それ……さえ……でき……たら……あたし……おぼれ……死んでも……かまわない」

ところが、ジャージー種の牛は、おいしい麦が食べ放題の場所からなぜ追い立てられるのか、わからないようだった。息を切らした女の子が二人近づいてきたとたん、さっと向きを変えて、畑の反対側の隅を目指して逃げていった。

「止めて」アンは叫んだ。「走って、ダイアナ、走って」

ダイアナは走った。アンも走ろうとしたが、いたずら牛は、まるで悪魔に取り憑かれたかのように畑じゅうを逃げまわった。ダイアナは、口には出さなかったが、本当に牛は悪魔に取り憑かれたのではないかと思った。たっぷり十分かかって二人は牛を止め、畑の角にあった柵の隙間から外へ追い出して、カスバート家の小道へ追い立てた。そのときのアンが、天使のようなやさしい気持ちでなかったことは、まちがいない。しかも、道のすぐ脇に一頭立ての軽装四輪馬車が停まっているのを見ると、顔にさらに血がのぼる思いだった。馬車には、カーモディのシアラーさんとその息子が坐って、にやにやしていたのだ。

「先週、俺があの牛を買おうと言ったときに、売っとけばよかったんだよ、アン」シアラーさんは、くすくす笑った。

「お求めなら、今すぐ売りますわ」髪を乱した飼い主は、顔を真っ赤にして言った。

「たった今、この瞬間にお売りします」

「契約成立だ。前につけた値段どおり、二十払おう。ここにいるジムが、カーモディまで牛を追っていってくれる。今晩、残りの荷と一緒に町へ届けよう。ブライトンのリードさんがジャージー種の牛をほしがっているんでね」

五分後、ジム・シアラーとジャージー種の牛は、カーモディの町へ向かって道を進み、もののはずみで牛を売ったアンは、二十ドルを手にして馬車でグリーン・ゲイブルズの小道へ入った。

「マリラがなんて言うかしら？」ダイアナが尋ねた。

「あら、マリラは気にしないわ。ドリーはあたしの牛だし、競りにかけても二十ドル以上の値がつきゃしないもの。でも、ああ、ハリソンさんが、あの麦畑をご覧になったら、またあの子が入ったってわかってしまうわ。二度と起きないようにしますって、名誉にかけてお約束したのに！　まあ、牛のことで名誉にかけて約束するもんじゃないっていう教訓は得たけど。乳しぼりの囲いを飛び越えたり、壊して出てきたりするような牛は、どこに閉じ込めてもだめね」

マリラはちょうどリンド夫人のところへ出かけていたが、帰ってきたときには、ドリーが売られてカーモディの町へ運ばれたこともすっかり知っていた。というのも、リンド夫人が自宅の窓から取り引きの様子をだいたい見ていて、あとは察したからだ。

「あの牛は売ってもよかったとは思うけど、あんたはまた随分ひどくあわてて事を運んだもんだね、アン。だけど、どうやって乳しぼりの囲いから出てきたんだろう。囲いの板を突き破ったってことだね」

「そう言えば、まだ見てなかった」とアン。「今、見てくるわ。マルタンはまだ帰ってきてないし。たぶん、またおばさんが死んだんでしょうね。ピーター・スローンさんの言う〝オクトジェネリアン〟〔八十代の人〕みたいなもんかしら。こないだの晩、スローンのおばさまが新聞を読んでらして、スローンさんに『また〝オクトジェネリアン〟が亡くなったって書いてあるけど、〝オクトジェネリアン〟って何、ピーター？』って言ったんですって。スローンさんは知らないっておっしゃったけど、かなり病気の人のことだと思う。だって、死ぬ話題のときにしか聞いたことないもの。マルタンのおばさんたちも、そうなんだわ」

「マルタンは、ほかのフランス人と変わりゃしないね」マリラは、うんざりして言った。「一日たりとて信用できないもの」

カーモディの町からアンが買ってきたものをマリラが見ていると、納屋の方角から鋭い悲鳴が聞こえた。一分後、アンが、両手をもみ絞りながら台所へ飛び込んできた。

「アン・シャーリー、今度は何？」

「ああ、マリラ、どうしよう？ 大変よ。ぜんぶあたしが悪いんだわ。ああ、後先考えずに行動する前に、ちょっと立ち止まって考えるってことが、どうしていつまでたってもできないのかしら？ リンドのおばさまは、そのうちきっとあたしが恐ろしいことをしでかすよっていつもおっしゃってたけど、とうとうやっちゃったわ！」

「アン、ほんとにいらいらさせる子だね！ 何をしでかしたんだい？」

「ハリソンさんの牛を売ってしまったの……ハリソンさんがベルさんからお買いになった牛を……シアラーさんに売ったの！ ドリーは今、乳しぼりの囲いの中にいるわ」

「アン・シャーリー、夢でも見てるの？」

「そうだったらいいんだけど。夢じゃないわ。悪夢に思えるけど。今頃ハリソンさんの牛はシャーロットタウンよ。ああ、マリラ、あたし、もう面倒を起こすのは卒業したと思ったけど、人生最悪の面倒を起こしたわ。どうしよう？」

「どうもこうもないよ、ハリソンさんに会いにいって、話すんだね。代金を受け取ってくれなければ、代わりにうちの牛をあげてもいい。似たような牛だから」

「きっとものすごく腹を立てて、いやみを言ってくるわ」アンは嘆いた。

「そうだろうね。すぐいらいらする人みたいだからね。なんだったら私が言って、釈明してこようか」

「いえいえ。それでは、あたし、卑怯者だわ」アンは叫んだ。「ぜんぶ、あたしのせいなのに、マリラに代わりに罰を受けてもらうようなことはできないわ。自分で行きます。すぐに。早くすませてしまったほうがいいもの。ひどく恥ずかしい思いをするでしょうから」

　哀れなアンは、帽子と二十ドルを持って外へ出ようとしたとき、たまたま開いていたドアから台所の隣の配膳室をちらりと見た。テーブルの上には、その日の朝アンが焼いたばかりのくるみケーキがあった。ピンクのアイシングにくるみの飾りをつけた、とりわけおいしい逸品だ。金曜の夜、アヴォンリーの若者たちがグリーン・ゲイブルズに集まって改善協会のミーティングを開くときに出そうと思っていたのだが、腹を立てて当然のハリソンさんに差し上げたほうがいいに決まっている。どんな人だってこのケーキを食べたら、心がなごむはずなのだ。とりわけ自炊して暮らしている人はなおさらだろう。そこでアンは、すぐにケーキを箱に入れた。お詫びのしるしとして、ハリソンさんに持って行こうというわけだ。

「もしハリソンさんがあたしに口をきかせてくれたらということだけど」アンは小道

の柵を乗り越えて、夢のように美しい八月の夕陽の光を浴びて、どこもかしこも黄金色に染まるなか、畑を横切る近道を歩きだしながら、沈んだ気持ちで考えた。「死刑場へ連れていかれる人の気持ちって、わかるわぁ」

第3章　ハリソンさんのお宅で

ハリソンさんのお家は、古風な、ひさしの低い白い家で、こんもりした唐檜の森を背にして建っていた。

ハリソンさん本人は、上着を脱いでシャツ姿になって、つる草で日陰になったベランダで夕方のパイプを吸っていた。小道をやってくるのが誰かわかったとたん、跳び上がって家の中へ駆け込み、ドアを閉めた。これはただ昨日、カッとなって叫んでしまったことを大いに恥じていて、アンが来たのにびっくりして、どぎまぎしたためだった。しかし、これを見たアンは、かろうじて残っていた勇気が失せてしまった。

「もうあんなに怒ってるなら、あたしがしたことをお話ししたら、どうなってしまうかしら」アンは、ドアをノックしながら、みじめな気持ちで考えた。

ところが、ハリソンさんはドアを開けると、恥ずかしそうににこにこして、どことなくそわそわしながら、とてもやさしく親しげにアンを中へ招き入れた。パイプは片付けて、上着を着ている。埃（ほこり）だらけの椅子をアンに大変丁寧に勧めてくれたので、鳥（とり）籠（かご）から意地悪そうな金色の目で覗（のぞ）いていたオウムが黙っていれば、楽しい訪問になっていたかもしれない。アンが腰を下ろしたとたん、オウムのジンジャーが叫んだのだ。

「なんてこった、あの赤毛のとんちき、何しに来た？」

ハリソンさんの顔と、アンの顔と、どちらが赤いか、わからないほどだった。

「あのオウムのことは気にせんでください」ハリソンさんは、怒った目でジンジャーをにらみつけて言った。「あれは……しょっちゅう、意味のないことを言うんでね。船乗りだった弟からもらったんだ。船乗りというのは、あまり上品な言葉遣（づか）いをせんし、オウムは物真似をする鳥だからね」

「そうですね」可哀想なアンは、用件を思い出して、むっとした気持ちを抑えて言った。今は、ハリソンさんに文句を言える立場にはないということは確かだった。人の牛を勝手に、その人が知らないうちに売ってしまったのだから、その人のオウムがむっとすることを繰り返そうが気にしてはいられない。とは言え、「赤毛のとんちき」は、内心穏やかな気持ちではいられなかった。

「白状しにまいりました、ハリソンさん」アンは、きっぱりと言った。「それは……あの……ジャージー種の牛のことです」

「なんてこった」ハリソンさんは、いらいらして叫んだ。「また、うちの麦畑に入り込んだのかね？　なあに、かまわん……気にすることはない。どうでもいいよ……ちっともかまわん。わしは……昨日、あまりにせっかちだったよ、まったく。牛がまた入り込んでも、まあいいよ」

「ああ、それだけじゃないんです」とアンは溜め息をついた。「十倍悪いことなんです。あたし……」

「なんてこった、まさか小麦畑に入ったというんじゃないだろうね？」

「いえ……いいえ……小麦畑じゃなく。あのう……」

「じゃあ、キャベツ畑か！　わしが品評会に出そうと育てているキャベツを踏みつぶしたか、え？」

「キャベツではないんです、ハリソンさん。何もかも申し上げます……こちらに伺ったわけを……でも、どうか最後まで聞いてください。途中でいろいろ言われると口がきけなくなってしまいます。どうかあたしが話し終えるまで、何も言わずに聞いてください……お聞きになったら、いろいろとおっしゃりたいことが山ほどあるでしょうけれど」最後のところは、頭の中で思っただけで、声には出さなかった。

「もうひと言も言わないよ」とハリソンさんは言い、本当に言わなかった。しかし、ジンジャーは黙っているという約束ができるはずもなく、ときどき「赤毛のとんちき」と叫び続けたので、アンは憤怒した。

「昨日、うちのジャージー種の牛を囲いの中に閉じ込めました。今朝カーモディへ行って戻ってくると、お宅のカラス麦の畑にジャージー種の牛がいたんです。ダイアナとあたしで、その牛を追いまわしたんですが、どんなに大変だったか、とてもご理解いただけないと思います。あたしは、ずぶ濡れになって、疲れて、いらいらしていました……そしたら、シアラーさんがまさにその瞬間に立ち寄って、牛を買おうっておっしゃったんです。あたし、その場で、二十ドルで牛を売りました。失敗でした。もちろん、マリラに相談するまで待つべきだったんです。でも、あたし、考えもしないで何かをやってしまうひどい癖があるんです……あたしのことを知っている人は、みんな、そう言うと思います。シアラーさんは、すぐに牛を連れていって、その日の午後の列車で出荷してしまいました」

「赤毛のとんちき」とジンジャーが、ものすごい軽蔑をこめた調子で言った。

このとき、ハリソンさんが立ち上がって、オウム以外ならどんな鳥でも震えあがるような顔をして、ジンジャーの入った籠を隣の部屋へ運んで、ドアを閉めた。ジンジャーはギャーギャーギャー騒ぎ、罵り、そのほか噂に違わぬ振る舞いをしたが、一人きりにされたとわかると、むっつり黙り込んでしまった。

「失礼したね。話を続けて」ハリソンさんは、また坐りながら言った。「船乗りの弟は、あの鳥に行儀というものを教えなかったのでね」

「あたしは家に帰って、お茶のあとで、乳しぼりの囲いへ行きました。ハリソンさん……」アンは、昔、小さいときよくやっていた、両手を胸の前でぎゅっと組む仕草をしながら身を乗り出し、大きな灰色の目でハリソンさんのまごついた顔を嘆願するようにじっと見つめた。「……囲いの中には、まだ牛が閉じ込められたままでした。あたしがシアラーさんに売ってしまったのは、あなたの牛だったんです」

「なんてこった」とハリソンさんは、思いも寄らぬ結末にすっかり驚いて、叫んだ。「なんとまあ、途方もないことを！」

「ああ、自分やほかの人を面倒に巻きこむのは、あたしにとって途方もないことじゃないんです」アンは、嘆くように言った。「あたし、途方もないことをするので有名なんです。もうそういったことは卒業した年頃だとお思いかもしれませんけど……今度の三月で、あたし十七になるんです……でも、まだ、だめなんです。ハリソンさん、赦していただこうなんて虫がよすぎるでしょうか。もうあなたの牛を取り戻そうにも手遅れですが、ここに売った代金があります……でも、よろしかったら、代わりにあたしの牛を差し上げます。とてもいい牛ですよ。とにかく、このことでは、ほんとにお詫びのしようがありません」

「まあまあ」ハリソンさんは、きびきびと言った。「もういいよ。大したことはない……ほんと、どうってことない。事故は起こるもんだ。わしも、せっかちになることが多くてね……せっかちすぎるんだ。でも、思ったことを言わずにいられない性格だから、そこはわかってもらわんと。あの牛が、わしのキャベツ畑に入っていたとしたら……だが、気にすることはない、入らなかったんだから、だいじょうぶだ。代わりにあんたの牛をもらうことにしようかね。売り払おうとしていたようだから」

「まあ、ありがとうございます、ハリソンさん。お怒りにならずによかったです。きっとお怒りになると思っていましたから」

「それでここへ、わしに話しにくるのが死ぬほど怖かったんだろ？　昨日あんなにどやしつけちまったからな？　でも、わしのことは気にせんでくれ。ただ、あけすけに物を言うじいさんだっていうだけのことだからな……少しずけずけ言いすぎるかもしれんが、本当のことを言わずにはすまんのだよ」

「リンドのおばさまもそうだわ」アンはうっかり口をすべらせてしまった。

「誰だって？　リンドのばあさんか？　あんなおしゃべりばあさんと一緒にせんでくれ」ハリソンさんは、いらいらと言った。「わしは……ちっとも……似ておらんからな。その箱に、何が入っているのかね？」

「ケーキです」アンは茶目っ気を出して言った。ハリソンさんが思いがけず人好きのする人だったのでほっとして、アンの気分は、羽毛のようにふわふわと舞い上がっていた。「あなたのために持ってきたの……きっとケーキなんて、めったに召し上がらないんじゃないかなって思って」

「そうだね。そのとおりだ。それに、ケーキは大好きだよ。どうもありがとう。上のほうはおいしそうだね。中までずっとおいしいといいな」

「おいしいですよ」アンは明るく自信満々で言った。「おいしくないケーキを作ったこともあって、アラン牧師の奥さまがご存じだけれど、これはだいじょうぶです。改善協会のために作ったものなんですけど、協会用にはまた作り直せばいいですから」

「それじゃあ、いいかな、食べるのにつきあってもらおう。やかんを火にかけるから、お茶にしよう。どうだね？」

「あたしがお茶を淹れてもいいですか？」アンは疑うように言った。

　ハリソンさんは、くすくす笑った。

「どうやらわしにはお茶がちゃんと淹れられないと思っておるようだな。そりゃ、まちがいだ。いくらでもおいしいお茶が淹れられるよ。だが、まあ、淹れておくれ。幸い、この日曜に雨が降ったから、きれいな食器がたくさんある」

　アンはさっと立って仕事にかかった。ティーポットを何度もすすいでから、お茶を淹れた。それから、料理用ストーブを掃除して、配膳室から運んできた皿をテーブルに並べた。配膳室の状態には、ぞっとしたが、賢明にも何も言わなかった。ハリソンさんは、パンとバターと桃の缶詰がどこにあるか教えてくれた。アンは、庭から摘んできた花でテーブルを飾りつけ、テーブルクロスの染みには目をつぶった。やがてお茶の準備ができて、アンは、ハリソンさんと向かいあってテーブルについて、ハリソンさんにお茶を注いでさしあげて、学校のこと、友だちのこと、計画のことなどを何でもおしゃべりしていた。こんなことになるなんて、とても信じられなかった。

ハリソンさんは、ジンジャーがさみしがっているだろうから可哀想だと言って、元のところへ戻してやった。アンは、誰でも赦してあげられる気になっていたので、オウムにくるみをあげたが、ジンジャーの気持ちはひどく傷ついていて、どんな友情の申し出も拒否されてしまった。オウムは、止まり木に、むすっとして止まり、羽を逆立てたので、まるで緑色と金色の玉のように見えた。

「どうしてジンジャーっていうんですか？」アンは尋ねた。ふさわしい名前が好きなアンは、ジンジャーという名前はこんな豪華な羽に合っていない気がしたのだった。

「船乗りの弟がつけたんだ。たぶん、こいつがピリッとした気質だからだろう。だが、わしは、この鳥のことを大事に思っていてね……どれほど大事かわかったら、驚くだろうね。もちろん、いけないところもある鳥だ。あれやこれやいろいろひどい目に遭ったよ。こいつがひどい言葉を吐くのをよくないと言う人もいるが、やめさせることができんのだ。やめさせようとはした……わし以外の人間もやめさせようとしたが、だめだった。オウムに対して偏見を持っている人たちもいるが、ばかげていると思わんかね。わしは、オウムが好きだよ。ジンジャーはいい友だちだ。どんなことがあっても、この鳥を手放す気にはならん……どんなことがあってもね」

ハリソンさんは、最後の言葉をアンに向かって、まるでアンが密かにジンジャーを手放すように説得しにやってきたかのように、突然大きな声で言った。しかし、アンは、この風変わりで小うるさい、気むずかしい小男が好きになってきており、お茶が終わるころには、すっかり友だちになっていた。ハリソンさんは、改善協会のことを教えてもらって、賛同する気になっていた。

「そりゃいい。やるがいい。この村には大いに改善すべきことがあるからね……この村の人たちにも」

「あら、どうかしら」アンはカチンときた。アヴォンリーやその住人に、すぐ直すことのできるちょっとした欠点があることは、内々に、あるいはとくに親しい仲間うちなら認めることができるが、ハリソンさんのようなまったくのよそ者からそういうことを言われるのは、話がちがう。「アヴォンリーはすてきなところです。そこに住んでる人たちも、とてもすてきです」

「どうやらおまえさんは癇癪持ちのようだな」ハリソンさんは、目の前で紅潮した頰や怒った目を見つめながら言った。「おまえさんのような髪には似合ってるよ。アヴォンリーは、かなりきちんとした場所だ。さもなければ、わしはここに住んだりせんよ。だが、おまえさんだって、少しは欠点があることを認めるだろ？」

「欠点があるから、なおさらいいのよ」アヴォンリーが大好きなアンは言った。「何の欠点もない場所とか人なんて好きじゃないわ。ほんとに完璧（かんぺき）な人って、とてもつまらないと思うわ。ミルトン・ホワイトの奥さまがおっしゃっていたけど、完璧な人に直（じか）に会ったことはないけど、嫌というほど、その人のことを聞かされたんですって……旦那（だんな）さんの最初の奥さんのことなの。最初の奥さんが完璧だった男の人と結婚するなんて、とても気づまりだと思わない？」

「完璧な奥さんと結婚するほうが、気づまりだろうよ」ハリソンさんは不意に、どういうわけか熱くなって言った。

　お茶が終わると、アンは食器を洗いたいと強く主張したが、ハリソンさんは、まだ何週間も使えるほどの食器が家にあるからだいじょうぶだと言った。アンは、床も掃除したかったのだが、箒（ほうき）が見当たらず、ひょっとしてこの家には箒がないのかもしれないと思って、箒はどこですかと聞くこともできなかった。

「ときどき遊びにおいで」アンが帰るとき、ハリソンさんが言った。「遠くに住んでいるわけじゃなし、近所づきあいはいいもんだ。わしは、おまえさんの協会とやらに興味を持ったよ。おもしろそうじゃないか。まず、誰から取りかかるのかね？」

「人をどうしようというんじゃないんです……あたしたちが改善しようとしているのは、場所です」アンは、威厳ある言い方で言った。ハリソンさんが協会のことをからかっているのではないかと思えたのだ。

アンが行ってしまうと、ハリソンさんは、窓からアンのうしろ姿を眺めていた……しなやかな女の子らしい姿が、夕焼けの残光を浴びた畑の向こうに軽い足取りで消えていった。

「わしは、気むずかしくて、一人ぼっちの、つむじ曲がりのじいさんだが」とハリソンさんは声に出して言った。「あの子には、わしを若返らせてくれる何かがある……こいつはひどく愉快な気分だ。ときどきこういう気分になりたいもんだ」

「赤毛のとんちき」ジンジャーが、ばかにするように、しわがれ声で言った。

ハリソンさんは、オウムに向かって、こぶしを振りあげた。

「このへそ曲がりの鳥め」ハリソンさんはつぶやいた。「船乗りの弟がおまえを連れてきたときに、いっそその首をひねってやればよかったわい。今度もまた、わしを困らせようというのか？」

アンは陽気に家に駆け戻り、マリラに冒険談を語った。マリラは、アンの帰りが遅いのを少なからず心配して、捜しに出ようとしていたところだった。

「結局、世の中って、いいものねえ、マリラ？」アンは、うれしそうに話し終えた。

「リンドのおばさまは、このあいだ、世の中は大したもんじゃないって、こぼしていらしたけど。何かを楽しみにしたりすると、どうせがっかりするわよなんておっしゃってたわ……まあ、それもそうかもしれないけど。でも、いい面もあるわ。悪いことだって、それほど悪くないものなのよ……大抵思ってたより、ずっとましなの。今夜ハリソンさんのお宅に伺うときは、ひどく嫌な思いをするだろうと思ってたけど、それどころか、ハリソンさんってとっても親切で、一緒にいて楽しかったくらいだったわ。お互いの悪いところに、いっぱい目をつぶりあえば、とてもいいお友だちになれると思う。何もかも最高によい結果になったのよ。それにしても、マリラ、誰の牛か確かめもしないで牛を売るのだけは二度としないわ。それに、オウムって大嫌い！」

第4章　意見の相違

ある日の夕暮れ、ジェーン・アンドルーズとギルバート・ブライスとアン・シャーリーは、〝樺(かば)の道〟として知られる森の小道が街道と交わるあたり、ゆったりと揺れる唐檜(とうひ)の木陰にある柵(さく)のそばで立ち話をしていた。ジェーンがその日の午後、アンの家へ遊びにきて、帰り際にアンが見送りに途中まで出てきたら、柵のところでギルバートとばったり出会って、三人は今、運命の明日のことを話していたところだった。

というのも、明日、九月一日には、新学期が始まるのだ。ジェーンはニューブリッジ校で教え、ギルバートはホワイト・サンズ校で教えることになる。

「あなたたちはどちらも、あたしよりもましよ」アンは溜め息をついた。「知らない子たちを教えるんだもの。あたしなんて、かつて学校でお友だちだった子たちを教えるのよ。リンドのおばさまは、『なあんだ、アンが先生か』ってことになって、最初からかなり怒ってみせなきゃ、言うことなんて聞きやしないよって言うのよ。でも、教師が怒ってるなんてよくないでしょ。ああ、なんて責任かしら！」

「だいじょうぶよ」とジェーンは慰めてくれた。ジェーンは、よき影響を与えられるお手本になろうなんて野望を抱いてはいなかった。きちんと給料を稼いで、学校の理事に気に入られ、視察官が作成する優等教員名簿に自分の名前が載ればそれでいいのだ。それ以上のことは、ジェーンは望んでいなかった。

「大事なことは、規律を保つことであり、教師はそのために少し怒ってみせなければならないわ。生徒たちが言うことを聞かなければ、罰を与えるのよ」

「どんな罰？」

「たっぷり鞭で打つのよ、もちろん」

「あらジェーン。だめよ、そんな」アンは驚いて言った。「ジェーン、そんなのだめ！」

「それが必要な子には、そうするわ。当然よ」ジェーンは、きっぱりと言った。

「子供を鞭で打つなんて、あたしには絶対できないわ」アンは同じくらいきっぱりと言った。「鞭なんて、まったく意味がないもの。ステイシー先生は、誰一人鞭で打たずに完璧な秩序を保っていたじゃない。フィリップス先生はいつも鞭を振りまわしてたけど、クラスはめちゃくちゃだったわ。そうよ。鞭を使わずにやっていかれないようなら、学校で教えようなんて思わない。もっとましなやり方があるわよ。生徒たちから愛されるように頑張るわ。そしたら、みんな、自ら進んであたしの言うことを聞いてくれるわ」

「でも、そうならなかったら？」現実的なジェーンは言った。

「とにかく、鞭なんて使いたくないわ。そんなことしても、いいことなんてないもの。ああ、ジェーンも鞭なんて使わないで。子供たちが何をしようとも」

「どう思う、ギルバート？」ジェーンは尋ねた。「ときには鞭で叩かなきゃならない子がいると思わない？」

「子供を鞭で打つなんて……どんな子供であろうとも……残酷で野蛮よね？」アンは、一所懸命なあまり、顔を真っ赤にして叫んだ。

「そうだな」ギルバートは自分の信念と、アンの理想に近づきたいという思いとのふたつに引き裂かれて、ゆっくり言った。「どちらの言い分ももっともだと思うよ。ぼくは、子供を鞭打つことは、あまりよいことだとは思わない。君の言うとおり、アン、もっとよい方法で躾られると思うし、体罰は最後の手段であるべきだと思う。でも一方、ジェーンの言うように、ほかのやり方ではわからない子だって、ときにはいるし、要するに、鞭打ちが必要で引っぱたいてやればよい子になる子だっている。最終手段として体罰を行うというのが、ぼくのやり方だ」

ギルバートは、両方にいい顔をしようとして、いつものように、当然ながら、どちらの機嫌も損ねてしまった。ジェーンは頭をつんと上へそらして言った。

「あたしは、生徒が悪いことをしたら、鞭打つわ。わからせるのに一番手っとり早いやり方だもの」

アンはがっかりして、ギルバートをちらりと見た。

「あたしは絶対に鞭打ちなんてしない」アンは、きっぱりと繰り返した。「まちがっているし、そんなことをする必要なんてないもの」

「あなたが何かしなさいと命じたとき、男子生徒が言い返してきたら、どうするのよ？」とジェーン。

「放課後に居残りをさせて、やさしく、きっちりお説教をするわ」とアン。「誰にだって、どこかしらいいところはあるものよ。それを見つけて、伸ばしてやるのが、教師の務めだわ。クイーンで学校運営の先生がそう言ってたでしょ？　鞭なんか打って子供のいいところが見つけられると思う？　レニー教授だって、読み書き算数を教えるよりも、子供によい影響を与えるほうがずっと重要だっておっしゃっていたわ」

「でも、視察官は子供の学力を調べるんですからね。基準に達しなければ、よい報告書は書いてもらえないわ」ジェーンが反論した。

「優秀教師として表彰されるより、生徒に愛されて、何年も経ってからほんとにお世話になったなあって思い出してもらえる先生になりたいわ」アンが決意したように断言した。

「悪いことをしても、子供をぜんぜん罰さないのかい？」ギルバートが尋ねた。

「そりゃ、罰は与えなきゃいけないとは思うわ。そうしたくないけれど。でも、休み時間に居残らせたり、教室に立たせたり、詩を何行も写させたりすればいいのよ」

「罰として、女の子を男の子の隣に坐(すわ)らせたりしないでしょうね？」ジェーンがほくそえむように言った。

ギルバートとアンは顔を見合わせて、照れたように微笑(ほほえ)んだ。ずっと昔、アンは罰としてギルバートの隣に坐らされ、その結果、悲しくてつらい思いをしたのだった。

「まあ、何が一番いいかは、そのうちわかるわ」ジェーンは別れ際に、悟ったように言った。

アンはグリーン・ゲイブルズへの帰り道、羊歯(しだ)の葉が香る木陰の〝樺の道〟をがさごそと通り、〝すみれの谷〟を抜けて、樅の林の下で光と影がキスをし合う〝やなぎ池〟を過ぎて、〝恋人の小道〟へさしかかった……どれも、ずっと前にダイアナと一緒に名づけた場所だった。アンはゆっくりと歩き、森や野原や星のきらめく夏の夕暮れのすばらしさを楽しみつつ、明日引き受けなければならない新しい仕事のことを真剣に考えた。グリーン・ゲイブルズの庭に着いてみると、台所の開いた窓から、リンド夫人の決めつけるような口調の大声が聞こえてきた。

「リンドのおばさまが、明日のことで、あたしに忠告をなさろうと、いらしてるんだわ」アンは顔をしかめて考えた。「だけど、中に入らないでおこうっと。おばさまの忠告って、コショウみたいなんだもの……ほんの少しなら、すばらしいのに、こってりくださるから、ひりひりしてしまう。代わりに、ちょっとハリソンさんのところへ走っていって、おしゃべりしようっと」

アンがハリソンさんのところへおしゃべりしに行くのは、これが初めてではなかった。例のジャージー種の牛の一件以来、夕方、何回か遊びに行っていて、ハリソンさんとは、とてもいいお友だちになったのだ。ただ、ハリソンさんが自慢している、ものをズバリと言う言い方は、ときどきかなりこたえることもあった。オウムのジンジャーは、相変わらずアンのことを、胡散臭そうに見ており、必ず皮肉いっぱいに「赤毛のとんちき」と挨拶するのだった。ハリソンさんは、これをやめさせようとして、アンがやってくると、跳び上がって、「なんてこった、あのかわいい女の子がまたやってきた」などと叫んでみせるのだが、むだだった。ジンジャーはこちらの魂胆を見すかして、ばかにするのだ。アンがいないところでハリソンさんがどれほどアンをほめちぎっているか、アンには知るよしもなかった。もちろんハリソンさんは、面と向かって人をほめたりはしないのだ。

「やあ、明日（あした）のために、鞭にする小枝を集めに森へ行ってきたところかな？」ハリソンさんは、ベランダの段を上がってきたアンに挨拶した。

「いいえ、ちがいます」アンはむっとして言った。アンはいつもむきになるので、からかうには絶好の相手だった。「うちの学校では鞭は使わないの、ハリソンさん。もちろん、黒板を指す棒は使うけど、それは指し示すためだけに使うんです」

「じゃあ、代わりに革紐（かわひも）で叩くんだな？　まあ、ひょっとすると、それが正解かもしれん。鞭はそのときはこたえるが、革紐のほうが、あとまでじんじんするからな」

「あたしは、そんなこと一切しないの。生徒をひっぱたいたりしないの」

「なんてこった」ハリソンさんは、心から驚いて叫んだ。「じゃあ、どうやって規律を守らせるんだい？」

「愛情でよ、ハリソンさん」

「そりゃ無理だ」とハリソンさん。「絶対無理だよ、アン。『鞭を惜しめば子供はだめになる』っていう諺があるじゃないか。わしが学校に通ってたころは、先生は毎日鞭をくれたよ。そのときいたずらをしていなくても、どうせいたずらしようと思っていただろうって言ってね」

「ハリソンさんが子供だったときとは、時代がちがうんです」

「だが、人間の本性は変わっちゃおらん。いいかね。いつだって鞭を使えるように用意しておかないと、チビどもに言うことを聞かせることなどできんよ」

「まあ、まず自分のやり方で、やってみることにします」アンは、かなり強固な意志を持っていて、自分の考えを絶対に曲げずに言った。

「おまえさんも、かなり頑固だな」というのが、ハリソン流まとめだった。「まあまあ、そのうちわかるさ。いつか、カッとなって……おまえさんみたいな髪の人は、どうしようもなくカッとするもんだからね……そのご大層な考えなんかすっかり忘れちまって、さんざんひっぱたくだろうよ。なにしろおまえさんは、教師になるには、まだ若すぎる……若いし、幼すぎるんだ」

というわけで、その晩、アンはかなり暗い気分でベッドに入った。あまり眠れず、翌朝、朝食のときひどく青白く悲劇的な様子をしていたので、マリラはびっくりして、あつあつのジンジャー・ティーを飲みなさいと強く勧めた。

アンはそれを辛抱強くすすったが、ジンジャー・ティーに何の効果があるのかわからなかった。飲めば経験豊富なベテラン教師になれるという魔法の飲み物だったなら、がぶがぶ飲んだことだろうけれど。

「マリラ、失敗したらどうしよう！」

「一日ですっかり失敗することなんてありえないし、明日からまだ何日もあるんだよ」とマリラは言った。「あんたのいけないところはね、アン、今すぐ子供たちに何もかも教えて、子供たちのいけないところをすっかり直さなければと思っていて、それがすぐできないと、失敗したと思うところだよ」

第5章　れっきとした先生

その日の朝、アンが学校に着いたとき……〝樺（かば）の道〟を通って、その美しさに気づかなかったなんて生まれて初めてのことだった……すべてが静かで、しんとしていた。前任の先生が、アン先生が来るときには子供たちに席について待っているようにと指示していたので、教室に入ると〝輝く朝の顔〟〔シェイクスピアの喜劇『お気に召すまま』第二幕第七場にある言葉〕がきちんと並んでいて、好奇心に満ちた目がきらきらと光っていた。アンは帽子を帽子掛けに掛け、子供たちに向かいながら、自分がおびえていてばかみたいと感じているのがばれませんように、自分がどんなに震えているか気づかれませんようにと祈った。

昨夜は十二時近くまで起きていて、学期を始めるに当たって子供たちに聞かせるスピーチを書いていたのだった。一所懸命直して、推敲して、暗記した。とてもよいスピーチで、とりわけ助け合うことと真剣な学習について、すばらしいことが書かれていた。ただひとつ困ったことに、それが今や、ひと言も思い出せないのだ。

一年も経ったように思える時間が……本当は十秒ほどだったが……過ぎてから、アンは弱々しく「聖書を読んでください」と言った。たちまち起こったガタピシという机のふたを開け閉めする音に隠れるようにして、アンは息もつけずに、椅子に坐り込んだ。子供たちが聖書を読むあいだ、うろたえていたアンは気をとり直し、大人の国を目指す小さな巡礼者たちの列を見渡した。

もちろん、ほとんどはよく知っている子たちだった。アンの同級生たちは前年に卒業したが、それ以外は、新入生と十人のアヴォンリーへの転校生を除けば、みんなかつての学友なのだ。前から知っている子たちの能力はだいたいわかっているので、アンは十人の転校生に密かに興味を抱いた。やはりほかの子と大差ないのかもしれないが、ひょっとすると、中には天才がいるかもしれない。そう思うと、わくわくした。

隅の机に一人きりで坐っていたのは、アンソニー・パイだった。不機嫌そうな浅黒い顔をして、敵意を浮かべた黒い目でこちらをにらんでいる。アンは思わず、この子の愛情を必ずや勝ち得て、パイ家の連中をまごつかせてやろうと心に決めた。

反対側の隅には、見たことのない男の子がアーティー・スローンの隣に坐っていた……しし鼻に、そばかすだらけの顔、白っぽいまつげの下に大きな水色の目が覗いている、愉快そうな子だ……恐らく、ドネル家の男の子だろう。似ているということで判断するなら、通路をへだててメアリー・ベルと坐っているのは、この子の妹だろう。こんな恰好をさせて学校に行かせるなんて、この子の母親はいったいどんな人かしら、とアンは思った。コットンレースの縁飾りがたっぷりついた色褪せたピンクの絹のドレスに絹の靴下という出で立ちで、汚れた白い子ヤギ革の室内履きを履いていたのだ。その砂色の髪は、あちこちねじ曲がって、不自然なカールがかけられており、てっぺんには、頭より大きな、けばけばしいピンクのリボンが結んであった。この子の顔つきからすれば、どうやら本人はこの恰好が気に入っているようだ。

絹のようにすべすべの小鹿色の髪を両肩へなだらかに波打たせている、顔色の悪い小柄な子は、アネッタ・ベルにちがいないとアンは思った。かつてはニューブリッジ学区に住んでいたのに、両親が家を五十メートルほど北へ移動させて、アヴォンリー学区に入ったのだ。ひとつのベンチに三人でぎゅっと腰掛けている青白い子たちは、確かにコトン家の姉妹だ。それから、長い茶色の巻き毛に栗色の目をした美少女は……

……今、聖書の端から、ジャック・ギリスに妙に色っぽい視線を投げかけているが……

プリリー・ロジャソンにまちがいない。父親が最近再婚し、グラフトンの祖母のところからプリリーを引き取ったのだ。うしろの席に坐って、手足をもてあましているらしい、背が高くて、ぎこちない少女が誰なのか、アンにはまったくわからなかったが、あとで、名前はバーバラ・ショーで、アヴォンリーのおばさんのところへ引っ越してきた子だとわかった。さらに、バーバラが自分の足か誰かの足につまずかずに通路を歩けたら、アヴォンリー校の生徒たちは、そのめずらしい事実を学校の入り口の壁に書いて祝うことになっていることも知った。

けれども、最前列の少年と目が合ったとき、ゾクッと震えるような、奇妙な感覚を覚えた。まるで、探し求めていた天才を見つけたかのように思えた。この子こそ、ポール・アーヴィングにちがいない。「あの子はアヴォンリーの子とはちがうだろうよ」というレイチェル・リンド夫人の予言は、今回ばかりは当たっていたのだ。それどころか、ほかのどんな子ともちがっていると、アンは気づいた。アンのことをじっと見つめる、そのとても濃い青い目からは、アンの魂と似通った魂が覗いていたのである。

ポールは十歳だとわかっていたが、八歳にしか見えなかった。とても美しい顔をしており、こんな美しい顔の子をアンは見たことがなかった……大変繊細で垢抜けた顔立ちをしており、栗色の巻き毛が後光のように頭を包んでいた。きれいな赤い唇はふっくらしているのに突き出しておらず、上下がそっとふれ合って、口の両端へ向けて柔らかな線を描き、もう少しで、えくぼになりそうだった。精神が肉体よりずっと大人びているかのように、何か考えているような、まじめで真剣な表情をしていた。しかし、アンがそっと微笑みかけると、硬い表情はさっと消えて、全身が光り輝くような微笑みが返ってきた。あたかも少年の内側にランプがパッと点って、頭から爪先まで照らしたかのようだった。何よりもよかったのは、その微笑みが思わず浮かべられた自然なものであって、微笑もうと努力したり意図したりしたものではなく、隠れていた人柄がすっと外に見えて、とてもいい子だとわかったことだった。アンとポールは、すばやく微笑みを交わしただけで、ひと言も発さぬうちから、親友となったのだ。

その日は夢のように過ぎた。あとで振り返っても、はっきり思い出すことができない。まるで教えていたのがアンではなく、誰かほかの人であったような感じだ。アンは機械的に、子供たちが朗読する声を聞き、算数をさせ、書き取りをさせた。子供たちはとても行儀よくしていた。叱らなければならなかったのは、たった二回だった。ひとつは、モーリー・アンドルーズが、飼い馴らしたコオロギを二匹、通路で走らせていたところを捕まえたのだ。アンは、モーリーを教壇の上に一時間立たせた。モーリーは立たされることは何でもなかったのだが、コオロギを没収されると、しょげかえった。アンはコオロギを箱に入れて、学校からの帰り道、〝すみれの谷〟に放してやった。でも、モーリーは、そのあともずっと、アンがコオロギを家へ持って帰って、自分で飼って楽しんでいるのだと思い込んでいた。

もう一人捕まったのはアンソニー・パイで、石盤の文字を消す水が最後の数滴瓶に残っていたのを、オーレリア・クレイの項に垂らしたのだ。アンは、休み時間にアンソニーを居残らせ、紳士はどのようにふるまわなければいけないかを話し、淑女の首に二度と水を垂らしてはいけないと注意した。このちょっとしたお説教は、とてもやさしく、感動的だったのだが、残念ながらアンソニーには、どこ吹く風といった様子だった。相変わらずムスッとした顔のままで黙って聞いていたが、出ていくときには、ばかにしたように口笛を吹いたのだ。アンは、溜め息をついた。それから、パイ家の子の愛情を勝ち得るなんて、ローマの建国と同様、一日でできるものではないと思い直して自分を元気づけた。実のところ、パイ家の子に、愛情なんてそもそもあるのか怪しいところもあったが、アンソニーの場合は、その不機嫌さえ克服できれば、かなりよい子になりそうに思えたので、期待をかけたのだった。

授業が終わって子供たちがいなくなると、アンはぐったりして、椅子にドスンと腰を下ろした。頭が痛くて、気分が落ち込んでいた。何もひどいことが起きたわけではないのだから、落ち込む理由なんて本当はないのだが、あまりにへとへとで、教師の仕事が好きになれない気がした。好きでもないことを毎日……そう、たとえば四十年間もやることになったら、どんなにつらいだろう。アンは、今すぐわっと泣きだしてよいものか、それとも、家の自分の白い部屋に落ち着くまで待つべきかと、心が引き裂かれた。決めかねていると、入り口にカッカッと靴音が響き、絹ずれの音がして、やがてアンの目の前に一人の女性が現れた。その出で立ちを見たアンには、最近ハリソンさんがシャーロットタウンの店で見かけた着飾った女性のことを、「まるで最新ファッションと悪夢とがぶつかったみたい」と評した言葉が思い起こされた。

その婦人は、至るところ、これでもかというほどパフとフリルとシャーリングでごてごてに飾りたてられた水色の絹のサマードレスを豪華にまとっていた。頭にかぶった巨大な白いシフォンの帽子には、かなりよれよれになったダチョウの長い羽根が三本ついていた。巨大な黒い水玉がふんだんにちりばめられたピンクのシフォンのヴェールが、帽子の縁から肩にかけて下がっていて、背中のほうへ二本のはためく吹き流しのように流れていた。小柄な女性によくもこんなにつけられたというほどの宝石を身に着けており、強烈な香水がぷんぷんと匂っていた。

「あたくし、ドネールの……H・B・ドネールの妻でございます」この幻のような人は言った。「娘のクラリス・アルマイラが今日お昼に帰宅したとき、聞いたんですが、ひどく気にさわったことがございまして」

「申し訳ございません」アンは弱気になって言い、ドネル家の子供たちについて、今朝何かあったかしらと思い出そうと努めたが、何も思い当たらなかった。

「クラリス・アルマイラによれば、先生はうちの名前をドネルとおっしゃったとか。よろしゅうございますか、シャーリー先生、うちの名前の正しい読み方はドネール……うしろにアクセントがございますの。今後はそう憶（おぼ）えていただきとうございます」

「わかりました」アンは、大笑いしたい衝動をこらえながら、あえぐように言った。

「自分の名前をまちがった綴りで書かれるのがどんなに不愉快か、私も経験から知っていますから、まちがった発音をされたら、もっと嫌な気持ちになると思います」

「そのとおりざます。それからクラリス・アルマイラがもうひとつ教えてくれましたが、先生は、うちの子をジェイコブとお呼びになったとか」

「本人が、名前はジェイコブだと言っていましたので」とアンは抗議した。

「そんなことだろうと思いました」H・B・ドネール夫人の口調は、この堕落した時代、子供が恩知らずで困ると言わんばかりだった。「あの子には、下品な趣味がございましてね、シャーリー先生。あの子が生まれたとき、あたくし、セント・クレアと名づけるつもりでしたの……とーっても貴族的な名前じゃございません？　ところが、あれの父親が、自分のおじに因（ちな）んでジェイコブとつけたいと言って聞きませんでしたの。ジェイコブおじさんというのが、とても裕福な老人でしたので、あたくし、仕方なく承知いたしました。そしたら、どうでしょう、シャーリー先生？　うちの子が五歳のとき、なんとジェイコブおじさんは結婚してしまって、今じゃ自分の子供が三人もいるんですのよ。そんな恩知らずなことってあるでしょうか？　結婚式の招待状が届いたとき……よくもまあ、しゃあしゃあと招待状なんてよこせたものですよ、シャーリー先生……そのときあたくし、申しましたの。『もうジェイコブは、たくさんです』って。その日から、うちの子をセント・クレアと呼んでおりますし、これからもセント・クレアと呼ぶつもりです。あれの父親が頑固にジェイコブと呼び続け、あの子自身もその下品な名前のほうがどういうわけかすっかり気に入っておりますけれども、あの子はセント・クレアであり、これからもセント・クレアなんざますの。このことをどうぞお忘れなきようお願いしますよ、シャーリー先生？　よござんすね。これはちょっとした誤解で、ひと言言えばすむ話だとクラリス・アルマイラに申したんですのよ……ドネール……うしろを強くね……それと、セント・クレア……決してジェイコブじゃございませんから。よござんすか？　よござんすね」

Ｈ・Ｂ・ドネール夫人がドレスを引きずって立ち去ると、アンは学校のドアに鍵をかけて帰宅した。丘の麓、〝樺の道〟近くにポール・アーヴィングがいた。ポールは、かわいらしい小さな野生のランの花束をアンに差し出した。アヴォンリーの子供たちが「ライス・リリー」と呼んでいる花だ。

「先生、これ。ライトさんの野原で見つけたの」少年は、恥ずかしそうに言った。

「先生って、このお花が好きそうだなって思ったから、あげようと思って戻ってきたんだ。それに、ぼく……」少年は、その大きな美しい瞳(ひとみ)で見上げた。「……先生のことが、好きだから」

「ありがとう」アンは、香りのよい花を受け取って言った。ポールの言葉が、魔法の呪文(じゅもん)であるかのように、落胆も疲労も吹き飛んでしまい、躍(おど)る噴水のように希望が心に湧き上がった。アンはランの甘い香りを祝福のように携えて、足取りも軽く〝樺の道〟を歩いていった。

「で、どうだったの?」家に着くと、マリラが知りたがった。

「ひと月あとで聞いてくれたら答えられるかもしれないけど、今はだめ……自分でもわからないんだもの……距離を置いてみないと。頭の中がごちゃごちゃでわけがわからない感じ。今日成し遂げられたと自信をもって言えるのは、クリフィー・ライトにAはAだと教えてあげたこと。今まで知らなかったのよ。やがてはシェイクスピアや『失楽園』〔ミルトンの長編詩〕へと続く道に立たせてあげたんだから、すごいと思わない?」

あとからやってきたリンド夫人は、さらに元気の出る話を持ってきてくれた。このお人好(よ)しの婦人は、自宅の門のところで生徒たちを待ち伏せて、新しい先生は気に入ったかと尋ねまくったのだ。

「そしたら、アン、どの子も先生はすばらしいって言ってたのよ、アンソニー・パイは別としてね。あの子は確かにそうは言わなかった。『女の先生なんて、みんなだめさ』ですって。パイ家の負けん気ね。でも、気にしちゃだめよ」

「気にしないわ」アンは静かに言った。「それでも、アンソニー・パイにも気に入ってもらえる先生になるわ。辛抱強くやさしくすれば、あの子だってわかってくれるわ」

「さあて、パイ家の子が相手じゃわからないわよ」リンド夫人は用心深く言った。「天邪鬼（あまのじゃく）ですからね。いつも人と逆のことばかり。それから、あのドネルの奥さんだけど、何がドネールざますよ。あの家は前からずっとドネルでしたからね。あの人は、ちょっとへんなのよ、まったくもって。クィーニーって呼んでるパグ犬を飼っていて、家族と一緒のテーブルで食事をさせてるのよ。陶器の皿から食べさせてるの。私だったら、ばちが当たらないかと思ってしまうけどね。うちの人が言うには、ドネルさん自身は、もののわかった、まじめな人なんだけど、奥さんを選ぶことにかけちゃ、目が利かなかったんですって、まったくもって」

第6章　十人十色

九月のある日、プリンス・エドワード島の丘には、清々（すがすが）しい風が海から砂丘を越えて吹き上がってきていた。畑や森を抜けて、うねうねとどこまでも続く赤い街道が、こんもり茂った唐檜の森をまわり込み、大きな羊歯の葉がいっぱいに広がる若い楓の植林地を抜けて、窪地へと下っていく。そこでは、森から勢いよく流れ出た小川が再び森へ流れ込んでいた。やがて赤い街道は、アキノキリンソウとくすんだ青いアスターの花が道沿いに咲いているあいだを縫って、燦々と日光を浴びながら進んでいく。あたり一帯、夏山を楽しむ小さな無数のコオロギの鳴き声がこだましている。この赤い街道を、まるまる太った茶色の小馬がぽくぽくと歩き、小馬が引く馬車には、若さと人生とを謳歌する二人の少女が乗っていた。

「ああ、今日って、エデンの園からこぼれ出た一日だと思わない、ダイアナ?」そう言ってアンは、幸せすぎて溜め息をついた。「空気には魔法がかかってるわ。ほら、すり鉢みたいなあの谷では、収穫期を迎えた畑が紫色になってるわ、ダイアナ。そして、ああ、枯れた樅の木の匂いを嗅いでみて! ほら、あの小さな日当たりのいい窪地で、エベン・ライトさんが柵の杭を切り出してる! あそこから、匂ってくるのよ。『こんな日に生くるは至福、だが枯れた樅を嗅ぐは、まさに天国』……これって三分の二はワーズワースで、三分の一はアン・シャーリーよ(ロマン派詩人ワーズワースの詩「プレリュード」にある「こんな夜明けに生くるは至福、だが若いというのはまさに天国」をアレンジ)。天国には枯れた樅はないわよね。でも、森を通っていくときに枯れた樅が香ってこなかったら、天国も完璧とは言えないわ。ひょっとしたら、天国では枯れたり死んだりしないで匂いだけがあるのかもね。そうだわ、きっとそうよ。あのすばらしい香りは樅の魂なのよ……そしてもちろん、天国に昇るのは魂だけ」

「木に魂なんてないわよ」現実的なダイアナは言った。「でも、樅の枯れ葉の香りって、確かにすてきよね。あたし、クッションを作って、樅の葉をつめるわ。あなたも作りなさいよ、アン」

「作るわ……お昼寝のときに使うの。そしたら、きっと妖精か森の精になった夢を見るでしょうよ。でも、今のところはアヴォンリー校のアン・シャーリー先生で満足だわ。こんなにすてきな、ほっとする日に、こんな道を通れるんだもの」

「すてきな日だけど、これからやらなきゃいけない仕事はすてきじゃないわよ」ダイアナは溜め息をついた。「何だって、あなた、この道を受け持つなんて言ったの、アン？　アヴォンリーの変わり者という変わり者は、ほとんどこの道筋に住んでるのよ。まるでお小遣いをねだりに来たみたいにあしらわれるに決まってるわ。最悪の道よ」

「だから選んだのよ。もちろん、ギルバートとフレッドは、頼んだら、ここを引き受けてくれたとは思うわ。でもね、ダイアナ、あたし、自分が言い出しっぺである以上、アヴォンリー村改善協会には責任を感じていて、一番嫌な仕事は率先してやらなきゃいけないと思ってるの。あなたには申し訳ないけど。でも、変わり者の家では、あなた、何も言わないでいいから。話すのは、ぜんぶ任せといて……リンドのおばさまだったら、そりゃあ話すのは、あなたのお得意でしょうよって、おっしゃるわね。リンドのおばさまは、あたしたちの企画に賛成したものかどうか決めかねてるのよ。アランご夫妻が支持してくださっていることを思うと賛成しようという気になるんだけど、村の改善協会っていうもの自体がアメリカで始まったってことが気に食わないのね。だから、どっちつかずでいらして、ただもうあたしたちがうまくやってみせなければ、リンドのおばさまも首を縦に振ってくださらないわけ。プリシラは、次の協会のミーティングのために論文を書いてくるって言ってたけど、きっといいものを書いてくると思うわ。だって、あの子のおばさまって、すごく頭のいい作家で、絶対その血を受け継いでるはずだもの。作家のシャーロット・E・モーガン夫人がプリシラのおばさまだってことを知ったときの感激といったら一生忘れられないわ。『エッジウッドの日々』や『バラの蕾の園』を書いた作家の姪っ子とお友だちだなんて、すてきねぇ」

「モーガン夫人は、どちらにお住まいなの？」

「トロントよ。来年の夏、この島に遊びにいらっしゃるんですって。プリシラが言ってた。できたら、あたしたちに紹介してくれるんですって。そうなったら、もう夢みたいね……でも、それって、夜、お布団に入って想像すると楽しめるわ」

アヴォンリー村改善協会は、きちんとした組織になっていた。ギルバート・ブライスが会長で、フレッド・ライトが副会長、アン・シャーリーが書記、ダイアナ・バリーが会計だった。会員には早速「改善員」という名がつき、二週間に一度、会員の誰かの家でミーティングを開くことになった。もう秋だし、今年は大して改善はできないだろうという話になったが、来年の夏の活動を計画し、いろいろな案を出しあって議論し、レポートを書いたり読んだりし、それからこれはアンが言ったことだが、一般民心の教育をすることになった。

もちろん、反対の声は上がり……ことに改善員たちがつらく感じたのは……あちこちから、からかわれたことだった。イライシャ・ライト氏は、そんな組織は、求婚クラブとでも呼んだほうがましだと言ったそうだ。ハイラム・スローン夫人は、改善員たちは道の両側をぜんぶ掘り返してゼラニウムを植えるって聞いたわ、と断言した。リーヴァイ・ボウルター氏は、改善協会はそのうち、みんな家を取り壊して、改善協会が認可する計画に沿って建て直さなければならないと言いだすから気をつけろと、隣近所に注意した。ジェイムズ・スペンサー氏は、できれば教会の丘を平らに均して ほしいと手紙を送ってよこした。エベン・ライト氏はアンに、なんとかジョサイア・スローンのおじいさんに口ひげをきれいに切りそろえるように改善協会から説得してくれないかと言った。ロレンス・ベル氏は、どうしてもと言うなら納屋を白く塗ってもいいが、牛舎にレースのカーテンをつるすのだけは勘弁してほしいなどと言った。メイジャー・スペンサー氏は、カーモディのチーズ工場へ牛乳配達をしている改善員のクリフトン・スローンに、来年の夏は牛乳入れの台をペンキで塗って、刺繡をしたテーブルクロスを掛けなければならないというのは本当かなどと尋ねた。

こんなことがあったにもかかわらず、いや、人というものはそういうものなのだろうが、こんなことがあったがゆえに、改善協会はその年の秋のうちに実行できそうなただひとつの改善に、張り切って取りかかることにした。バリー家の応接間で開かれた第二回のミーティングで、オリヴァー・スローンが、公会堂の屋根を葺き替えて、壁にペンキを塗るための寄付を募ろうと提案したのだ。ジュリア・ベルが賛成したが、女らしくないことをしたのではないかしらと不安そうにしていた。ギルバートがこの提案を議決にかけ、満場一致で採択され、アンは厳かにそれを議事録に記録した。次にすべきは、寄付集めのための委員を指名することであり、ガーティー・パイは、ジュリア・ベルにばかりいい恰好をさせるものかと頑張って、ジェーン・アンドルーズを委員長に推薦した。この動議もまた支持され、採択されたので、ジェーンはお返しにガーティーを委員に指名し、そのほかの委員をギルバート、アン、ダイアナ、フレッド・ライトとした。指名された委員だけが集まって、どうまわるかを決めた。アンとダイアナはニューブリッジ街道担当となり、ギルバートとフレッドはホワイト・サンズ街道、そして、ジェーンとガーティーはカーモディ街道担当となった。ギルバートはアンと一緒に〝お化けの森〟を抜けて一緒に帰る道すがら、説明した。

「なぜああいうふうに決めたかと言えばね、パイ家の連中はみんなカーモディ街道に住んでいるからだよ。あそこへパイ家のガーティーを送り込まないかぎり、寄付なんか一セントももらえやしないのさ」

次の土曜日、アンとダイアナは、早速取りかかった。二人は街道のはずれまで馬車を走らせ、そこから戻りながら募金活動を始めることにした。手始めは、〝アンドルーズ家の娘たち〟だ。

「キャサリンが一人だったら、何かもらえるかも」とダイアナは言った。「でも、イライザがいたら、だめだわ」

イライザは、いた。しかも、いつもよりいっそう不機嫌で……いつもよりもずっと陰鬱そうだった。ミス・イライザというのは、人生は涙の谷間であり、笑うのはおろか、微笑むのさえエネルギーのむだで、けしからんという感じの人だった。この〝アンドルーズ家の娘たち〟は、五十年あまりずっと娘のままで、この世の旅路の果てまで結婚することはなさそうだった。キャサリンはすっかりあきらめたわけではないけれど、イライザは生まれつきの悲観論者で、希望はまったく持っていなかった。二人は、マーク・アンドルーズのブナの森の端っこにある日の当たる土地に建った小さな茶色の家に住んでいた。イライザは、夏はひどく暑い家だとこぼしていたが、キャサリンは、冬は温かなすてきなお家だと言っていた。

イライザはパッチワークを縫っていたが、そうする必要があったからではなく、くだらないレース編みなどをしているキャサリンへの当てつけにすぎなかった。二人の少女が使いの用件を説明しているあいだ、イライザは顔をしかめ、キャサリンは微笑みを浮かべて聞いていた。キャサリンはイライザと目が合うと、申し訳なさそうにどぎまぎして笑顔をやめてしまうのだが、次の瞬間にはまた、微笑んでくれるのだった。

「むだにするようなお金があったら」イライザはむっつりとして言った。「火をつけて燃え上がるのを見て楽しむかもしれないけれど、あの公会堂なんかのために一セントも出しゃしませんよ。あんなもの、この村にとって何の役にも立ちゃしない。若い人たちが集まってわいわい騒ぐだけのところじゃありませんか。家で寝てなきゃいけない時間に」

「あら、イライザ、若い人たちには楽しみが必要なのよ」とキャサリンが抗議した。

「そんな必要ありませんよ。私たちが若い頃は、公会堂なんかに集まったりしませんでしたからね、キャサリン・アンドルーズ。世の中は、日に日に悪くなる一方ですよ」

「私は、よくなっていると思うわ」キャサリンは、きっぱり言った。

「あんたが思うだって！」ミス・イライザは、軽蔑(けいべつ)しきった口調で言った。「あんたがどう思うかなんて、どうだっていいんですよ、キャサリン・アンドルーズ、事実は事実ですからね」

「あのね、私はいつだって物事の明るい面を見るようにしているの、イライザ」

「物事に明るい面なんてありません」

「ありますとも」そんな忌まわしい考えを黙って聞いていられないアンは叫んだ。「だって、明るい面って、ものすごくたくさんあるじゃありませんか、ミス・アンドルーズ。ほんとに世の中って、すばらしいです」

「私ぐらい人生を長く生きたら、そんなに人生をよくは思わないでしょうよ」ミス・イライザは、うんざりしたように言い返した。「世の中をよくしようだなんて思わなくなるでしょうね。お母さまのお加減は、いかが、ダイアナ？　まったく、最近随分お悪いようじゃありませんか。ひどくお元気がないようで。それに、あとどれぐらいでマリラはすっかり目が見えなくなるんだい、アン？」

「気をつけていれば、目はこれ以上悪くならないって、お医者さまはおっしゃっていますけど」アンは弱気になって言った。

イライザは首を振った。

「お医者さまっていうのは、元気づけるためにそんなことをおっしゃるんですよ。私だったら、あまり期待しませんね。最悪に備えておくのが一番ですよ」

「でも、最善に備えておくべきでもありませんか？」アンは訴えた。「悪くなるかもしれないけど、よくなるかもしれないでしょう」

「私の経験上、よくなるなんてことはありませんね。あなたは十六年しか生きていないけど、こっちは五十七年ですからね」とイライザは言い返した。「おや、もうお帰り？　じゃあまあ、あなた方の新しい協会のお力で、これ以上アヴォンリーが悪化することのないように、祈っていますよ」

アンとダイアナは、その場から退散できてやれやれと思いながら、できるかぎり速く小馬を走らせた。ブナの森の下で大きくカーブを描いている馬車道を曲がっていると、太った人が、一所懸命手を振りながら、アンドルーズさんの牧場を突っ切って走ってくるではないか。キャサリン・アンドルーズだ。口もきけないほど息を切らしていたが、二十五セント硬貨を二枚、アンの手の中に押し込んだ。

「これは、公会堂を塗るための、私からの、献金よ」キャサリンは、あえぎながら言った。「一ドル差し上げたいところだけど、私のお小遣いからこれ以上出したら、イライザに気づかれてしまうから。あなた方の協会、とっても応援してるわ。たくさんいいことをしてくださるだろうって信じています。私、楽観主義者なの。イライザと一緒に暮らしてたら、楽観主義者でないとやっていけないものね。イライザに気づかれないうちに急いで戻らなきゃ……鶏（にわとり）にエサをあげてくるって言って出てきたから。募金活動、頑張ってね。それからイライザが言ったことなんか気にしちゃだめよ。世の中は、ほんと、よくなっていますからね……まちがいなく」

次は、ダニエル・ブレアの家だった。

「さあ、ここは、奥さんが家にいるかいないかで決まるわ」轍(わだち)の跡が深くついた道をがたがた揺れて進む馬車の中で、ダイアナは言った。「家にいたら、一セントももらえないわよ。ダニエル・ブレアは、奥さんの許可なしに散髪もできないって、みんな言ってるもの。控えめに言っても、かなりけちな奥さんよ。気前よくする前に正しくあらねばならないなんて言うのよ。でも、リンドのおばさまに言わせれば、正しくあらねばばっかりで、気前よくなんか絶対ならないんだって」

アンは、ブレアさんのお宅で体験したことを、その晩、マリラにこう話した。

「馬をつないで、それからお勝手口をノックしたの。誰も出ていらっしゃらなかったけど、ドアは開いていて、台所で誰かがひどく騒いでいるのが聞こえたわ。なんて言っているのかわからなかったけど、ダイアナは、あの言い方は、罵(ののし)っているって言うの。ブレアさんが罵ったりするはずないでしょ、いつだってとっても物静かで穏やかな人だもの。でも、何かいらいらすることがあったんでしょうね。だって、マリラ、ドアに出ていらしたブレアさんたら、赤かぶみたいに真っ赤になって、顔から汗を滴(したた)らせて、奥さんの大きな格子柄のエプロンをつけてらしたのよ。『この忌々(いまいま)しい紐(ひも)がとれないもんで』っておっしゃるの。『固結(かたむす)びになっちまって、ほどけないんですよ。だから、こんな恰好(かっこう)で失礼しますよ、お嬢さんたち』って。あたしたち、『かまいません』って言って、中に入って坐ったわ。ブレアさんもお坐りになって、エプロンを首のまわりにひねって丸め上げたのだけれど、すごく恥ずかしそうにして気になさるものだから、お気の毒なくらい。ダイアナが、『お取り込みのところにお伺いしてしまって』と言うと、ブレアさんは、にっこりなさろうとして……あの方って、いつも礼儀正しいんだわ……『ちょいとばたばたしておりましてね……まあ、ケーキを焼く準備をしようとしていたんですよ。妻が今日、モントリオールから姉が今晩来るという電報を受け取って、汽車に乗って迎えに行ったんですが、お茶に出すケーキを焼いておいてくれと言って出たんです。材料の分量を紙に書いて、作り方の手順も教えてくれたんですが、もうその半分もすっかり忘れちまいましてね。それに『味付けは、お好みで』って書いてあるんだが、こりゃどういうことですかね？　どうしたらわかるんです？　私の好みが、ほかの人の好みとちがっていたらどうすりゃいいんです？小さなレイヤーケーキの味付けには、大さじ一杯のバニラでじゅうぶんでしょうか？』

そんなことおっしゃるのを聞いて、あたし、ますますお気の毒に思ったわ。まったく慣れないことをなさろうとしていらしたんだもの。奥さんの尻に敷かれた旦那さんの話は聞いたことがあるけど、これがそうなんだなって思った。『ブレアさん、公会堂のために寄付をしてくださったら、ケーキを焼くばかりのところまでお手伝いしますよ』って、もう口まで出かかったんだけど、困っている人に取り引きを押し付けたりするようじゃ近所づきあいにならないって気づいたの。それで、何の条件もつけずに、『ケーキを焼くばかりのところまでお手伝いします』って言ったわ。そしたら、大よろこびしてくださって、『独身のときは自分でパンも焼いていたもんだが、ケーキを焼くのは無理だ』っておっしゃってた。でも、奥さんをがっかりさせたくなかったのね。あたしに別のエプロンをくださって、ダイアナが卵をかき混ぜて、あたしが粉を混ぜたわ。ブレアさんは走りまわって、いろんな材料を用意してくださった。自分のエプロンのことはすっかり忘れて、走るとエプロンがうしろになびいてひらひらしたもんだから、ダイアナはそれがおかしくて死にそうだって言ったわ。ブレアさんはケーキをオーブンに入れて焼くのはだいじょうぶで……焼くのは慣れているっておっしゃって……あたしたちの募金表に四ドル寄付するって書いてくださったわ。だから、お手伝いした甲斐があったってわけ。でも、たとえ一セントもくださらなくっても、お手伝いをしたのは、ほんとにキリスト教徒にふさわしい行いだったと思うわ」

次の家は、セオドア・ホワイトのところだった。アンもダイアナもこれまで一度も訪ねたことがなく、ホワイト夫人は、人を歓迎するということのない人で、二人ともあまり話したことがなかった。勝手口にまわるべきだろうか、それとも玄関から行くべきだろうか？　こそこそと相談していると、ホワイト夫人が新聞紙を腕いっぱいに抱えて玄関に出てきた。その新聞を一枚一枚慎重に玄関前のポーチに敷き、ポーチの段に敷き、それからあっけにとられている二人の訪問客の足許まで敷いていった。

「靴を草できれいに拭いてから、この新聞紙の上を歩いてきてくださる？」夫人は、心配そうに言った。「うちのお掃除をすっかりすませたところなので、汚れを持ち込まないでほしいの。昨日の雨で道がひどくぬかるんでいるでしょ」

「笑っちゃだめよ」二人で新聞紙の上を歩いていくとき、アンはささやき声で釘を刺した。「お願い、ダイアナ、奥さまが何を言おうと、あたしを見ないで。でないと、まじめな顔をしていられなくなるから」

新聞紙は玄関ホールから、きちんとした、塵ひとつない居間へと続いていた。アンとダイアナは手近の椅子に恐る恐る坐って、用件を説明した。ホワイト夫人は、礼儀正しく耳を貸してくださって、話をさえぎったのは二度だけだった。一度めは、うるさいハエを追い出すためで、もう一回はアンの服から絨毯に落ちた小さな草の塊を拾うためだった。アンは、申し訳なくていたたまれない気持ちになったが、ホワイト夫人は二ドル寄付すると記して、そのお金をすぐ払ってくださった。

「お金を受け取りに戻ってきてほしくなかったからよ」家から離れてから、ダイアナが言った。ホワイト夫人は、二人が馬の綱をほどいている最中に新聞紙を片付けてしまって、二人が庭から馬車で出ていくときは、玄関に忙しく箒をかけていた。

「セオドア・ホワイト夫人は世界一きれい好きだって聞いてたけど、確かにそうね」

ダイアナは、もうだいじょうぶなところまでくると、こらえていた笑いを爆発させた。
「子供がいなくてよかったわよ」アンは大まじめに言った。「いたら、子供は言いようもないほどひどい目に遭(あ)うわ」

スペンサーさんのお宅では、イザベラ・スペンサー夫人が、アヴォンリーじゅうの人たちの悪口を言って、二人を嫌な気分にさせた。トマス・ボウルターさんは、あの公会堂は二十年前に建てられたとき、自分が勧めた場所に建てられなかったからと言って、寄付はできないと断った。エスター・ベル夫人は、健康そのものであるにもかかわらず、あそこが痛いの、ここがつらいのと三十分かけてこまごま説明して、来年にはお墓の中に入ってしまって寄付しようにもできないだろうからと、悲しそうに五十セントを寄付してくださった。

しかし、最悪のお宅は、サイモン・フレッチャーのところだった。庭に馬車で入っていくと、玄関横の窓の向こうから、こちらを覗(のぞ)いているふたつの顔が見えた。ところが、ノックをして辛抱強くじっと待っても、誰も出てこないのだ。二人は、かんかんに怒ってサイモン・フレッチャーの家をあとにした。アンでさえ、気がくじけてきたと言った。ところが、このあと、流れが変わった。スローン家の家屋敷が続き、そこで気前のよい寄付をもらえて、そこからは最後まで調子よくいき、ときたま拒否されるだけだった。最後に訪れたのは、池の橋近くのロバート・ディクソンの家だった。

もう家のすぐ近くではあったが、とても「神経質だ」という評判のディクソン夫人の機嫌を損ねないようにと、そこでお茶にお呼ばれすることになった。

二人がお邪魔しているところへ、年老いたジェイムズ・ホワイト夫人がやってきた。「今、ロレンゾさんのお宅に寄ったんですけどね」と夫人は言った。「アヴォンリーであの人ほど鼻高々な人は今いませんよ。ちょいとまあ、あのお宅で男の子が生まれたばかりなのよ……女の子ばかり七人も続いたあとで、こりゃ大事件よ。ほんと」

アンは耳をそばだて、外へ出ると言った。

「ロレンゾ・ホワイトさんのところへ、すぐ行くことにするわ」

「だけど、あの人の家はホワイト・サンズ街道だから、あたしたちのルートからは、かなり離れているわ」ダイアナが反対した。「ギルバートとフレッドの担当区域よ」

「あの二人は、今度の土曜日までは行かないわ。それじゃ手遅れなのよ」アンは、きっぱり言った。「めずらしさが薄れてしまうもの。ロレンゾ・ホワイトさんは恐ろしくけちだけど、たった今なら何にだって寄付してくれるわ。こんなまたとないチャンスをみすみす逃すわけにはいかないわよ、ダイアナ」

結果は、アンが思ったとおりだった。二人を庭で迎えたホワイト氏は、復活祭の日の太陽のように満面の笑みを浮かべていた。アンが寄付を求めると、氏は熱烈に賛成してくれた。

「もちろん、もちろん。これまでの寄付の最高額に一ドル上乗せした額を出すから、そう書いておいてくれたまえ」

「それだと、五ドルになります……ダニエル・ブレアさんが四ドルですので」とアンは、恐る恐る言った。しかし、ロレンゾさんは、びくともしなかった。

「じゃあ、五ドルだ……そして、はい、即金で払おう。さあ、お二人とも家へ入ってください。お見せしたいものがあるんだ……まだ、見ている人は少ないんですよ。さ、入って、どう思うか教えてくれたまえ」

「赤ちゃんがかわいくなかったら、なんて言う？」興奮したロレンゾさんのあとについて家の中へ入っていくとき、ダイアナがびくびくしてささやいた。

「あら、何かしらほめるところってあるものよ」とアンは呑気に言った。「赤ちゃんて、そういうものよ」

　しかし、赤ちゃんはかわいかったのだった。ぷっくりした赤ちゃんを見て、少女二人が心から大よろこびしたので、ホワイトさんは五ドル払ったかいがあったと思った。ただし、ロレンゾ・ホワイトが何かに寄付をしたのは、それが最初にして最後だった。

　アンは、疲れてはいたが、その晩、公共の利益のためにもうひとふんばりして、ハリソンさんに会いに農場を駈けていった。ハリソンさんはいつものように、ベランダでパイプを吹かし、そばにはジンジャーがいた。厳密に言えば、ハリソンさんの家はカーモディ街道に面しているのだが、ジェーンもガーティーも、怪しげな噂を聞くばかりでハリソンさんとは面識がないものだから、どうかお願いとアンに頼み込んで、ハリソンさんの担当を引き受けてもらったのだった。

しかしながら、ハリソンさんは、一セントも寄付をしてくれなかった。アンがなだめすかしても、むだだった。

「だけど、協会を応援してくれてるんだと思ったわ、ハリソンさん」とアンは嘆いた。

「してるよ……してるともさ……だが、金を出すほどじゃないってことだよ、アン」

アンは、その夜、東の破風の部屋の鏡に映った自分にこう話しかけた。

「今日のようなことが続いたら、あたし、ミス・イライザ・アンドルーズみたいな悲観論者になりそうだわ」

第7章　それは義務なのです

ある穏やかな十月の夕べ、椅子にもたれかかったアンは、溜め息をついた。教科書や練習帳でいっぱいのテーブルに向かって坐っていたのだが、手許にあるぎっしりと書き込みのされた数枚の紙は、勉強や学校の仕事とは何の関係もなさそうだった。

「どうしたんだい?」開けっぱなしの台所のドアの前へちょうどやってきて、溜め息を聞きつけたギルバートが尋ねた。

アンは顔を赤らめて、自分が書いていたものを学校の作文の下に押しやった。

「大したことじゃないわ。ハミルトン教授から教わったとおり、自分の考えを書きとめようとしていたんだけど、思ったとおりにできないの。白い紙に黒いインクで書いてみると、とたんに何だかぱっとしない、間の抜けたものに見えるんだわ。心の中の思いって、影みたいね……気まぐれに躍りまわって捕まえられない。でも、頑張って続ければ、いつかコツがわかるかも。あたし、あんまり暇な時間がないでしょ。学校の練習帳と作文に赤を入れ終わると、もう自分の文章なんて書く気がしなくなるの」

「アンは学校で、すばらしくうまくやっているじゃないか。生徒全員から好かれてさ」ギルバートは、石の踏み段に腰を下ろしながら言った。

「いいえ、全員じゃないわ。アンソニー・パイは、あたしのことを好きじゃないし、好きになろうとしてくれない。そのうえ、あたしのこと、尊敬してないの……そう、してないんだわ。あたしをばかにしてる。あなただから打ち明けるけど、あたし、すごく気に病んでいるの。どうしようもなく悪い子っていうわけじゃないのよ……ただひどくいたずらなだけで、ほかの子と大してちがわないわ。言うことを聞かないことはあまりないんだけど、そんなことどうだっていいから、まあ言うとおりにしてやらあっていう、ばかにした態度で従うのよ……ほかの子に悪い影響を与えてるわ。何とかわかってもらおうと、いろいろやったんだけど、無理なのかしらという気がしてきた。わかってもらいたいのよ。だって、パイ家の子にしては、とってもかわいい子なんだもの。好きになれると思うわ、あの子がそうさせてくれたら」

「きっと、家で余計なことを聞かされているせいなんじゃないかな」

「そうともかぎらないわ。アンソニーは独立心の強い子で、何につけ自分で決めるもの。これまで男の先生に教わってきたから、女の先生はだめだって言ってるのよ。まあ、忍耐とやさしさとで何ができるかやってみせるわ。困難に打ち克つのは好きだし、教えるのって、ほんと、おもしろい仕事だわ。ポール・アーヴィングは、ほかの子にないものをすべて持ち合わせている子。あの子は、完璧にかわいい子よ、ギルバート。しかも、天才なの。いつか世の中の人たちは、あの子の噂を耳にするだろうって信じているわ」アンは確信したかのような口調で言い終えた。

「ぼくも教えるのは好きさ」とギルバート。「いい訓練になるしね。だって、アン、ぼくは、ホワイト・サンズのアイデアいっぱいの子供たちを教えたこの数週間で、自分が何年もかかって学校で学んだことよりも多くのことを学んだんだよ。ぼくらみんな、うまくいってるみたいだね。ニューブリッジ校ではジェーンが気に入られているみたいだし。ホワイト・サンズでも、ぼくはまあまあいい線いってるんじゃないかな……アンドルー・スペンサー氏を例外としてね。昨夜、家に帰る途中でピーター・ブルーイット夫人に会ったんだけど、『お伝えするのが義務だと思いますから申しますが、スペンサー氏はあなたのやり方に賛同していませんよ』だってさ」

「誰かが義務だと思うから伝えるなんて言うときは」とアンが思い出すように言った。「何か嫌なことを言おうとしてるって思わない？　どうしてすてきなことを伝えるのを義務だと思わないのかしらね？　昨日H・B・ドネール夫人が、また学校に来て、お伝えするのが義務だと思ったと言っていろいろ教えてくれたわ。ハーモン・アンドルーズ夫人は、あたしが子供たちに童話なんか読み聞かせるのはいかがなものかと思っているし、ロジャソン氏はプリリーの算数が遅れているとお考えなんですって。プリリーが石盤越しに男の子たちに流し目をするのを少しでもやめれば、成績もよくなるのに。ジャック・ギリスがプリリーの代わりに計算をしてやってるにちがいないんだけど、その現場を押さえられないのよ」

「ドネール夫人の期待の息子は、例の聖人みたいな名前で呼ばれても、だいじょうぶになったのかい？」

「ええ」とアンは笑った。「でも、大変だったわ。最初、セント・クレアって呼んだら、ぜんぜんわからなくて、二、三度呼んでようやく気づいたの。それから、ほかの子たちが肘でつついたので、ひどくむっとした様子で顔を上げたわ。まるでジョンとかチャーリーとか呼ばれて自分のこととはわからなかったみたいに。だから、このないだ放課後に居残らせて、やさしく話したわ。お母さまがあなたをセント・クレアと呼ぶようにご希望で、私はそうするほかないんだって。すっかり説明したらわかってくれたわ……ほんと、ものわかりのいい子なのよ……で、先生がぼくをセント・クレアと呼ぶのはいいけど、ほかの子がそんなことをしたら、ぶっとばしてやる、だって。もちろん、そんなひどい言葉を使ってはいけないと、叱らなければならなかったけど。それ以来、あたしはあの子をセント・クレアと呼んで、ほかの子たちはジェイク〔ジェイコブの愛称〕と呼んで、うまくやってるわ。大きくなったら大工さんになりたいんだって。ドネール夫人は、あたしがあの子を大学教授にすることをご希望なんだけど」

　大学の話が出たので、ギルバートの思いは別の方へ流れ、二人は将来の計画や希望をしばらく……大まじめに、真剣に、希望に満ちて、若者らしく語り合った。二人にとって、将来はすばらしい可能性に満ちた、足跡ひとつない、真っ新(さら)な道なのだ。

　ギルバートはついに、医者になる決心をしたのだった。

「すばらしい職業だと思うんだよ」ギルバートは熱心に言った。「人間は人生を戦い続けなければならない……人間は戦う動物だって、誰か言ってなかったっけ？……そして、ぼくが戦う敵は、病気と痛みと無知だ……その三つは互いに結びついている。ぼくは、この世で、誠実な、ほんとの仕事をしたいんだよ、アン……人類が生まれてからずっと蓄積してきた人間の知識に、少しでも知識を加えたいんだ。ぼくの前に生きていた人たちは、ぼくのためにものすごいことをしてくれたわけだろ。だから、ぼくは、あとからくる人たちのために何かすることで、感謝を示したいのさ。人類に対する義務を果たすのは、それしか方法がないように思えるんだ」

「あたしは、人生に美しさを加えたいわ」アンは夢見るように言った。「人々がもっと多くのことを知るようになってほしいとは思わない……それはものすごく気高い野心だとは思うけどね……そうじゃなくて、あたしがいるおかげで、愉快にすごしてもらえたらいいなって思うの……あたしが生まれてこなかったら味わえなかっただろうなっていう、ちょっとしたよろこびや、幸せを感じてもらいたいの」

「その野望は毎日かなえているじゃないか」ギルバートは惚れ惚れしたように言った。

　そのとおりだった。アンは、生まれながらにして光の子だったのだ。誰かの人生の中をアンが通り過ぎると、アンの微笑みや言葉が、陽射しのように、その人の人生に射し込んで、少なくともその瞬間その人は、自分の人生が希望に満ち、すばらしく、すてきなものに思えるのだった。

　とうとうギルバートは、名残惜しそうに立ち上がった。

「さて、ぼくはマクファーソンさんのところへ急がなきゃ。ムーディー・スパージョンが今日、日曜日を家で過ごすためにクイーン学院から帰ってきて、ボイド教授がぼくに貸してくれる本を持ってきてくれているはずなんだ」

「あたしは、マリラのお茶の用意をしなきゃ。夕方からキースのおばさまのところへ行っていて、そろそろ帰ってくる頃だから」

アンがお茶を用意したところへ、マリラが帰ってきた。暖炉の火は、パチパチと陽気に燃え、霜のせいで白くなった羊歯と真っ赤な楓の葉を生けた花瓶がテーブルを飾っていて、ハムとトーストのおいしそうな匂いが漂っていた。ところが、マリラは、深い溜め息をついて、椅子にぐったり坐り込んだ。

「また目が痛いの？　頭が痛いの？」アンは心配そうに尋ねた。

「いや、ただ、疲れたんだよ……心配でね。メアリーと子供たちのことだけど……メアリーの具合が悪くなっていて……もう長いことないのよ。あの双子はどうなることやら、私には見当もつかない」

「おじさんから連絡はないの？」

「あったよ。メアリーのところに手紙が来てね。材木を切り出す伐採場で働いて、『よろしくやってる』んだって、どういう意味か知らないけど。とにかく、春まで子供は引き取れないって言うのよ。春には結婚する予定だから、子供を受け入れる家庭ができるって。でも、冬のあいだはメアリーのほうで近所の人にでも預かってもらってくれと書いてあったの。メアリーは、誰も頼める人はいないって言うのよ。イースト・グラフトンの人たちとは、あんまりうまくいってなかったからね。それは本当にそう。要するにね、アン、メアリーは、私に子供を引き取ってもらいたいんだと思う……そうは言わなかったけど、そういう顔つきだったわ」

「まあ！」アンは、すっかり興奮して両手を握りしめた。「もちろん、引き取るわよね、マリラ、ね？」

「まだ決めちゃいないよ」マリラはぶっきらぼうに言った。「私は、あんたみたいに、闇雲に物事を始めたりしないからね、アン。またいとこのいとこっていうのは、かなり薄いつながりだし。しかも、六歳の子供二人の面倒を見るっていうのは、大変な責任だよ……おまけに、双子ときているんだから」

　マリラは、双子は、普通の子供の二倍大変だと思っていたのだった。

「双子って、とってもおもしろいわよ……少なくとも一組なら」とアン。「つまらなくなるのは、二組も三組もいるときだけよ。それにあたしが学校に行って留守のあいだ、マリラを楽しませてくれるものがあったらすてきだと思うわ」

「楽しいことなんか、大してないと思うけどね……心配事と面倒ばかりだよ。あんたを引き取ったときのように、もっと年がいっていたら、少しは安心だけど。ドーラのほうは、だいじょうぶなんだよ……いい子で静かにしているみたいだから。でも、デイヴィーはいたずらでね」

アンは子供が大好きなので、ぜひキース家の双子を引き取りたいと思った。自分自身がつらい子供時代を送った記憶が、まだ生々しく残っていたのだ。マリラのただひとつの弱点は、自分の義務と思うことには身を粉にして頑張ってしまうところだとわかっていたので、アンはじょうずに話をそちらへ進めた。

「デイヴィーがいたずらっ子なら、なおさらちゃんと躾なければいけないわよね、マリラ？　うちが引き取らないとしたら、誰が引き取るのかしら。どんなひどい環境に置かれるかもわからないわ。キースのおばさまのお隣のスプロット家に引き取られると仮定しましょう。リンドのおばさまは、ヘンリー・スプロットほど、ばちあたりな人はいないとおっしゃっているし、あの家の子供の言うことは、ひと言も信じられないわ。双子がそんなふうになったら、おぞましくはないかしら？　あるいは、ウィギンズ家に引き取られたとしましょう。リンドのおばさまによれば、ウィギンズ氏は、家にあるものはすべて売り払ってしまって、脂肪分を濾し取ったあとの牛乳で子供を育てているんですって。たとえ、またいとこのいとこであっても、親戚が飢え死にするのは嫌でしょう？　マリラ、双子を引き取るのは、あたしたちの義務のようよ」

「そのようだね」マリラは暗い顔で同意した。「メアリーに、私が引き取ると言ってくるわ。何もそんなにうれしそうにしなくったっていいよ、アン。あんたの仕事が増えることになるんだからね。私はこの目のせいで、ひと針も縫えないし、あんたが子供たちの服を作ったり、繕ったりしなきゃならないんだよ。しかも、あんたは、縫い物が嫌いじゃないか」

「嫌いよ」アンは静かに言った。「でも、マリラが義務だと思って子供たちを引き取るというなら、あたしだって義務だと思って縫い物ぐらいするわ。嫌いなことでもしなければならないというのは……少しなら、いいことよ」

第8章　マリラは双子を引き取る

レイチェル・リンド夫人は、台所の窓辺に坐ってキルトを編んでいた。ちょうど、数年前のある夕方にマシュー・カスバートが、リンド夫人が「島の外からやってくる孤児」と呼んだアンを馬車に乗せて丘を越えてきたときと同じように。けれども、あれは春だったが、今は晩秋で、木々はすっかり葉を落とし、野原は茶色く枯れていた。ちょうど太陽が紫色と黄金を派手に輝かせながら、アヴォンリーの西の暗い森の向こうへ沈もうというそのとき、丘を下りてきたのは、気持ちよさそうな茶色の老いぼれ馬に引かれた一頭立ての軽装四輪馬車だった。リンド夫人は、熱心に目をこらした。

「あれは、お葬式から帰ってくるマリラだわ」夫人は、台所のソファーに横になっている夫に言った。夫のトマス・リンドは、最近ではかつてよりもソファーに横になることが多いのだ。家の外のことについては何ひとつ見逃さないリンド夫人だが、まだそのことに気づいていなかった。

「双子を連れてる……そら、デイヴィーが小馬の尻尾をつかもうとして泥よけから身を乗り出したのを、マリラが無理やり引き戻したわ。ドーラは、ほんとにおりこうさんに席に坐っている。あの子はいつだって、糊をつけてアイロンでもかけたように、きちっとしているわ。まあまあ、お気の毒に、マリラはこの冬てんてこまいだわね。でも、事情が事情だから、あの子たちを引き取らないわけにはいかなかったし、アンも手伝ってくれるだろうし。こうなると、アンは大よろこびだろうよ。子供を扱うのは、ほんとにじょうずだから。いやはや、お気の毒なマシューがアンを家に連れ帰ってきたのが、つい昨日のようだわ。マリラが子供を育ててるなんてありえないって、みんなで笑ったもんだった。それが今度は、双子を引き取ったんだから、幾つになっても驚きの種はつきないものねえ」

太った小馬はリンドさんの窪地の橋をとっとこ渡り、グリーン・ゲイブルズの小道を進んでいった。マリラの表情はかなり険しかった。イースト・グラフトンから十マイルの道のりだったが、デイヴィー・キースはしょっちゅう動きまわらずにはいられなかったのだ。じっとさせておくことができず、デイヴィーが馬車のうしろから落ちて首の骨でも折りはしないか、泥よけから転がり落ちて馬に踏まれやしないかと、マリラは道中ずっと気が気ではなかった。絶望したマリラは、最後には、家に着いたらたっぷり鞭を打ちますよと脅した。すると、デイヴィーは、マリラの膝にのぼってきて、マリラが手綱を持っていることも気にせずに、マリラの首にぷっくりした両腕をまわして、熊のようにぎゅっと抱きしめたのだ。

「本気じゃないよね」とデイヴィーは、マリラの皺だらけの頬に愛情たっぷりにキスをした。「じっとしていられないだけのことで、小さな男の子を鞭打つような人には見えないもの。おばさんだって、ぼくくらい小さいときは、じっとしてられなかったんじゃない？」

「いいえ。じっとしているように言われたときは、じっとしていました」とマリラは厳しい口調で言おうと努めた。とは言え、デイヴィーに急に抱きつかれて、心はとろけてしまっていたのだが。

「それはきっと、おばさんが、女の子だったからだよ」デイヴィーは、もう一度ぎゅっと抱きしめてから、自分の場所にもぞもぞと戻った。「おばさんも女の子だったんだよね。そう考えると、すっごくおかしいけど。ドーラは、じっとしてられる……けど、そんなの、おもしろくないって、ぼくは思うよ。女の子って、なんか、ぐずぐずしてるだろ。ほら、ドーラ、ちょっと気合いを入れてやるよ」

ディヴィーの「気合いの入れかた」というのは、ドーラの巻き髪をぎゅっとつかんで、引っ張ることだった。ドーラは悲鳴をあげて、泣きだしてしまった。

「どうしてそんないたずらっ子なんだろうね？　お母さんが、今日、お墓に埋められたっていうのに」マリラは絶望しながら尋ねた。

「ママはね、よろこんで死んだんだ」ディヴィーは内緒話のように言った。「ぼく、知ってるんだ。ママ、そう言ってたから。病気には、もううんざりだって。死ぬ前の晩にいろいろ話したんだ。おばさんがぼくとドーラを冬のあいだ預かってくれるから、いい子にしなさいって言ってた。ぼく、いい子になるけど、じっと坐らないで走りまわってても、いい子になれないかな？　それから、ドーラにもやさしくしなさいって。だから、ぼく、やさしくする」

「髪の毛を引っ張るのが、やさしくするってことなの？」

「えっと、ほかの誰にも引っ張らせないんだ」とディヴィーは両手をこぶしにして、顔をしかめて言った。「やるならやってみろ。ぼくなら、あんまり痛くしないもん……泣いたのは女の子だからだよ。ぼく、男の子でよかった。だけど、双子なのは、がっかりだな。ジミー・スプロットは、妹が生意気言うと『ぼくのほうが兄さんなんだから、ぼくのほうがいろいろ知ってるんだ』って言って、それで妹を黙らせるんだって。でも、ぼくはドーラにそう言えないから、ドーラは、ぼくとちがうことばっか考えちゃうんだ。お馬さんを走らせるの、ぼくにもちょっとやらせて、ぼく、男だもん」

マリラは、家の庭に馬車を入れたときは、やれやれありがたいと思った。庭では、秋のそよ風が茶色の落ち葉を舞い上がらせて踊らせていた。アンが門のところへ迎えに出ていて、双子を持ち上げて馬車から下ろした。ドーラは静かにキスをしてもらったが、デイヴィーは思いっきり抱きついて、「ぼく、ミスター・デイヴィー・キースだよ」と元気よく言って、アンの歓迎に応えた。

夕食の席では、ドーラは小さな淑女のように振る舞ったが、デイヴィーのお行儀は、かなりひどいものだった。

「お腹ぺこぺこだから、お行儀よく食べてる暇がないんだよ」マリラに叱られると、デイヴィーは言った。「ドーラは、ぼくの半分もお腹が空いちゃいないんだ。ぼくは、ここに来るまで、じっとなんかしてないもん。そのケーキ、すっごくおいしいね、プラムがいっぱいで。ぼくら、お家では、ずうーっとケーキなんか食べられなかったんだ。ママが病気で作ってくれなかったし、スプロットのおばさんは、パンを焼いてあげるのが精一杯だって言うし。それにウィギンズのおばさんは、ケーキにプラムをひとつも入れてくれないいんだ。ひどいでしょ。もひとつ、おかわり、いい？」

マリラはだめと言おうとしたが、アンが大きめにもうひとつケーキを切り分けてやった。しかし、アンは、「ありがとう」と言わなければいけないとデイヴィーに教えた。デイヴィーは、ただアンににやりと笑うだけで、がぶりと噛みついた。食べ終えてから、デイヴィーは言った。

「もひとつくれたら、それにはありがとうを言うよ」

「いいえ、ケーキはもうたくさん食べました」とマリラは、アンのよく知っている口調で言った。デイヴィーは、マリラがこういう言い方をしたらもうだめだということをこれから知ることになるのだった。

デイヴィーはアンにウインクをして、それから、テーブルに手をのばして、ドーラがほんのひと口食べたばかりのひと切れめのケーキを、ドーラが持っているその手から横取りすると、大きな口を開けて、一気に押し込んでしまった。ドーラの唇は震え、マリラは驚いて、言葉を失った。アンは、できるかぎり「学校の先生」らしく、直ちに叫んだ。

「あら、デイヴィー、紳士はそんなことをしませんよ」

「知ってるよ」デイヴィーは口がきけるようになると、言った。「でも、ぼく、しんしんじゃないもん」

「なりたいと思わないの？」驚いたアンは言った。

「なりたいさ。でも、大きくならないと、しんしんになれないもん」

「あら、なれますよ」アンは、よい種を蒔くチャンスだと思って、急いで言った。

「小さいうちから紳士になり始めることができます。そして、紳士は、決して女の人からものを奪ったりしませんよ……ありがとうを言い忘れたりもしません……誰かの髪を引っ張ったりもしません」

「そんなのつまんないよ、ほんと」デイヴィーは正直に言った。「ぼく、大人になるまでは、しんしんにならなくてもいいや」

マリラは、あきらめた様子で、ドーラにケーキを新たに切ってやった。このとき、マリラは、デイヴィーは手に負えないと感じていたのだった。葬式に出たり、長い馬車道を揺られたりして、今日一日大変だったのだ。そのときのマリラは、イライザ・アンドルーズも顔負けの暗い気持ちで、先を思いやったのだった。

双子は、どちらも金髪だったが、すぐ双子と気づくほどは似ていなかった。ドーラのつやつやした長い巻き毛は、決して乱れることはなかったが、デイヴィーのほうは、ちりちりの小さな黄色の巻き毛の輪っかが、その丸い頭じゅうをおおっていた。ドーラの金褐色の目はやさしく穏やかで、デイヴィーの目はいたずらそうで、小妖精（エルフ）のように躍っていた。ドーラの鼻はまっすぐだが、デイヴィーのは、はっきりとしたしし鼻だった。ドーラは、気取って、取り澄ました口をしていたが、デイヴィーの口はいつも笑っていた。それに、片方の頰だけにえくぼがあって、笑うとかわいくて、一方に傾（かし）いでいるように、ひょうきんに見えた。デイヴィーの小さな顔には、至るところに陽気さといたずらっぽさとが見え隠れしていた。

「もう寝かせたほうがいいわ」マリラは、そうするのが一番手っとり早く二人をおとなしくさせる方法だと思って言った。「ドーラは私と一緒に寝かせるから、アンはデイヴィーを西の破風の部屋に寝かせて頂戴。デイヴィー、あなた、一人で寝るの、怖くないわね？」

「うん。でも、ぼく、まだまだ寝ないよ」デイヴィーは楽しそうに言った。

「いいえ、寝るんです」我慢を重ねてきたマリラが言ったのはそれだけだったが、その声には、デイヴィーでさえ、しゅんとさせるような響きがあった。デイヴィーは、おとなしくアンと一緒に二階に上がった。

「大きくなってまずやりたいのは、ひと晩じゅう起きてたらどうなるか、やってみることだよ」とデイヴィーはアンにこっそりと打ち明けた。

何年も経って、マリラは、双子がグリーン・ゲイブルズにやってきた最初の週のことを思い出すと身震いがした。そのあとの数週間よりもひどいことが起こったというのではないのだが、マリラにはあまりにも驚きの連続だったのだ。デイヴィーが起きているあいだ、いたずらをしていない、あるいはいたずらを考えていない瞬間は、一瞬もなかった。最初のとくにひどい事件が起きたのは、デイヴィーがやってきて二日経ったあとの日曜の朝だった……。よく晴れた暖かい日で、まるで九月のような、霞のかかった、穏やかな日だった。アンはデイヴィーを教会に連れていくために着替えをさせており、マリラはドーラの面倒を見ていた。デイヴィーは、初め、顔を洗ってもらうのをひどく嫌がった。

「マリラが昨日洗ってくれたよ……それに、お葬式の日に、ウィギンズのおばさんが、ソーダ石鹸でごしごししてくれたよ。それで一週間はだいじょうぶだよ。そんなにめちゃくちゃきれいにして、どうすんの？　汚いほうが、ずっと落ち着けるよ」

「ポール・アーヴィングは、毎日、自分で顔を洗いますよ」アンは抜け目なく言った。デイヴィーはグリーン・ゲイブルズに住んでまだ四十八時間と少ししか経っていなかったが、早くもアンを尊敬し、着いた翌日からアンが熱烈にほめ上げるポール・アーヴィングに敵意を抱いていた。ポール・アーヴィングが毎日顔を洗うなら、それで決まりなのだ。ぼくだって、デイヴィー・キースだって、たとえ死んでも、やってやるのだ。同じように考えて、デイヴィーは、ほかの身支度を何もかもおとなしくやったから、すっかり用意が整うと、ちょっとしたハンサムなお子さまができあがった。アンは、デイヴィーを教会内の古いカスバート家のベンチへ連れていくとき、まるで母親のように、自慢に思った。

初めのうちデイヴィーは、教会の中にいる小さな男の子たちをこっそり見まわして、どれがポール・アーヴィングなんだろうと、じろじろ見るのに気を取られていたため、とても行儀よくしていた。最初のふたつの讃美歌と聖書の朗読は何事もなくすんだ。

騒ぎが起こったのは、アラン牧師のお祈りの最中だった。

デイヴィーの前には、ローレッタ・ホワイトがうつむき加減に坐っていた。うしろに垂らした金髪のお下げ二本のあいだからは、白い項が、ふんわりしたレースのフリルに包まれて誘惑するように覗いていた。ローレッタは太った落ち着いた感じの八歳の女の子で、六か月の赤ちゃんのときに母親に教会に連れてこられた最初の日からずっと、教会でいつも行儀よくしていた。

デイヴィーがポケットに手を突っ込んで取り出したのは……もぞもぞと動きまわる毛むくじゃらの毛虫だった。マリラは気づいて、デイヴィーの手を引っつかもうとしたが、遅すぎた。デイヴィーは、毛虫をローレッタの首に落としてしまったのだ。

アラン牧師のお祈りの真っ最中に、絹を裂くような悲鳴が連続してあがった。牧師さんはびっくりしてお祈りをやめ、目を開けた。教会じゅうの人たちが顔を上げた。ローレッタ・ホワイトが、服の背中へ必死になって手を伸ばしながら、自分の席で上へ下へと飛び跳ねている。

「きゃあ……ママ……ママ……きゃあ……取って……きゃあ……取ってよ……きゃあ……あの悪い子が背中に入れたの……きゃあ……ママ……どんどん下へ入っちゃう……きゃあ……きゃあ……きゃあ……」

ホワイト夫人がこわばった顔をして、ヒステリーを起こして身をよじるローレッタを教会から連れ出した。その叫び声は遠くに聞こえなくなっていき、アラン牧師は礼拝を続けたが、誰もが、その日はさんざんなことになったと感じていた。マリラは生まれて初めて聖書の言葉が耳に入らず、アンは悔しさで頬を真っ赤にして坐っていた。

家に帰ると、マリラはデイヴィーにベッドに入るように言いつけ、一日じゅうそこにいるように命じた。何もつけないパンと牛乳以外、お昼ご飯は抜きにした。アンがパンと牛乳を二階に運んで、悲しみに暮れて坐っていると、その横でデイヴィーは、悪びれもせずにおいしそうにそれを飲み食いした。けれども、アンのつらそうな目は、デイヴィーも気になった。

「きっと」とデイヴィーは考えながら言った。「ポール・アーヴィングなら、教会で女の子の背中に毛虫を落としたりしないんだろうね？」

「しないわ」アンは悲しそうに言った。

「じゃあ、やって悪かったよ」とデイヴィーはしぶしぶ言った。「でも、すっごくおっきな毛虫だったんだ……教会に入るとき、段のところで拾ったの。むだにするのは、もったいないだろ。それに、あの子が叫んだの、おもしろくなかった？」

火曜日の午後に、教会の婦人会の会合がグリーン・ゲイブルズで開かれた。アンは、自分ができるかぎり手伝わないとマリラ一人ではどうにもならないことがわかっていたので、大急ぎで学校から戻った。ドーラは、きれいに糊のきいた白いドレスを着て、黒いサッシュ〔腰に巻く飾り帯〕を結んで、こざっぱりとして、婦人会のメンバーと一緒に客間に坐り、話しかけられたら上品に答えて、そうでないときは黙っていて、どこから見てもいい子のお手本のようにふるまっていた。デイヴィーは、とんでもなくどろんこになって、納屋のある裏庭で、泥のパイを作っていた。

「泥んこでもいいことにしたの」マリラが疲れたように言った。「ひどいいたずらをされるよりはましだもの。あれなら、せいぜい泥んこですむからね。こちらのお茶をすませてから、あの子に食べさせることにしましょ。ドーラはみんなと一緒でいいけど、デイヴィーを婦人会のみなさんと同席させようとは、絶対思わないわ」

お茶の用意ができたので食堂へどうぞ、とアンが婦人会のメンバーに声をかけに行くと、客間にドーラがいなかった。ジャスパー・ベル夫人が、デイヴィーが玄関にやってきてドーラを呼び出したと教えてくれた。台所でマリラと急いで相談した結果、子供たち二人ともあとで食事を食べさせればよいということにした。

お茶がなかば終わったころ、食堂に、哀れな恰好をした子が入ってきた。マリラとアンはうろたえて、婦人会のメンバーは呆気にとられた。これが、ドーラだろうか……びしょ濡れになって、服や髪から水をぽたぽた滴らせて、マリラが新しく敷いたコイン模様の絨毯を水浸しにして、泣きじゃくっている得体の知れない子が？

「ドーラ、何があったの？」アンは叫んで、うしろめたそうにジャスパー・ベル夫人をちらりと見た。ベル夫人のご家庭は、事件など決して起こさない、世界一きちんとしたご家庭だと言われているのだ。

「デイヴィーが、あたしにブタ小屋の囲いの上を歩けって言ったの」とドーラは泣き叫んだ。「嫌だったんだけど、弱虫やーいって言うから。そしたらブタの中に落ちちゃって、およーふくがすっかり汚れて、ブタにふんずけられたの。およーふくがめちゃくちゃになって、デイヴィーが、ポンプの下に立ったらきれいに洗ってやるって言うから、言うとおりにしたら、お水を頭からかけられて、でも、およーふくはちっともきれいにならなくて、かわいいサッシュもお靴も、みんなだめになっちゃった」

食事の給仕役をアンに任せて、マリラは、ドーラを二階に連れていき、いつもの服に着替えさせた。デイヴィーは捕まえられて、夕食なしでベッドに入れられた。アンは夕暮れどきにデイヴィーの部屋へ行き、真剣に話をした……。アンが堅く信じている方法であり、まったく効果がないわけではなかった。アンは、デイヴィーのやったことをとても残念に思うと言った。

「ぼくも今は、悪いと思ってるよ」とデイヴィーは認めた。「でも、困るのは、そういうことをやっちゃうまでは、悪いって思わないんだよね。ドーラは、およーふくが汚れるからって、泥のパイを作るのを手伝ってくれないんだもん。ぼく、ものすごくカッときちゃったんだ。ポール・アーヴィングだったら、自分の妹にブタ小屋の囲いの上を歩かせたりしないんだろうね？　中に落っこちるってわかってるのに」

「ええ。そんなことは夢にも思いませんよ。ポールは完璧な小さな紳士だから」

デイヴィーはぎゅっと目をつぶって、しばらくこのことを考えているようだった。それから、アンの膝の上によじのぼって首に両腕をまわして、その赤くなった小さな顔をアンの肩にすり寄せた。

「アン、ぼくが、ポールみたいないい子じゃなくても、ぼくのこと、少しは好き？」

「好きよ」アンは心から言った。どういうわけか、この子を好きにならずにはいられないのだ。「でも、そんなにいたずらをしなければ、もっと好きになれるんだけどな」

「ぼく……今日、ほかにもやっちゃったの」デイヴィーは、くぐもった声で言った。「今では悪いと思ってるけど、言うのは、すっごく怖いな。ものすごく怒らないでいてくれる？　マリラにも言わないでね？」

「どうかな、デイヴィー。マリラには言わなきゃいけないかもよ。でも、何にしろ、二度としないって約束するのなら、あたしも言わないって約束できる気がするわ」

「うん、二度としないよ。とにかく、今年はもうあんなの見つからないと思うし。地下室の階段で見つけたんだ」

「デイヴィー、何をしたの？」

「マリラのベッドに、ヒキガエルを入れたの。そうしたほうがよければ、取り出しちゃってもいいよ。でもさ、アン、そこに置いといたほうが、おもしろくない？」

「デイヴィー・キース！」アンはデイヴィーのしがみつく腕を引きはがして、廊下を駈け抜けて、マリラの部屋へ行った。ベッドは微かに乱れていた。アンはいらいらとあわてて、毛布をぱっと引きはがすと、確かに、枕の下からぱちくりとした目を覗かせて、こちらを見上げているヒキガエルがいた。

「こんな気持ち悪いもの、どうやって取り出せばいいの？」アンは身震いして、うなった。暖炉で使うシャベルがいいと思いついて、マリラが台所で忙しくしているあいだ、アンは足音をしのばせて一階へ下りて取ってきた。このヒキガエルを一階へ運ぶのもひと苦労だった。というのも、カエルはシャベルから三度飛び跳ねて、一度は、廊下で見失ったかと思ったからだ。とうとうサクランボの果樹園に捨てると、アンは、ほっと長い溜め息をついた。

「もしマリラがこれを知ったら、一生安心してベッドに入れないでしょうね。あの小さな罪人が早く懺悔してくれてよかったわ。あら、ダイアナが窓からあたしに合図をしてる。うれしい……少しは気がまぎれることがなきゃ、やってられないもの。学校ではアンソニー・パイ、お家ではデイヴィー・キースじゃ、とてもじゃないけど、一日もたないわ」

第9章　色の問題

「あのレイチェル・リンドとかいう、厄介なばあさんが、また今日もきたよ。教会の聖具室の絨毯を買うのに寄付をしろと、うるさく言いやがるんだ」とハリソンさんは怒って言った。「あの女ほど、嫌なやつはおらん。説教も聖書の言葉も注も解釈も何もかも短い言葉にまとめて、自分と意見がちがう人はキリスト教徒じゃないみたいに、煉瓦でもぶつける勢いでぶつけてくるんだからね」

ベランダの端に腰掛けていたアンは、灰色に染まった十一月の夕暮れどき、耕したばかりの畑を渡って吹いてきた穏やかな西風の心地よさにうっとりして、庭の向こうのくねった樅の木立で風が不思議なメロディーを微かに奏でているのを楽しんでいたが、その夢見る顔を肩越しにハリソンさんに向けた。

「問題なのは、おじさんとリンドのおばさまが理解し合わないことよ」アンは説明した。「お互いに嫌い合ってる人たちって、いつもそう。あたしも、最初はリンドのおばさまが嫌いだったけど、おばさまのことがわかるようになったら、好きになったわ」

「リンドのばあさんを好きになる人もおるだろうが、わしは、バナナを食べ続けたら好きになるからと言われてバナナを食べ続けたりはせんのだ」ハリソンさんは、うなった。「相手を理解しろも何も、あの人は誰もが認めるお節介焼きじゃないか。本人にもそう言ってやったよ」

「あら、そんなことを言われたら、おばさま、とっても傷ついたと思うわ」アンは非難がましく言った。「よくもそんなことが言えたわね。あたしもずっと昔にリンドのおばさまにひどいことを言ったけど、それは癇癪を起こしてしまったからだわ。わざと言ったりするなんて、ひどいわ」

「それは本当のことであり、わしは誰に対しても本当のことを言うんだ」

「でも、本当のことをぜんぶ言わないじゃない」とアンは抗議した。「嫌なところだけを言うんだわ。あたしにだって、髪の毛が赤いって何十回も言うけど、あたしの鼻がすてきだって一度も言ってくれないでしょ」

「そんなこと、言わんでもわかってるだろ」ハリソンさんは、くすくす笑った。

「髪の毛が赤いことだってわかってるわよ……前よりもずっと暗い色になったけど……だから、髪の毛のことだって言う必要はないのよ」

「まあ、まあ、そんなに気にしてるんなら、これからは言わないようにするさ。勘弁してくれなきゃならんよ、アン。わしには、あからさまに言う癖があるんで、いちいち気にせんでもらいたい」

「気にするわよ。それが癖だからなんて、何の言い訳にもなりゃしないわ。みんなに針やピンを刺しまくる人がいて、『失礼、気にせんでくれ……わしの癖だから』なんて言われたらどう思う？　どうかしてると思わない？　リンドのおばさまがお節介だってことは、そりゃそうかもしれないけど、おばさまにはとてもやさしい心があって、貧しい人をいつも助けてあげているのよ。そのことは言ってあげた？　おばさまの乳しぼり場からティモシー・コトンがバターをひと壺盗んで、自分の奥さんにおばさまから買ったって嘘ついたときだって、ひと言も言わなかったんだから。コトン夫人がその次におばさまと会ったときに、あのバターはかぶの味がしたと文句を言ったら、リンドのおばさまは、できが悪くて申し訳ないって、謝ったのよ」

「あの人にもいいところはあるだろうさ」ハリソンさんは、しぶしぶ認めた。「そりゃ大抵の人はそうさ。わしにだって、いいところはある。おまえさんにはわからんだろうがね。だが、何があっても、あの絨毯に、一セントも払うつもりはないんだ。ここじゃ、誰もが金をせびるようだね。公会堂を塗る計画はどうなったんだい？」

「とってもうまくいってるわ。先週の金曜の夜にアヴォンリー村改善協会のミーティングを開いたら、寄付金がじゅうぶん集まって、公会堂にペンキを塗るだけじゃなくて、屋根も葺き直せることがわかったの。大抵の人は気前よく寄付してくださったものですからね、ハリソンさん」

アンは心根のやさしい少女だったが、場合に応じて、ある言葉を強く言って少しいやみを利かせることぐらいはできた。

「何色に塗るのかね？」

「とってもきれいな緑にしたわ。もちろん屋根は、えんじ色。今日、ロジャー・パイさんが、町でペンキを買ってきてくださるの」

「塗るのは、誰かね？」

「カーモディのジョシュア・パイさんよ。もう屋根の葺き替えは、ほとんど終わってるの。パイ家って四家族もいるでしょ……そのどの家もが、ジョシュアに仕事をやらせなければ一セントも出せないっていうから、ジョシュアさんと契約するしかなかったの。パイ家四軒合わせて十二ドルを出すと言ってくれたから、これを逃す手はないと思ったわけ。パイ家の言いなりになるのはよくないと言う人もいたけどね。リンドのおばさまは、パイ家は何だって自分たちで仕切ろうとするっておっしゃってたわ」

「問題は、そのジョシュアというやつがちゃんと仕事ができるかということだろ。できるなら、名前がパイだろうが、プディングだろうが、かまいやしない」

「腕のいい職人だっていう評判よ。かなり変わっているらしいけど。めったに口をきかないらしいの」

「そいつは確かに変わってるな」とハリソンさんは冷ややかに言った。「少なくとも、この村の人にとっちゃ、変わり者だろう。わしも、アヴォンリーにくる前はおしゃべりじゃなかったが、ここじゃ自己弁護のために口をきかなきゃ、口がきけないとリンド夫人に決めつけられて、わしに手話を習わせるための募金活動でも始められちまう。おや、まだ帰らんだろ、アン？」

「もう行かなきゃ。今晩ドーラのために縫い物をしなきゃならないの。それに、ディヴィーがそろそろまたいたずらをして、マリラの心をずたずたにしているわ。今朝、あの子、起きぬけに『夜ってどこへ行っちゃうの、アン？　教えて』って言いだして、夜は世界の裏側に行くんだって教えたんだけど、朝ご飯のあと、そうじゃないって言いだしたの……井戸の底へ落ちたんだって。マリラは、今日、四度も、あの子が井戸の中の夜に手を伸ばそうとして井戸へ落ちそうになるのを捕まえたわ」

「大したいたずらぼうずだよ」とハリソンさんは断言した。「昨日、ここへやってきて、わしが納屋に行っている隙に、ジンジャーの尻尾から六本も羽根をむしりとりやがった。可哀想なオウムは、それ以来、ふさぎ込んでるよ。ああいった子供は、あんたがたにとって、悩みの種だろ」

「手にする価値のあるものなら、どんなものにも多少の苦労はあるものよ」とアンは言い、何であろうと、デイヴィーが次にするいたずらは、赦してやろうと密かに思った。ジンジャーに仕返しをしてくれたからだ。

その晩、ロジャー・パイが公会堂を塗るペンキを家に持ち帰り、無愛想でむっつりとしたジョシュア・パイが次の日からペンキを塗り始めた。その仕事は誰にも邪魔されなかった。公会堂は〝下の道〟と呼ばれるところにあって、晩秋にはこの道はいつもぬかるむので、人々は少し遠回りになる〝上の道〟を通ってカーモディへ行き来したからだ。公会堂は樅（もみ）の森にびっしりと囲まれていたので、近づかないと見えなかった。人づきあいの苦手なジョシュア・パイにはありがたいことだったが、誰にも見られないまま、ペンキ塗りを仕上げることができたのだ。

ジョシュアは金曜の午後に仕事を終えて、カーモディへ帰っていった。そのすぐあとに、レイチェル・リンド夫人が馬車で通りかかった。公会堂がどんなふうに新しくなったのかを見たいがために〝下の道〟のぬかるみをあえて通ったのだ。唐檜（とうひ）の林を曲がったところで、公会堂が見えてきた。

それを見たリンド夫人は、奇妙な反応をした。手綱を取り落とし、両手を宙に上げて、「まあ、なんてこと！」と言ったのだ。自分の目が信じられないかのように、目を見開いている。それから、ほとんどヒステリーのように笑いだした。

「何かのまちがいだわ……絶対。あのパイ家の連中はいつかへまをやらかすとわかってたのよ」

リンド夫人は家に帰る途中、何人かの人に会って、公会堂のことを話した。ニュースは野火のように瞬く間に広がった。家で教科書を読んでいたギルバート・ブライスは、父親が雇った少年から日暮れに知らせを聞いて、息せき切ってグリーン・ゲイブルズに駆けつける途中、フレッド・ライトと一緒になった。グリーン・ゲイブルズに着いてみると、ダイアナ・バリー、ジェーン・アンドルーズ、そしてアン・シャーリーが、絶望の権化となって、庭の木戸のところの落葉した大きな柳の木の下にいた。

「そんなの、ほんとじゃないよね、アン？」ギルバートが叫んだ。

「ほんとなのよ」と答えたアンは、悲劇の女神のようだった。「リンドのおばさまが、カーモディからの帰りに立ち寄って、教えてくださったの。ああ、あまりにもひどいわ！　改善も何もあったものじゃないわ」

「ひどいって、何が？」ちょうどこのとき、町からマリラのために円筒形の帽子箱を買って戻ってきたオリヴァー・スローンが尋ねた。

「聞いてないの？」ジェーンが怒って言った。「まあ、要するにこういうこと……ジョシュア・パイが公会堂を緑じゃなくて青く塗ってしまったの……荷車とか手押し車に塗るような濃いけばけばしい青よ。リンドのおばさまは、建物に使うには、考えられるかぎり最悪の色だって。とくに赤い屋根と一緒じゃ、目も当てられないって。それを聞いたとき、あたし、もう少しで倒れてしまいそうだったわ。あたしたちがあんなに苦労したのに、あんまりな話よ」

「どうしてこんなまちがいが起きたの？」ダイアナが嘆いた。

どうしてこのひどい災難が起きたのかつきつめてみると、やがてパイ家のせいだとわかった。改善員たちは、モートン・ハリス社のペンキを使うことにしていたのだが、モートン・ハリス社のペンキ缶には色ごとに番号がついており、購入者は色表で色を選んで番号で注文する。ほしかった緑色は一四七番で、ロジャー・パイが町へ行ってペンキを買ってきてあげると言って、息子のジョン・アンドルーを改善員たちのところへ使いによこしたとき、改善員たちは一四七番を買うようにお父さんに伝えてくださいと言ったのだ。ジョン・アンドルーはそう伝えたと言い張るのだが、ロジャー・パイは、息子は一五七番と言ったと主張して、いつまでたっても埒が明かないのだ。

その夜、アヴォンリーじゅう、どの改善員の家でも、落胆の色が広まっていた。グリーン・ゲイブルズでの陰鬱さはあまりにも強烈で、デイヴィーでさえおとなしくなったほどだ。アンは涙が止まらず、どう慰めても泣きやまなかった。

「もうすぐ十七だとしても、泣きたいのよ、マリラ」とアンはすすり泣いた。「あまりにもひどいんだもの。あたしたちの協会を葬りさる死の鐘を響かせる事件だわ。協会は笑いものになって、消えてしまうのよ」

しかしながら、夢と同じく、人生において、物事は逆さまになることがよくあり、アヴォンリーの人々は笑わなかった。あまりにも怒っていたのだ。公会堂を塗るお金は自分たちが出したのだから、このまちがいにひどく腹を立てたのだ。みんなの怒りは、パイ家へ向けられた。へまをやったのは、ロジャー・パイとジョン・アンドルー・パイの親子だし、ジョシュア・パイだって、缶を開けてペンキの色を見たら何かおかしいとわかりそうなものなのに、それをそのまま塗るなんて、よっぽどのばかなんじゃないかと言われた。このようにとがめだてられたジョシュア・パイは、アヴォンリーの人たちの色の趣味など自分の知ったことではないし、自分自身の意見は関係ないと言い返した。自分は公会堂を塗るために雇われたのであって、意見を言うためではないのだから、仕事をした報酬は受け取って当然だと主張したのだ。

協会は、判事をしているピーター・スローン氏に相談してから、悔しい思いをしながら、ジョシュア・パイにお金を払った。

「払わなければならないよ」とピーターは言った。「ジョシュア・パイは、何色になるかということを教えてもらわずに、ただ缶を渡されて塗るように言われたと主張している以上、このまちがいの責任を問うわけにはいかない。それにしても、こいつはとんでもない大失態だね。公会堂はまったくひどいことになってしまった」

ついてない協会は、これまで以上にアヴォンリーの人たちから白い目で見られるのではないかと思ったが、逆にみんなの同情を買った。目的のために一所懸命頑張ってきた熱心な、まじめな若者たちが、ひどい目に遭ったと人々は考えたのだ。リンド夫人は、改善員たちに、この世の中には物事を台なしにしないで成し遂げる人もいることをパイ家に思い知らせるためにも続けなさいと言ってくれた。メイジャー・スペンサー氏は、自費で、自分の農場の前の道から切り株をぜんぶ抜き取って、芝生の種を蒔こうと言ってよこしたし、ハイラム・スローン夫人はある日、学校に立ち寄って、アンを意味ありげに入り口へ呼びだし、春に協会が三叉路のところにゼラニウムの花壇を作るつもりなら、うちの牛のことは心配しなくていい、うちの牛が荒らしまわらないようにきちんと閉じ込めておくから、と言ってくれた。ハリソンさんさえ、裏でこっそりくすくす笑いながらも、表向きはすっかり同情してくれた。

「気にするな、アン。ペンキなんてもんは、毎年はげ落ちてみっともなくなるもんだが、あの青は最初っからみっともないんだから、逆にだんだんきれいになっていくさ。それに屋根は、きちんと葺き替えられて、ちゃんとした色も塗られたわけだろ。これからは、雨漏りもせずに、公会堂が使えるじゃないか。それだけでも、まあ、やることはやったってことだよ」

「でも、アヴォンリーの青い公会堂は、これからずっと、まわりの村々の笑いものになるわ」アンは、苦々しく言った。

残念ながら、それは確かにそのとおりだった。

第10章　ディヴィー、刺激を求める

　ある十一月の午後、〝樺の道〟を通って学校から歩いて帰ってきたアンは、人生がとてもすばらしいものだという思いを改めて強くしていた。その日は、よい一日だった。アンの小さな王国では、すべてがうまくいったのだ。セント・クレア・ドネルは、自分の名前のことで、誰とも喧嘩をしなかった。プリリー・ロジャソンは、顔が歯痛でふくれあがったため、近くの男の子に色目を使おうなどと一度もしなかった。バーバラ・ショーは、ひしゃくの水を床にこぼすというたったひとつの失敗しかしなかった……そして、アンソニー・パイは、今日はお休みだった。

「この十一月は、ほんと、すてきだったわ！」独り言を言う子供の頃の癖が抜け切らないアンは、自分に言った。「十一月って、大抵ひどく嫌な月……まるで一年が年を取ったことにふと気づいて、もはや泣いてやきもきするしかないといったふうな。でも今年は、上品に年を取っているわ……白髪や皺があっても魅力的になれるとわかっている、風格のある老婦人のように。日中もすてきだったし、夕暮れも美しかったわ。この二週間はとくに穏やかで、ディヴィーでさえお行儀がいいくらいだったし。あの子、ほんとに進歩したと思う。今日は森がなんて静かなんだろう……そよ風が梢を揺らすほかには、何のざわめきもないなんて！　どこか遠くの浜に打ち寄せる波の音のよう。森ってなんてすてきなのかしら！　美しい木々たちよ！　あなたたち一本一本を友として愛してるわ」

アンは立ち止まり、細い樺の若木に片腕をまわして、その薄いクリーム色の幹にキスをした。小道の曲がり角を曲がってきたダイアナが、そんなアンを見つけて笑った。

「アン・シャーリー、あなた、大人になったふりをしてただけなのね。一人のときは、昔と変わらない小さな女の子じゃないの」

「あら、いきなり小さな女の子をやめるなんて、できないわよ」アンは陽気に言った。「だって、十四年間も子供をやってきて、大人っぽくなってまだ三年も経っていないのよ。あたし、森のなかだといつだって子供の気分になるの。今じゃ、この学校からの帰り道しか、夢を見るときがないんだもの……眠りに落ちる前の三十分は別としてね。教えたり、研究したり、マリラを手伝って双子の世話をしたりで、想像する時間なんてすっかりなくなってしまったわ。毎晩、東の破風の部屋でお布団に入ってからほんの少し、あたしがどんなにすばらしい冒険をしているか知らないでしょ。いつも、自分が華やかで、意気揚々とした、立派な人になる想像をするの……偉大なプリマドンナとか、赤十字の看護婦とか、女王さまとか。昨夜は、あたし、女王さまだったわ。女王になった想像をするのは、ほんとにすごいわよ。実際の面倒は一切なしに、楽しいところだけはぜんぶ味わえて、やめたいときにいつだってやめられるんだもの。現実の人生ではそうはいかないけど。でも、この森では、すっかりちがうことを想像するの……古い松の木に住んでる妖精になったとか、鰍くちゃの葉の下に隠れている小さな茶色の森の小妖精になったとかね。あの、あたしがキスをしていた白い樺の木は、あたしの妹なの。ただちがうのは、あの子は木で、あたしは女の子ってことだけ。でも、それって大したちがいじゃないのよ。どこへ行くの、ダイアナ？」

「ディクソンさんのお家。アルバータに、新しい服を裁つ手伝いをする約束をしたのよ。夕方、アンも来ない？　そしたら一緒に帰れるわ」

「そうね……フレッド・ライトが町へ出かけて、留守だものね」アンは、とぼけて言った。

ダイアナは顔を赤らめて、頭をつんとそらせて歩き去った。でも、気を悪くしたようには見えなかった。

アンは、その夕方ディクソン家へ行くつもりだったのだが、行かなかった。グリーン・ゲイブルズに着いてみると、一切ほかのことなどどうでもよくなってしまうような大事件が起こっていたのだ。裏庭で出会ったマリラは、目を大きく見開いていた。

「アン、ドーラがいないの！」

「ドーラが！　いない！」アンは、庭の木戸の上で体を揺らしているディヴィーを見やり、その目が愉快そうに光っているのに気づいた。「デイヴィー、ドーラがどこにいるか知ってるの？」

「ううん、知らないよ」デイヴィーは、きっぱり言った。「お昼ご飯のあと、見てないよ。誓って、ほんとだよ」

「私は一時から家を空けていたんだよ」とマリラ。「トマス・リンドが急に具合が悪くなって、すぐに来て、とレイチェルに呼ばれたもんだから。私が出ていくときは、ドーラは台所でお人形遊びをしていて、デイヴィーは納屋のうしろで、泥のパイを作っていたわ。ほんの三十分ほど家を空けただけなのに……ドーラがどこにも見当たらないのよ。デイヴィーは、私が出てからドーラを見ていないと言うし」

「見てないよ」デイヴィーは厳かに誓った。

「どこかにいるはずだわ」とアン。「一人で遠くまで行ったりしない子だもの……とっても臆病（おくびょう）だから。ひょっとしたら、どこかの部屋でぐっすり眠り込んでいるんじゃないかしら」

　マリラは首を振った。

「家じゅう見てまわったよ。でも、ほかの建物のどこかにいるかもしれないね」

　徹底的な捜索が始まった。家じゅう、庭じゅう、そして納屋などのほかの建物の隅々まで、二人は、必死になって捜した。アンは、ドーラの名前を呼びながら、果樹園と〝お化けの森〟をさまよった。マリラは、蠟燭を持って、地下の食料庫を捜した。デイヴィーは、アンとマリラのあとを代わる代わるについてまわり、ドーラがいそうなところを次々に挙げていった。とうとう三人は、また庭で落ち合った。

「これは、いよいよ、不思議だわ」とマリラはうなった。

「どこへ行ってしまったのかしら?」アンは、みじめな気持ちで言った。

「たぶん井戸に落っこちたんだよ」デイヴィーが陽気に言った。

アンとマリラはぞっとして、互いの目を覗き込んだ。その考えは捜しているあいだじゅうずっと頭にあったのだが、どちらも言葉にすることができないでいたのだった。

「そう……そうかもしれないね」マリラがささやいた。

気が遠くなりそうになったアンは、井戸のところへ行き、中を覗き込んで、気分が悪くなった。井戸の桶が、内側の棚に載っている。ずっと下のほうに、静止した水が微かに光っている。カスバート家の井戸はアヴォンリー一深いのだ。もしドーラが……そんなこと、考えるのも恐ろしかった。アンは身震いして、井戸から離れた。

「ひとっ走りして、ハリソンさんを呼んできて」マリラが両手を揉み絞って言った。

「ハリソンさんも、ジョン・ヘンリーもどっちも、留守よ……今日は町へ出かけてる。バリーさんを呼んでくるわ」

アンとともにやってきたバリー氏は、物をひっかけてつかむ鉤の形をした道具のついたロープをひと巻き抱えていた。マリラとアンが、恐怖と心配に冷たく震えながらそばで見守るなか、バリー氏は井戸をさらった。デイヴィーは、木戸にまたがって、おもしろくてたまらないという顔をして、三人を見ていた。

　とうとうバリー氏は、ほっとした様子で首を振った。

「ここにはいないね。だけど、いったい、どこへ行ってしまったのだろうね。おい、坊や、ドーラがどこに行ったか、ほんとに知らんのかね？」

「知らないって、何十回も言ったよ」デイヴィーは、気を悪くした様子で言った。

「たぶん知らないおじさんに、さらわれちゃったんだよ」

「ばかなことを」井戸の恐ろしい恐怖から解放されたマリラがぴしゃりと言った。

「アン、ひょっとしてハリソンさんのお宅へ迷い込んだりしたんじゃないかしら。あんたがあの子をあそこへ連れていってからというもの、あの子、あのオウムの話ばかりしてたじゃないの」

「ドーラが一人でそんな遠くまで行くとは思えないけど、見てくるわ」とアン。

　そのときデイヴィーを見ている人はいなかったが、もし見ていたら、その顔つきが見る見るうちに変わったのがわかっただろう。デイヴィーはこっそりと木戸から下りると、そのぽちゃっとした足でできるかぎり速く、納屋のほうへ駈けていった。

　アンは大して期待もせずに、畑を急いで抜けて、ハリソン家の敷地に入った。家には鍵がかかっていて、窓にはブラインドが下りていて、誰もいない様子だった。アンはベランダに立って、大声でドーラの名前を呼んだ。

うしろの台所にいたジンジャーが、ふいに、けたたましく罵りだしたが、その声に混じって、ハリソンさんが庭の道具置き場に使っている小さな納屋から、訴えるような泣き声が聞こえてきた。アンはその戸口へ飛んでいき、掛け金をはずすと、釘の樽を伏せたところにしょんぼり腰掛けている小さな子を抱きあげた。顔は、涙でぐちゃぐちゃだった。

「まあ、ドーラ、ドーラ。どんなに心配したことか！　なんでこんなところにいたの？」

「デイヴィーと一緒に、ジンジャーを見にきたの」とドーラはすすり泣いた。「でも、やっぱり見られなくて、デイヴィーがドアを蹴っ飛ばすと、ジンジャーがどなっただけだったの。それから、デイヴィーがあたしをここに連れてきて、ぱっと外へ飛び出して、ドアを閉めちゃったの。あたし、出られなくて、泣いて泣いて、怖かったの。ああ、お腹が空くし、寒いし。もう来てくれないんじゃないかと思ったわ、アン」

「デイヴィーが？」アンには、それ以上、何も言えなかった。

アンは、重たい心で、ドーラを抱っこして家に帰った。無事にドーラを見つけてよかったというよろこびは、デイヴィーの振る舞いが引き起こした苦痛のために消えてしまった。いたずらでドーラを閉じ込めるくらいなら、赦せる。しかし、デイヴィーは何度も嘘をついたのだ……それも血も凍るようなひどい嘘を。それはおぞましい事実であって、アンはそれに目をつぶることはできなかった。坐り込んで、落胆のあまり泣いてしまいたい気持ちだった。デイヴィーが大好きだったのに……この瞬間までどれほど愛おしく思っていたのか、わかっていなかった……だからこそ、あの子がわざと嘘をついたということに耐えられず、つらいのだった。

マリラは、アンの話をじっと聞いていたが、その沈黙は、デイヴィーにとって決してよい兆しではなかった。バリー氏は笑って、さっさとデイヴィーにお仕置きすればいいと言った。氏が行ってしまうと、アンはすすり泣いて震えているドーラをなだめて温めてやり、夕食を食べさせて、ベッドに寝かせた。それから台所へ戻ると、ちょうどそこへ怖い顔をしたマリラが、デイヴィーを引っ張って、というより、引きずってきた。馬小屋の一番暗い隅に隠れていたデイヴィーは、クモの巣だらけだった。

マリラは、デイヴィーを押しやって、床の真ん中の敷物の上に立たせると、自分は東の窓辺に坐った。アンは西の窓辺にぐったりと坐っており、二人のあいだに犯人は立たされたわけだ。デイヴィーはマリラに背を向けており、その背中はいかにもおとなしく、しゅんとして、怖がっているように見えた。しかし、アンのほうへ向けた顔は、少しばつが悪そうではあったが、その目には、悪いことをした罰は受けるけれども、あとでアンと一緒に笑ってすませることができるかのような、仲間ですよねと、訴えかけるきらめきがあった。

ところが、アンの灰色の目には、そんなディヴィーに応えるような微笑みは少しも覗いていなかった。いたずらだけだったら、微笑んだかもしれない。アンの目にあったのは、微笑みとはちがう……ぞっとする、よそよそしいものだった。

「どうしてあんなことができたの、ディヴィー？」アンは悲しそうに尋ねた。

ディヴィーは、落ち着かずに、もじもじした。

「ふざけただけだよ。ここって、ずっと、めちゃくちゃ静かで、つまんないんだもん。みんなをぎょっとさせたらおもしろいだろうなって思ったんだ。それでほんとにおもしろかったし」

恐れと少々の後悔を感じながらも、ディヴィーは思い出して、にやりとした。

「でも、偽りを言いましたね、ディヴィー」アンはこれまでになく悲しそうに言った。

ディヴィーは、わけがわからないという顔をした。

「偽りってなに？　嘘っぱちのこと？」

「嘘をつくということです」

「もちろん、嘘ついたよ」ディヴィーはあっさり言った。「嘘つかなきゃ、怖がってくれなかったでしょ。嘘つかなきゃだめだったんだ」

アンは、さっきまでの恐怖と緊張のせいで、どっと疲れを感じていたが、ディヴィーの無反省な態度がとどめをさした。ふたつの大きな涙がアンの両目に浮かんで、こぼれそうになった。

「ああ、デイヴィー、よくもそんなことを？」声を震わせて、アンは言った。「それがどんなに悪いことか、わからないの？」

デイヴィーはびっくりした。アンが泣いている……アンを泣かせちゃったんだ！　本物の後悔が洪水となって、その温かく小さな心臓に波のように押し寄せて、呑み込んだ。デイヴィーはアンのもとへ駆け寄ると、その膝に飛び込み、アンの首に両腕を巻きつけて、どっと泣きだした。

「嘘っぱち言うのがいけないなんて知らなかったんだ」デイヴィーはすすり泣いた。「わかるわけないよ。スプロットさんとこの子たちは、毎日必ず嘘っぱちを言って、しかもほんとだって誓うんだもん。きっとポール・アーヴィングは、絶対嘘っぱちなんか言わないんだろうね。ぼく、ここで一所懸命、ポールみたいないい子になろうとしてきたけど、アンはもう二度とぼくのこと愛してくれないんだろうね。でも、悪いことだって教えてくれたらよかったと思うよ。泣かせてごめんなさい、アン、もう二度と、嘘っぱちは言いません」

デイヴィーはアンの肩に顔を埋めて、嵐のように泣いた。ふっと納得できたアンは、うれしくなって、しっかりとデイヴィーを抱きしめ、その巻き毛越しにマリラを見た。

「この子は嘘をつくのがいけないって知らなかったのよ、マリラ。もう二度と嘘をつかないと約束するなら、今回ばかりは、その点は赦してあげなきゃと思うわ」

「約束する。悪いことだってわかったから」デイヴィーはすすり泣きの合間に、はっきりと言った。「また嘘っぱち言ってるのを見つけたら、そのときは……」デイヴィーはふさわしい罰を探して考えを巡らせた……「生きたまま皮をはいでもいいよ、アン」

「〝嘘っぱち〟なんて言わないの、デイヴィー……〝偽り〟と言いなさい」学校の先生らしく、アンは言った。

「何で？」落ち着いて坐り込んだデイヴィーは、涙で汚れた顔で、知りたそうに見上げて尋ねた。「どうして〝嘘っぱち〟はだめで、〝偽り〟はいいの？　教えて。どっちも、かっこいい言葉だよ」

「〝嘘っぱち〟は、くだけた表現です。小さな子は、きちんとした表現をしなければいけません」

「やっちゃいけないことが、随分たくさんあるんだな」デイヴィーは溜め息をついた。「そんなにたくさんあるなんて思ってもみなかった。嘘っぱ……偽りを言って悪かったよ。すっごく言いやすいんだけど。でも、悪いことだから、もう誰にも言わないよ。今度は、偽りを言った罰に、何するの？　教えて」

アンは懇願するようにマリラを見た。

「この子にきつく当たりたくはないのよ」とマリラ。「きっと、誰もこの子に嘘をついてはいけないと教えたことがないのだろうし、あのスプロット家の子たちは、よい遊び相手じゃなかったんだからね。可哀想なメアリーは病気のせいで、この子をちゃんと躾られなかったわけだし、六歳の子にそういったことを自分でわかれと言うわけにもいかないしね。この子は何ひとつ正しいことがわかっていないとあきらめて、最初から始めるよりほかないだろうね。でも、ドーラを閉じ込めた罰は受けさせなきゃならないよ。これまでやってきたとおり夕食抜きで寝かせるというよりほか何も思いつかないけれど、アン、あんた、何かほかに思いつかない？　いつだって自慢にしている持ち前の想像力で、何か思いつきそうなものじゃないか」

「罰なんて、恐ろしいことだわ。あたしは楽しいことしか想像しないの」とアンは、デイヴィーを抱きしめながら言った。「この世には、多すぎるほど嫌なことがすでにあるんだから、これ以上嫌な想像をすることはないのよ」

とうとうデイヴィーはいつものようにベッドに追いやられ、そこに翌日の昼までいるように命じられた。デイヴィーはどうやら何やら考えたらしく、アンがしばらくして二階に上がると、そっとアンの名前を呼ぶ声が聞こえた。中に入ると、デイヴィーはベッドの上に坐っていて、膝の上に肘をついて、顎を両手で支えていた。

「アン」とデイヴィーは重々しく言った。「嘘っぱ……偽りを言うのは、誰にとってもいけないことなの？　教えて」

「そう、そのとおりよ」

「大人でも、いけない？」

「そうよ」

「だったら」とディヴィーは決心したように言った。「マリラはいけないよ。マリラだって偽りを言ったもの。しかも、ぼくよりひどいよ。だって、ぼくは悪いって知らなかったけど、マリラは知ってるんだもの」

「ディヴィー・キース、マリラは生まれてこのかた、偽りを言ったことはありません」とアンは怒って言った。

「言ったもん。このあいだの火曜日、毎晩お祈りをしないと、恐ろしいことが起こりますよって言ったんだ。ぼく、どうなるか見ようと思って、一週間お祈りを言わなかったの……そしたら何も起こらなかったよ」ディヴィーは不満そうに言った。

アンは、大笑いしたい衝動を……笑ってしまってはすべてがだめになると思って……抑えて、マリラの名誉を守るために、まじめに説明を始めた。

「何言ってるの、ディヴィー・キース」アンは、厳かに言った。「まさに今日、恐ろしいことが起こったじゃないの」

ディヴィーは、疑わしい表情をした。

「夕食抜きで寝かされたこと?」とデイヴィーは、ばかにしたように言った。「そんなのちっとも恐ろしいことじゃないよ。もちろん嫌だけど、ここにきてから何度もやってるから、慣れちゃったもん。それに、ぼくの夕食を抜いても、何の節約にもならないよ。だって、朝ご飯を二倍食べるだけのことだもん」

「夕食を抜いたことを言ってるんじゃありません。あなたが今日偽りを言ったことを言っているんです。そして、デイヴィー……」アンは、ベッドの足板から身を乗り出して、悪い人に向かって「いけない」というように、人差し指を立てて振りながら言った。「子供が偽りを言うなんて、その子に起こりうる最悪のことと言ってもいいくらいですよ……ほんとにひどいこと。だから、マリラは本当のことを言ったんです」

「悪いことって、わくわくすることとかと思ってた」デイヴィーは不服そうに言った。

「そんなことを思っても、マリラのせいにはなりません。悪いことは、必ずしもわくわくすることじゃありません。大抵は、ただいやらしくて、愚かしいことです」

「でも、マリラとアンが井戸を覗き見ているのは、すっごくおもしろかったけどな」デイヴィーは膝を抱きしめながら言った。

アンは、一階に下りるまでまじめな顔をし続け、居間のソファーに転がり込むと、脇腹が痛くなるまで笑った。

「何がおかしいの?」マリラが、つっけんどんに言った。「今日は、あまり笑えるようなことはなかったと思うけど」

「これを聞いたら、マリラも笑うわよ」とアンは言った。そして、確かにマリラは笑ったので、アンと暮らすようになってマリラも随分柔らかくなったことがわかる。しかし、そのあとすぐ、マリラは溜め息をついた。

「あの子にああ言うべきじゃなかったんだろうね。一度牧師さまが子供にそう言っているのを聞いたものでね。でも、あんたがカーモディのコンサートに出た晩にあの子を寝かしつけていたとき、つい、いらいらしてしまってね。あの子が、神さまのお役に立てるくらい大きくなるまではお祈りをしても意味がないなんて言うもんだから。アン、あの子をどうしたらいいのか、私にはわからないよ。あんないたずらっ子は見たことがない。もうすっかりお手上げだわ」

「あら、そんなこと言わないで、マリラ。あたしがここにきたとき、どんなに悪い子だったか思い出して」

「アン、あんたは悪い子だったことは一度もないよ……一度もね。ほんとの悪さがどういうものか知った今になって、それがわかるわ。あんたは確かに、ひどいもめごとを起こしてばかりいたけれど、いつだって、よかれと思ってやっていたのよ。ディヴィーは、ただ、悪さが好きでやってるんだから」

「あら、ちがうわ。あの子だって、ほんとに悪いわけじゃないと思うわ」とアン。

「ただ、いたずらなだけよ。それに、ここはあの子には静かすぎるのね。ほかに一緒に遊ぶ男の子のお友だちもいないし、何かおもしろいことがしたいのよ。ドーラじゃ、お澄ましさんで、きちんとしすぎて、男の子の遊び相手にならないし。二人を学校にやるのが一番だと思うわ、マリラ」

「いいや」マリラは、きっぱりと言った。「私の父は、子供は七歳になるまでは学校の壁の中に閉じ込めるべきではないといつも言っていたし、アラン牧師も同じことをおっしゃってるわ。家で少し教えるのはいいけれど、あの子たちを学校にやるのは、七歳になるまではだめです」

「じゃあ、デイヴィーを家で躾(しつけ)るように頑張らなきゃね」とアンは陽気に言った。「いろいろ欠点はあるけれど、ほんとにかわいい子なのよ。愛さずにはいられないわ。マリラ、こう言っちゃひどいかもしれないけど、ほんとのところ、あたし、ドーラよりもデイヴィーが好き。ドーラはあんなにいい子ちゃんだけど」

「どういうわけか、私もですよ」とマリラも白状した。「えこひいきになるけどね。ドーラはちっとも面倒をかけていないのに。あんなにいい子はいないもの。いるんだかいないんだか、わからないくらいだし」

「ドーラは、いい子すぎるのよ」とアン。「あの子は、誰も教えなくても、自分できちんとできるんだわ。生まれたときから、躾が行きとどいてる。だから、あたしたちがいなくてもいいんだわ。そして、思うに、」と重要な真実に気づいたアンは結論づけた。「人は、自分を必要としてくれる人を一番愛するのね。ディヴィーは、あたしたちがいないと、どうしようもないもの」

「確かに、あの子はどうしようもないね」とマリラは同意した。「レイチェル・リンドだったら、『お尻を叩いてやらないと、どうしようもない』と言うだろうよ」

第11章　現実世界と想像世界

「子供たちを教えるのは、とてもおもしろいです」とアンはクイーン学院の学友に書き送った。「ジェーンは、退屈な仕事だと言いますが、私はそうは思いません。毎日必ずといっていいほど滑稽なことが起こるし、子供たちはおかしなことを言うので、思わず笑いだしたくなるほどです。ジェーンは、生徒がおかしな発言をしたら罰を与えると言いますが、だから教えるのが退屈に思えるのでしょう。今日の午後、小さなジミー・アンドルーズが〝斑点〟(speckle)と書こうとして、綴れませんでした。『ふんだ、書けなくったって、意味は知ってるよ』と、ジミーは最後に言いました。『何ですか?』と、私は尋ねました。

『セント・クレア・ドネルの顔だよ、先生』

セント・クレアは、確かにそばかすだらけなのですが、私はそのことをほかの子に言わせないようにしています……というのも、私もかつてはそばかすだらけだったことがあり、そのことをよく憶えているからです。でも、セント・クレアは気にしていないんじゃないかしら。セント・クレアが学校からの帰り道にジミーをぶったのは、セント・クレアと呼ばれたからです。ぶったということは耳にしましたが、こっそり聞いたのだから、知らない顔をしていようと思います。

昨日、ロティ・ライトに足し算を教えようとしました。『片手にキャンディーが三つあって、もう一方の手にふたつあったら、ぜんぶでいくつ？』ロティの答えは、こうです。『お口にいっぱい』それから理科の時間に、畑の害虫を食べてくれるヒキガエルを殺してはいけない理由を尋ねたら、ベンジー・スローンが大まじめにこう答えました。『次の日、雨が降るからです』

笑わずにいるのは大変よ、ステラ。家に帰りつくまで、おかしいのをこらえていなければならないの。ところが、マリラは、私の部屋から大した理由もないのにけたたましい笑い声が聞こえると不安になると言います。かつてグラフトンに住んでいた男の人の頭がおかしくなったのは、そんなふうにして始まったのだそうです。

聖人トマス・ア・ベケットはカニ様のようにえらいって知っていましたか？　ロー

ズ・ベルはそう言っています……それから、ウィリアム・ティンダルは、新約聖書を訳したのではなく書いたんですって。英語のglacier（氷河）って、-erで終わるから『glaceを〜する人』みたいに見えるでしょ。だから、クロード・ホワイトったら、glacierは『窓ガラスをはめる人』のことですって。

教えるので一番むずかしいのは……一番おもしろいことでもあるけど……子供たちに、さまざまなことについて、本当に思っていることを話してもらうことだと思います。先週、ある嵐の日、お昼ご飯のときにみんなをまわりに集めて、みんなと同じお友だちの一人だと思って私に話しかけてもらおうとしました。みんなの一番の望みは何ですかと聞くと、人形とか、小馬とか、スケートとかいった、ありきたりな答えもありましたが、ものすごくユニークなのもありました。ヘスター・ボウルターは、『毎日ドレスを着て、居間でお食事をしたい』のだそうです。ハンナ・ベルは、『苦労しないでもいい子でいられるようになりたい』。マージョリー・ホワイトは、十歳なのに、『未亡人』になりたいそうです。どうして、と聞くと、結婚してないとオールド・ミスって言われるし、結婚すると夫に偉そうにされるけど、未亡人ならどちらでもないからって、まじめに答えるの。一番すごい希望は、サリー・ベルのでした。『ハネムーン』がほしいそうです。どういうことか知ってるのって尋ねると、モントリオールにいるいとこが結婚してハネムーンに行ったとき、いつも最新の自転車に乗っていたので、すっごくすてきな自転車のことだと思うと答えてくれました！

ほかの日に、『これまでやったことのある一番いけないいたずらを教えて』と言いました。大きな子たちは教えてくれませんでしたが、三年生はかなりざっくばらんに答えてくれました。イライザ・ベルは、『おばさんが梳いて丸めた羊毛に火をつけたこと』だと言いました。失敗して燃やしてしまったのかと尋ねると、『そうなの』との返事。端っこがどんなふうに燃えるかしらと思ったら、あっという間にぜんぶ燃えちゃったの、ですって。エマソン・ギリスは、教会の募金箱に入れるべき十セントでキャンディーを買ってしまいました。アネッタ・ベルの最悪の犯罪は、『墓地に生えていたブルーベリーを食べたこと』。ウィリー・ホワイトのは、『晴れ着のズボンをはいたまま何度も羊小屋の屋根からすべりおりた』こと。『でも、その夏、日曜学校に行くとき、ずっと継ぎの当たったズボンをはかなきゃならなかったから、罰は受けたよ。罰を受けたら、反省しなくてもいいんだ』と、しゃあしゃあと言うのです。

子供たちの作文も読んでもらいたいです……だから、最近のを写してお送りしますね。先週、四年生に、楽しかったことについて先生宛てに手紙を書いてくださいと言いました。ヒントとして、遊びに行った場所のことでもいいし、見たり会ったりしたおもしろいものや人のことでもいいですと、付け加えました。本物の便箋に書いて、封筒に入れて封をして、私への宛名も書かせました。誰にも手伝ってもらわずに、やらせたのです。

先週の金曜の朝、私の机の上に手紙が山と積まれていて、その日の夕方、教えるって大変だけど、楽しいことでもあるんだなって思いました。作文を読むと、随分むくわれた気持ちになります。これはネッド〔エドワードの愛称〕・クレイのです。宛名も、つづりも、文法も、原文どおり。

シャアリー先生さま

グリン・ゲブルズ

プリンス・エドワード島 カナダ

とり

先生こんにちわ。ぼくわ、とりについて、作文を、かきます。とりわ、とてもやくにたつ、どうぶつです。うちのねこわ、とりを、つかまえます。ねこの名前わ、ウィリアムですが、パパわ、トムとよびます。からだじゅう、しましまで、こないだの冬、かたっぽの耳が、こうってしまいました。そうでなければ、かっこいいねこです。おぢさんちも、ねこをかいました。ある日おぢさんちにきて、出ていかないので、こんなわすれっぽいねこわ、いないと、おぢさんわ言いました。おぢさんが、ゆりいすで、ねむらせるので、おばさんわ、じぶんのこどもより、たいせつにしてるよ、と言います。それは、よくないです。ねこに、やさしくして、しんせんなミルクをあげなければいけませんが、こどもより、たいせつにしてわ、いけません。ぼくが、おもったのわ、それだけです。先生さようなら。

えどわあど・ぶれいく・くれい

セント・クレア・ドネルのは、いつものように、短く要領を得ています。言葉をむだにしないのです。悪意があって、このテーマを選んだわけでも追伸をつけたわけでもないと思います。ただ、気がきかなくて、想像力が働かないだけなのです。

シャーリー先生

先生は、これまでに見たふしぎなことを書くように言いました。ぼくは、アヴォンリー公会堂のせつめいをします。ドアがふたつ、なかとそとにあります。まどが六つに、えんとつがひとつあります。長ぼそい建物です。青くぬられています。それでおかしく見えます。カーモディへの〝下の道〟にあって、アヴォンリーで三つめにじゅうような建物です。あとのふたつは、教会と、かじ屋さんのお店です。公会堂では、とうろん会やこう演やコンサートがひらかれます。

敬具

ジェイコブ・ドネル

ついしん　公会堂は、とても明るい青です。

アネッタ・ベルの手紙はとても長くて驚きました。というのも、作文はアネッタの得意分野ではないからで、大抵はセント・クレアぐらい短いのです。アネッタはおとなしい小さな少女で、いい子のお手本なのですが、独創性のかけらもありません。これがその手紙です。

親愛なる先生へ

私がどんなに先生を愛しているか手紙にしたためます。私は心の底からあなたを愛しています……私に愛せるかぎり……永遠にあなたにおつかえしたく思います。そうできたら、なんてすばらしいことでしょう。だから、学校では、いい子でいようと、とてもがんばっているし、おべんきょおも、がんばっています。

先生、あなたはとても美しい。その声は音楽のごとく、その目は、露にそぼぬれるパンジーさながら。あなたは、すらりとした堂々たる女王です。その髪は、波打つ黄金のようです。アンソニー・パイは、先生の髪は、赤だ、といいますが、アンソニーなんか、気にすることありません。

私は、あなたのことをまだ数か月しか知りませんが、あなたのことを知らなかったときがあったなんて信じられません……あなたが私の人生に入ってきて、祝福を与えて神聖なものにしてくださったのが最近のことであるとは信じられないのです。あなたが私のもとにいらしてくださった今年を、わが人生のなかでもっともすばらしい年として、一生思いかえすことになるでしょう。それは、うちがニューブリッジから、アヴォンリーへ、引っ越した年です。あなたへの愛のおかげで、わが人生はとても豊かになり、害や悪から守られています。それも、すべて、わが最愛の先生である、あなたの、おかげです。

あなたが髪に花をさして、あの黒い服を着ていらしたとき、とてもすてきに見えたことを、私は一生忘れないでしょう。私たちが年をとって、白髪になっても、あなたはいつまでもあのように美しくあってほしいと思います。最愛の先生、先生は、私には、いつまでも若くて、美しいのです。私はいつもあなたのことばかり考えています……朝も、昼も、夕方も。あなたが笑うときも、ため息をつくときも……にらんでいらっしゃるときでさえ、あなたを愛します。あなたが怒っていらっしゃるのを見たことがありませんが。アンソニー・パイは、先生がいつだっておこってるといいますが、先生が、アンソニーに、おこったかおをするのは、あたりまえだ、とおもいます。先生がどんな服でも、私はあなたを愛します……

新しい服でいらっしゃるたびに、さらにすてきになったように思えます。

親愛なる先生、おやすみなさい。太陽はしずみ、星が輝いています……あなたのひとみのようにきらきらと美しい星です。私はあなたの手と顔にキスをします、愛しい人。神さまがあなたを見守り、あらゆる害からお守りくださいますよう。

あなたをおしたもおしあげている生徒アネッタ・ベルより

このものすごい手紙には、少なからず悩みました。アネッタにこんなことが書けないのは、あの子が空を飛べないのと同じぐらい明らかなことです。翌日学校へ行ったとき、休み時間にアネッタを小川まで散歩に連れ出して、あの手紙について本当のことを教えてほしいと言いました。アネッタは泣いて、すっかり白状してくれました。

手紙なんて書いたことないから、どうしたらいいのか、何を書いたらいいのかわからなかったんだけど、お母さんのたんすの一番上の引き出しに、ラブレターがいっぱい入っていたんですって。昔の『彼氏』からの手紙。

『お父さんのじゃなかった』と、アネッタはすすり泣きながら教えてくれました。『牧師になろうとして勉強してる人で、だからラブレターも書けたんだけど、ママは結局その人と結婚しなかったの。その人が何を言おうとしているのか、半分はわかんなかったって。でもあたし、すてきな手紙だと思って、あちこちを書き写して先生への手紙にしようと思ったの。手紙に「貴女（あなた）」って書いてあるところを「先生」に変えて、自分で思いついたことも入れて、いくつかの言葉は変えたの。「気分」の代わりに「服」って書いたの。「気分」ってどういう意味かわからなかったけど、身に着けるものだと思ったんだ。先生が見やぶるなんて思わなかった。どうしてあたしがぜんぶ書いたんじゃないってわかったのかな。先生って、すっごく頭がいいんだね』

私は、アネッタに、人の手紙を写して自分のものとして提出するのはとてもいけないことよって言ったんだけど、アネッタが後悔したのは見つかったことだけみたい。『だって、あたし、先生のこと愛しているもの』アネッタはそう言ってすすり泣くのです。『牧師さまが最初に書いたにしても、心から先生を愛しているわ』

こんなことを言われてしまうと、きちんと叱るのは、とてもむずかしいです。

次はバーバラ・ショーの手紙です。オリジナルにあったシミは再現不可能。

先生へ

先生は、どこかへお出かけしたときのことを書いてよいと言いました。わたしは一度しかお出かけしたことがありません。こないだの冬、メアリーおばさんのところへ行きました。メアリーおばさんはとても変わっていて、立派な主ふです。最初のばん、お夕食をしました。わたしは、ソース入れをたおして、わってしまいました。メアリーおばさんは、そのとう器は結こん以来もっているもので、これまで誰もわったことがなかったと言いました。テーブルから立ち上がるとき、わたしはおばさんの服をふんでしまい、スカートのギャザーをすっかりほどいてしまいました。あくる朝、起きたとき、水さしをせん面器にぶつけて、両方ともひびが入ってしまいました。それから朝ごはんのとき、お茶の入ったコップをひっくりかえして、テーブルクロスをびしょびしょにしてしまいました。メアリーおばさんがお昼ごはんの食器をかたづけるのを手伝ったときは、とう器のお皿を落としてわってしまいました。その夜、わたしは階だんから落ちて、ひざをねんざし、一週間ねていなければなりませんでした。メアリーおばさんがジョゼフおじさんに、やれありがたや、こうでもならなきゃあの子は家じゅうのものをこわしてしまうところだと言っているのが聞こえました。なおったときは、もうおうちに帰る日になっていました。お出かけはあまり好きではありません。学校に行くほうが好きです。とくにアヴォンリーにきてからは学校が好きになりました。

さようなら

バーバラ・ショー

ウィリー・ホワイトのは、こんなふうに始まります。

そんけいする先生へ

ぼくのとてもゆうかんなおばさんの話を書きます。おばさんはオンタリオに住んでいて、ある日、なやへ行ってみると、庭に犬がいました。そんなところに犬はおよびでないので、おばさんは、ぼうでぶって、なやへおいこんで、とじこめました。やがて、男の人が重物園（注……動物園のことでしょうか）のライオンをさがしにやってきました。サーカスからにげだしたそうです。そして、さっきの犬がライオンで、とてもゆうかんなおばさんは、ぼう一本でライオンをなやにおいこんだのでした。おばさんが食べられなかったのはふしぎですが、おばさんは、とてもゆうかんだったのです。エマソン・ギリスは、ほんとに犬だったら、ちっともゆうかんじゃないわけで、おばさんは、犬だと思ってやっただけなんだから、やっぱりゆうかんじゃないよ、と言うけれど、エマソンは自分にゆうかんなおばさんがいなくて、おじさんばっかりだから、うらやましいんだと思います。

最後は、とっておきの一番おもしろいのです。私がポールを天才だと思っていることであなたは笑うけれど、この子の手紙を読めば、並みの子供でないことはわかってもらえると思います。ポールは、おばあちゃまと一緒に、海岸近くに住んでいて、遊び友だちが……本当の遊び友だちがいません。私たちの学校経営の教授が、生徒の中に『お気に入り』を作ってはいけないと教えてくださったけれど、ほかの生徒よりもポール・アーヴィングを愛さずにはいられません。でも、みんながポールを愛しているんだから、とくに問題にはならないと思います。リンドのおばさまだって、こんなにヤンキーが好きになるなんて信じられないっておっしゃってるほどなんですから。学校のほかの男の子たちもポールが好きです。あの子は、夢を見たり、想像したりするわりには、女の子っぽいところや気弱なところはありません。とても男らしくて、何をしてもへこたれないのです。最近セント・クレア・ドネルと喧嘩(けんか)をしたのですが、それというのもセント・クレア・ドネルが、英国国旗のユニオンジャックのほうがアメリカ国旗の星条旗よりもずっとえらいと言ったためでした。結果はひきわけで、それ以来お互いの愛国心を尊敬しあうことにしたみたい。セント・クレアによれば、ぼくのほうが強くなぐれるけど、ポールのほうがたくさんなぐれるんですって。

ポールの手紙です。

先生へ、

先生は、知っているおもしろい人について書いてもよいと言いました。ぼくが知っている一番おもしろい人は、岩に住んでいる〝岩場の人たち〟で、その話を書きます。このことはおばあちゃまとお父さん以外には誰にも話していませんが、先生はわかってくれるので、先生にも知ってもらいたいです。わかってくれない人がとてもたくさんいますが、そういう人たちには話しても意味がありません。

ぼくの〝岩場の人たち〟は海岸に住んでいます。冬になる前、ぼくはほとんど毎晩、会いに行きました。今は春まで行けませんが、〝岩場の人たち〟はそこにいるはずです。ああいう人たちは変わらないからです……そこのところが、〝岩場の人たち〟のすばらしいところです。ぼくが最初に知りあったのはノーラなので、ノーラが一番好きです。アンドルーズさんの入り江に住んでいて、黒髪に黒い目をして、人魚のことやケルピー〔馬の姿をした水の精〕のことについて何もかも知っています。先生も、ノーラのお話を聞いてみるといいですよ。それから、双子の船乗りがいます。おうちはなくて、いつも船に乗っているのですが、ときどき岸に上がって、ぼくに話しにきます。陽気な船乗りで、世界じゅうのすべてを見聞きしています……この世にないものまで知っています。あるとき、弟の船乗りに何が起こったかわかりますか？　船に乗っていて、〝月の道〟のなかへ入っていったのです。〝月の道〟というのは、満月が海から上がってくるときに水面に月明かりがのびてできる道のことです。ごぞんじですよね、先生。さて、双子の弟の船乗りは、〝月の道〟を航海していき、やがて月に到着しました。月には小さな金色のドアがあって、それをあけて、どんどんなかへ進んでいきました。月ですばらしい冒険をしたのですが、それをここに書くと手紙が長くなってしまいます。

それから、ほら穴に〝黄金のレィディ〟がいます。ある日、ぼくは、岸辺に大きなほら穴を見つけて、なかへ入っていくと、しばらくして〝黄金のレィディ〟と出会いました。足もとまで金色の髪の毛をたらしていて、その服は、まるで生きている金みたいにきらきらぴかぴかとかがやいているのです。そして、金のハープをもっていて、一日じゅう、かなでています……気をつけて耳をすませば、岸辺からいつでもその音楽が聞こえるのですが、たいていの人たちは、それは岩場の風にすぎないと思ってしまいます。ぼくは、ノーラに〝黄金のレィディ〟のことを話したことはありません。気を悪くするのではないかと思ったからです。双子の船乗りたちと長々と話しすぎても、気を悪くするのです。

双子の船乗りとは、いつも〝まだらの岩〟のところで会います。弟は、とても気だてがよいのですが、兄のほうは、ときどき、おそろしいほどこわいです。この兄はどうもあやしいと思います。きっと海ぞくにだってなれたでしょう。ほんとにふしぎなところがあります。一度、きたない言葉を言ったことがあって、ぼくは、またやったら、もうぼくに話しに海岸にこないでくれと言いました。きたない言葉を使うような人とはお友だちにならないとおばあちゃまとやくそくしたからです。兄の船乗りがとてもおびえてしまったのがわかりました。そして、もしゆるしてくれるなら、夕陽まで連れていってくれるというのです。そこであくる日の夕方、〝まだらの岩〟にすわっていると、兄の船乗りが海のむこうからまほうの船でやってきて、ぼくを乗せてくれました。船はどこもかしこも、まるでムラサキイガイの貝がらのなかみたいにしんじゅ色やにじ色にかがやいていて、帆は月光のようでした。さて、ぼくらは夕陽まで船で進んでいきました。考えてもみてください、先生。ぼくは、夕陽のなかにいたのです。そこはなんだったと思いますか？　夕陽は、大きなお庭のような、お花でいっぱいの島でした。雲が、花だんなのです。ぼくらは、どこもかしこも金色の大きな港について、ぼくは船からおりて、バラほどの大きさのあるキンポウゲでおおわれた大きな牧場を歩きました。一年近くそこにいたように思えましたが、兄の船乗りは、数分しかたっていないと言いました。つまり、夕陽の国では、こちらとはちがって、時間がとても長く感じられるのです。

あなたを愛する生徒、ポール・アーヴィングより

追伸　もちろん、この手紙は本当のことではありません、先生。Ｐ・Ｉ」

第12章　試練の日

そもそも前の晩から、歯がどうにも痛くて眠れず、いたたまれなかったのだった。どんよりとした、嫌な冬の朝に起きたアンは、人生が〝うとましく、つまらぬ、くだらないもの〟〔『ハムレット』第一幕第二場〕と感じていたのだ。

学校へ行くときも、天使の気分ではなかった。頰が腫(は)れて、顔がずきずき痛んだ。教室は寒く煙たく感じられた。というのも、ストーブの火がなかなか燃えなかったためで、子供たちは震えながらストーブのまわりに群がっていた。アンは、これまで出したことのないような高い声で、子供たちを席に着かせた。アンソニー・パイがいつもの生意気そうなのしのし歩きで席に戻り、隣の席の子に何やらささやいてから、にやりとこちらを見やったのを、アンは見ていた。

その朝ほど、石筆がカリカリときしむ音をたてたことはないように、アンには感じられた。バーバラ・ショーが算数の答えを書いた石盤を持って先生の机までやってくるとき、石炭の入ったバケツにつまずいてひっくり返してしまった。石炭は教室じゅうに散らばるし、バーバラの石盤は粉々に砕け、バーバラが起き上がると、顔が石炭の煤(すす)で真っ黒になっていたので、教室じゅうの男の子がどっと笑った。

二年生の国語の朗読を聞いていたアンは、振り返った。

「まったく、バーバラ」アンは冷たく言った。「何かにぶつからずに動けないなら、席でじっとしていなさい。あなたほどの年齢の子がそんなに不器用なのは、本当に恥ずかしいことですよ」

可哀想なバーバラは、よろめくように自分の机に戻り、ぽろぽろ涙を流したので、顔の煤と混ざって、見られた顔ではなくなった。大好きなやさしい先生から、こんなふうに叱られたことはなかったので、胸が張り裂ける思いだったのだ。アン自身、良心が痛んだが、そのためかえっていらいらが募るばかりとなった。二年生の子たちは、そのときの読み方の授業とそのあとの算数の情け容赦のないしごかれ方を、あとあとまで忘れることはなかった。アンが算数をびしばし教えていると、セント・クレア・ドネルが息せき切ってやってきた。

「三十分遅刻です、セント・クレア」アンは冷たく言った。「どうしたのです？」

「すみません、先生。お母さんがお昼に出すプディングを作るお手伝いをしてたんです。お客さんが来るのに、クラリス・アルマイラが病気で手伝えなかったので」というのが、セント・クレアの答えだった。完璧（かんぺき）に敬意をこめた声で言ったのだが、それでも男の子たちはどっと笑った。

「着席して、罰として、算数の八十四ページの六つの問題を解きなさい」とアンは言った。セント・クレアは、その言い方にかなり驚いたが、おとなしく席に着いて、石盤を取り出した。それから、こっそりと小さな包みを通路越しにジョー・スローンに手渡した。その現場を見たアンは、その包みについてとんでもない早合点をした。

年老いたハイラム・スローン夫人は、僅かな収入の足しにするために、最近「ナッツ入りケーキ」を作っては売ることに夢中なのだ。ケーキは、とくに小さな男の子に大人気で、この数週間というもの、アンはそのことで少なからず手を焼いていた。通学途中で、少年たちは小遣いを持って夫人の家へ行ってケーキを買い、それを学校へ持ってきて、先生に見つからなければ学校で食べたり友だちにあげたりするようになったのだ。学校にケーキをまた持ってきたら没収しますよ、と、アンは警告した。それなのに、セント・クレア・ドネルは、涼しい顔をして、ハイラム夫人が使っている青と白の縞模様の包み紙にくるんだものをアンの目の前で手渡しているではないか。

「ジョゼフ」とアンはジョーの正式な名前を静かに言った。「その包みをここへ持ってきなさい」

ジョーは、びくっとして恥ずかしそうに従った。太っていて、おびえるといつも赤くなって、言葉がつっかえてしまう男の子なのだ。このときの可哀想なジョーほど、申し訳なさそうな顔をした子はいなかった。

「それをストーブの火の中に投げ入れなさい」とアン。

ジョーは、呆気にとられた。

「あ……あ……あ……あの、せ……せ……せんせ」とジョーは言い始めた。

「黙って言われたとおりになさい、ジョゼフ」

「で……で……でも、せ……せ……せんせ……こ……こ……これは……」とジョーは死に物狂いであえいだ。

「ジョゼフ、先生の言うことを聞くんですか、聞かないんですか」とアン。

ジョー・スローンよりも度胸があってしっかりした子であっても、このときのアンの声の響きと、その目の危険な光には、おじけづいたことだろう。こんなアンは、初めてだ。生徒の誰も見たことがない。ジョーは、セント・クレアを困ったようにちらりと見てから、ストーブのところへ行き、大きな四角い扉を開け、セント・クレアが飛び上がって何か言うよりも早く、青と白の包みを投げ込んだ。それから、ぎりぎり間に合って、うしろへ飛びのいた。

とたんに大爆発のような音が炸裂し、数分のあいだ、アヴォンリー校の生徒たちは、地震が起きたのか、火山が爆発したのか、わけがわからずにおびえていた。アンがせっかちにもハイラム夫人のナッツ入りケーキが入っていると思い込んだ何気ない包みには、ジョーの父親ウォーレン・スローンが今日の誕生日のお祝いに今晩使おうと、セント・クレア・ドネルの父親に頼んで、昨日町で買い求めてもらった爆竹やネズミ花火の詰め合わせが入っていたのだった。爆竹はものすごい音をたてて破裂し、ネズミ花火はストーブから飛び出して、シューシュー、パチパチと音をたてながら、教室じゅうをめちゃくちゃに跳ねまわった。びっくり仰天したアンは、真っ青になって、椅子にへたりこみ、女の子たちは悲鳴をあげて机の上へ逃げた。ジョー・スローンは、騒ぎの真ん中で立ったまま、石のように動かなくなっており、セント・クレアは笑いが止まらなくなって、通路で体をゆすって笑った。プリリー・ロジャソンは気を失い、アネッタ・ベルはヒステリーを起こした。

長い時間に思えた。最後のネズミ花火がおさまるまで実際は数分だったのだが。アンはようやく我に返って、さっと動いてドアや窓を開けて、教室にこもった臭いや煙を外へ出した。それから、意識を失ったプリリーをポーチへ運び出そうとしている女の子たちを手伝った。バーバラ・ショーは、なんとか役に立とうとあせるあまり、止める間もなく、プリリーの顔と肩に半分凍った水をバケツ一杯かけてしまった。

騒ぎがおさまったのは、まるまる一時間経ったあとだった……しかし、その静けさは、ぴりぴりしていた。あんな爆発があっても先生の機嫌が直っていないことを誰もがわかっていて、アンソニー・パイ以外、ひと言もささやこうとする者はいなかった。ネッド・クレイは、たまたま算数をしているときに、石筆をきしらせてしまってアンににらまれ、床がパカッと開いて自分を呑み込んでくれたらいいのにと思った。地理の授業は目のまわる速さで大陸を駈け抜け、文法の授業は息の根が止まりそうになるまで細かく文の文法構造を分析させられた。チェスター・スローンは、「芳香(odoriferous)」という綴りにfをふたつ入れて書いてしまい、死んでもこの汚名を雪ぐことはできないと思えるほど、叱られた。

アンは、自分がばかなことをしているのはわかっていたし、その晩多くの家で食事どきの笑い話にされるだろうとも思ったが、そう思うと、いっそういらいらした。もっと落ち着いていたら、笑ってすませることもできただろうが、こうなっては、それも無理だ。だから、冷ややかな軽蔑でもって、この場をやりすごすことにした。

アンがお昼ご飯をすませて学校に戻ってくると、子供たちは全員いつものとおり席に着いて、一所懸命机に向かっており、顔を上げている子はアンソニー・パイ以外はいなかった。アンソニーは、その黒い目を好奇心と嘲りとで輝かせながら、本越しにアンを覗き見ていた。アンがチョークを探して、自分の机の引き出しをガタガタと開けると、手の下から元気なネズミが飛び出して、机の上を走って、床へ飛び下りた。

アンは悲鳴をあげて、まるでヘビでもいたかのように、うしろへ飛びのいた。アンソニー・パイは声をたてて笑った。

それから、しーんとなった……とても嫌な落ち着かない静けさだ。アネッタ・ベルは、もう一度ヒステリーを起こすべきかどうか迷っていた。とりわけ、ネズミがどこへ行ったのかわからなかったので騒ぎたてたかったのだが、やめた。目の前にこんなに青ざめた顔で、目をぎらぎらさせた先生が立っているというのに、どうしてヒステリーを起こしてなどいられるだろう？

「先生の机にネズミを入れたのは誰ですか？」とアンは言った。

その声はとても低かったが、ポール・アーヴィングの背筋をぞっとさせるだけの恐ろしい響きがあった。先生と目が合ったジョー・スローンは、頭のてっぺんから足の裏まで自分が悪いかのような気がして、必死になって、しどろもどろに言った。

「ぼ……ぼ……ぼくじゃ……な……ないです……せ……先生、ぼ……ぼ……ぼくじゃ……な……ないです」

アンは、可哀想なジョゼフには目もくれなかった。アンソニー・パイを見ていたのだ。アンソニー・パイは、ふてぶてしく平然とアンを見返した。

「アンソニー、あなたなの？」

「はい、そうです」とアンソニーは生意気に言った。

アンは、机から棒を取り上げた。それは、黒板の文字を指し示すときに使う、長くて硬い木でできた重たい棒だった。

「ここに来なさい、アンソニー」

それは、アンソニー・パイがこれまで受けたこともないほど厳しい罰というわけではなかったし、アンには心が嵐のように乱れていようと、子供を残酷に罰することはできなかった。しかし、棒は鋭くアンソニーに打ちつけられ、さすがのアンソニーも空威張りができなくなって、たじろいで涙を浮かべた。

アンは、良心の呵責を感じて、棒を落とし、アンソニーに席に戻るように言うと、恥と後悔と激しい無念に襲われて、自分の席に坐った。カッとなった怒りは消えた。もし泣いてしまうことができたら、どれほど救われたことだろう。あんなに偉そうなことを言っていたのに、こんなことになってしまうなんて……実際に自分の生徒を鞭打ったのだ。どんなにジェーンが、ほら見たことかと得意がることだろう！　どんなにハリソンさんがクックックッと笑うことだろう！　でも、それよりもひどい、何よりも最悪だと思えることは、アンソニー・パイを自分の味方につける最後のチャンスを失ってしまったことだ。もうアンのことを好きになってくれることは絶対にないだろう。

アンがその日の夕方、家に帰りつくまで、涙をこらえたのは、「ヘルクラネウムのような努力」という言い方をする人もいるほどの超人的努力〔ギリシャ神話の怪力無双の英雄ヘラクレスを古代都市の名前とまちがえた言い方〕だった。それからアンは、自分の部屋にこもって、恥と後悔と失望に駆られて、枕に顔を埋めて、わんわん泣いた。あまりにも長いあいだ泣いたものだから、マリラがあわてて部屋に押し入ってきて、どうしたのか言いなさいと命じた。

「自分の良心に背くことをしてしまったのよ」とアンはすすり泣いた。「ああ、今日はなんて試練の日だったのかしら、マリラ。あたし、自分が情けない。カッとなって、アンソニー・パイを鞭打ってしまったの」

「そりゃ、よかったじゃないか」マリラはきっぱりと言った。「ずっと前から、そうすべきだったんだよ」

「あら、とんでもないわ、マリラ。あたし、もうあの子たちに合わせる顔がない。もう情けなくって、消え入りたい気分。あたしがどんなに怒って、怖くて恐ろしかったか、マリラは知らないのよ。ポール・アーヴィングの目に浮かんだ表情を忘れることはできないわ……ひどくびっくりして、がっかりしてた。ああ、マリラ、あたし、ものすごく頑張って、我慢に我慢を重ねて、アンソニーに気に入ってもらおうとしてたのに……何もかも、むだだったわ」

マリラは、働いて硬くなった手で、アンのつやつやした、もつれた髪を、驚くほどやさしくなでた。アンのすすり泣きがおさまってくると、マリラはとてもやさしくアンに声をかけてあげた。

「気にしすぎだよ、アン。誰だって失敗はあるもの……でも、みんな忘れてしまうわ。そして試練の日は誰にでもやってくる。アンソニー・パイなんか、好きになってくれなくたっていいじゃないか？　あの子一人だけなんだから」

「気になるのよ。誰からも愛されるようになりたいの。愛してくれない子がいると傷つくのよ。そして、もうアンソニーからは愛されないんだわ。ああ、あたし、今日とんでもないことをしてしまったのよ、マリラ。最初からすっかり話すわね」

マリラは最初からすっかり話を聞いてくれたが、ところどころにっこりしたことに、アンは気づかなかった。話が終わると、マリラはあっさり言った。

「まあ、気にすることはないよ。今日は終わり、明日（あした）は明日だからね。あんたが自分で言ってたように、まだ失敗をしていない明日が来るじゃないか。さ、下へ来て、夕食をおあがり。おいしいお茶と、今日私が焼いたプラム入りケーキで元気が出るかどうか、試してご覧」

「プラムケーキでは〝心の病は手当てできぬ〟〔シェイクスピアの悲劇『マクベス』第五幕第三場にある言葉〕だわ」とアンはやるせなく言った。しかし、マリラは、引用ができるほどアンがいつもの自分をとり戻したのは、よい兆（きざ）しだと思った。

双子の明るい顔と、マリラの最高のプラムケーキ（デイヴィーは四切れも食べた）とがある楽しい夕食のおかげで、結局アンはかなり元気が出た。その夜はぐっすり寝て、翌朝起きてみると、自分も世界も一新していた。暗い夜のあいだを通してしんしんと降り積もった雪が真っ白になって、凍るような日光に美しくきらめいており、まるで過ぎさった失敗や屈辱をすっかり覆い隠してくれる慈悲の衣のように見えた。

朝はいつも、新たな始まり
朝はいつも、新世界

アンは、憶(おぼ)えた詩〔訳者あとがき参照〕を口ずさみながら着替えた。

雪のせいで、学校までまわり道をしなければならなかった。それにしても、なんて間が悪い、ひどい偶然だろう。アンがグリーン・ゲイブルズの小道から出たとたんに、アンソニー・パイが雪をかき分けやってきたのだ。アンは、まるで立場が逆転したかのように、うしろめたい気持ちになったが、アンソニーは、帽子をひょいと上にあげたのみならず……そんなこと、今までしたこともなかったのに……何気なくこう言ったものだから、アンは言葉も出ないほど驚いてしまった。

「歩きにくいですね。その本、持ってあげましょうか、先生？」

アンは、本を手渡し、これは夢かしらと思った。アンソニーは黙って学校へ歩き続けたが、アンは本を受け取るとき、アンソニーに微笑(ほほえ)みかけた……これまでアンソニーのためにずっと頑張って見せてきた、とってつけたような「やさしい」微笑みではなくて、仲間になったねと、ふと、歓(よろこ)びあうような微笑みだった。アンソニーも微笑んだ……いや、実はアンソニーは、にやっとしたのだった。にやっとするなんて、普通は尊敬する人に対してすることではないが、アンはふと感じたのだ、まだアンソニーに好かれてはいないにしても、どういうわけか尊敬は、されるようになったのだ、と。

レイチェル・リンド夫人が、次の土曜日にやってきて、このことを確認してくれた。

「まあ、アン、あなた、アンソニー・パイをものにしましたね、まったくもって。あなたのこと、女だけど、やっぱりいい先生だって言ってますよ。あなたがあの子にくわえた鞭打ちは、『男の先生のみたいに効いた』んですって」

「だけど、鞭で打ってものにするつもりじゃなかったんだけどな」アンは、自分の理想がどこかで自分を裏切っているように感じて、少し嘆くように言った。「正しいようには思えないわ。あたしのやさしさの理論がまちがっているはずはないんだけど」

「そうね。だけど、パイ家ってのは、あらゆる規則の例外ですからね、まったくもって」とリンド夫人は、確信をもって断言した。

　ハリソンさんは、このことを聞くと「やっぱりね」と言い、ジェーンは、かなり意地悪に、ほら見たことか、と自分の正しさを何度も言いたてたのだった。

第13章　黄金のピクニック

アンは、ダイアナの家がある果樹園の坂（オーチャード・スロープ）へ出かける途中〝お化けの森〟の下を流れる小川にかかる苔だらけの古い丸木橋のところで、グリーン・ゲイブルズにやってこようとしていたダイアナとばったり出会い、二人で〝妖精の泉〟のほとりに腰掛けた。あたりには、くるくる丸まった芽をほころばせ始めた小さな羊歯が生えていて、まるでお昼寝から目を覚ましたチリチリ頭の緑の妖精のようだった。

「ちょうど、あなたにお願いに行くところだったのよ、土曜日のあたしの誕生日のお祝いを手伝ってもらいたくって」とアン。

「お誕生日？　だけど、あなたのお誕生日は三月でしょ！」

「それは、あたしのせいじゃないわ」アンは笑った。「両親があたしに相談してくれたら、三月生まれにはならなかったわよ。選べるんだったら、絶対、春の生まれにしたわ。岩梨やすみれと一緒にこの世に生まれてこられたら、すてきに決まってるもの。自分がそうしたお花と一緒に育った姉妹のように思えるでしょうねえ。でも、春に生まれなかったんだから、せめて誕生日を春にお祝いするぐらいのことしかできないでしょ。プリシラは土曜日にやってくるし、ジェーンも帰ってくるわ。あたしたち四人で森へ出かけていって、春とお近づきになる黄金の日を過ごしましょうよ。あたしたちの誰も春をよくは知らないけど、森でなら、ほかでは会えない春に会えるはずよ。野原も、さみしい場所も、すっかり探検してみたいの。ちらりと見られたことはあっても、誰もまだちゃんと見ていない美しいところがきっとあるにちがいないのよ。風や空やお日さまとお友だちになって、心に春を持って帰りましょう」

「そういう言い方をすれば、すてきだけど」ダイアナは、アンの魔法の言葉を内心疑いながら言った。「でも、まだ結構ぬかるんでいるところがあるんじゃないかしら？」

「じゃ、ゴムのオーバーシューズを履(は)きましょ」アンは、現実問題に妥協した。「それで、あなたには土曜の朝早くに来てもらって、お昼を用意するお手伝いをしてほしいの。あたし、できるかぎりおいしいものを作るわ……春らしいものを、ね……小さなゼリーのタルトと、レディ・フィンガー〔ビスケット〕と、ピンクと黄色のアイシングで飾った型抜きしないクッキー。それから、バターカップケーキ。サンドイッチも、あんまり詩的じゃないけど必要ね」

　土曜日は、まさにピクニック日和だった……そよ風が吹き、青空で、暖かく、陽射(ひざ)しもよく、ほんの少し牧草地や果樹園を吹く風がはしゃぎまわる程度だった。日に照らされた高台や野原には、花が星のようにきらめくとても美しい緑の世界があった。

　裏の畑を耕していたまじめなハリソンさんも、いい年をして、春の魔法にかかってうきうきしていたが、バスケットを抱えた四人の少女たちが樺(かば)と樅(もみ)の林と接する野原の端のほうへ走っていくのを見た。やがて、少女たちの陽気な声や笑い声が響いた。

「こんな日には、すぐに幸せになれるわね」アンが、まさにアンらしい哲学を語っていた。「今日をほんとに黄金の一日としましょうよ、みんな。いつもよろこびとともに思い返すことのできる一日に。あたしたちは美を求めているのであって、それ以外の何も見ないのよ。『消えよ、つまらぬ心配！』よ。ジェーン、あなた、昨日学校でうまくいかなかったことを考えてるわね」

「どうしてわかるの？」ジェーンは驚いて息を呑んだ。

「だって、そんな顔つき、身に覚えがあるもの……こちらもしょっちゅうですからね。だけど忘れて、いい子だから。月曜日まで放っておいても、なくなりゃしないわ……なくなってくれたらずっといいけど。ほら、みんな、あの一斉に咲いたすみれを見て！　これぞまさに記憶の美術館に収めるべきものね。八十になっても……八十まで生きていられるとして……目を閉じれば、今見ているようにあのすみれを思い浮かべることでしょう。これは、今日という日があたしたちにくれた最初の贈り物ね」

「キスが目に見えるものなら、それって、すみれみたいなものだと思うわ」とプリシラが言った。

　アンは顔を輝かせた。

「その考えを口にしてくれてうれしいわ、プリシラ、ただ黙って自分だけの考えにしないでくれて。みんなが自分のほんとに思っていることを口にしたら、この世はもっとずっとおもしろいものになると思うわ……そうでなくても、おもしろいけど」

「いたたまれなくなる人だっているでしょうよ」ジェーンが分別臭そうに言った。

「そうかもしれないけど、それは、その人たちがいけないんだわ。嫌なことを考えてるってことだもの。ともかく今日は、あたしたち、美しいことしか考えないんだから、思ってることは何でも口にできるはずよ。誰でも思いついたことを言いましょう。それこそ会話ってもんだわ。この小道、まだ見たことないわね。探検しましょうよ」

小道はうねっていて、かなり狭かったので、みんなは一列になったが、それでも樅(もみ)の枝がみんなの顔をなでた。樅の下は苔(こけ)がベルベットのクッションのようになっていて、さらに奥に行くと、木々が小さく、少なくなってきて、地面にさまざまな植物がいっぱい生えていた。

「〝象の耳〟がこんなにたくさん！」ダイアナが叫んだ。「すっごくかわいいから、たくさん摘(つ)んでいこうっと」

「どうしてこんなにふわふわの優雅なベゴニアに、そんな、ぞっとしない名前がついたのかしら？」プリシラが尋ねた。

「最初にそう名づけた人に、想像力がぜんぜんなかったか、ありすぎたかしたんじゃないかしら」とアン。「あら、みんな、あれを見て！」

「あれ」というのは、小道の行き止まりとなった小さな空き地の真ん中にある森の浅い池のことだった。夏になると、池は干上がって、その場所に羊歯(しだ)が茂るのだが、今は穏やかにきらめく布のように水を湛(たた)えて、ティーカップのように丸く、水晶のように透き通っていた。ほっそりとした樺の若木が池のまわりを取り囲み、小さな羊歯が池の縁を飾っている。

「すてき！」とジェーン。

「森の妖精みたいに、あのまわりを踊りましょうよ」アンは、バスケットを落として、両手を差し伸べて叫んだ。

しかし、地面がぬかるんでいて、ジェーンのオーバーシューズが脱げてしまったので、踊りはうまくできなかった。

「オーバーシューズを履いて森の妖精は無理よ」ジェーンはきっぱり言った。

「じゃあ、この場所を去る前に、名前をつけましょう」アンは、否定しようのない事実に屈して言った。「みんな、それぞれ名前を言ってみて。それで、くじを引きましょう。ダイアナは？」

「樺の池」とすぐにダイアナは提案した。

「クリスタル・レイク」とジェーン。

二人の背後に立っていたアンは、プリシラに、そんな名前はやめてと目でお願いし、プリシラは立ち上がって「きらきらガラス」と言った。アンは「妖精の鏡」と言った。

これらの名前は、ジェーン先生がポケットから取り出した鉛筆で樺の樹皮に書いて、アンの帽子に入れた。それからプリシラが目を閉じて、ひとつを取り出した。「クリスタル・レイク」とジェーンが勝ち誇って読みあげた。こうしてこの池は、〝クリスタル・レイク〟となった。池が可哀想とアンが思ったとしても、口には出さなかった。

下草をかき分けながらさらに先へ進んでいくと、サイラス・スローンさんの裏の牧草地の奥まった土地に植物が生えだしているところへ出た。その向こうには、森を抜ける道の入り口が見え、そこを探検しようということになった。探検してみると、ちょっとした驚きの連続で、探検しがいがあった。まず、スローンさんの牧草地の端を通っていくと、満開となった山桜がトンネルのようになったところへ出た。女の子たちは帽子を腕からぶらさげて、髪にクリームのようにふわふわした花冠をつけた。それから、小道は急に右に曲がって、鬱蒼（うっそう）とした唐檜（とうひ）の森の奥深くへ入り込んだものだから、まるで夕暮れの暗がりを歩くようで、空も見えなければ木洩（こも）れ日もなくなった。

「ここは、悪い森の小妖精（エルフ）たちが住むところよ」アンがささやいた。「いたずらで、悪さをするんだけど、春に悪さはできないことになっているから、あたしたちはだいじょうぶ。あの古い曲がった樅（もみ）の向こうから覗（のぞ）いているのがいたわ。それに、さっき通った大きな斑（まだら）のキノコの上にたくさんいたでしょ？　よい妖精たちは、日の当たるところに住むのよ」

「ほんとに妖精がいてくれたらなあ」とジェーン。「三つのお願いをかなえてもらえたら、すてきだと思わない……ひとつでもいいわ。みんな、願いがかなうとしたら、どんな願いをする？　あたしは、お金持ちで、美人で、頭がよくなりたい」

「あたしは背が高くなって、やせたい」とダイアナ。

「あたし、有名になりたい」とプリシラ。アンは髪の毛のことを思ったが、そんなことを考えている場合ではないと思い直した。

「みんなの心の中にずっと春があってほしい。それから、あたしたちの人生にも」とアンは言った。

「それじゃ」とプリシラ。「まるでこの世が天国みたいであってほしいって願うようなものよ」

「天国に似ているところがあるというだけよ。天国には、夏や秋だってあるはずだわ……そう、冬もちょっと。あたし、天国にも、ときには輝く雪原や白い霜があってほしいと思うわ。そう思わない、ジェーン？」

「あたし……わからないわ」ジェーンは落ち着かずに言った。ジェーンは教会のメンバーであり、教師にふさわしい人間になろうと良心的に努め、教わったことはすべて信じているいい子だった。しかし、それにもかかわらず、天国に思いを馳せたことなど、ほとんどなかったのだ。

「妹のミニー・メイがこないだ、天国でも毎日ドレスが着られるかしらって聞いたのよ」とダイアナが笑った。

「着られるわよって答えたんじゃないの？」アンは尋ねた。

「まさか、そんな！　天国じゃ、お洋服のことなんか考えたりしないのって言ったわ」

「あら、するわよ……少しは」とアンは真剣に言った。「もっと重要なことをちゃんとしていても、お洋服を着る時間ぐらい、永遠には、たっぷりあるわ。あたしたちみんな、きれいなお洋服を着て……衣のほうがふさわしい言い方ね。まず数世紀はピンクを着たいなあ……ピンクに飽きるのにそれくらいはかかるような気がする。ピンクって大好き。それに、あたし、この世ではピンクを着られないし」

　道は、唐檜の森を抜けて、日当たりのよい小さな空き地へと下っていった。小川に丸木橋がかかっているその先の、燦々（さんさん）とすばらしい日が降り注ぐブナの林では、空気が黄金のワインのように透き通っていて、葉は新鮮な緑となり、森の地面は震える陽光のモザイクとなった。それから、また山桜を抜け、しなやかな樅（もみ）の小さな谷を抜けていくと、やがてものすごく急な山道となって、登るのに息が切れてしまったが、頂上に着いて、開けたところへ出ると、最高にすてきな驚きが待ちかまえていた。

　向こうのほうに見えるのは、カーモディへ続く〝上の道〟まで広がるあちこちの農場の裏の畑だった。すぐ目の前には、ブナや樅の木に囲まれながらも、南のほうへひらけている小さな一画があって、そこに庭があった……というより、かつては庭だったものと言うべきだろう。庭のまわりを取り囲む石垣は崩れ落ち、苔（こけ）や草がびっしりと生えており、東側は雪の吹きだまりのように真っ白な庭桜が一列に並んでいた。古い小道の跡がまだ見えていて、庭の真ん中にバラの茂みが二列植わっていた。しかし、そのほかは、黄色と白の水仙(ナルキッソス)の花があたり一面広がっているのだった。青々とした葉の上に、とてもふわりとした花がびっしりと、風でそよいでいたのだった。

「ああ、なんて完璧(かんぺき)にすてきなのかしら!」三人の少女が叫んだ。アンだけが、雄弁な沈黙を守って見つめていた。

「こんな奥まったところにお庭があるなんて、いったいどういうこと?」プリシラが驚いて言った。

「ヘスター・グレイのお庭にちがいないわ」とダイアナ。「お母さんが話してたのを聞いたことがあるけど、あたし、見たことがなかったし、まだあるなんて思ってなかった。あなた、聞いたことがあるでしょ、アン?」

「いいえ、でも、その人の名前は聞いたことがあるように思うわ」

「じゃ、あなた、墓地で見たのよ、その名前。ヘスターは、あそこのあのポプラの隅に埋められてるの。あの開いた木戸のところの小さな茶色の石に、『二十二歳で亡くなったヘスター・グレイを偲(しの)んで』と刻まれていたでしょ。ジョーダン・グレイがヘスターのすぐ隣に埋められているんだけど、そっちには墓石がないの。マリラが話してくれていないなんて、へんよ、アン。確かに三十年前に起こったことなのに、みんな忘れてしまっているんだわ」

「もしお話があるなら、それを聞かなくちゃ」とアン。「この水仙(ナルキッソス)の中に坐(すわ)って、ダイアナに話してもらいましょう。それにしても、みんな、何百本もあるわよ、この水仙……何もかも覆ってしまっている。月明かりと日光が交ざった絨毯(じゅうたん)がお庭に敷いてあるみたいね。これは、なかなかの発見よ。すぐ近くに六年も住んできたのに、見たこともなかったなんて！　さ、ダイアナ」

「ずっと昔」とダイアナは始めた。「この農場は、デイヴィッド・グレイというおじいさんのものでした。おじいさんは、ここに住んでいたわけではなく、サイラス・スローンが今住んでいるところに住んでいました。ジョーダンという息子が一人いて、ある冬にボストンに出稼ぎに行き、そこでヘスター・マレーという少女と恋に落ちました。少女はお店で働いていたのですが、それが嫌でたまりませんでした。田舎育ちで、いつも田舎へ帰りたがっていたのです。ジョーダンは結婚を申し込み、ヘスターは、野原や木々しか見えないようなどこか静かな場所へ連れていってくれるなら、結婚すると言いました。そこで、ジョーダンはヘスターをアヴォンリーへ連れてきたのでした。リンドのおばさまは、ヤンキーと結婚するなんて、恐ろしい危険を冒したものだと言ったけど、確かにヘスターは体も弱くて、主婦としてはかなりだめだったの。だけど、お母さんが言うには、すごくかわいくて、すてきで、ジョーダンは彼女が歩いた地面まで崇拝するほど熱愛したんですって。さて、ジョーダンは、グレイさんからこの農場をもらって、この裏手に小さなお家(うち)を建てて、ヘスターと一緒に四年間住みました。ヘスターはめったに出歩かなかったから、うちのお母さんとリンドのおばさまのほかは、誰も遊びに来たりしませんでした。このお庭は、ジョーダンがヘスターのために造ってあげたもので、ヘスターはこのお庭に夢中になって、ほとんどいつもここで過ごしたの。家事はだめだったけど、お花を育てるのは得意だったのね。それから病気になってしまいました。ここに来る前から結核だったんじゃないかしらって、お母さんは言ってる。すっかり寝込んだりはしなかったんだけど、日に日に弱っていきました。ジョーダンは、誰にも看病をさせずに、自分だけでお世話をしました。お母さんによれば、女の人みたいに思いやりがあって、やさしかったんですって。毎日ヘスターをショールでくるんでお庭に連れ出してあげると、ヘスターはとてもうれしそうにベンチに坐っていたんですって。ヘスターは毎晩毎朝すぐそばにジョーダンに跪(ひざまず)いてもらって、その時が来たら、お庭で死ねるように祈ってもらったの。そして、祈りはかなえられました。ある日、ジョーダンはヘスターをお庭に運んであげて、咲いているバラをぜんぶ摘んできて、ヘスターの上に積み上げてあげたら、ヘスターはただジョーダンを見上げて、にっこりして……そのまま目を閉じて……それが」とダイアナはそっと話を終えた。「最期だったんですって」

「なんて美しいお話なの」アンは、涙を拭きながら、溜め息をついた。

「ジョーダンはどうなったの？」プリシラが尋ねた。

「ヘスターが死んだあと、農場を売って、ボストンへ帰ったわ。ジェイベズ・スローンさんが農場を買い取って、小さなお家を街道まで移したの。ジョーダンは、その十年後に死んで、故郷へ連れてこられて、ヘスターの隣に埋められたわけ」

「どうしてヘスターが、何もかもから離れて、こんなところに住みたがったのかわからないわ」とジェーン。

「あら、そんなこと、すぐわかるじゃない」アンが考え込むように言った。「あたしだったら、野原や森も好きだけど、人間も好きだから、いつまでもここにいたいとは思わないけど。でも、ヘスターのその気持ち、わかるわ。大都会の騒音や、しょっちゅう行き来するばかりでヘスターのことなどちっとも気にかけてくれない雑踏なんかが死ぬほど嫌になったのよ。そこから逃げ出して、どこか落ち着いた、緑が豊かで、親しみの持てる場所に行って、ほっとしたかったんだわ。それで、思ったとおりになったのよ。そんなことって、なかなかできないことだと思うわ。死ぬ前に四年間、美しい人生を送ったのよ……完璧に幸せな四年間。だから、可哀想っていうより、羨ましいって思うべきなんだわ。そして、最愛の人に微笑みとともに見守られながら、バラに埋もれて目を閉じて永遠の眠りにつくなんて……ああ、美しいじゃないの！」

「あそこにあの桜並木を植えたのもヘスターよ」とダイアナ。「自分はサクランボを食べるまで生きていられないけれど、植えたものが生長して、自分が死んだあとも世界を美しくするのにお役に立てればうれしいって、うちのお母さんに話したんだって」

「こっちに来てよかったわねえ」アンは目を輝かせて言った。「今日は、ね、あたしの新しい誕生日なの。このお庭とさっきのお話は、あたしにとっての誕生日プレゼントだわ。あなたのお母さまは、ヘスター・グレイがどういう外見だったか教えてくれた、ダイアナ？」

「ううん……ただ、かわいい人だったって」

「わからなくて、かえってよかったわ。事実に邪魔されずに、どんな感じだったか想像できるもの。きっと、とてもやせている小柄な人で、ふんわりとカールした黒い髪に、大きくてすてきな、おずおずとした茶色の目をしていて、小さな、物思いに耽るような青白い顔をしていたんだわ」

　みんなはヘスターの庭にバスケットを置いて、その日の午後の残りをそのあたりの森や野原を散策して過ごし、人目につかないかわいい場所や小道をたくさん見つけた。お腹が空くと、一番かわいい場所で……長い羽根のような下草のあいだから、白樺がにょきにょき伸びている急な土手に坐って、足許でゴボゴボ音をたてる小川を眺めながら、お昼を頂いた。白樺の根元に坐って、アンの作ったおいしいお昼に舌つづみを打ったのだ。新鮮な空気を吸って楽しく体を動かしたせいでお腹がぺこぺこになっていたため、詩的でないサンドイッチでさえ、とてもおいしく思えた。アンは、みんなをお客さんと思っていたので、レモネードをグラスに入れて飲んでもらったが、自分は樺の皮で作ったコップで小川の冷たい水を飲んだ。コップから水が漏れて、水は土臭い味がした……春になると小川の水はそういうものなのだ……が、アンは、こういうときはレモネードよりも、こんな水を飲むほうがふさわしいと思った。

「ねえ、あの詩、見える?」アンが、ふいに、指をさして言った。

「どこ?」ジェーンとダイアナが、樺の木に古代北欧風の押韻詩でも書かれているのかと、目を凝らした。

「あそこ……小川の水の中……緑の苔の生えた古い丸太の上を水が流れて、まるでくしけずられたみたいに、さざ波を立てているでしょ。一条の日光が斜めに、水の奥まで射し込んでるわ。ああ、こんな美しい詩、見たことないわ」

「詩というより、絵というべきでしょ」とジェーン。「詩って、行分けして韻文で書かれたものだもの」

「あら、そうじゃないわ」アンは、ふわふわした山桜の花冠をつけた頭を振った。「行分けした韻文は、詩がまとう服のようなもので、あなたのお洋服のひだ飾りがあなたじゃないのと同じように、それが詩なんじゃないわ。ほんとの詩というのは、中に魂があるものよ……美しいのは、まだ書かれていない詩の魂だわ。魂に出会えるなんて毎日あることじゃないもの……詩の魂だって同じよ」

「魂って……人の魂って……どんなふうに見えるのかしら」プリシラが夢見るように言った。

「ああいうふうに見えるんだと思うわ」アンが、一本の樺の木を縫うようにして射し込んでいる日光を指さして言った。「もちろん形や特徴はあるだろうけど、あたし、魂が光からできているって思いたいな。ピンク色に染まって震えている光もあれば……海の月光みたいに、柔らかくきらめくのもあるだろうし……夜明けの霧みたいに薄く透けているのもあるんだわ」

「どこかに、魂はお花のようなものだって書いてあったけど」とプリシラ。

「そしたら、あなたの魂は、金色の水仙ね」とアン。「そしてダイアナのは、赤い赤いバラのようで、ジェーンのは、ピンクで健康的ですてきなりんごのお花」

「あなたのは白いすみれ。奥には紫の筋が入っているの」とプリシラがまとめた。

ジェーンはダイアナに、ささやいた。「この人たち、何言ってるか、ちっともわからないわ。あなた、わかる？」

みんなは、穏やかな黄金の夕陽を浴びて帰途についた。バスケットには、ヘスターの庭で摘んだ水仙がいっぱい詰まっていて、そのうちいくらかをアンは翌日、墓地へ持っていって、ヘスターのお墓に供えた。四人で帰るとき、吟遊詩人のコマドリが樅(もみ)の木立でさえずり、沼地ではカエルが歌っていた。山の谷間という谷間には、トパーズの金色をした西日が射し込み、新緑のエメラルド色の光とともにあふれ返っていた。

「意外と、今日は楽しかったわね」ダイアナは、出かけたときにはそうは思っていなかったかのように言った。

「ほんとに黄金の一日だったわ」とプリシラ。

「あたし、森って、ほんと、だあい好き」とジェーン。

アンは、何も言わなかった。彼方(かなた)の西の空を眺めつつ、若きヘスター・グレイのことを思いやっていたのだった。

第14章　危機一髪

ある金曜日の夕方、郵便局からの帰り道に、アンは、相変わらず教会やら国事やらの心配事をいっぱい抱えたリンド夫人と出会った。

「今、ティモシー・コトンのところへ行って、アリス・ルイーズを二、三日手伝いによこしてもらえないかって、頼みに行ってきたところなんだけど」と夫人は言った。

「先週、ルイーズに来てもらってね。てきぱきはしてないけど、いないよりましだから。ところが、今度は病気で来られないって言うじゃないの。ティモシーも坐って、咳込んじゃ、ぶつくさ言ってたわ。あの人、この十年ずっと死にかけているけど、これから十年もあのままなんでしょうね。ああいった手合いは、ちゃっちゃと終わりにすることすらできないのよ……病気だろうが何だろうが、何ひとつ最後までやり抜くことができなくて、いつまでもぐずぐずやってるんだわ。まったくだらしのない家ですよ。この先どうなるか、わかったもんじゃない。神さまならご存じなんだろうけど」

リンド夫人は、まるで神さまが果たしてどこまでご存じなのか疑うかのように、溜め息をついた。

「マリラは火曜日にまた目を診てもらいに行ったんでしょ？　専門のお医者さんは、なんておっしゃってた？」夫人は続けて言った。

「とてもよろこんでいらしたわ」アンは明るく言った。「目はとてもよくなっていて、完全に視力を失う危険はもうないんですって。でも、もう、読書や細かな針仕事は無理ですって。慈善即売会の準備はいかがですか？」

婦人会は、夕食会を兼ねたバザーを準備しており、リンド夫人がその企画のリーダーなのだった。

「かなり順調よ……それで思い出したけど、アラン夫人が、昔の台所みたいな売り場を作って、ベイクド・ビーンズやドーナッツやパイといったお食事をお出ししたらすてきだってお考えになってね。それで私たち、あちこちから昔の道具を集めているのよ。サイモン・フレッチャーの奥さまはお母さまの編んだ絨毯を貸してくださるし、リーヴァイ・ボウルターの奥さまは古い椅子のセット、メアリー・ショーのおばさまはガラス戸の食器箪笥を貸してくださるのよ。マリラは、あの真鍮の蠟燭立てを貸してくれないかしら。それから、できるだけたくさんの古い食器がほしいの。アラン夫人は、できたら本物の中国製の青い柳模様の陶器をとくにご希望なんだけど、誰も持っていないみたいなの。誰か持っていらっしゃらないか、知らない？」

「ジョゼフィーヌ・バリーおばさまが持っていらっしゃるわ。手紙を書いて、バザー用に貸してくださるか聞いてみます」とアン。

「そうしてくれると助かるわ。あと二週間もしないうちに、夕食会にしようと思うの。エイブ・アンドルーズおじさんは、その頃は暴風雨になると予想なさってるから、きっと晴れますよ」

この「エイブおじさん」というのは予言者なのだが、そういう人のご多分にもれず故郷ではあまり尊敬されていなかった。その天気予報はまず当たらないので、物笑いの種となっているのだ。地元の才子を気取るイライシャ・ライト氏は、アヴォンリーの誰一人としてシャーロットタウン新聞の天気予報欄なんぞ見やしない、だってエイブおじさんに明日（あした）の天気を聞いてその反対になると思えばいいからね、と言うのだった。それでもエイブおじさんは、めげずに予想を続けていた。

「選挙になる前にバザーをすませてしまいたいのよ」とリンド夫人は続けた。「候補者が来て、たくさんお金を使っていくはずですからね。保守党はあちこちでお金をばらまいているけど、たまには正直にお金を使うチャンスをあげてもいいと思うのよ」

アンは、亡くなったマシューへの忠義から、絶対に保守党を支持していたが、何も言わなかった。リンド夫人を相手に政治談議など始めたら大変なことになることがわかっていたからだ。アンが郵便局から取ってきた郵便物には、ブリティッシュ・コロンビア州にある町の消印のついた、マリラ宛ての手紙があった。

「きっとあの子たちのおじさんからよ」家に帰ったアンは興奮して言った。「ああ、マリラ、何て書いてきたのかしら」

「一番よいのは、開けて読んでみることだね」マリラはぶっきらぼうに言った。勘の鋭い人なら、マリラも興奮しているとわかったことだろう。でも、マリラはそんな様子を見せるくらいなら死んだほうがましという人だった。

アンは封をちぎって開き、ややぞんざいに書かれた乱筆の手紙に目を走らせた。

「この春は、子供たちを引き取れないんですって……この冬はずっと病気をしていて、結婚も延期になりました。子供たちを秋まで預かってくれませんか、秋になったら引き取ります、ですって。もちろん、そうするわよね、マリラ?」

「それよりほか、どうしようもないじゃないか」マリラは、密かに安堵していたのだが、怖い顔をして言った。「まあ、昔ほど手もかからなくなったし……あるいは、こっちが慣れたのかしらね。ディヴィーは、随分いい子になったわ」

「あの子の礼儀作法は、確かにずっとましになったわ」アンは、道徳心についてはあまりほめられたものではないというかのように、用心深く言った。

前日の夕方に学校からアンが帰ってきたとき、マリラは婦人会の会合に出かけていて留守で、ドーラは台所のソファーで眠っていて、ディヴィーが客間の戸棚から、マリラの評判の黄色いプラムのプリザーブの瓶の中身をおいしそうに食べているのをアンは見つけたのだった。「お客さまのジャム」とディヴィーが呼んでいて……さわってはいけないと言われているものだった。アンが飛びかかって、ディヴィーを戸棚の前から引っ張り出したとき、ディヴィーはとても申し訳なさそうにしていた。

「ディヴィー・キース、あの戸棚のものは絶対さわってはいけないと言われているのに、あのジャムを食べるなんて、とてもいけないことだとわからないのですか?」

「うん、いけないことだって、わかってた」ディヴィーは、もじもじして認めた。

「でもさ、プラム・ジャムってすっごくうまいんだよ、アン。ちょっと中を覗いたら、すごいうまそうだったから、ほーんのちょっとだけ味見してみようと思ったの。指をつっ込んで……」アンはうなった。「指をきれいになめたの。そしたら思ってたよりも、ずっとおいしかったから、スプーンでどんどん食べたの」

アンは、プラム・ジャムを盗む罪についてかなり深刻にお説教をしたので、デイヴィーはすっかり反省して、もう二度とやらないと、後悔のキスをして約束した。

「でも、天国にはジャムがいっぱいあるから、ちょっと安心だね」とデイヴィーは満足そうに言った。

アンは、にっこりしそうになるのを我慢した。

「あるかもしれないけど……あってほしいと思うなら」とアン。「でも、どうしてそう思ったの？」

「だって、教理問答にそうあるもん」とデイヴィー。

「いいえ。教理問答には、そんなこと書いてありませんよ、デイヴィー」

「だけど、ほんとだもん」デイヴィーは言い張った。「こないだの日曜日にマリラが教えてくれたのにあったもん。『なぜ神を愛すべきか』ってあって、『なぜなら、神はプリザーブをお造りになり（メイクス　プリザーブズ）、我らをお救いくださるからである』って書いてあったもん。プリザーブって、ジャムの聖なる呼び方でしょ」

「お水を飲んでくるわ」とアンは急いで言った。帰ってくると、あの教理問答の文は、「神は我らをお造り（メイクス）になり、お守り（プリザーブズ）になり、お救いくださるからである」と読むのであって、「プリザーブをお造りになり」という意味ではないのだということを説明するのにかなり骨を折り、時間がかかってしまった。

「やっぱ、話がうますぎるとは思ったんだ」ディヴィーはとうとう、がっかりと溜め息をついて納得して言った。「それに、讃美歌にあるように、いつまでも安息日だったらジャムなんか作る時間がないと思ったしね。ぼく、天国に行きたくないな。天国に土曜日はないの、アン？」

「あるわよ。土曜日も、ほかの美しい曜日も。そして、天国では毎日がその前の日よりももっと美しいのよ、ディヴィー」アンは、近くにマリラがいなくてよかったと思いながら断言した。いたら、腰を抜かしていたことだろう。言うまでもないが、マリラは、昔ながらのきちんとした神学の教えによって双子を育てており、神さまのことで夢のような空想を巡らすなんて畏れ多いことはさせなかった。ディヴィーとドーラは、毎日曜日、讃美歌をひとつ、教理問答の文をひとつ、聖書の句をふたつ憶えさせられていた。ドーラはおとなしく憶え、小さな機械のように暗唱したが、どこまでわかっているのやら、おもしろいと思っているのやら、まるで小さな機械そのもので、何の反応もなかった。ところがディヴィーは、生き生きとした好奇心に満ちており、何度も質問しては、マリラを震え上がらせ、この子は地獄に落ちやしないかしらと心配させたのだった。

「チェスター・スローンが言ってたけど、天国じゃ白いドレスを着て歩きまわって、ハープを奏でるだけで、なあんにもしないんだって。でね、おじいちゃんになるまでは行きたくないなって。おじいちゃんになったら、それもいいって思うようになるかもしれないからってさ。白いドレス着るなんてぞっとするって言ってたけど、ぼくもそう思うな。どうして男の天使はズボンをはかないの、アン？ チェスター・スローンは、将来牧師になるから、そういったことに興味があるんだ。おばあちゃんがあいつを大学に行かせるお金を遺してくれたんだけど、牧師にならないともらえないから、牧師になるしかないんだって。おばあちゃんは、一族から牧師が出たら、すごく誇らしいことだって思ったんだね。チェスターは、何でもいいやって言ってる……ほんとは、鍛冶屋さんになりたかったんだけど……でも、牧師になる前にいろいろ楽しいことはぜんぶやるんだって。牧師になっちゃったら、できないだろうから。ぼくは、牧師なんかならないよ。お店屋さんになるんだ、ブレアさんみたいに。で、キャンディーとかバナナとか山ほど置くの。でも、ハープじゃなくてハーモニカを吹いてもいいなら、アンが言うような天国に行ってもいいな。ハーモニカ、吹かせてくれるかなあ」

「そうね。そうしたいなら、そうさせてもらえると思うわ」というのが、アンが言えるぎりぎりの答えだった。

アヴォンリー村改善協会は、その日の夕方、ハーモン・アンドルーズ氏の家に集まった。重要な件を話さなければならなかったので、全員の出席が求められた。改善協会は大変順調で、すでに驚くべき成果を上げていた。春先にメイジャー・スペンサー氏が約束を実行し、氏の農場の前の道から切り株を取り除き、地面を均して、芝生の種を蒔いてくれたのだ。スペンサー家なんかに先を越されてなるものかと思った人もいたし、家族に改善員がいる家では、改善員にしつこく言われてしぶしぶ腰を上げた人もいて、ほかの十数人がスペンサー家の例に倣った。その結果、これまでみすぼらしい下草や茂みのあった場所が一変し、ずっと続く、なめらかなベルベットのような芝生が出現した。そうしなかった農場の表がまえは、随分見劣りして、汚らしく見えたので、遅れをとった農場主たちは今度の春に何とかできないものかと、密かに臍を噛んだのだった。街道が交差する三叉路も耕されて、種が蒔かれ、アンのゼラニウムの花壇が早くも中央に作られて、そこなら牛に荒らされることもなかった。

　全体として見れば、協会の仕事はかなり順調だとメンバーは思っていた。ただし、リーヴァイ・ボウルター氏のところだけは、慎重に選ばれた代表者たちが巧みに働きかけたにもかかわらず、上の農場にある古い家のことは放っておいてもらいたいと、にべもなく断られてしまった。

　アンドルーズ氏宅での特別なミーティングでは、学校の敷地のまわりに柵を立ててもらえないだろうかと学校の理事会にお願いする請願書を書くことになっていた。そして、教会のそばに、飾りの木々を何本か植えるという計画も話されたが、これは協会の資金に余裕があればという条件がついた……というのも、アンの言うとおり、公会堂が青いままでは新たに募金を始めるわけにはいかなかったからだ。メンバーはアンドルーズ家の居間に集まっていて、ジェーンがすでに立ち上がって、教会に植える木々の値段を調べて報告する委員を任命しようと提案しかけたところへ、髪をポンパドールに結い上げて、体じゅうフリルだらけのガーティー・パイが、すべり込んできた。ガーティーは、いつだって遅刻するのだ……「自分の登場を効果的に見せたいのよ」と、よく思わない人たちは言った。ガーティーがこの瞬間に登場したのは、確かに効果満点だった。ガーティーは、みんなの真ん中で劇的に立ち止まって、両手を突き上げ、目をくるくるさせて、叫んだのだ。

「完璧（かんぺき）にひどいこと、聞いちゃった。どう思う？　ジャドソン・パーカーさんは、自分の農場の道路側の柵をぜんぶ製薬会社に貸して、柵に広告をペンキで描かせるんですってさ」

　生まれて初めて、ガーティー・パイは、望みどおり、みんなをあっと言わせることができた。落ち着き払ったメンバーの中に爆弾を投げ込んだとしても、これほどみんなをびっくりさせることはできなかっただろう。

「そんな、ありえないわ」アンが、ぽかんとして言った。

「あたしも、初めて聞いたときは、まさにそう言ったのよ」とガーティーは、ものすごく楽しそうに言った。「ありえないわって、あたしが言ったのよ……ジャドソン・パーカーさんがそんなことするはずないわって。だけど、うちのお父さんが今日の午後にジャドソンさんに会って尋ねたら、本当だって言うじゃない。考えてもみてよ！　あの人の農場ってさ、ニューブリッジ街道に面してるでしょ。あそこにずっと錠剤だの、絆創膏(ばんそうこう)だのの広告がずらりと並んだら、おぞましいことになると思わない？」

改善協会メンバーは、心からそう思った。一番想像力のない人でさえ、そんな広告で飾られた柵が約八百メートルも続いたら目も当てられないと理解した。この新たな危機を前にして、教会や学校の敷地のことなど、もはやどうでもよくなってしまった。議事進行の規則も忘れて、アンは絶望のあまり、議事録を取るのをすっかりやめてしまった。誰もが一斉に話し始め、そのざわめきたるや、恐ろしいほどだった。

「ちょっと、落ち着きましょう」一番興奮していたアンが訴えた。「そして、やめさせる方策を考えなきゃ」

「どうやってやめさせられるっていうの」ジェーンが苦々しく叫んだ。「誰だって、ジャドソン・パーカーがどういう人か知ってるわ。お金のためなら、何だってやる人よ。公徳心のかけらもなければ、美的感覚だってまるっきりないんだから」

困ったことになった。アヴォンリーのパーカー家といえば、ジャドソン・パーカーとその姉しかいなかったので、親族に頼んでやめさせることもできなかった。姉のマーサ・パーカーは、あまりにも年をとっていて、若者のやることには何かにつけ文句を言うし、とりわけ改善協会にはご不満だった。ジャドソンは、陽気でおしゃべりな人で、誰に対しても気さくで人当たりがいいので、友だちが少ないのは驚きだった。ひょっとすると、あまりにも手広く商売を巧みに進めるので、よく思われないということもあるのかもしれない。とても「抜け目がない」という評判で、「節操がない」とみんな言っていた。

「ジャドソン・パーカーは自分で言ってるけど、『真っ当に稼ぐ』チャンスを手にしたら、絶対ものにするのさ」フレッド・ライトが断言した。

「誰か影響力のある人は、一、一人もいないの？」アンは絶望して尋ねた。

「ホワイト・サンズのルイーザ・スペンサーのところへは遊びに行くわよ」とキャリー・スローンが言った。「ひょっとしたら、ルイーザが、柵を貸さないように説得できるんじゃない？」

「だめだね」ギルバートが語気強く言った。「ルイーザ・スペンサーのことはよく知ってる。村の改善協会なんか意味がないと思っている人だ。あの人にとって、意味があるのはお金、お金だよ。やめさせるどころか、けしかけるんじゃないか」

「こうなったら、ジャドソン担当の委員を任命して、抗議に行かせるしかないわ」とジュリア・ベル。「女の子を派遣しなきゃだめね。あの人、男の子にはぞんざいな態度に出るから……でも、あたしは行かないから、あたしを任命しないで」

「アン一人に行ってもらうのがいいよ」とオリヴァー・スローン。「アンじゃなきゃ、ジャドソンを説得なんてできないよ」

　アンは反対した。行って説得をするのはいいけれど、「精神的なサポート」のためにほかの何人かも一緒にきてほしいと言ったのだ。そこでダイアナとジェーンが「精神的なサポート」に任命され、ミーティングは解散となり、みんな、ぷんぷん怒ったハチのようにぶつぶつ言いながら去っていった。アンはあまりに心配で、翌日の朝方まで寝られなかった。そして、学校の理事会が学校じゅうに柵を張って、柵じゅうに「紫(むらさき)錠剤をお試しあれ」とペンキで書いた夢を見た。

　アンたち担当委員は、翌日の午後にジャドソン・パーカーの許(もと)へ向かった。アンは雄弁に、ジャドソンの無法な計画をやめるように訴え、ジェーンとダイアナはアンを精神的に雄々しく支えた。ジャドソンは、口先うまく、上品に、三人のことをほめた。向日葵(ひまわり)のように優美だなどとお世辞を言い、こんな魅力的な若いご婦人たちの願いを断るのは本当に心苦しいのだが……ビジネスはビジネスであって、このむずかしいご時世に甘いことは言っていられないと言うのだ。

「しかし、こうしようじゃないか」薄い色の目を大きく開いて、きらりと光らせなが

ら、ジャドソンは言った。「業者に、きれいな趣味のいい色だけを使うように言うよ

……赤とか黄色とかね。まちがっても、広告に青なんか使っちゃならんってね」

敗れたアンたちは、とても口にできないような言葉を頭の中で唱えながら退散した。

「人事は尽くしたから、あとは天命を待つしかありませんね」ジェーンは、無意識に

リンド夫人の口調を真似て言った。

「アラン牧師がお力を貸してくださらないかしら」とダイアナは考えた。

アンは首を振った。

「駄目よ。アラン牧師を煩わせても、むだよ。とくに、今は赤ちゃんの具合がすごく悪いんだから。ジャドソンさんは、あたしたちからじょうずに逃げたように、牧師さまもすり抜けるわ。今やきちんと教会に通うようになったけれど、それだってただ、ルイーザ・スペンサーのお父さんが教会の長老で、そういったことにはうるさいからにすぎないわ」

「アヴォンリー広しといえども、自分の柵を貸し出そうなんてことを思いつくのは、ジャドソン・パーカーしかいないわ」ジェーンが腹を立てて言った。「リーヴァイ・ボウルターやロレンゾ・ホワイトでさえ、いくらけちんぼって言ったって、そんなことまでしやしないもの。あの人たちは、世間体というのをちゃんと気にしますからね」

この話が知られるようになると、確かに世間はジャドソン・パーカーのことをこき

下ろしたが、それも何にもならなかった。ジャドソンはほくそ笑んで、気にもかけなかったのだ。そして、改善協会のメンバーは、ニューブリッジ街道の一番すてきなところを広告で汚される様子を目にする覚悟をしなければならなかった。ところが、協会の次のミーティングで、代表委員の報告をするようにと会長に呼ばれたアンは、静かに立ち上がり、ジャドソン・パーカー氏は製薬会社に柵を貸さないことにしたから、そのように協会に伝えてくれと言われたと告げたのだ。

ジェーンとダイアナは、耳を疑って、目をむいた。アヴォンリー村改善協会ではとても厳しく執り行われている議会運営の作法のために、二人はすぐに好奇心を表明するわけにはいかなかったが、ミーティングが終わると、説明を求めてアンを取り囲んだ。アンには何の説明もできなかった。前日の夕方にジャドソン・パーカーが道でうしろから追いかけてきて、製薬会社の広告に対して妙な偏見を持っているアヴォンリー村改善協会の機嫌をとることにしたと告げたと言うばかりだ。アンは、そのときも、そのあとも、それしか言おうとしなかったが、アンの言っていることは、まぎれもない真実だった。しかし、ジェーン・アンドルーズは、帰宅途中でオリヴァー・スローンに、ジャドソン・パーカーの奇怪な心変わりの裏にはアン・シャーリーが言ったことよりほかに何かがあるにちがいないとささやいた。そして、ジェーンの言っていることもまた、真実だったのだ。

アンは、その前の日の夕方に、海岸通りにあるアーヴィング家を訪ねた帰り、近道をして、低く広がる岸辺の野原から、ロバート・ディクソン家のそばのブナの森へ抜けた。森の小道を通っていくと、(想像力のない人々には、バリーさんの池として知られている)〝きらめきの湖〟の上にかかっている街道へ出られるのだ。

小道がちょうど街道へ出るところに、二人の男の人が、道端で手綱を休めて馬車に坐っていた。一人はジャドソン・パーカーで、もう一人はジェリー・コーコランというニューブリッジから来た人で、リンド夫人なら語気を強めて、胡散臭いことをしているのがまだばれていないだけの人だと教えてくれるだろう。農機具販売の口ききをしている人で、政治に関しては一目置かれていた。政治がらみのおいしい話には何にでも手を出し、出せるだけの手を出していると言われていた。カナダでいよいよ総選挙が行われるというので、ジェリー・コーコランは何週間も、自分の政党の候補をよろしくと、忙しく挨拶してまわっていた。枝垂れたブナの枝の下からアンが姿を現したとき、コーコランがこう言っているのが聞こえた。

「エイムズベリーに投票してくれたら、パーカーさん……そうさな、春にあんたが買った馬鍬二台の代金を払ってもらわにゃならんことを記した証書があるがね、そいつをあんたにあげるとしても、いやとは言わんだろう、え、どうだね?」

「そうだなあ……まあ、そういうことにしてくれるなら」ジャドソンはにやりとして、のろのろと答えた。「そうしてもよかろうなあ。この世知辛い時代、自分の利益は自分で守らにゃならんもんな」

二人はこのときアンを見て、ふいに会話をやめた。アンは冷ややかにお辞儀をして、いつもより顎をほんの少し突き出して、歩き去ろうとした。すぐにジャドソン・パーカーがあとを追いかけてきた。

「乗って行かないか、アン？」ジャドソンは愛想よく言った。

「いえ、結構です」アンは丁寧に、しかし、鋭い針のような軽蔑を声にこめて言ったので、ジャドソン・パーカーの感じやすいところなどまったくなさそうな良心でさえ、ぐさりと痛んだ。顔が赤くなって、怒ったように手綱をぐいと引いて立ち去ろうとしたが、次の瞬間、抜け目のない考えが働いて、とどまった。ジャドソンは、脇目もふらずにさっさと立ち去っていくアンを不安そうに見守った。コーコランはあからさまな裏取り引きを申し出たし、俺はそいつをはっきりと受けちまった。それを聞かれちまったんだろうか？　コーコランのばかやろうめ！　もっと遠まわしな言い方ができないようじゃ、そのうち、どつぼにはまるぞ。それに、この赤毛の女教師め。用もないのにブナの森からひょっこり出てきやがって。「他人の穀物を自分の升で量る」という田舎の言いまわしがあるが、ジャドソン・パーカーも自分の尺度でアンを判断し、勝手な思いちがいをして、アンはこのことをあちこちで言いふらすだろうと考えたのだ。もちろん、ジャドソン・パーカーは、これまでの話でわかるように、世間が何を言おうが気にしない人ではあるが、賄賂を受け取ったことがばれては一大事だ。それが裕福な農場主アイザック・スペンサーの耳に届こうものなら、その跡とり娘であるルイーザ・ジェーン・スペンサーを妻にして楽な生活ができる望みとも、さようならだ。ジャドソン・パーカーは、スペンサー氏がすでに自分に少々眉をひそめていることを知っていた。これ以上、危ない橋を渡るわけにはいかない。

「えへん……アン、先日話した例の一件で、会いたいと思ってたんだ。やっぱりうちの柵をあの会社に貸さないことにしたよ。君たちのような目的をもった協会は、支援してやらなくちゃな」

アンは、ほんの僅かだけ態度をやわらげた。

「ありがとうございます」とアン。

「で……でだな……俺がジェリーとしてた会話は人に言うほどのことじゃないからね」

「そもそも、言うつもりなどありません」とアンは冷たく言った。自分の票を金で売るような男と取り引きをするようないやしいことをするくらいなら、アヴォンリーじゅうの柵が広告だらけになったほうがましだと思っていたからだ。

「それでいい……それでいい」ジャドソンは、互いにうまくわかりあえたと思い込んで言った。「話さないとは思ってたよ。もちろん、俺はジェリーのやつをひっかけただけなんだ……あいつ、自分がすごく頭がよくて、冴えてると思い込んでるからね。俺はエイムズベリーなんかに投票するつもりはないんだ。今までどおりグラントに入れる……選挙結果が出ればわかることさ。ただ、ジェリーがどこまで本気か試しただけなんだ。柵のことはだいじょうぶだ……協会の連中にそう言っていいから」

「世間にはいろんな人がいるけれど、いなくてもいい人もいると思うわ」その晩、アンは東の破風の部屋の鏡に映った自分に話しかけた。「こんな恥知らずな話、誰にも言うつもりなんてなかったから、その点ではあたしの良心にやましいところはないわ。でも、このことを誰に、何に感謝したらいいのかしら。こうなったのはあたしのせいじゃないし、まさか神さまが、ジャドソン・パーカーやジェリー・コーコランのようなずるい人たちが使うような手を使って助けてくださったなんて、とても信じられないもの」

第15章　いよいよ夏休み

静かな夕暮れどき、黄色い西日を浴びながら、アンは校舎の鍵をかけた。校庭のまわりの唐檜の葉が風に鳴り、木々の影が森の端のほうに長くものうげに伸びている。

鍵をポケットに入れると、満足の溜め息が出た。最初の年度が終わり、いろいろな人から感謝の言葉をもらって、来年度も先生を続けてくださいと学校から頼まれたのだ……ただ、ハーモン・アンドルーズさんは、もっと鞭を使うべきだと言っていたが……。頑張ったご褒美として、二か月のうれしい夏休みが、アンを手招きしていた。アンは、自分にもこの世界にも安らぎを感じながら、花籠を手にして山道を下りていった。岩梨の花が咲き始めた頃から毎週欠かさずマシューの墓参りへ行っているのだ。無口で、はにかみやで、偉くもなかったマシュー・カスバートのことを、マリラを除いてアヴォンリーの人々はみんな忘れてしまっていたが、アンの心にはマシューの思い出はまだ鮮やかで、いつまでも褪せることはないのだ。つらかった子供の頃、アンがあんなにもほしかった愛と同情を初めて与えてくれたあのやさしい老人のことを、決して忘れられるはずがなかった。

山の麓、唐檜の木陰の柵の上に、男の子が坐っていた……大きな夢見るような目をして、美しい繊細な顔をした少年だ。柵からさっと下りると、にこにこしながらアンの許へ駈け寄った。でも、頬には、涙の筋がある。

「先生を待っていようって思ったんです。お墓にいらっしゃるの、知ってたから」と少年はアンの手にすっと自分の手を重ねて言った。「ぼくもお墓に行くんです……このゼラニウムの花束を、アーヴィングおじいちゃまのお墓にあげてきて頂戴って、おばあちゃまに頼まれたから。で、見て、先生、この白いバラの花束は、ぼくのお母さんのために、おじいちゃまのお墓の隣に置くんです……お母さんのお墓まで行ってお供えできないから。だけど、きっと、お母さん、わかってくれますよね？」

「ええ、わかると思うわ、ポール」

「ぼくのお母さんが死んでから今日でちょうど三年なんです、先生。ずっとずっと前のことだけど、やっぱりとってても悲しいんです……お母さんがいなくて、やっぱりとってもさびしいんです。我慢できないくらい、つらくなるときもあります」

ポールの声は震え、唇がわなわなとした。ポールはバラを見下ろして、目に涙が浮かんだのが、先生に気づかれなければいいなと思った。

「だけど」アンはとてもやさしく言った。「つらい気持ちが消えるのは嫌でしょう……たとえ忘れることができたとしても、お母さまのことを忘れたくないでしょう」

「そう、そのとおりなんです。忘れたくない……ほんと、そう思っています。先生って、すごくわかってくださるんですね。そんなにわかってくれる人、いません……おばあちゃまだって、とても親切にしてくれるけど、そこまでじゃありません。お父さんは、かなりわかってくれるけど、お母さんのことはあんまり話せないんです。お父さん、つらくなっちゃうから。お父さんが手で顔を覆ったら、もう黙らなきゃいけないってわかるんです。お父さん、ぼくがいなくて、すごくさみしがっていると思います。でも、今はお家に家政婦さんしかいなくて、小さな男の子を育てるのを家政婦さんに任せるわけにはいかないって、お父さんは考えたんです。自分は仕事でしょっちゅう家を空けるし。母親がいないなら、おばあちゃまがいいだろうってことになったんです。ぼく、いつか大きくなったら、お父さんのところへ戻って、二度と離れないことにします」

ポールは、母親と父親のことをアンによく話すので、アンはポールの両親と会ったことがあるような気がしていた。ポールの母親は、性格や気立てがポールとそっくりだったのだろう。父親のスティーブン・アーヴィングは、とても控えめな男性で、洞察力のある、やさしい性格であるのを世間から隠してきたのではないだろうか。

「お父さんって、あんまりうちとけるタイプじゃないんです」と、かつてポールは話したことがあった。「お母さんが死ぬまでは、お父さんとはあんまりうちとけてなかったんです。でも、話すようになると、すごいんです。ぼく、世界で一番お父さんが好きです。次がアーヴィングおばあちゃまで、その次が先生。アーヴィングおばあちゃまを大好きになるのがぼくの義務じゃなかったら、お父さんの次が先生なんだけどな。おばあちゃまって、ぼくにすごくよくしてくださるから。先生なら、わかるでしょう。だけど、ぼくが眠るまで、お部屋にランプを置いといてくれるといいんだけど。おばあちゃま、ぼくをベッドに入れるとすぐに持ってっちゃうんだ。ぼくが臆病になっちゃいけないからって。ぼく、怖いわけじゃないけど、灯りがあったほうがいいんです。お母さんは、いつだってぼくのそばに坐って、ぼくが眠るまで手をつないでてくれたの。お母さんは、ぼくを甘えん坊にしてたんだろうな。お母さんって、そういうところ、あるでしょう」

どうだろうか。アンにはわからなかった。ただ想像するばかりだ。自分の母親……アンのことを「完璧に美しい」と思ってくれて、ずっと前に死に、お墓参りにくる人もない、遠くのお墓に、少年のような夫の隣に埋められた母親のことを、アンは悲しく考えた。アンには自分の母親を思い出すことができなかったので、ポールが羨ましくさえ思えたのだ。

「ぼくのお誕生日、来週なんです」六月の陽射しを浴びながら、二人で長い赤土の坂道を上っているとき、ポールが言った。「で、お父さんから、ぼくが一番好きだろうってものをぼくに贈ってくださるって手紙が来たんです。きっと、もう届いたんだろうな。だって、おばあちゃま、本棚の引き出しに鍵をかけてたけど、いつもそんなことしないもの。『どうして鍵かけるの』って聞いたら、『子供はあんまり知りたがるもんじゃありません』だって。あれ、絶対なんか隠してるよ。お誕生日って、とってもわくわくするでしょう。ぼく、十一になるんです。十一に見えないでしょ。ぼくは年のわりに体が小さいけど、おばあちゃまは『それというのも、ちゃんと朝食のポリッジ〔オートミールを牛乳や水でどろどろに煮たおかゆ〕を食べないからです』って言うんです。ぼく、ちゃんと頑張ってるんだけど、おばあちゃま、たっぷりよそうんですよ……おばあちゃま、意地悪してるわけじゃないけどね。日曜学校からの帰り道、先生とお祈りのことを話して……先生、困ったことがあったら、お祈りしなさいって、おっしゃったでしょ……あれから毎晩、ぼく、毎朝ポリッジを残さず食べられますようにって、神さまにお祈りしてるんです。でも、まだできないんだ。ぼくのお祈りが足りないのか、ポリッジが多すぎるのか、わからないけど。お父さんはポリッジを食べて大きくなったんですよって、おばあちゃまは言うんです。確かに、お父さんには効果満点でした。肩を見たら、わかるもの。だけど、ときどき」とポールは溜め息をついて考えるように言った。「ポリッジが嫌で、死んじゃうんじゃないかって思うことがあるんです」

ポールがこちらを見ていなかったので、アンはそっと微笑んだ。アーヴィングのおばあさんが、昔ながらの食事と躾で孫を育てていることは、アヴォンリーじゅうの誰もが知っていることだった。

「そんなことにならないといいわね」アンは陽気に言った。「あなたの〝岩場の人たち〟は元気？　双子のお兄さんは、いい子にしてる？」

「もちろんです」ポールは熱をこめて言った。「いい子にしてなきゃ、ぼくが遊んであげないって、わかってるもの。ほんと、いたずらっ子なんだから。ぼくはそう思う」

「ノーラは〝黄金のレイディ〟のこと、気づいたの？」

「ううん。でも、感づいてると思います。ぼくがこないだほら穴に行ったとき、ぼくのことを見ていたと思うから。気づいても、ぼくはかまいません……わからないほうが、ノーラのためになるってだけだから……気を悪くしちゃいけないと思って。でも自分で自分の気を悪くしようってつもりなら、どうしようもありません」

「私もポールと一緒に夜、海岸に行ったら、私にも岩場の人たちが見えると思う？」

ポールは重々しく首を横に振った。

「ううん。先生にぼくの岩場の人たちは見えません。ぼくだけが見えるんです。でも、先生には先生の岩場の人たちが見えますよ。先生は、見える人だもの。ぼくたちは、そっちでしょ。先生、わかってるくせに」ポールは、アンの手を仲良しだというふうに、ぎゅっと握りしめて言った。「見えるほうの人だって、すてきですよね、先生？」

「すてきね」アンは、灰色の輝く目で、青く輝く目を覗（のぞ）きこみながら言った。

アンとポールは……

想像力が見せてくれる王国の
美しきこと、かぎりなし（訳者あとがき参照）

……を知っていたし、その幸せな王国への道を知っていた。そこでは、谷や小川のそばでよろこびのバラが永遠に咲き、青空が雲で翳(かげ)ることもなく、〝すてきな鐘がひび割れた音を出す〟〔『ハムレット』第三幕第一場にある言葉〕こともなく、〝魂の響きあう友〟がたくさんいるのだ。その王国がどこにあるか……「太陽の東、月の西」〔ノルウェーの御伽噺のひとつ〕にある……ということは、どんなにお金を積んでも買うことのできない貴重な知識だった。それはきっと、生まれたときによい妖精(ようせい)たちがくれた贈り物であり、いくつになっても、すり減ったりなくなったりしないのだ。この王国への道を知ってさえいれば、たとえ屋根裏に住んでいようと心は満たされ、知らずに王宮に住むよりもずっといいのだ。
アヴォンリー墓地は、今までどおり、草ぼうぼうの、さびしい場所だった。確かに、改善協会は墓地の手入れをすべきだと考えており、プリシラ・グラントが墓地について報告書を読み上げたのは、協会の前回のミーティングよりも前のことだった。いつかは、墓場の苔(こけ)むして曲がりくねった古い板塀をきれいな針金の柵(さく)に替えて、芝を刈り、傾いた記念碑をまっすぐにするつもりだったのである。

アンは、マシューのお墓に花をお供えし、それからヘスター・グレイが眠る小さなポプラの木陰に行った。春のピクニックの日以来、マシューのお墓を訪ねるときは、ヘスターのお墓にも花を供えることにしているのだ。前日の夕方に、森の中の例の小さな人知れぬ庭へ行って、ヘスターが育てた白いバラを摘んできていた。

「ほかのお花よりも、こちらのほうがお好きじゃないかしらと思って」とアンはそっと言った。

アンがまだそこに坐っていると、草に人影が落ち、目を上げてみると、アラン牧師の奥さまが立っていた。二人は帰り道を一緒に歩いた。

アラン夫人の顔は、五年前にアラン牧師がアヴォンリーに連れてきた花嫁の少女らしい顔とは変わっていた。華やかで若々しい丸みがなくなって、目や口許に忍耐強そうな細かな皺が入っていた。それというのも、まさにこの墓地にある小さなお墓が原因だった。また、小さな息子が最近病気になったため……今は幸いにも治ったが……さらに皺が増えていた。それでも、アラン夫人のえくぼは相変わらずすてきで、ふとしたときにできる。目も以前のとおり澄んでいて明るく、真心がこもっていた。その顔から少女らしい美が消えた代わりに、やさしさと力強さとがあふれていた。

「夏休み、楽しみでしょう、アン？」二人が墓地を出るとき、夫人が言った。

アンは、うなずいた。

「ええ……夏休みという言葉を、おいしいご馳走のように嚙みしめることができます。この夏は、すてきなものになると思います。ひとつには、モーガン夫人が七月にこの島にいらっしゃるので、プリシラが家に連れてきてくれることになってるんです。考えただけで、昔みたいに、わくわくします」

「楽しんでほしいわ、アン。この一年、とても頑張ったし、うまくいきましたからね」

「あら、どうでしょう。いろいろ足りないところばかりです。昨年の秋、教え始めたとき、やるつもりだったことができませんでした。理想どおりにいかなかったんです」

「みんな、そうよ」アラン夫人は溜め息をついた。「でもね、アン、詩人のローウェルが『やってはならぬのは失敗ではない。目標を低くもつことだ』って言ってるでしょう。理想を掲げて、それを目指さなきゃだめよ。たとえ一度もうまくいかなくても。理想がなければ、人生は残念なことになってしまうわ。理想があれば、立派ですばらしいものになるのよ。理想をあきらめないで、アン」

「頑張ります。でも、教育についての私の理想はほとんど捨てないと」とアンは、少し笑いながら言った。「先生を始めたときは、どうやって教えるべきかについてこれ以上ないくらいの立派な考えをもっていたんですが、いざとなると、どれもうまくいきませんでした」

「体罰についてのあなたのご高説も、敗れ去ったしね」とアラン夫人はからかった。

　アンは、顔を赤らめた。

「アンソニーを鞭打ったなんて、自分が赦せません」

「ばかなこと言わないの。罰を受けて当然の悪い子よ。鞭で打つのがちょうどいい子なのよ。あれ以来、あの子ともめごとがないし、あの子もあなたのことを特別に思うようになったわ。『女なんて大したことない』という考えをあの子の意固地な心から追い出したんだから、あなたのやさしさがあの子の愛を勝ち得たのよ」

「罰を受けるのが当然かもしれませんが、そこが問題なんじゃないんです。もしあたしが、冷静にじっくりと考えて、あの子にふさわしい罰だからということで鞭打つことにしたなら、こんなふうには思ったりしません。ほんとのところは、アラン夫人、あたし、カッとなって、それであの子を鞭打ったんです。それが正しいか正しくないかなんて考えていませんでした……あの子にふさわしくないことだったとしても、あたし、それでもやってたんです。だから、あたし、自分が恥ずかしいんです」

「まあ、人は誰でもまちがいをするものよ。だからもう、忘れてしまいなさい。まちがいを悔いて、まちがいから学ぶべきだけど、いつまでもくよくよしてはだめよ。あら、あれはギルバート・ブライスね。自転車に乗って……ギルバートも夏休みに帰ってきたのね。あの人との勉強は、進んでるの？」

「順調です。今晩、ウェルギリウスを読み終える予定です。あと二十行ばかりで。そしたら、九月まで、もう勉強はおしまいです」

「大学へは行こうと思わないの？」

「ああ、わかりません」アンは、宝石のオパールのような虹色に染まった地平線を遠く夢見るように見やりながら言った。「マリラの目は、これ以上あまりよくならないし……悪くもならないでくれているので、とてもありがたいんだけど……それに、双子のこともあるし……あの子たちのおじさん、もう引き取るつもりがないんじゃないかなって思うんです。ひょっとすると、これから先、大学に行くようになるかもしれませんが、まだそのときではないし、あまり期待してがっかりしたくないので、考えないようにしています」

「あら、あなたには大学に行ってほしいわ、アン。でも、行かなくても、がっかりすることはないわよ。結局のところ、どこにいようと、それぞれの人生なんだから……大学に行くと人生が楽になるって、それだけのこと。人生は、私たちがそこから何を得るかではなく、何を注ぎ込むかによって、広くもなれば、狭くもなる。ここでは、人生は豊かで充実してるわ……いえ、どこでもそうね……その豊かさや充実に心のすべてを開くことができさえしたら」

「おっしゃること、わかります」アンは考えながら言った。「だから、あたし、感謝してるんです……ほんと、心から……この仕事ができること、ポール・アーヴィング、愛しい双子、そしてお友だちみんなに。そうなんです、アラン夫人、あたし、友情には、とても感謝してるんです。ほんとに人生を美しいものにしてくれるから」

「真の友情があると、本当にとても助かるわね」とアラン夫人。「友情については、とても高い理想を持つべきよ。嘘をついたり誠実さを欠いたりして、友情を傷つけてはだめ。友情という名前が、ただの親しさにつけられて、真の友情でないことが多いのが残念ね」

「ええ……ガーティー・パイとか、ジュリア・ベルとかの友情がそうです。二人はとても親しくしていて、どこへ行くのも一緒なのに、ガーティーはいつもジュリアに隠れて悪口を言うんです。誰かがジュリアのことを批判すると、ガーティーはいつもすごくうれしそうな顔をするもんだから、ジュリアのことを嫉妬してるんだって、みんな思っています。あれを友情なんて呼んではいけないと思います。お友だちなら、お友だちのいいところだけを見て、自分のいいところを相手に与えるべきだとは思いませんか。そうすれば、友情は、世界一美しいものになります」

「友情は、今はとても美しいものよ」アラン夫人は微笑んだ。「でも、いつか……」

そこで夫人は、ふいに口をつぐんだ。すぐ横にいるアンの繊細な色白の顔には、率直な目と豊かな表情とがあって、女らしいというよりは、まだ子供っぽいあどけなさがあった。アンの心には、友情や野望の夢が宿っているだけなのだ。まだ何もわかっていないアンの甘い胸に咲く希望の花を払い落とすようなことは、アラン夫人はしたくなかった。そこで、その言葉の続きは、もっと先になってから言うことにした。

第16章　望んでいたことが、ついに……

グリーン・ゲイブルズの台所の、つやつやした革張りのソファーに坐ってアンが手紙を読んでいると、デイヴィーがソファーに這い上がってきて「アン」と訴えるように声をかけた。「アン。すっごくお腹が空いたよ。ぺっこぺこ」

「今すぐバターつきパンをあげるわ」アンは、ぼんやりと言った。手紙には、わくわくする知らせが書いてあったようだ。頬が、外の大きな茂みに咲いたバラと同じピンク色をしていて、目には、アンの目ならではの星の輝きがある。

「だけど、バターつきパンのぺっこぺこじゃないよ」デイヴィーは口をとがらせた。

「プラムケーキのぺっこぺこだよ」

「あら」とアンは笑って、手紙を置いて、デイヴィーに片手をまわしてぎゅっと抱きしめながら言った。「そういうぺっこぺこなら楽に我慢できるわね、デイヴィー坊や。ご飯とご飯のあいだに、バターつきパンのほかは食べてはいけないというのが、マリラの決めたルールでしょ」

「じゃあ、パンでいいや……ください」

デイヴィーはようやく「ください」が言えるようになったが、大抵、あとで思いついて付け加えるのだ。デイヴィーは、アンが今持ってきてくれた厚切りパンをうれしそうに見た。

「アンは、いつもバターをたっぷり塗ってくれるよね。マリラはすっごく薄く塗るんだ。バターはたくさんあったほうが、つるりと食べやすいんだよ」

パンがあっという間になくなってしまったのを見ると、パンはかなりつるつると入ったようだ。デイヴィーは頭からソファーをすべり下りて、絨毯の上で二回でんぐりがえしをして、それからお尻をつけたまま身を起こして、決心したように宣言した。

「アン、ぼく、天国のこと、決めたよ。天国には行きたくない」

「どうして?」アンは大まじめに尋ねた。

「だって、天国って、サイモン・フレッチャーの屋根裏部屋にあって、ぼく、サイモン・フレッチャー好きじゃないもん」

「天国が……サイモン・フレッチャーの屋根裏部屋ですって!」アンは、あまりにも驚いて、笑うこともできなかった。「デイヴィー・キース、なんだってまた、そんなとんでもないことを思ったの?」

「ミルティー・ボウルターが、そう言ってたよ。こないだの日曜、日曜学校で。預言者エリヤとエリシャについて勉強していて、ぼく立って、ロジャソン先生に、天国はどこにあるんですかって聞いたの。ロジャソン先生は、すっごく怒ってるみたいだった。とにかく不機嫌だったよ。だって、エリヤは天国に行ったときエリシャに何を残したか〔『旧約聖書』「列王記下」2：13には「エリヤの着ていた外套」をエリシャが拾ったとある〕って質問したとき、ミルティー・ボウルターが『古い服』って言って、ぼくら何も考えないで笑ったの。先に考えればよかったんだけどね。そしたら笑ったりしないもの。でも、ミルティーは、先生をうやまらなかったんじゃないと思う。ただ、言葉が出てこなかったんだよ。ロジャソン先生は、『天国は神さまがいらっしゃるところです。そんな質問をするものではありません』って言った。ミルティーがぼくを肘（ひじ）でつついて、『天国はサイモンおじさんの屋根裏部屋にあるんだ。帰り道にせちめいしてやる』って、ささやいたんだ。で、帰りにせちめいしてもらったの。ミルティーって、せちめいするの、すごくうまいんだ。なんにも知らないことでも、いろいろでっちあげて、ぜんぶせちめいしちゃうんだよ。お母さんとサイモンのおばさんが姉妹だから、いとこのサイモン・ジェーン・エレンが死んだとき、お母さんと一緒に葬式に行ったの。牧師さまが、ジェーン・エレンは天国へ行きましたって言ったけど、ミルティーによれば、ジェーンはすぐ目の前のお棺に入っていたんだって。だけど、お棺は、そのあと、屋根裏部屋へ運ばれたと思うって言うんだ。で、ミルティーとお母さんが何もかも終わって二階にお母さんの帽子を取りに上がったとき、ジェーン・エレンが行った天国ってどこにあるのって聞いたら、お母さんは天井を指して『この上よ』って言ったたって。天井の上には屋根裏部屋しかないから、だから、それでミルティーにはわかったんだって。それ以来、サイモンおじさんの家に行くのはすごくこわくなったって」

アンはデイヴィーを膝の上に載せて、このもつれた神学上の問題を解きほぐそうと頑張った。アンは自分の子供の頃を憶えていて、七歳の子供が、もちろん大人にはとてもはっきりしていて単純なことについて、おかしな考えを抱くということを本能的に理解していたので、この仕事にはマリラよりもずっと向いていた。天国はサイモン・フレッチャーの屋根裏部屋ではないことをわからせることができたとき、マリラが庭から入ってきた。庭でドーラと一緒にエンドウ豆を摘んでいたのだ。ドーラは、働き者のおちびさんで、自分のふっくらした指にふさわしいちょっとした仕事を「お手伝い」するときが一番幸せなのだ。鶏にエサをあげたり、焚き付け用の木切れを集めたり、皿を拭いたり、たくさんお使いをしたりした。きちんとしていて、言うことを聞いて、気がきくのだった。何々をして頂戴という指示も一度言えばわかって、こまごましたことを決して忘れない。それにひきかえデイヴィーは、とても不注意で、忘れん坊だった。しかし、生まれつき、愛されるコツを心得ていて、アンもマリラもデイヴィーのほうをかわいがっていたのだった。

ドーラがエンドウ豆のさやを得意そうにむき、デイヴィーがさやにマッチのマストを立てて紙の帆を張って遊んでいるとき、アンはマリラに手紙のすばらしい内容を話した。

「ああ、マリラ、なんだと思う？　プリシラから手紙がきて、モーガン夫人が島にご到着なさっていて、木曜日にお天気だったら、アヴォンリーまで馬車を走らせて、十二時頃に、ここにいらっしゃるんですってよ。あたしたちと一緒に午後を過ごしたら、夕方ホワイト・サンズのホテルにお帰りになるそうよ。モーガン夫人のアメリカのお友だちがそこに泊まっていらっしゃるから。ああ、マリラ、すてきじゃない？　これが夢じゃないなんて信じられないくらい」

「モーガン夫人といったって、ほかの人と変わりゃしないだろうよ」マリラは自分自身少し興奮しながら、そっけなく言った。モーガン夫人は有名人で、その訪問を受けるなんて、ありきたりなことではないのだ。「じゃあ、ここでお食事をなさるの？」

「そうよ。ああ、マリラ、あたしがぜんぶお食事を料理してもいい？　『バラの蕾の園』の著者にあたしだって何かして差し上げられるんだって思いたいの。たとえ、お料理をお出しすることであってもね。いいでしょ、ね？」

「そりゃまあ、七月に熱い火を前に汗だくになるのはあまり好きじゃないから、できれば誰かに代わってもらいたいところだからね。どうぞやって頂戴」

「ああ、ありがとう」アンは、まるでマリラが大変な願いごとを聞き届けてくれたかのように言った。「今晩、メニューを考えるわ」

「あんまり恰好をつけるんじゃないよ」マリラは、「メニュー」なんて気どった言葉に少し驚いて警告した。「そんなことしたら、あとで後悔することになるからね」

「あら、恰好なんてつけないわ。お祝いのときにいつも出していないようなお料理を出すなってことなら」アンは請け合った。「そんなことをするのは気取りだもの。十七歳の女性として、学校教師として、まだ分別も落ち着きも足りないことはわかってるけど、そこまでばかじゃないわ。でも、何もかもできるかぎり、すてきで、おいしくしたいの。デイヴィー坊や、そのお豆のさやをお勝手の階段の上に散らかすのはやめて頂戴……誰かが踏んで、すべってしまうわ。まずは軽めのスープでしょ……あたし、おいしいオニオン・クリーム・スープが作れるわ……それから、鶏の丸焼きをふたつ。あの白い雄鶏二羽を使うわ。あの二羽は大好きだし、あの灰色の雌鶏があの二羽だけを卵から孵して……小さな黄色い羽毛のボールみたいだったときから、ずっとかわいがってきたけど、いつかは犠牲になってもらわなきゃいけないことはわかってるし、こんなにふさわしい時はないもの。でも、ああ、マリラ、あたしにはとても殺せないわ……モーガン夫人のためであったとしても、だめ。ジョン・ヘンリー・カーターに来てもらって、代わりにやってもらうわ」

「ぼくがやる」とデイヴィーが志願した。「マリラが足を押さえててくれたらね。だって、斧を振るうのに、ぼく、両手を使わなきゃできないもん。首がちょんぎれてんのに、ばたばた走りまわるのって、すっごくおもしろいよね」

「それから、野菜は、エンドウ豆とインゲンと、じゃがいものクリーム煮、レタスのサラダね」とアンは再びメニューを続けた。「デザートは、ホイップ・クリームを添えたレモンパイ、コーヒーとチーズとレディ・フィンガー。パイとレディ・フィンガーは明日（あした）焼いて、白いモスリンのドレスを着られるようにしておくわ。ダイアナには今晩言わなくちゃ。自分のドレスの用意をしたいだろうから。モーガン夫人のヒロインって、大抵白いモスリンを着ていて、ダイアナとあたしは、もしモーガン夫人にお会いするようなことがあったら、白いモスリンを着なくちゃねっていつも言ってるの。それってすごく気のきいた歓迎の仕方だと思わない？　デイヴィー君、エンドウ豆のさやを床の割れ目に押し込まないで。アラン牧師ご夫妻とミス・ステイシーもお食事にお呼びしなくちゃ。どちらもモーガン夫人にお会いしたくてたまらないっておっしゃってるもの。ミス・ステイシーがここにいらっしゃるあいだに、モーガン夫人がいらしてくださって、ほんとよかったわあ。デイヴィー君、バケツの水にエンドウ豆のさやを浮かさない……外の飼葉桶（おけ）でやりなさい。ああ、木曜日は晴れてくれるといいなあ。きっと晴れるわね。昨夜（ゆうべ）、エイブおじさんがハリソンさんのところへ遊びにいらしてて、今週はたいがい雨だっておっしゃってたから」

「そりゃ、よかったね」とマリラも同意した。

アンはその晩、果樹園の坂(オーチャード・スロープ)へ走っていって、ダイアナに知らせを伝えた。ダイアナもとても興奮して、二人でバリー家の庭にある大きな柳の木の下のハンモックに揺られながら、このことを話し合った。

「ああ、アン、あたしもお料理手伝っちゃだめ?」ダイアナが頼んだ。「あたし、すばらしいレタス・サラダ、作れるわよ」

「いいわよ」アンは気前よく言った。「飾りつけも手伝ってほしいわ。客間をお花の東屋にしたいのよ……そして食卓は野バラで飾るの。ああ、何もかもうまくいくといいなあ。モーガン夫人のヒロインは失敗なんか絶対しないし、困ったことにもならないし、いつも落ち着いていて、お家(うち)の切り盛りがきちんとできているんだもの。生まれながらのよき主婦って感じね。『エッジウッドの日々』のガートルードが、たった八歳で父親のために家事をしていたの、憶(おぼ)えてるでしょ。あたし、八歳のときは、子供の面倒をみるよりほか、何にもできなかったわ。モーガン夫人って、女の子のことをあんなにたくさん書いていらっしゃるから、さぞかし女の子のことをよくご存じなのね。あたしたちのこと、よく思ってくださるといいんだけど。いろんなことを、こと細かに想像してみたわ……どんな外見の方なのか、何をおっしゃるか、あたしは何を言おうかしらってね。あたし、自分の鼻のことがすごく気になるわ。鼻にそばかすが七つあるでしょ。アヴォンリー村改善協会のピクニックで、帽子をかぶらずに、日向を動きまわっていてできてしまったの。昔みたいに顔じゅうにないんだから、ありがたいと思うべきで、心配するなんて感謝を知らないみたいだけど、そばかすができなかったらよかったのにと思うの……モーガン夫人のヒロインはほんとに完璧な顔をしてるもの。そばかすのあるヒロインなんて一人も思い出せないもの」

「あなたのそばかす、あんまり目立たないわよ」とダイアナが慰めた。「今晩、ちょっとレモン汁をかけてご覧なさいな」

翌日、アンはパイとレディ・フィンガーを焼いて、モスリンのドレスを用意し、家じゅうの部屋を掃除した……グリーン・ゲイブルズはいつものとおり、マリラの満足するまで、塵ひとつなく掃除されているので、まったく必要なかったけれども。でも、アンは、シャーロット・E・モーガンの来訪の栄誉を賜る家に、埃ひとつでもあってはいけないと考えたのだ。アンは、階段の下のがらくたを入れる物置まできれいにした。モーガン夫人がそんなところまでご覧になる可能性などまったくなかったが。

「だけど、完璧になっているって実感したいのよ。たとえご覧にならなくても」アンはマリラに言った。「モーガン夫人は、『黄金の鍵』っていう本で、アリスとルイーザという二人のヒロインに、ロングフェローのこういう詩を座右の銘にさせているの。

古き時代の匠たち、

目に見えぬ細部まで配慮したうえ、
　丹精込めて作るが、芸術の形。
　神はすべてを見そなわすがゆえ。

　だから二人は、地下室の階段までいつもきれいに磨いて、ベッドの下まで忘れずに掃き掃除をしたの。モーガン夫人がいらしてくださるのに物置がごちゃごちゃだったら、罪の意識に苛（さいな）まれると思うわ。こないだの四月、『黄金の鍵』を読んでからというもの、ダイアナとあたしは、この詩をあたしたちの座右の銘にすることにしたのよ」

　その日の夕方、ジョン・ヘンリー・カーターとデイヴィーが二人がかりで、二羽の白い雄鶏の首を切り、アンが鶏肉（とりにく）として使えるように準備した。羽をむしるのは、いつもなら嫌な仕事だったが、この太った鶏たちを何のために使うかを考えれば、その仕事さえ栄光に輝くように思えたのだった。

「羽をむしるのは嫌だけど」アンはマリラに言った。「手がやっていることに気持ちをこめなくてすむから、助かるわ。手は鶏をむしっていても、心は天の川をさまよっているの」

「道理でいつもよりもそこいらじゅうに羽根を散らかしていると思ったよ」とマリラ。

　それからアンは、デイヴィーを寝かしつけ、明日は特別いい子にすると約束させた。

「明日、ものすごくいい子にしていたら、あさっては、ものすごく悪い子になってもいい?」デイヴィーは尋ねた。

「それはだめよ」アンは慎重に言った。「でも、あなたとドーラをボートに乗せて、池の端まで連れていってあげる。そしたら、砂丘に上がってピクニックしましょう」

「じゃあ、約束する」とデイヴィー。「いい子になるよ。ほんとはハリソンさんのところへ行って、新しい豆鉄砲でジンジャーを撃ってやるつもりだったけど、明日じゃなくてもいいや。明日は日曜みたいになっちゃうんだろうけど、その代わりに岸辺のピクニックに行けるなら、まあいいや」

第17章　思うようにいかぬもの

アンは寝つかれずに夜中に三度も目を覚まし、そのたびに、エイブおじさんの予言が当たっていないかと窓辺へ行って確かめた。そうこうするうち真珠色の朝ぼらけとなり、銀色に輝く光が空いっぱい広がった。すばらしい一日が始まったのだ。

朝食がすむと、ダイアナが早々と、片手に花のバスケットを持ち、片手に自分が着るモスリンのドレスを持ってやってきた……というのも、食事の用意がすっかり終わるまでは、このドレスを着るわけにはいかないからだ。着てきたのは、ピンクのプリント地のアフタヌーンドレスで、ものすごいひだ飾りやフリルがわんさかついたローン生地のエプロンを掛けていた。きちんとしていて、バラのようにかわいらしい。

「とってもすてきよ」アンは惚(ほ)れ惚(ぼ)れと言った。

ダイアナは溜(た)め息をついた。

「だけど、また服のウエストをぜんぶゆるめなきゃならなかったの。この七月で四ポンド〔約一・八キロ〕も太っちゃった。アン、あたし、どこまで太るのかしら？　モーガン夫人の小説のヒロインたちは、みんな背が高くて、ほっそりしているのに」

「まあまあ、悪い点は忘れて、あたしたちのいいところを考えましょう」アンは陽気に言った。「つらいと思ったら、それを吹き飛ばすようないいことを考えなさいってアラン夫人がおっしゃってるわよ。ダイアナは、少しふっくらしすぎかもしれないけど、最高にかわいいえくぼがあるじゃない。あたしだって、鼻にそばかすがあっても、鼻の形はちゃんとしてるもの。レモン汁、効果あったと思う？」

「ええ、あったと思うわ」ダイアナがきっぱりと言ったので、アンはとても気をよくして、先に立って、ゆらめく黄金の日光の中、木陰の爽(さわ)やかな庭へ出ていった。

「まず客間の飾りつけをしましょう。十二時か遅くとも十二時半に着くってプリシラが言っていたから、時間はたっぷりあるわ。一時にお食事にしましょうね」

これほど幸せで、これほど興奮した二人の女の子は、そのときカナダやアメリカ合衆国のどこを探しても見つからなかっただろう。花切りバサミがパチンと鳴って、バラが切られ、芍薬が切られ、ブルーベルの青い花が切られるたびに、ハサミは「モーガン夫人が今日いらっしゃる」と歌っているようだった。アンは、どうしてハリソンさんは、まるで何事も起こらないかのように、呑気に道の向こうの牧場で干し草を刈ってなどいられるのかしらと思った。

グリーン・ゲイブルズの客間には、ごわごわした馬の毛で織ったソファーやら、硬いレースのカーテンやら、誰かのボタンにひっかかってしまわないかぎりいつも完全に直角に置かれている白いカバーやらがあって、かなり厳格で重々しい感じの部屋だった。マリラが部屋を少しも変えることを許さなかったので、アンでさえ、この部屋を楽しい部屋にすることはできなかったが、花をじょうずに使えば、部屋の様子は随分変わるものだ。アンとダイアナが飾りつけを終えたときには、客間は見ちがえるようになっていた。

ぴかぴかに磨き上げられたテーブルには、青い花瓶いっぱいに大手毬の花があふれていた。黒光りする暖炉には、バラの花と羊歯の葉がどっさり置かれた。飾り棚のどの段にもブルーベルの束が飾られ、赤く輝く芍薬の花でいっぱいの壺が、暖炉の両側に立てられ、暖炉そのものには黄色いポピーが置かれて、燃える炎のように見えた。

こうした色とりどりの花のすばらしさに加えて、窓に茂るスイカズラの葉を透かして日光がきらめいて、壁にも床にも葉っぱの影を躍らせ、いつもは陰鬱な小さな部屋を文字どおりアンの想像世界の「東屋」へと変えていた。様子を見にやってきたマリラさえ、思わず、すばらしいと感心し、ほめてくれたのだった。

「今度は、テーブルの用意をしましょう」とアンは、神さまを祭る神聖な儀式を執り行う巫女のような口調で言った。「真ん中に野バラをいっぱい生けた大きな花瓶を置いて、それぞれのお皿の前に一輪ずつバラを置きましょう。モーガン夫人の席には、小説の題名の『バラの蕾の園』にことよせて、特別にバラの蕾だけの花束を置くのよ」

居間ではテーブルが用意され、マリラの一番いいテーブルクロスが掛けられ、一番いい陶器の食器やグラスや銀のスプーンやフォークが並べられた。テーブルの上のどれもがこれ以上ないほど、ぴかぴかに磨きたてられていた。

それからアンとダイアナは、台所へ飛び出していった。ジュージューとすばらしく焼けたチキンのおいしそうな匂いがオーブンから漂って、台所にたちこめていた。アンはじゃがいもの下ごしらえをし、ダイアナはエンドウ豆やインゲンの用意をしてから、配膳室にこもってレタスのサラダを作った。アンは頰を真っ赤にして……台所の火が熱かったためだけでなく、興奮のせいでもあった……チキンに添えるブレッドソース〔パン粉を使ったソース〕を用意し、スープ用に玉ねぎをみじん切りにし、最後にレモンパイ用にホイップ・クリームを作った。

このあいだじゅう、デイヴィーはどうしていたのだろう？　いい子にしているという約束を守っていたのだろうか？　そう、守っていたのだ。確かに、いろんなものが作られているのを見たがって台所にいたいと言って聞かなかったが、隅っこにおとなしく坐って、このあいだ海辺に行ったときに拾ってきたニシン漁の網の結び目をほどくのに忙しくしていたので、誰も文句を言わなかった。

十一時半にレタスのサラダができた。パイの金色の輪っかの上にはホイップ・クリームがこんもり盛られて、ジュージューと焼き上がるべきものはジュージューと、グツグツ煮込まれるべきものはグツグツに仕上がっていた。

「さあ、もう着替えなくちゃ」とアン。「十二時にお見えになるかもしれないから。一時きっかりにお食事スタートよ。スープは、できたてを出さなくちゃいけないもの」

その直後に東の破風の部屋で行われた身支度の儀式は、真剣そのものだった。アンは、鏡に映った自分の鼻を心配そうに覗きこみ、そばかすがちっとも目立たないので大よろこびした。レモン汁のおかげでなかったとしたら、頬がいつもより赤くなっていたせいだ。支度が整うと、モーガン夫人のどのヒロインにも負けないほど、かわいらしくて、きちんとしていて、女の子らしい様子になった。

「あたし、押し黙って坐ってないで、たまには、何か言えるといいんだけど」ダイアナが心配そうに言った。「モーガン夫人のヒロインって、すっごくじょうずに会話をするんだもの。でも、あたし、上がって口がきけなくて、ばかみたいになる気がするわ。きっと『見れる』とか言っちゃうんだわ。ステイシー先生に教わってから、ちゃんと『見られる』って言えるようになったけど、興奮したりすると、きっと、ぽろって言っちゃうのよ。アン、もしモーガン夫人の前で『見れる』とか言ったりしたら、あたし、恥ずかしくって死んじゃう。それくらいなら、何も言わないほうがいいわ」

「あたし、いろいろ心配だけど」とアン。「口がきけなくなる心配はないと思う」

それは、そのとおりだった。

アンは、きれいなモスリンのドレスを大きなエプロンで覆うと、スープの味付けをしに一階へ下りていった。自分と双子の着替えをすませたマリラは、なんだかとってもわくわくしていて、こんなマリラは誰も見たことがなかった。十二時半に、牧師のアラン夫妻とステイシー先生がいらっしゃった。何もかも順調だったが、アンはだんだん不安になっていた。もうプリシラとモーガン夫人が着いてもよい頃なのだ。アンは、『青ひげ』の話に出てくるアンと同じ名前の人物が塔の開き窓から何度も外を覗いたように、何度も門のところまで足しげく通った。

「いらっしゃらなかったら、どうしよう？」アンは、みじめな声で言った。

「そんなこと言わないで。そんなの、ひどいわ」と言ったダイアナも、だんだんと心配になっていた。

「アン」客間から出てきたマリラが言った。「ステイシー先生が、ミス・バリーの柳模様の大皿をご覧になりたいって」

アンは、大皿を取りに、居間の棚へ急いだ。アンは、リンド夫人に約束したとおり、シャーロットタウンのミス・バリーに大皿を貸してほしいと手紙を書いたのだった。ミス・バリーはアンの旧友なので、すぐに貸してくれたが、二十ドルもするものなので、くれぐれも大切に扱うようにという手紙が添えてあった。大皿は、婦人会のバザーの役に立ったあと、グリーン・ゲイブルズの戸棚にしまわれていた。ミス・バリーにお返しするのを誰かに任せるなんてできないので、アンが自分で町へ返しに行くつもりだったのだ。

アンはとても気をつけて大皿を玄関へ運んだ。お客さまたちは玄関先で、小川から吹いてくる涼しいそよ風に当たっていたのだ。みんな、しげしげと大皿を眺め、感嘆してくれた。それから、アンが再び大皿を受け取ろうとした、そのとき、ドンガラガッシャーンとものすごい音が、台所の配膳室から聞こえてきた。マリラとダイアナは飛び出していった。アンはほんの少し時間をかけて、大切な皿を階段の二段目に急いで置いてから行った。

配膳室に着いてみると、とんでもないことになっていた……申し訳なさそうな顔をした少年がテーブルからごそごそと下りてきたが、そのきれいなプリント地のブラウスには、べったりとパイの黄色い中身がこびりつき、テーブルの上には、かつてはクリームで飾られた立派なレモンパイふたつだったものの、つぶれた残骸があった。デイヴィーは、ニシン漁の網の結び目をほどき終えて、それをぐるぐる巻いて玉にし、配膳室のテーブルの上の棚にしまおうとしていたのだった。何の役にも立たないが、すでに同じような玉状の網が二十ほどしまってあって、集めるのを楽しんでいたのだ。デイヴィーはテーブルに上り、危ない角度で、棚に手を伸ばした……マリラに禁じられていたことだ。前にそうやって、ひどい目に遭ったからだ。今度は、大変なことになった。足をすべらせ、レモンパイの上に大の字で倒れたのだ。きれいなブラウスが汚れたのは元に戻っても、パイは二度と元に戻らない。しかし、「風が吹けば桶屋が儲かる」とはよく言ったもので、デイヴィーの失敗のおかげで、ブタがご馳走にありついたけれども。

「デイヴィー・キース」とマリラが少年の肩をゆさぶりながら言った。「あのテーブルには、二度と上がってはいけないと言われなかったかい？　言われてたでしょ」

「忘れてた」デイヴィーは、ぐずぐず言った。「あんまりいろいろやっちゃいけないって言うから、ぜんぶ憶えきれないよ」

「じゃあ、二階に上がって、お昼ご飯がすむまで部屋から出てくるんじゃありません。

その頃までには思い出すでしょう。いいえ、アン、かばうことはないよ。パイをだめにしたから、お仕置きしようというんじゃない……それは事故だもの。言いつけを守らなかったから、罰を与えるんです。さあ、行きなさい、デイヴィー」

「ぼく、お昼抜き？」デイヴィーは、悲しそうに言った。

「みんなのお昼が終わったあとで、下りてきて台所で食べてよろしい」

「あっそう、わかったよ」デイヴィーは、少しほっとして言った。「アンは、おいしい骨のところを、ぼくにとっておいてくれるよね、アン？　だって、ぼく、パイの上に転ぶつもりじゃなかったんだもん。ねえ、アン、パイ、みんなだめになっちゃったから、これ少し二階に持って上がってもいいかな？」

「いいえ、レモンパイはもらえませんよ、デイヴィー君」マリラは、デイヴィーを廊下へ押しやりながら言った。

「デザートをどうしよう？」アンは、残念そうにパイの残骸を見ながら言った。

「いちごのプリザーブの壺（つぼ）をとっておいで」マリラは、慰めるように言った。「ボウルにたくさん残っているホイップ・クリームをつければいい」

一時になった……ところが、プリシラもモーガン夫人も来ない。アンは、居ても立ってもいられなくなった。何もかも申し分なく準備が整い、スープはとびきりおいしくできあがったというのに、これ以上時間が経ったら、おいしくなくなってしまう。

「やっぱり、いらっしゃらないんじゃないの」マリラが不機嫌そうに言った。

アンとダイアナは、互いの目を見つめて、助けを求め合った。

一時半になると、マリラが再び客間から出てきた。

「さあ、お食事を始めるしかないよ。みんな、お腹が空いているし、これ以上待っていても仕方ないからね。プリシラとモーガン夫人がいらっしゃらないことは、はっきりしたし、待っていてどうにかなるわけじゃないからね」

アンとダイアナは、あれほどわくわくしていた気持ちをすっかり失くしてしまい、食事を運び始めた。

「あたし、ひと口も食べられそうにないわ」ダイアナが落ち込んで言った。

「あたしも。ただ、ステイシー先生とアラン夫妻のために、何もかもうまくいくといいけど」アンは気乗りしない様子で言った。

ダイアナがグリーンピースを皿に盛って味見をすると、とてもおかしな顔をした。

「アン、あなた、このお豆にお砂糖入れた？」

「ええ」アンは、義務を果たしているのみというふうに、つまらなそうにじゃがいもをつぶしながら言った。「ひとさじ入れたわ。いつもそうしてるもの。気に入らない？」

「だけど、あたしもひとさじ入れたのよ、火にかけたとき」とダイアナ。

アンはじゃがいもつぶし器をおいて、お豆の味見をした。そして、眉をひそめた。

「うわ、ひどい！　あなたがお砂糖入れてたなんてちっとも思わなかったわ。あなたのお母さんはお砂糖入れないでしょ。あたし、いつも忘れちゃうのに……どういうわけか……たまたま思い出して……ひとさじ入れたの」

『料理人が多いとスープがだめになる』という諺どおりだね」かなり申し訳なさそうな顔をしてこの会話を聞いていたマリラが言った。「あんたがお砂糖を入れ忘れると思ったもんでね、アン。今まで憶えていたためしがないでしょ……だから私もひとさじ入れたのよ」

台所の大笑いが客間にいるお客さまのところまで聞こえていたが、何がおかしかったのかわからなかった。ただ、食卓にグリーンピースは出なかった。

「さて」アンは思い出して溜め息をつくと、まじめな顔をして言った。「なんとかサラダはできたし、インゲンは無事だし。お食事を運んで、さっさと終わらせましょう」

食事は大成功とは言えなかった。アラン夫妻とステイシー先生はなんとか楽しい食事にしようと努力してくださり、いつも落ち着いているマリラは少しも取り乱していなかった。けれども、アンとダイアナは、昼前からわくわくしていたにもかかわらずこんなことになって、がっかりして口もきけず、何も喉を通らなかった。アンは、お客さまのために、会話に加わろうと立派に頑張ったのだが、いつものアンの陽気さはすっかりなくなっており、アラン夫妻とステイシー先生が大好きだとは言っても、早く帰ってくださったらどんなにいいだろう、そうしたら自分の部屋の枕に顔を埋(うず)めて泣いて、疲労と失望を涙に流すことができるのに、と思わずにはいられなかった。

　こんなとき、ふっと思い浮かぶ諺があるものだ……「泣きっつらにハチ」。その日の災難はまだまだ終わっていなかったのだ。アラン牧師が感謝の言葉を言い終えたとき、階段のほうから、へんな、おぞましい音がした。まるで何か硬くて重たいものが、段から段へと転がり落ち、床で派手に砕け散ったような音だった。みんなは廊下へ飛び出した。アンは、あわてふためいて悲鳴を上げた。

　階段の下のところに、ミス・バリーの大皿だったものの粉々になった破片が散らばっていて、その中に大きなピンクのほら貝があった。階段の一番上には、おびえたデイヴィーが跪(ひざまず)き、目を丸くしてこの悲惨なありさまを見下ろしていた。

「デイヴィー」とマリラが怖い声で言った。「そのほら貝をわざと投げたの？」

「ううん、投げてないよ」デイヴィーは、べそをかいて言った。「ものすごくそおっと、ここに膝(ひざ)をついて、手すりの隙間からみんなを見てただけだよ。そしたら足があの古い貝に当たって、転がっちゃったの……お腹がぺっこぺこなんだ……いつも二階に追いやって、楽しいのは、なしにするんじゃなくって、バシッとお仕置きして、おしまいにしてほしいよ」

「デイヴィーを責めないで」アンは震える指で破片を拾い上げながら言った。「あたしがいけないの。そこに大皿を置いたきり、すっかり忘れていたんだもの。不注意なあたしに当然のばちが当たったんだわ。でも、ああ、ジョゼフィーヌおばさまは、なんておっしゃるかしら？」

「だけど、お買いになった品で、先祖伝来の家宝っていうわけじゃないんだから」ダイアナは、慰めようとして言った。

お客さまたちは、もうお暇（いとま）したほうがいいと察して、早々に帰った。アンとダイアナは、後片付けの洗い物をするとき、二人で一緒にいてこんなに口をきかなかったことはないというほど、黙りこくっていた。それからダイアナは頭が痛いと言って家へ帰り、アンも頭が痛いと自分の部屋へこもり、日没どきにマリラがプリシラからの手紙を郵便局から持ってくるまで出てこなかった。手紙は前日に書かれたもので、モーガン夫人が足をひどく捻挫（ねんざ）したため、部屋から出られなくなった、とあった。

「だから、アン」とプリシラは書いていた。「ほんとにごめんなさい。もうグリーン・ゲイブルズに遊びに行くことは無理になってしまいました。くるぶしが治る頃には、おばさまはトロントに帰らなければならないのです。トロントで用事があるから」

「まあね」とアンは溜め息をついて、自分が腰掛けている勝手口のポーチの赤い砂岩の段に手紙を置いた。斑（まだら）模様の空からは夕暮れの赤い光が降り注いでいる。

「モーガン夫人がほんとにいらっしゃるなんて、あまりにもすてきすぎて、ありえないとは思ってたのよ。だけど……そんなこと言ったら、ミス・イライザ・アンドルーズみたいに陰気すぎるでしょ。だから、そんなこと言いたくないの。結局、ありえないほどすてきすぎる話ってわけじゃなかったって思うことにするわ……だって、同じぐらいすてきで、もっといいことが、いつもあたしに起こっているもの。今日のことは、見方によっては、おかしな話だったわ。ダイアナとあたしがおばあさんになったら、きっと大笑いできるわよ。でも、それまでは笑えないわ。あまりにもがっかりして、つらいんだもの」

「死ぬまでに、これよりももっとがっかりするようなことは、ずっとたくさんあるよ」マリラは、本気で慰めているつもりで言った。「アン、あんたは何かに夢中になって、それが思うようにならなくて絶望してしまうってことを、いつになったら卒業できるんだろうねえ」

「そんなことばかりやってるのは、わかってるわ」アンは悲しそうにうなずいた。「何かすてきなことが起こるって思ったら、期待の翼を広げて、舞い上がってしまうの。すると、気づけば、ドサッと地面に落ちているんだわ。でもね、マリラ、舞い上がって飛んでいるあいだは、すばらしいのよ……まるで夕陽の中を舞い上がっているみたいに。ドサッと落ちてもかまわないくらい」

「そうかもしれないね」マリラも認めた。「私は静かに地面を歩いて、飛んだりドサッと落ちたりしたくないけどね。でも、人の生き方はそれぞれだし……昔は、正しいやり方はひとつしかないって思ってたけど……でも、あんたが来て、双子を育てて、そうともかぎらないって思うようになったよ。それにしても、ミス・バリーの大皿をどうするつもり？」

「お支払いになった二十ドルを弁償するしかないかな。家宝じゃなくって、ほんとによかった。そうだったら、お金じゃ、償えないもの」

「どこかに同じようなのがあるかもしれないよ、買ってきたらどうかしら」

「ないわよ。あんなに古い大皿はめずらしいもの。リンドのおばさまでさえ、夕食会のために見つけようとして、できなかったのよ。見つけられたらいいんだけど。だって、バリーのおばさまは、同じように古くて本物の大皿だったら、別のお皿でいいかならすぐ手に入れたいでしょうしね。あら、マリラ、ハリソンさんの楓の森の上のあの大きな星を見て。銀色の空は、厳かに静まり返ってるわ。まるでお祈りみたい。ねえ、あんなふうな星や空を見ていたら、些細なことでがっかりしても、大したことじゃないっていう気がするわね？」

「ディヴィーはどこ？」マリラは、どうでもいいというふうに星をちらりと見ながら聞いた。

「もう寝たわ。明日ドーラと一緒に岸辺のピクニックに連れてってあげるって約束したの。もちろん、いい子にしていたらっていう約束だったけど。でも、いい子にしてようと頑張っていたし……あの子をがっかりさせたくないの」

「あんな平底舟で池に出たら、おぼれちまうよ。さもなきゃ、双子がおぼれるよ」マリラは、ぶつぶつ言った。「私はここで六十年暮らしてるけど、あの池に出たことなんかないよ」

「あら、『改むるに憚ることなかれ』って言うわよ」アンはいたずらっぽく言った。「明日、マリラも一緒にどうかしら。グリーン・ゲイブルズを閉めて、一日じゅう岸辺で過ごして、〝世の中なんかうっちゃる〟〔シェイクスピアの『ヘンリー四世』第一部第四幕第一場にある言葉〕のよ」

「いや、遠慮しておくよ」マリラは、むっとした。「この私が池で舟を漕いでいたら、大した見ものじゃないの？　レイチェルにいろいろ言われるだろうね。その声が聞こえるようだわ。あら、ハリソンさんがどこかへ馬車を走らせているよ。ハリソンさんがイザベラ・アンドルーズに会いに行っているっていう噂、ほんとだと思う？」

「ううん。ほんとじゃないでしょ。ある晩、ハーモン・アンドルーズさんのところに仕事の話で行ったら、リンドのおばさまが、『白い襟なんか付けて、ありゃ求婚に行ったのよ』って言ったんだわ。ハリソンさんは結婚なんかしないわよ。結婚に対して偏見を持ってるんだから」

「ああいった年寄りの独り者は、わからないわよ。白い襟を付けてたなら、レイチェルの言うとおり、怪しいと思うね。あの人、白い襟なんて付けたためしないんだから」

「付けたのは、ハーモン・アンドルーズさんとの仕事の取り決めをしようと思ったからよ」とアン。「男が外見に気を遣う必要があるのは、仕事のときだけだって言ってたもの。羽振りがよさそうに見えてたほうが、相手から見くびられないんだって。ハリソンさんって、ほんと可哀想。あんな生活に満足してるとは思えないもの。オウムよりほかに大切にする相手がいないなんて、すっごくさみしいと思わない？　でも、ハリソンさんって、同情されるの嫌がるし。誰だって、そうね」

「ギルバートが小道をやってくるわ」とマリラ。「池へボートを漕ぎに行こうと誘われたら、コートと長靴を忘れなさんな。露が降りて、湿ってるからね」

第18章　トーリー街道での冒険

「ねえ、アン」デイヴィーがベッドから体を起こして坐り、両手で頬杖をついた。「眠りってどこにあるのかな、アン？　毎日、夜眠るでしょ、で、もちろん、夢を見る場所だってわかってるけど、それってどこにあるのかな。どうして、何も気がつかないうちに、そこへ行って帰ってこられるんだろう……それもパジャマのまんまで。眠りって、どこにあるの？」

アンは、西の破風のディヴィーの部屋の窓辺に跪いて、夕焼け空を眺めていた。空は、クロッカスの花びらをつけた大きな花のようで、黄色く燃えたつ太陽が花の芯のようだった。アンは、ディヴィーの問いかけに振り向いて、夢見るように答えた。

月の山越え、その向こう
陰の谷間の暗い底〔詩人エドガー・アラン・ポーの詩「黄金郷（エルドラド）」の一節〕

ポール・アーヴィングなら、この意味がわかっただろう。わからなくても、自分でそれなりの意味を考え出しただろう。ところが、現実的なディヴィーは、よくアンが絶望して言うように、想像力のかけらもないために、わけがわからなくて、不機嫌になっていた。

「アン、ばかなこと言わないでよ」

「そう、ばかなことよね。ねえ、ディヴィー、いつもまじめなことを言う人って、すごくばかだって知らなかった？」

「だけど、ぼくがまじめな質問をしたら、まじめに答えてよ」ディヴィーは傷ついたような口調で言った。

「あら、あなたは小さいから、まだわからないのよ」とアンは言ったが、そう言ってしまった自分を恥じた。自分が小さかったとき、何度も軽くあしらわれたことがつらくて、自分は子供に『あなたは小さいから、まだわからない』とは決して言うまいと固く誓ったのではなかったか。それなのに、こんなことを言ってしまって……頭で考えていたことと実際にやることとのあいだには、こんなにも大きな差があるのだ。

「ぼくだって、一所懸命おっきくなろうとしてるもん」とデイヴィー。「だけど、すぐおっきくなれないんだ。マリラがジャムをけちらなけりゃ、もっと早くおっきくなれると思うんだけど」

「マリラは、けちじゃありませんよ、デイヴィー」アンは厳しく言った。「そんなことを言うなんて恩知らずです」

「おんなじ意味なんだけど、ずっといい感じの言葉があるんだ。でも今、思い出せないや」デイヴィーは真剣に眉をひそめて言った。「マリラが、こないだ、自分はそれだって言ってた」

「倹約のことを言っているなら、けちとは全然ちがいますよ。倹約をするのは、とてもよいことです。マリラがけちなら、あなたのお母さんがお亡くなりになったときに、あなたやドーラを引き取ったりはしません。デイヴィーは、ウィギンズさんのお家に行きたかった？」

「やなこった！」デイヴィーは、きっぱり否定した。「リチャードおじさんのところも、やだね。ここがいいよ。マリラがジャムのことで、そのナントカカントカだとしても。だって、アンがいるもんね。ね、アン、ぼくが眠る前にお話をしてくれない？　妖精が出てくるんじゃなくて。そういうのは女の子が聞くもんだと思うから。なんかわくわくするのがいいな……バンバン撃ち合いとか人が死んだりとかして、お家が火事になって、そんなおもしろいのがいいな」

　アンにとって幸いなことに、このときマリラが自分の部屋から声をかけた。

「アン、ダイアナがすごい勢いで合図をしてるわよ。何の用か、見たほうがいいわ」

　アンは東の破風の部屋へ駈けていき、夕暮れのなか、ダイアナの窓から光が五回ずつ点滅するのを見た。それは、二人の昔からの子供っぽい取り決めによれば、「大切なことを知らせたいから、すぐに来て」という意味だった。アンは首に白いショールを巻くと、〝お化けの森〟を駈け抜けて、ベルさんの牧場の隅を横切って、果樹園の坂へ急いだ。

「いい知らせよ、アン」とダイアナ。「あたし、お母さんとカーモディの町から帰ってきたところなんだけど、ブレアさんのお店で、スペンサーベイルの町からやってきたメアリー・セントナーと会ったの。トーリー街道のコップ家の未婚のおばあちゃんたちが柳模様の大皿を持ってて、あたしたちの夕食会にあったのとまったく同じなんですって。しかも、きっと売ってくれるだろうって、メアリーは言うの。というのも、マーサ・コップは、売れるものなら何でもとっておかない人なんですって。コップ姉妹が売ってくれなくても、スペンサーベイルのウェスリー・キーソンさんのところに大皿があって、それは売りに出されるってわかってるんですって。でも、そっちはジョゼフィーヌおばさまのと同じ種類かわからないって」

「明日(あした)、スペンサーベイルへ行って聞いてみるわ」アンは決意したように言った。「あなたも来てよ。これで肩の荷が下りるわ。だって、あさって町へ行かなきゃならないのに、柳模様の大皿がなかったら、ジョゼフィーヌおばさまに合わせる顔がないもの。お客さま用の部屋のベッドに飛び込んで言い訳しなけりゃならなかったときよりも、ひどいことになるわ」

二人は昔を思い出して笑った……何のことかしらとお思いの読者諸賢は『赤毛のアン』をお読みください。

次の日の午後、アンとダイアナは、大皿を探す探検に出かけた。スペンサーベイルまで十マイルあり、その日はお出かけ日和ではなかった。かなり暑くて、風はなく、道には、六週間も雨が降らなかったために、ひどい土埃(つちぼこり)がたっていた。

「ああ、雨が降ってくれないかしら」アンは溜(た)め息をついた。「何もかも、からっからだわ。牧草地は可哀想なことになっているし、木々は雨を求めて手を差し伸べている。うちのお庭なんて、見るたびに心が痛むわ。だけど、畑の作物がひどいことになっているっていうのに、お庭どころじゃないわね。ハリソンさんとこの牧草も干からびてしまって、可哀想に牛はひと口も食べるものがなくって、ハリソンさんは牛と目が合うたびに、申し訳なくって、つらいっておっしゃってるわ」

しばらく退屈な馬車の旅を続けてスペンサーベイルに着くと、アンとダイアナはトーリー街道へ出た……人気（ひとけ）のない街道で、轍（わだち）と轍のあいだに草が生えていることから馬車が通っていないことがわかる。道沿いには、ほとんどずっと先のほうまで若い唐檜（とうひ）の木がびっしりと立ち並び、あちこちの切れ目からスペンサーベイルの農場の裏の柵（さく）が見えていたり、切り株がいっぱいある広場に柳蘭やアキノキリンソウが燃えるように咲いていたりした。

「どうしてトーリー街道っていうの？」アンは尋ねた。

「アラン牧師は、木がないところを森と呼ぶようなものだっておっしゃってたわ」とダイアナ。「だって、この街道には、ずっと端（はし）っこにコップ家の姉妹と自由党支持者のマーティン・ボヴィヤーのおじいさんが住んでるだけだもの。保守党（トーリー）が与党だったとき、政府は自分たちは何かやっているんだって見せるためだけに、この街道を造ったんだって」

ダイアナの父親のバリー氏は自由党支持者で、そのためにダイアナとアンは政治の話をしたことはなかった。グリーン・ゲイブルズの人々は、これまでずっと保守党だったからだ。

とうとうコップ老姉妹の家に着いた……グリーン・ゲイブルズでさえ見劣りするほど、外まわりをものすごくきれいに手入れしてある。家は極めて古風な造りで、斜面の上に建っており、そのため地下室の一方が地面から出ていて石造りになっていた。家と納屋などの建物はすべて、まぶしいほど白く塗られていて、白い柵に囲まれた野菜畑も整然と整っていて、雑草ひとつ見当たらなかった。

「日除(ひよ)けがみんな下りてるわ」ダイアナが悲しそうに言った。「お留守なんだわ」

そのとおりだった。二人は、困ってしまって、顔を見合わせた。

「どうしましょう」とアン。「大皿が同じ種類のものだとわかってたら、お戻りになるまで待っててもいいんだけど。でも、ちがう種類だったら、そのあとでウェスリー・キーソンさんのところへまわる時間がなくなるわ」

ダイアナは、地下室の上にある小さな四角い窓を見た。

「あれは配膳(はいぜん)室の窓よ、きっと」とダイアナ。「この家、ニューブリッジ村のチャールズおじさまの家とおんなじだもの。おじさまのとこじゃ、あそこが配膳室の窓なの。日除けが下りてないから、あの小さな小屋の屋根によじのぼったら、配膳室の中が見えて、大皿も見えるかもしれないわよ。そんなことしたら、いけないかしら？」

「だいじょうぶよ」アンは、しばらく考えてから答えた。「別に、用もないのに覗こうっていうわけじゃないんだから」

この道徳的に大切な問題に解決がつくと、アンは、先ほどの「小さな小屋」にのぼる準備をした。「小さな小屋」というのは、細長い板で組み立てられ、屋根がとがっている小屋であり、かつて、あひる小屋として使われていたところだった。コップ姉妹は、あひるを飼うのをやめていた……「あんなに散らかす鳥はいない」と言うのだ……それで、この小屋は鶏に卵を産ませるときに閉じ込める監獄として使う以外、何年も使われていなかった。几帳面に真っ白に塗られてはいたが、少しぐらついていた。アンは、箱の上に小さな樽を載せて、それを足がかりに登り始めたとき、ひどく心許ない気がした。

「あたしの重さに耐えられないんじゃないかしら」アンは恐る恐る屋根を踏みながら言った。

「窓枠によりかかるといいわ」とダイアナが忠告し、アンはそのとおりにした。うれしかったことに、アンが窓から中を覗くと、求めているのとまさに同じ柳模様の大皿が窓のすぐ前の棚にあった。そこまで見たところで大惨事が起こった。よろこんだアンは、足許が危ないことを忘れ、不注意にも窓枠によりかかるのをやめて、よろこびのあまり思わず軽くぴょんと跳ねてしまったのだ……次の瞬間、ズブズブと、脇の下まで屋根を突き抜けてはまってしまい、身動きがとれなくなった。ダイアナは、あひる小屋の中へ駈け込み、不運な友だちの腰をつかんで、ひっぱり下ろそうとした。

「きゃあ……やめて」と哀れなアンは悲鳴をあげた。「なんか長い棘が刺さったわ。あたしの足の下に何か置いてもらえないかしら……そしたら、ひょっとすると、上へ這い出せるかもしれない」

　ダイアナはあわてて、先ほどの小さな樽を小屋の中へ引っ張り込んでくれた。アンが足を載せて立つのにちょうどよい高さだった。でも、やはり動きはとれなかった。

「あたし、屋根の上へあがったら、あなたを引っ張り上げられるんじゃないかしら？」ダイアナが提案した。

　アンは望みなく首を横に振った。

「だめよ……棘が、ものすごく痛いの。斧でも見つけてくれたら、ここを壊して出してもらえるかもしれないけど。ああ、あたしって、ほんと不幸な星のもとに生まれたんだって、つくづく思うわ」

　ダイアナは、一所懸命探したが、斧は見つからなかった。

「助けを呼んでくるわ」ダイアナは、動けないアンのところへ戻ってきて言った。

「やめて頂戴、お願いだから」アンは必死に言った。「そんなことしたら、村じゅうに噂が広まって、あたし、恥ずかしくって、どこにも行けなくなっちゃう。だめよ。コップ姉妹が帰ってくるまで待って、姉妹にも秘密を守ってもらわなきゃ。斧のありかを教えてくれるだろうから、そしたら出られるわ。ここでじっとしているかぎりは、つらくはないのよ……体はつらくないっていう意味よ。コップ姉妹はこの小屋をどれほど大切になさっているのかしら。壊してしまって、弁償しなきゃ。でも、配膳室の窓を覗いたのはどうしてかわかってくださりさえすれば、弁償するのはかまわないわ。唯一ほっとするのは、あの大皿がほしかった大皿だってこと。コップさんが売ってくださったら、今度のことは大したことじゃないわ」

「コップ姉妹が夜遅くまで帰っていらっしゃらなかったら……明日まで帰っていらっしゃらなかったらどうする？」ダイアナは言ってみた。

「日が暮れても帰っていらっしゃらなかったら、誰かを呼んできてもらわなきゃならないわね」アンは、しぶしぶ言った。「でも、どうしても呼んでこなきゃならなくなるまでは行かないで。ああ、なんてぶざまなの。モーガン夫人のヒロインみたいに、ロマンチックな不幸だったら、かまやしないんだけど、あたしの場合、いつだってひどく間が抜けているんだわ。コップ姉妹がお庭に入ってきて、小屋の屋根の上から女の子の首と肩が突き出ているのを見たら、なんてお思いになるでしょうね……ねえ……今の、馬車？　そうじゃないわね、ダイアナ、あれは、雷だわ」

疑いもなく雷だった。大急ぎで家のまわりをぐるりとまわってきたダイアナは、北西に真っ黒な雲がむくむく湧き上がっていると告げた。

「どっと雨が降るわよ」ダイアナはおじけづいて言った。「ああ、アン、どうしよう？」

「準備をするのよ」アンは静かに言った。これまでに起こったことと比べたら、嵐など大したことはないように思えたのだった。「あたしたちの馬車は、あの扉のない納屋に入れて頂戴。幸い、馬車にあたしの日傘があるから。ほら……あたしの帽子を受け取って。トーリー街道に一番いい帽子をかぶっていくなんて気が知れないよってマリラが言ってたけど、いつものとおり、マリラは正しかったわ」

ダイアナが小馬の綱をほどいて馬車を納屋へ入れたところで、最初の大粒の雨が落ちた。ダイアナは馬車に坐って、どっと降る雨を見守ったが、あまりにも激しいので、アンが見えなくなるくらいだった。アンは帽子をかぶっていない頭の上に、勇敢に日傘を掲げていた。雷はあまり落ちなかったが、ほぼ一時間近く雨はたっぷりと降り続いた。ときどきアンは日傘をうしろに傾けて、ダイアナに向かって、励ますように手を振ったが、その距離で会話をすることは無理だった。ようやく雨が上がって、お日さまが出てくると、ダイアナは庭の水たまりを頑張って越えてやってきた。

「びしょびしょになった？」ダイアナは心配そうに尋ねた。

「そんなことないわ」アンは陽気に答えた。「頭と肩はちっとも濡れてないし、スカートは、板のすき間から雨がかかったところが少し湿っただけだもの。哀れんだりしないでよ、ダイアナ。あたし、ぜんぜん気にしてないんだから。とうとう雨が降ってくれて、あたしのお庭がどんなによろこんでるかしらって、ずっと考えてたの。雨垂れが落ちてきたとき、お花や蕾がどんな気持ちだったか想像してたのよ。アスターのお花とスイートピーのお花の、ものすごくおもしろい会話を思いついちゃった。ライラックの茂みにいる野生のカナリアや、お庭の守護霊とお話しするのよ。家に帰ったら書きとめておくわ。家に帰るまでにいいところをあらかた忘れそうだから、今、紙と鉛筆があったらいいんだけどな」

忠実なダイアナは鉛筆を持っていて、馬車にあった箱から包み紙を見つけてきてくれた。アンは、水の滴る日傘をたたんで帽子をかぶり、ダイアナが手渡してくれた屋根の板の上に包み紙を広げて、文学にはとてもふさわしいとは言えない状況で庭の詩を書きつけた。それでも、かなりじょうずに書けて、アンが読んで聞かせてあげると、ダイアナはうっとりした。

「まあ、アン、すてきだわ……ほんと、すてき。『カナダ婦人』誌に送るといいわ」

アンは首を振った。

「あら、だめよ。ぜんぜんふさわしくないわ。何の筋もないでしょう。ただの思いつきでしかないもの。こういったものを書くのは好きだけど、もちろん、こんなんじゃ出版してもらえないわ。だって、編集者はお話の筋にこだわるのよ。そうプリシラが言ってたわ。あら、そこにミス・セアラ・コップがいらしたわ。お願い、ダイアナ、説明してきて」

ミス・セアラ・コップは小柄な人で、よれよれの黒い服を着て、おしゃれのためというよりは、じょうぶで長持ちするから選んだ帽子をかぶっていた。自分の家の庭に動けなくなっている人がいるのを見て、当然ながら驚いた様子だったが、ダイアナの説明を聞くと、すっかり同情してくれた。ミス・セアラ・コップは大急ぎで勝手口の鍵を開けて、斧を取り出すと、巧みに数度ふり下ろして、アンを自由にしてくれた。アンは、いくぶん疲れて、体がこわばっていたが、小屋の中へと身をかがめると、再び自由になることができて感謝の気持ちでいっぱいだった。

「ミス・コップ」アンは真剣に言った。「お宅の配膳室の窓を覗いたのは、柳模様の大皿をお持ちかどうか知りたかったからだけなんです。ほかのものは見ていません……ほかは何も探したりしていませんから」

「かまいませんのよ」ミス・セアラは愛想よく言った。「ご心配要らないわ……何の迷惑もこうむっておりませんからね。ありがたいことに、コップ家では、いつも配膳室をご覧いただけるようにしていて、どなたが見てもかまいませんのよ。あの古いあひる小屋のことは、つぶれてよかったんです。これでやっとマーサも、取り壊しに賛成してくれるでしょうからね。いつか役に立つときもあるかもしれないから、壊さないほうがいいって言うもんですから、春になるたびに白く塗り直さなければならなかったのよ。でも、マーサを相手に議論をするのは、柱を相手に議論をするようなものですからね。あの人は今日、町へ行ったの……私が駅まで送ったのよ。それで、私の大皿を買いたいんですって？　いくら払ってくださるの？」

「二十ドルです」ミス・セアラを相手に値段の交渉をするつもりのなかったアンは言った。交渉をするつもりだったら、自分から値段を言ったりはしなかっただろう。

「そう。どうしましょうかね」とミス・セアラは用心深く言った。「あのお皿は、幸いなことに私のだからいいけれど、そうでなかったらマーサが留守のあいだに売ったりしないわ。それでも、あの人は大騒ぎをするでしょうね。マーサはこの家のボスなのよ。ほかの女の言うなりになって生きていくのには、もううんざり。でも、さ、入って、入って。さぞかし疲れて、お腹が空いたでしょう。できるかぎりお茶を出してあげますけど、バターつきパンと、きうりぐらいしか出せませんけれどね。マーサは、出かける前に、ケーキもチーズもプリザーブもぜんぶしまって鍵をかけていくもんでね。お客さまが来ると、私があんまり気前よく出しすぎてしまうからですって」

アンとダイアナは、どんなものを出されてもおいしく頂けるほどお腹が空いており、ミス・セアラのすばらしいバターつきパンと「きうり」をすっかりたいらげた。食事が終わると、ミス・セアラは言った。

「大皿を売りたくないというわけじゃないのよ。でも、あれは二十五ドルはするわ。とても古い大皿だから」

ダイアナは、テーブルの下でそっとアンの足をけった。それは「わかったって言っちゃだめよ。あなたが頑張れば、二十ドルで売ってくれるわ」という意味だった。しかし、あの貴重な大皿については、アンは冒険をするつもりはなかった。アンがすぐに二十五ドル払うことに同意すると、ミス・セアラは、しまった、三十ドルと言っておけばよかった、という顔つきをした。

「じゃあまあ、差し上げましょうかね。今は物入りでね。実は……」ミス・セアラは、偉そうに頭をうしろにそらせて、そのやせた頬を得意そうに赤らめた。「私、結婚するの……ルーサー・ウォレスと。二十年前に求婚してくれて、私はあの人のこと、ほんとに好きだったんだけど、当時は貧乏だったから、父が追い払ってしまったの。あんなにすごすごと引き下がってもらうべきじゃなかったんだけど、私も気が小さくて、父が怖かったし。それに、男の人がこんなに少ないなんて知らなかったもんだから」

帰りはダイアナが馬車を走らせ、アンはほしかった大皿を大切に膝(ひざ)の上にかかえた。すっかり遠くまでくると、雨でうるおった緑のトーリー街道は、がらんと誰もいないさびしい通りでありながら、女の子らしい笑いのさざめきで活気づいた。

「明日(あした)、町へ行ったら、今日の〝波乱に富んだ不思議な物語〟〔シェイクスピアの喜劇『お気に召すまま』第二幕第七場にある言葉〕でジョゼフィーヌおばさまを楽しませてあげるわ。かなり大変だったけど、もう終わり。あたしは大皿を手に入れ、あの雨のおかげで、通りの埃(ほこり)は見事になくなったわ。だから、『終わりよければすべてよし』〔シェイクスピアの劇の題名〕ね」

「まだ帰りついてないわよ」ダイアナは、随分悲観的に言った。「帰るまでに何が起こるかわかったもんじゃないわ。あなたは、そりゃあ、冒険だらけの女の子ですからね、アン」

「冒険するのがあたりまえの人もいるってことよ」とアンは涼しい顔で言った。「冒険の才能があるかないかっていうだけの話ね」

第19章　何気ない、幸せな日

「考えてみれば」とアンは、かつてマリラに言ったことがある。「一番すてきな日っていうのは、とくにすごいことや、すばらしいことや、わくわくすることが起こる日じゃなくって、何気ない、ちょっとしたよろこびをもたらしてくれる日なんだわ。ネックレスの糸が切れたとき、ひとつずつこぼれ落ちていく真珠みたいに、そっと続いていく日々なのよ」

グリーン・ゲイブルズでの人生には、まさにそうした日々がいっぱいあった。というのも、アンの冒険も失敗も、ほかの人と同じで、一度に起こるのではなく、一年を通してあちこちに散らばっていて、そのあいだには、仕事や夢や笑いや授業でつまった何気ない幸せな日々がずっと続いていたのだ。そんな一日が、八月の終わりにやってきた。午前中、アンとダイアナは大よろこびの双子を乗せて池でボートを漕いで、それから岸辺へ出て、甘い香りのする草を摘んだり、波打ち際で水遊びをしたりした。岸辺では、そよ風が、ずっと昔からの古い歌を奏でていた。

午後、アンは、ポールに会いに、古いアーヴィング家の敷地へ歩いていった。ポールは、家の北側を覆うようにこんもりと茂る樅の森のそばの、草深い土手に寝そべって、御伽噺の本を夢中で読んでいた。アンを見ると、ポールは、ぱっと顔を輝かせて飛び起きた。

「ああ、うれしいな、来てくださって、先生」ポールは熱心に言った。「だって、おばあちゃまがお留守なんだもの。すぐにお帰りにならずに、一緒にお茶をしてくださるでしょ？　一人っきりでお茶をするのって、とってもさみしいんだ。先生なら、わかるでしょ。いっそメアリー・ジョーに頼んで、一緒にお茶をしてもらおうかなって本気で考えたぐらいだけど、おばあちゃまはいい顔をなさらないだろうと思うの。フランス人は立場をわきまえるべきだって、いつもおっしゃってるから。それに、メアリー・ジョーって話しづらいんだ。ただ笑って、『まあ、坊ちゃんみたいな子、見たことねえよ』なんて言うんだもの。そんなの会話じゃないでしょ」

「もちろん、お茶を一緒に頂くわ」アンは陽気に言った。「お招きを受けたくってうずうずしてたの。以前こちらでお茶を頂いてからというもの、あなたのおばあちゃまのおいしいショートブレッドがまた頂きたくって、考えただけでお口の中によだれが出てくるほどよ」

ポールは、とてもまじめな顔になった。

「ぼくにできるなら、先生」ポールはポケットに手を入れて、その美しい小さな顔をふっと心配に曇らせて、アンの前に立って言った。「よろこんでショートブレッドをお出しするんだけど。でも、お出しできるのはメアリー・ジョーなんです。おばあちゃまが、前、ショートブレッドは小さな男の子のお腹にはこってりしすぎるから、ぼくには出さないようにってメアリー・ジョーに言ってたの。でも、たぶん、ぼくは食べないって約束したら、メアリー・ジョーは先生に出してくれるかもしれませんね。いいほうに考えましょう」

「そうね。そうしましょう」まさにこの明るい考え方にふさわしいアンは同意した。

「それにもしメアリー・ジョーが厳しくて、ショートブレッドを出してくれなくても、ちっともかまわないんだから、気にすることはないのよ」

「出してくれなくても、ほんとに気にしませんか？」ポールは心配そうに言った。

「完璧にだいじょうぶ」

「じゃあ、心配しないことにします」ポールは、ほっと長い溜め息をついて言った。

「それに、メアリー・ジョーって、ちゃんと話をすればわかってくれますからね。もともと無茶なことを言ったりしない人だけど、おばあちゃまの言いつけにそむいちゃだめだってことは、経験から知っているんです。おばあちゃまは、すばらしい人だけど、みんながおばあちゃまの言うとおりにしないと気がすまないんです。今朝なんか、ぼくがとうとうポリッジをすっかりたいらげたからって、とってもよろこんでくださったんですよ。大変だったけど、できたんです。おばあちゃまは、これでぼくも一人前の男に育てられるって言ってました。でも、先生、とても大切な質問があるの。きちんと答えてくださる？」

「やってみるわ」とアンは約束した。

「ぼくのお頭、おかしいと思いますか？」ポールは、まるでアンの答えに、自分の人生がかかっているかのように尋ねた。

「とんでもないわ、ポール」アンは驚いて叫んだ。「もちろん、そんなことないわよ。なんだって、そんなこと考えたの？」

「メアリー・ジョーが……ぼくが聞いてたって知らないと思うけど、話してたんです。ピーター・スローンさんのところで雇われているヴェロニカって女の子が、昨日の夕方、メアリー・ジョーに会いにきて、ぼく、廊下を歩いてるとき、二人が台所で話しているのが聞こえたんです。メアリー・ジョーが言ってました。『あのポールって子ね。おかしな子さ。おかしなことばかり言って。お頭がどっかおかしいんじゃねぇか』って。昨夜は、そのことを考えてて、なかなか寝つけなかったの。メアリー・ジョーの言うとおりなのかなって。おばあちゃまには、こんなこと聞けなかったけど、先生には聞いてみようって思ったんです。先生が、ぼくのお頭がだいじょうぶだって思ってくれて、うれしいな」

「もちろん、だいじょうぶに決まってるわ。メアリー・ジョーは、愚かな、物を知らない子ですからね。あの子の言うことなんか、何ひとつ気にしなくていいのよ」アンは怒って言いながら、メアリー・ジョーに言葉を慎むようにアーヴィングのおばあさまにそれとなく言っておいたほうがいいと、密かに決心した。

「これで、随分気が楽になりました」とポール。「もうすっかりうれしくなっちゃった。先生のおかげです。お頭がおかしいなんて嫌でしょ、先生？　メアリー・ジョーがぼくのお頭がおかしいと思ったのは、きっとぼくが、ときどき想像の話をするからでしょうね」

「それは、かなり危ないことね」アンは身に覚えがあるので、同意した。

「そのうち先生にも、ぼくがメアリー・ジョーに話したことをお話ししますね。そしたら先生も、それがへんかどうか、わかるから」とポール。「でも、お話しするのは、少し暗くなってからにします。暗くなると、ぼく、お話がしたくてたまらなくなって、うずうずするの。誰もいないときは、メアリー・ジョーに話さなきゃならなくなる。でも、こんなことになったから、もう話しません。それでぼくのお頭がおかしいと思われるんなら。うずうずしても、我慢します」

「あんまりうずうずするなら、グリーン・ゲイブルズに来て、私に話せばいいわ」アンは大まじめに言った。子供というものは、まじめに相手をしてほしがるものだから、きちんと相手をしてくれるアンは子供に人気なのだ。

「そうですね。そうします。でも、そのときデイヴィーがいないといいんだけどな。あの子、ぼくに、あっかんべーってするんだもの。あんな小さな子だし、ぼくはお兄さんなんだから、それほど気にしないけど、あっかんべーされるのは、やっぱり嫌だな。それにデイヴィーは、ものすごい顔でやるんだもの。あんな顔したら、元に戻らなくなっちゃうんじゃないかって心配になるほどすごい顔。一度なんか、教会で神さまのことを考えてなきゃいけないときに、すごい顔をしてみせたんですよ。ただ、あの子がだけど、ドーラはぼくのことが好きで、ぼくもドーラが好きです。

バリーさんちのミニー・メイに、大きくなったらぼくと結婚するなんて言ってからは、あんまり好きじゃなくなっちゃった。大きくなったら誰かと結婚するかもしれないけど、そんなこと考えるの、まだ早すぎるでしょ、先生？」

「とっても早すぎるわね」アン先生も同意した。

「結婚って言えば、この頃、気になってることが、もうひとつあるの」ポールは話を続けた。「リンドのおばさまが、先週ここへいらして、おばあちゃまとお茶をなさったとき、おばあちゃまの言いつけで、ぼく、リンドのおばさまにお母さんの写真を見せたんです……ぼくの誕生日にお父さんが送ってくださったやつ。でも、リンドのおばさまには見せたくありませんでした。やさしくていい人だけど、お母さんの写真を見せたいような人じゃないんです。先生なら、わかるでしょ。でも、もちろん、ぼく、おばあちゃまの言いつけどおり、見せました。リンドのおばさまは、お母さんはとてもかわいい人だけど、ちょっと女優みたいな感じで、お父さんよりも随分若いんじゃないかって言うの。それから、『そのうち、あなたのお父さんはきっと再婚なさるわ。新しいお母さんにはどんな人がいいの、ポール君？』って言うの。そんなこと聞かれて、ぼく、息が止まりそうになったんです、先生。でも、リンドのおばさまには気づかれないようにしました。まっすぐおばさまの顔を見て……こんなふうに……言ったんです。『リンドのおばさま、お父さんは、ぼくの最初のお母さんをとてもじょうずに選んでくださったから、二度めのときも、同じようにじょうずに選んでくださると思います』って。だって、お父さんなら信頼できるものね、先生。だけど、ほんとに新しいお母さんができるなら、早めにぼくの意見も聞いてほしいな。あ、メアリー・ジョーがぼくらをお茶に呼びにきた。ショートブレッドのこと、相談してきますね」

「相談」の結果、メアリー・ジョーはショートブレッドを出して、いろいろな種類のプリザーブが載った皿も献立に加えてくれた。アンはお茶を注ぎ、開け放たれた窓から海風が吹き込む暗く古い居間で、ポールととても楽しくお茶を頂いた。二人は「とんでもねえ」空想の話をしたので、メアリー・ジョーはすっかり「おったまげ」て、「あの学校のセンセも、ポールとおんなじぐらいおかしい」と次の日の夕方にヴェロニカに話したのだった。お茶のあと、ポールはアンを二階の自分の部屋へ連れて上がり、母親の写真を見せた。おばあちゃまが本棚の引き出しに隠していた謎の誕生日プレゼントとは、これだったのだ。天井の低い小さな部屋には、海の彼方に沈もうとしている夕陽の真っ赤な光が柔らかくあふれていて、出窓風の四角い窓のすぐ外に樅の木の影が揺れていた。この柔らかな魅力的な光を浴びて、ベッドの足許の壁に掛かった写真から、やさしそうな母親の目をした、すてきな、少女のような顔が輝いていた。

「これが、ぼくのお母さん」ポールは、愛をこめて誇らしげに言った。「おばあちゃまに、ここに掛けていただいたんだ。朝、目を開けたらすぐに見えるように。だからもう、寝るとき灯りがなくてもだいじょうぶなの。お母さんが、すぐそこにいてくれるみたいですからね。お父さんは、誕生日プレゼントに、ぼくが何がほしいか、聞かなくても、ちゃんとわかってたんです。お父さんって何でもわかってるって、すごいと思いませんか？」

「お母さまはとてもすてきね、ポール。あなた、少しお母さま似だと思うわ。でも、お母さまの目と髪の毛は、あなたのより色が濃いわね」

「ぼくの目は、お父さんと同じ色なの」ポールは、窓辺の席にありったけのクッションを積み重ねようと部屋じゅうを飛びまわりながら言った。「でも、お父さんの髪は白いの。髪はたくさん生えてるんだけど、白髪なんだ。お父さん、五十近いから。それって、年取ってるってことですよね。でもね、お父さんが年取ってるのは外だけなの。なかは、誰にも負けないくらい若いんです。さあ、先生、ここに坐ってください。ぼくは、先生の足許に坐るから。お膝に頭を載せてもいい？　ぼく、お母さんに、よくそうしていただいたの。ああ、これだ。ほんと、すてきだなあ」

「さあ、メアリー・ジョーがへんだって言っていた、あなたのお話を聞かせて頂戴」アンはそばにある巻き毛の頭をそっとなでながら言った。急かされなくとも、ポールは話を聞いてもらうつもりだった……少なくとも、〝魂の響きあう友〟には。

「ある晩、樅の森の中で思いついたんです」ポールは夢見るように言った。「もちろん、思いついただけで信じたりしていません。先生なら、わかるでしょ。それで、誰かに話したかったんだけど、メアリー・ジョーしかいなかったの。メアリー・ジョーは配膳室でパン生地をこねていて、ぼく、そばのベンチに坐って言ったの。『メアリー・ジョー、ぼくが考えてること、何だと思う？　宵の明星って、妖精たちの住む国の灯台なんだよ』そしたら、メアリー・ジョーが、『まったく、おかしな子だね。妖精なんてもの、ありゃしないよ』って言ったんだ。ぼく、むっとしちゃった。もちろん、妖精がいないことはわかってるけど、だからって、いるって想像しちゃいけないことはないからね。先生なら、わかるでしょ。でも、ぐっと我慢して、また言ってみたの。『それじゃ、メアリー・ジョー、ぼくが考えてること、何だと思う？　太陽が沈んだあと、天使が世界じゅうを歩くんだよ……大きな背の高い白い天使。銀の、たたんだ翼が生えているの……そして、花や鳥たちに子守歌を歌って眠らせるんだ。聞き方がわかっている子供たちには、その歌が聞こえるんだ』そしたら、メアリー・ジョーは両手を上げて、小麦粉を撒き散らして言ったの。『まったく、へんてこな子だよ。怖がらせないでおくれよ』って。ほんとに怖がってるみたいだった。ぼくは、それから外へ出て、そのお話の続きはお庭にささやいてあげたの。お庭には、小さな樺の木があって、枯れちゃってた。おばあちゃまは、海の塩水がかかって、枯れたんだっておっしゃったけど、あの木に住んでいた精霊がとんまなやつで、世の中を見にほっつき歩いているうちに、迷子になっちゃったんだと思う。それで、あの木はひどくさみしくなって、胸が張り裂けて死んじゃったんだ」

「そして、その可哀想な、とんまな精霊が世の中に飽きて、自分の木に戻ってきたら、今度は精霊の胸が張り裂けてしまうわね」とアンは言った。

「そう。でも、ばかなことをしたんだったら、人間と同じように、その報いは受けなきゃ」ポールは真剣に言った。「三日月のこと、ぼくがどう思っているか知ってる、先生？　夢でいっぱいの小さな金の船なんだよ」

「雲にぶつかると、夢がこぼれて、寝ているあなたにふりかかるのね」

「そのとおりだよ、先生。ああ、先生って、ほんとによくわかってくださるんですね。それから、すみれは、天使たちが星々の輝きが見えるようにって、空に穴を切り抜いたときに、落ちてきた空の切れ端だと思う。そして、金鳳花は、古いお日さまの光でできていて、スイートピーは、天国へ行くと蝶になるんだ。ねえ、先生、こんな考え、とってもおかしいと思う？」

「いいえ、ちっともおかしくはないわ。小さな男の子が考えるには風変わりだけど、美しい考えよ。だから、百年頑張っても自分でそういったことを思いつけない人たちは、おかしな考えだと思うのよ。でも、その調子で続けるといいわ、ポール……いつか、あなたは詩人になると思うわ」

アンが家に帰ると、ポールとは随分ちがった男の子が寝かせてもらうのを待ってい
た。デイヴィーは、すねていた。アンに服を脱がせてもらうと、ベッドに飛び込んで、
枕に顔を埋めた。
「デイヴィー、お祈りを忘れてるわ」アンが責めるように言った。
「忘れたんじゃないやい」デイヴィーがつっかかるように言った。「もう、お祈りな
んか言わないんだもん。いい子になるの、やめるんだ。だって、どんなにいい子にな
っても、アンはポール・アーヴィングのほうがいいんだもん。だから、いっそのこと、
悪い子になったほうが楽しいもんね」
「ポール・アーヴィングのほうが好きだったりしないわ」とアンは真剣に言った。
「あなたも同じくらい好きよ。ちがったふうに好きなのよ」
「でも、おんなじに好きになってほしいよ」デイヴィーは口をとがらせた。
「ちがう人を同じふうに好きになることはできないわ。あなたは、ドーラとあたしと
同じふうに好きじゃないでしょ？」
デイヴィーは起き上がって、考えた。
「ちが……う……よ」とうとう、デイヴィーは認めた。「ドーラはぼくのきょうだい
だから好きで、アンはアンだから好きなんだ」
「あたしも、ポールはポールだから好きで、デイヴィーはデイヴィーだから好きなの

よ」アンは陽気に言った。

「じゃあ、ぼく、お祈りを言えばよかったな」デイヴィーは、この理屈に納得して言った。「だけど、今からベッドを出て言うのはめんどくさいや。朝になったら二度言うよ、アン。それじゃ、だめ？」

だめです。そんなことではいけませんと、アンは、きっぱり言った。そこで、デイヴィーはベッドから這い出して、アンの膝に頭を垂れて跪いた。お祈りがすむと、デイヴィーは、小さな、裸足の褐色のかかとの上にお尻をつけて正座をして、アンを見上げた。

「アン、ぼく、前よりも、いい子になったよ」

「そうね。そのとおりよ、デイヴィー」ほめてあげるべきときには、すぐにほめてあげることにしているアンは、言った。

「前よりいい子ってわかってるんだ」デイヴィーは自信たっぷりに言った。「どうしてかって言うとね、今日、マリラが、ぼくとドーラに、ジャムつきパンを一枚ずつくれたの。でも、一方のほうがずっと大きくて、マリラはどっちがぼくのだって言わなかったの。でも、ぼく、大きいほうをドーラにあげたんだ。それっていいことでしょ？」

「とてもいいことよ、とても男らしいわ、デイヴィー」

「でしょ？」デイヴィーは言った。「ドーラはあんまりお腹が空いてなくて、半分だけ食べて、残りをぼくにくれたの。でも、パンをドーラにあげたときには、そんなこと知らなかったんだもん。だから、ぼくはいい子だったんだ、アン」

夕暮れのなか、アンは〝妖精の泉〟まで散歩をした。すると、暗くなった〝お化けの森〟を通ってギルバート・ブライスがやってくるのが見えた。ふいに、ギルバートはもう少年ではないんだと、アンは気づいた。なんて男らしいのだろう……背が高くて、裏表のない率直な顔つきで、肩幅は広く、澄んだ、まっすぐな目をしている。アンは、ギルバートは自分の理想の男性ではぜんぜんないけれど、とてもかっこいいと思った。アンとダイアナは、ずっと前に、どんな男性がすてきかと話したことがあるのだが、二人の趣味はまったく同じだった。背がすらりと高くて、憂鬱そうな、謎めいた目をしていて、うっとりするような思いやりのある声をしていて、上品な顔つきをしていなければならないというわけだ。ギルバートの顔つきには、憂鬱そうなところも、謎めいたところもなかったが、もちろん、友だちづきあいをするときに、そんなことはどうでもいいことだ！

ギルバートは、〝妖精の泉〟のそばの羊歯の上に大の字に寝そべって、アンを満足気に眺めた。ギルバートに理想の女性像を尋ねたら、どこをとってもアンそのものとなるだろう。アンが心底嫌がっているあの七つの小さなそばかすに至るまで、ギルバートはすばらしいと思っていたのだ。ギルバートはまだ少年といっていい年だが、少年には当然ながら夢があり、ギルバートの思い描く未来には、いつだって、大きな、澄んだ灰色の目をして、花のように繊細で美しい顔をした女の子がいたのだ。この女神にふさわしい未来を築こうと、ギルバートは決心していた。静かなアヴォンリー村であっても、立ち向かわなければならない誘惑はある。ホワイト・サンズの若者はかなり〝遊び好き〟なので、ギルバートはどこへ行っても人気者なのだ。でも、アンの友情に……ひょっとしたら、いつかは、アンの愛情に……ふさわしくあろうとしていた。そして、まるでアンの澄んだ目でいつも見つめられているかのように、自分の言動や考えていることがきちんとしたものであるようにと、注意していたのだった。どんな女の子でも、純粋で高い理想を持っていれば、友だちに影響を与えるものだが、アンは無意識のうちにギルバートに影響を及ぼしていたというわけだ。その影響力は、アンがそうした理想を掲げているかぎりは持続するが、少しでもそれに反したことをしただけで失われてしまう。ギルバートの目には、アンの最大の魅力は、多くのアヴォンリー村の女の子たちがやっているつまらないことをやらないことだった。すなわち、やきもちを焼いたり、些細（ささい）な嘘をついたり、人と張り合ったり、ご機嫌をとろうとしたりするといったことを、アンはしないのだ。アンがそうしないのは、意識的でも、わざとでもなく、そんなことは、感じるままに行動するアンの澄みきった性格には、まったく異質なものだったからだ。アンの性格は、何をするにせよ、何を望むにせよ、水晶のように澄みきっていたのだ。

しかし、ギルバートは自分の考えを言葉にしようとは思わなかった。好きだなどと言おうものなら、アンにあっという間に、容赦なく、冷たく否定されてしまうと、よくよくわかっていたからだ。さもなければ笑い飛ばされるだろうが、そのほうが十倍もつらいことだ。

「樺の木の下にいると、君は本物の妖精みたいだね」ギルバートは、からかうように言った。

「樺の木って、大好き」アンは、ほっそりした木のすべすべした幹に頬をよせて言った。アンは、かわいらしく幹をなでる仕草をした。アンらしい自然な仕草だった。

「じゃあ、メイジャー・スペンサーさんが、アヴォンリー村改善協会を励ます意味で、自分の農場の前の道に沿って、白樺の並木を植えることにしたって聞いたらよろこんでくれるだろうね」ギルバートは言った。「今日、ぼくにそう話してくれたんだ。メイジャー・スペンサーさんは、アヴォンリーで一番進歩的で、まわりのことをよく考えてくれる人だよ。それに、ウィリアム・ベルさんは、自分のところの街道沿いと、敷地の小道に沿って、唐檜の生け垣を作ってくれる。ぼくらの協会は、すばらしい進歩を遂げているよ、アン。もう試験期間を終えて、認められているんだよ。年輩の人たちも、興味を持つようになってくれて、ホワイト・サンズでも始めようと話しているんだ。イライシャ・ライトさんでさえ、ホテルのアメリカ人が岸辺でピクニックをしてぼくらの街道をほめちぎって、島のどこよりもずっときれいだって言ってくれたあの日から、考えを変えたしね。そして、そのうちに、ほかの農家もスペンサーさんのお手本に倣って、自分たちの農場沿いの街道にきれいな木々を植えたり生け垣をつくったりしてくれたら、アヴォンリーはこのあたりで一番きれいな場所になるよ」

「教会の婦人会では、墓地を手入れすることを検討しているのよ」とアン。「そうしてくれたらありがたいわ。だって、手入れには募金が必要だけど、公会堂事件のあとじゃあたしたちにはどうすることもできないもの。でも、あたしたちがそれとなく墓地の手入れのことを言ったから、婦人会も動きだしたんだわ。教会の敷地に植えた木々は大きく育ってるし、来年は学校の敷地を柵で囲んでくれるって、学校の理事会が約束してくれたわ。だから、あたし、植樹祭の日を作って、全校生徒に一本ずつ木を植えさせるつもりよ。街道の角には花壇を作るの」

「ほとんどすべての計画がうまくいったね。ボウルターさんのあばら家を取り壊すのを別として」とギルバート。「あればっかりはお手上げさ。リーヴァイがあれを壊させないのは、ぼくらへの嫌がらせだろ。ボウルター家は、天邪鬼ばかりだけど、あの人はとくに手がつけられないね」

「ジュリア・ベルが、別の委員をさしむけて説得しようって言ってるけど、一切関わり合いにならないほうがいいと思うわ」とアンは賢明に言った。

「天命を待つんだね。リンド夫人が言うように」ギルバートは微笑んだ。「確かにこれ以上委員を送ってもだめさ。かえって逆効果だ。ジュリア・ベルは、委員会がやれば何でもできると思ってるけどね。今度の春には、アン、きれいな芝生と庭作りの運動を始めないといけないね。この冬のうちによい種を蒔いておこう。ここに芝生と芝作りの論文があるから、近いうちにレポートにまとめておくよ。さて、ぼくらの休暇ももうすぐ終わりだ。月曜日には学校が始まる。ルービー・ギリスは、カーモディ校の先生になったのかい？」

「ええ、プリシラがカーモディ校をやめて母校で教えることになったって手紙で教えてくれたけど、それでカーモディの理事会は、ルービーを後任に採用したんだわ。プリシラがいなくなるのは残念だけど、でもプリシラがいない以上、カーモディ校がルービーのものになってうれしいわ。土曜日には家に帰っているから、昔みたいに、ルービーとジェーンとダイアナとあたしが、また一緒になれるんだわ」

アンが家に帰ってみると、マリラがリンド夫人の家からちょうど帰ったばかりで、勝手口のポーチの石段に坐っていた。

「レイチェルと私は、明日、町へ出かけることにしたよ」とマリラ。「ご主人のリンドさんの具合が今週はいいので、また悪くなる前に町へ出ておきたいって、レイチェルは言うんだよ」

「あたし、やることがいっぱいあるから、明日の朝は特別早起きするつもりなの」とアンは殊勝なことを言った。「ひとつには、羽毛布団の布団カバーを新しいのに替えるの。ずっと前にやっておくべきだったんだけど、あとまわしにし続けてて……ほんと、嫌な仕事だわ。嫌なことをあとまわしにするって、とってもいけないくせね。もう二度としないわ。でないと、生徒たちに、そういうことはやってはいけませんなんて言えなくなってしまうもの。それじゃ矛盾しているわよね。それから、ハリソンさんのためにケーキを焼いて、アヴォンリー村改善協会のために花壇計画書を仕上げて、ステラにお手紙を書いて、モスリンのドレスを洗って、糊をつけて、ドーラの新しいエプロンを作るの」

「半分もできやしないよ」マリラは悲観的に言った。「いろいろやりたいことがあっても、何かが起きて、できなくなるもんさ」

第20章　やっぱりそんなことに

翌朝、アンが早起きして、朗らかに新しい日に「おはよう」と挨拶すると、真珠色の空に日の出の旗が力いっぱい振られた。グリーン・ゲイブルズは、日光にあふれ、ポプラや柳の木の影がちらちらと揺れた。向こうのほうにはハリソンさんの淡い金色の小麦畑が、風でさざ波をたてながら、大きく広がっていた。世界はあまりに美しく、アンは庭の門のところに十分間ほど幸せな気持ちでぶらぶらとして、このすばらしさを満喫した。

朝ご飯のあと、マリラがお出かけの用意をした。ドーラを連れていってあげると前々から約束していたので、ドーラも一緒に行く。

「さ、デイヴィー、いい子にして、アンを困らせないのよ」マリラはぴしりと言った。「いい子にしてたら、町から、縞模様(しまもよう)の棒キャンディーを買ってきてあげる」

なんとマリラは、ご褒美をあげるからいい子になりなさいという悪い習慣を身につけてしまったのだ！

「ぼく、わざと悪い子になったりしないけど、ついうっかい悪いこと(ザクシデンタリー)しちゃったらどうなるの？」デイヴィーは知りたがった。

「うっかりしないように気をつけなさい」とマリラは注意した。「アン、シアラーさんが今日来たら、ロースト用の上等肉とステーキ肉を買っておいておくれ。来なかったら、明日の食事に鶏を絞めなければならないよ」

アンは、うなずいた。

「今日はディヴィーと二人だけだから、わざわざお料理したりしないわ」とアン。「あの骨つきハムでお昼は間に合うし、マリラが帰ってきたら、ステーキを焼くわ」

「ぼくは、今朝、ハリソンさんのお手伝いをしてダルスって海藻を引っ張って採るんだよ」とディヴィーが告げた。「ハリソンさんに頼まれたの。お食事にも誘ってくれると思うな。ハリソンさんって、すごく親切なんだよ。ほんと、いい人。大きくなったら、ああいう人になりたいな。ああいうふうに振る舞いたいってことだよ……あんなふうな見てくれになりたいってことじゃないよ。でも、その心配はないと思うな。リンドのおばさんが、ぼくはとっても美しい子だって言ってくれたもん。大人になっても、美しいままでいられると思う、アン？　教えてよ」

「いられると思うわ」アンは大まじめに言った。「あなたはほんとに美しい子よ、ディヴィー……」マリラが、そんなことを言うもんじゃないと、すごい顔をした。「……でも、その外見にふさわしいように、紳士らしくちゃんとしなければだめよ」

「だけど、アンはこないだ、バリーさんとこのミニー・メイが誰かにブスって言われて泣いてたら、いい子でやさしくて、愛があれば、外見なんか誰も気にしないって言ってたじゃないか」ディヴィーは不満そうに言った。「どういうわけか、この世では、いい子じゃなきゃいけないみたいだね。とにかくお行儀よくしなきゃなんないんだ」

「いい子になりたくないの？」と尋ねたマリラは、随分と進歩してきたにもかかわらず、まだそんなことをディヴィーに尋ねても意味がないとわかっていないのだった。

「なりたいよ。でも、いい子すぎるのは嫌だよ」とディヴィーは慎重に言った。「あんまりいい人じゃなくても、日曜学校の校長先生になれるもん。ベル先生がそうでしょ。あの人、ほんとは悪い人だし」

「そんなことはありません」マリラが怒って言った。

「そんなことあるよ……自分でそう言ってたもん」とディヴィーは主張した。「こないだの日曜に、日曜学校でお祈りのとき、そう言ってた。自分は悪しき虫であり、みじめな罪人であり、おぞましき悪行を犯したって。そんなに悪いことって、何したの、マリラ？　誰か殺したの？　それとも、献金の小銭でも盗んだの？　教えてよ」

　ちょうどうまい具合に、このときリンド夫人が小道に馬車を走らせてやってきたので、これ幸いとばかりに、マリラは逃げ出し、ベル校長も公のお祈りのときには、とくにいつも「教えて」ほしがる小さな子供がいるときは、そんなにもってまわった比喩的な言葉を使わないでほしいものだと思った。

　一人になってせいせいしたアンは、てきぱきと働いた。床を掃き、ベッドを整え、鶏に餌を与え、モスリンのドレスを洗い、洗濯紐にかけた。それから、羽毛布団の中身の入れ替えの準備をした。屋根裏部屋へ上がり、一番手近にあった古着を着た……十四歳のときに着た濃紺のカシミア生地の服だ。今のアンには短いし、アンがグリーン・ゲイブルズにやってきたときに着ていたウィンシー織りと同じぐらいつんつるてんだった。しかし、少なくとも羽毛だらけになってもかまわない。アンは着替えの仕上げとして、マシューのものだった赤と白の水玉模様の大きなハンカチで頭を覆って、そうして台所へと向かった。マリラが、出発前に、羽毛布団を台所へ運ぶのを手伝ってくれていたのだ。

部屋の窓のそばにひび割れた鏡が掛かっていて、不運なことにアンはそれを覗き込んでしまった。アンの鼻にある例の七つのそばかすが、これまでになく目立って見えた……日除けのない窓から射し込む光がまぶしくてそう見えたのかもしれない。

「ああ、昨夜、化粧水を塗り忘れたわ」とアンは思った。「配膳室へ走っていって、今、塗っておこうっと」

アンは、このそばかすをなくそうとして、すでにいろいろ苦労していた。鼻全体の皮がペロリとむけたのに、そばかすは残っていたなんてこともあった。数日前、雑誌にそばかす用化粧水の作り方を見つけて、材料がすぐ用意できるものだったので、早速作っているのだが、マリラには苦い顔をされた。神さまが鼻にそばかすをお与えになったのなら、ありがたくそのままにしておくべきだというのがマリラの考えなのだ。

アンは配膳室へ駈け下りた。ここは、窓のすぐそばに大きな柳の木があるせいでいつも暗いのだが、羽虫を入れないように日除けが下りていたため、ほとんど真っ暗だった。アンは棚から化粧水の入った瓶をつかむと、化粧水用の小さなスポンジでたっぷり鼻につけた。この重要な用事がすむと、アンは仕事に戻った。布団の羽毛を入れ替えたことのある人なら、アンがこれを終えたときに、ひどい恰好になっていることはおわかりのはずだ。服は羽毛や毛埃がついて白くなり、ハンカチの下から覗く前髪にもべったり羽毛がくっついていた。まさにこの瞬間に、勝手口にノックがあった。

「シアラーさんだわ」とアンは思った。「あたし、ひどい恰好だけど、この恰好で下りていくしかないわ。あの方、いつも急いでいらっしゃるもの」

アンは勝手口へと飛んでいった。もし床に情けがあって、パカッと穴があいて、羽毛まみれのみじめな乙女を呑み込んでくれるものなら、グリーン・ゲイブルズのポーチの床こそ、そのときアンを瞬時に呑み込んでくれればよかったのだ。戸口に立っていたのは、絹のドレスに身を包んだ金髪色白のプリシラ・グラントであり、そばにはツイード生地のスーツを着た、背の低い、でっぷりした白髪の婦人と、もう一人、婦人がいた。その人は、背が高く、威厳があり、すばらしいドレスを着て、美しく育ちのよい顔立ちで、黒いまつげに大きなすみれ色の目をしていた。アンは小さいころ「本能的にわかる」という言い方をよくしていたが、そうだ、アンには本能的にわかったのだ、この人こそ、まさにシャーロット・E・モーガン夫人だということが。

あわてふためいたその瞬間、混乱したアンの頭にはひとつの考えがあって、「おぼれる者は藁をもつかむ」ように、アンはその考えにしがみついた。モーガン夫人の小説のヒロインたちはみんな「苦難に打ち克つ」ことで知られているのだ。どんなことがあっても、みんな必ず試練に耐えて、いつ、どこで、どんなにひどい目に遭おうと、それを乗り越えてみせるのだ。だからアンは、今こそ自分が苦難に打ち克つべきときだと思い、それを完璧にやってみせたので、のちにプリシラは、あのときほどアン・シャーリーをすごいと思ったことはないと断言したほどだった。アンは、プリシラに挨拶をし、まるで上等な紫のリネンのドレスでも着ているかのように静かに落ち着いて、連れの婦人に紹介されたのだ。確かに、本能的にモーガン夫人だと思った婦人が実はモーガン夫人ではなくて、ペンデクスター夫人とかいう知らない人であって、でっぷりした小柄で白髪の婦人のほうがモーガン夫人だとわかるとびっくりしたが、いきなりモーガン夫人がいらしたという大きなショックを前にして、小さなショックはどうでもよいことだった。アンはお客さまをお客さま用の寝室へご案内して、コートを脱いでいただき、それから客間へお通しした。そこで待っていていただいて、プリシラが馬の馬具をはずすのを手伝いに急いで外へ出た。

「こんなに急にお邪魔してしまって、ほんと、ごめんなさいね」プリシラが謝った。「でも、昨夜まで、来られるなんてわからなかったのよ。シャーロットおばさまは月曜にトロントへお帰りになる予定で、今日は町のお友だちのところで過ごすお約束だったの。ところが、昨夜、そのお友だちから電話があって、猩紅熱で隔離されてしまったから来ないでって言うじゃないの。だから、あたし、それならここに来るのがいいって言ったの。あなたがおばに会いたがっているの、知ってたから。ホワイト・サンズ・ホテルに寄って、ペンデクスター夫人もお連れしたんだけど、おばのお友だちで、ニューヨークで暮らしていらして、旦那さまは大富豪なのよ。あんまりゆっくりはできないの。ペンデクスター夫人は、五時までにホテルに戻らなきゃならないから」

馬をつないでいるあいだ、プリシラがちらちらとアンのことを、不思議そうに盗み見ているのにアンは気づいていた。

「そんなにじろじろ見なくたっていいのに」アンは少しむっとして思った。「羽毛布団のカバーを替えたことがなくたって、想像ぐらいできるでしょうに」

プリシラが客間に戻り、アンが二階へ着替えに駆け上がろうとしたとき、ダイアナが台所に入ってきた。アンは、驚いている友だちの腕をつかんだ。

「ダイアナ・バリー、今、この瞬間、客間に誰がいると思う？　シャーロット・E・モーガン夫人よ……それと、ニューヨークの大富豪の奥さま……それなのに、あたしったら、こんな恰好……しかも、この家に、食べるものは骨つきハムしかないのよ、ダイアナ！」

ここまで言い終えるころには、ダイアナもプリシラとまったく同じように、どぎまぎした顔でアンを見つめていることにアンは気づいた。もう、いい加減にして、とアンは思った。

「ねえ、ダイアナ、そんなに見ないでよ」とアンは訴えた。「どんなに小ざっぱりした人だって、古い布団カバーから新しい布団カバーに羽毛を移し替えていたら小ざっぱりとしていられるはずがないって、少なくともあなたなら、わかってくれるはずよ」

「う……う……羽毛じゃないのよ」ダイアナは口ごもった。「あ……あなたの……鼻よ、アン」

「鼻？　え、ダイアナ、あたしの鼻、どうにかなったんじゃないでしょうね！」

アンは流しの上の小さな鏡へすっ飛んでいった。ちらりと見れば、致命的な真実は明らかだった。鼻がどぎつい赤色をしていたのだ！　アンは、くじけない気合いもとうとうなくなって、ソファーにへたり込んだ。

「どうしたっていうのよ？」気遣いよりも好奇心がまさって、ダイアナが尋ねた。

「そばかす用の化粧水をつけたと思ったんだけど、マリラが絨毯の模様の印つけに使っている赤い染料を使ったんだわ」というのが、絶望しているアンの答えだった。

「どうしよう？」

「洗って落としなさいよ」と現実的なダイアナは言った。

「落ちないと思う。最初は髪を染めて、今度は鼻だわ。髪を染めたときマリラは髪を切ってくれたけど、その方法は、今回は無理だわ。まあ、見栄を張ったばちが当たったのね。そしてあたしは、その罰を受けて当然……なんて思っても何の慰めにもなりゃしないけど。ほんと、ついてないったらありゃしない。だけど、リンドのおばさまなら、何もかも神さまがお決めになったとおりなんだから、そんなことを言うもんじゃないっておっしゃるだろうけれど」

幸いなことに染料はさっと落ちてくれたので、アンは、いくぶんほっとして自分の部屋へ上がり、ダイアナは家へ走って帰った。すぐにアンは、服を着替えて、気持ちを切り換えて下りていった。着たい着たいと思っていたモスリンのドレスは、外の洗濯紐にぶらさがって楽しそうに揺れているので、黒いローン地の服を着るしかなかった。暖炉に火を熾し、お茶が入ったところでダイアナが帰ってきた。こちらはちゃんとモスリンのドレスを着て、しかも、ふたつきの大皿を持ってきていた。

「お母さんが、これを持っていきなさいって」ダイアナはふたを開けて、骨つきチキンがきれいに切りわけてあるのを見せたので、アンは、ありがたいと思った。

チキンに添えて、焼きたてのふわふわしたパン、上等なバターやチーズ、マリラのお手製のフルーツケーキ、そして夏の陽射しのような黄金色のシロップに浮かんだプラムのプリザーブもお出しした。飾りつけとして、ピンクと白のアスターの花をテーブルの花瓶にたくさん飾ったが、以前モーガン夫人のために用意したすばらしいご馳走（そう）や飾りつけと比べると貧弱に思えた。

しかし、お腹の空（す）いたお客さま方は、物足りないなどと思うこともなく、とてもうれしそうに、あっさりとした食事を召し上がった。最初のうちは、あのとき用意した献立にはあれもこれもあったのにと考えていたアンも、くよくよするのはやめた。夫人を崇（あが）め奉（たてまつ）ってきたアンとダイアナとしては、モーガン夫人の外見が少しがっかりだったことは認めざるを得なかったが、会話がとてもじょうずな人だとわかった。あちこち旅をなさっていて、お話をするのはお手のものだったのだ。いろんな男性や女性に会ったことがあり、そうした経験を気のきいたちょっとした格言や警句にしてみせるので、まるで巧みに書かれた本の登場人物の台詞（せりふ）でも聞いている気にさせられた。そんな才能のひらめきの根っこに強く流れているのは、本当の女らしい思いやりとやさしさであり、それで、誰もが夫人のことを好きになってしまうのだった。聞いていて、頭がいいんだなあと、惚（ほ）れ惚（ぼ）れするのと同じくらい、なんてやさしい人なんだろうと思えるのだ。かと言って、会話を独り占めするわけでもなかった。話すのと同じくらいじょうずに相手から話をすっかり引き出すことができるので、アンもダイアナも、気がつくと、夫人とざっくばらんにおしゃべりしていた。ペンデクスター夫人は無口だった。すてきな目と唇で微笑んで、チキンとフルーツケーキとプリザーブをそれはそれは上品に口に運ぶので、まるでギリシャ神話に出てくるアムブロージアという神々の食べ物か、甘い蜜でも食べているかのようだった。あとでアンがダイアナに語ったように、ペンデクスター夫人のように神々しいばかりに美しい人は、しゃべらなくてもいいのだ。ただ見ているだけでじゅうぶんなのだ。

　食事のあとで、みんなで〝恋人の小道〟と〝すみれの谷〟と〝樺の道〟を散歩して、それから〝お化けの森〟を通って戻ってきて、最後の三十分は〝妖精の泉〟で腰を下ろして楽しくお話をした。モーガン夫人は、〝お化けの森〟がどうしてそう呼ばれるようになったのかを知りたがり、アンがそのいきさつを話し、さらに、日暮れて魔物が出そうな時間にそこを通るはめになった忘れがたい冒険談をドラマチックに語るのを聞くと、涙が出るほど笑い転げた。

「これぞまさしく『理性の饗宴、魂の交歓』〔詩人アレグザンダー・ポープの言葉〕だったわね？」お客さまがお帰りになり、またダイアナと二人きりになったとき、アンは言った。「モーガン夫人のお話をお聞きするのと、ペンデクスター夫人を眺めているのと、どっちが楽しかったかわからないくらい。いらっしゃるのがわかっていて、おもてなしをするのに忙しくなってしまうより、ずっと楽しく過ごせたと思うわ。ダイアナ、ちょっと残って一緒にお茶をつきあってよ。今日のことをすっかり話したいわ」

「プリシラによると、ペンデクスター夫人の旦那さまの妹は、イギリスの伯爵と結婚しているんですって。なのに、あの方、プラムのプリザーブをおかわりなさったわ」

まるでそのふたつの事実が矛盾しているかのように、ダイアナは言った。

「マリラのプラム・プリザーブには、たとえイギリスの伯爵でさえ、つんと澄ましていられないのよ」アンは得意気に言った。

その晩、マリラにその一日の話をしたとき、自分の鼻にどんな災難がふりかかったかは話さないでおいた。けれど、あとでそばかす用化粧水の瓶をとると、窓から外にその中身を捨ててしまった。

「もう化粧品で顔をいじくりまわすのはやめるわ」アンは暗い気持ちできっぱりと言った。「注意深くて慎重な人には、いいだろうけれど、あたしみたいに、どうしようもなくどじばっかりの人間が手を出したらひどいことになるんだわ」

第21章　すてきなミス・ラベンダー

学校が始まり、アンは仕事に戻った。ああすべきだ、こうすべきだと思い込むことはなくなり、かなり経験を積んでの再開だ。六、七歳の新入生が数名、目を丸くして、驚きの世界へと飛び込んできた。その中には、デイヴィーとドーラもいた。デイヴィーの隣のミルティー・ボウルターは、去年から学校に通っているので、もうすっかり世慣れた感じだ。ドーラはリリー・スローンと「お隣に坐ろうね」と先週の日曜学校で約束をしていたが、初日にリリー・スローンが欠席したため、ドーラはひとまずミラベル・コトンの隣に坐らされた。ミラベルは十歳だったから、ドーラの目には「お姉さん」に見えた。

「学校って、とってもおもしろいね」デイヴィーは、夕方帰ってきてマリラに話した。「じっと坐ってられないだろうってマリラが言ってたけど、やっぱそうだったよ……マリラの言うことって、大抵当たってるよね……でも、机の下で足をぶらぶらさせてられたから、気がまぎれたよ。あんなにたくさんの男の子と遊べるなんてすごいや。お隣はミルティー・ボウルターっていって、いいやつだよ。ぼくより背が高いけど、ぼくのほうが幅があるんだ。ぼく、うしろの席のほうがいいんだけど、足が床につくまで大きくならないと、うしろに坐っちゃいけないんだって。ミルティーが石盤にアンの顔を描いたら、すっごくへただったんで、そんなへんなアンの絵を描きやがったら休み時間にぶんなぐってやるぞって言ってやった。最初は、仕返しに、あいつの絵を描いて、それに角とかしっぽとか生やそうかと思ったんだけど、そんなことしたら可哀想かなと思ったんだ。アンが、人の気持ちを傷つけるようなことをしてはいけませんって言うからさ。気持ちを傷つけられるって、嫌なことなんでしょ。仕返ししなきゃならないなら、気持ちを傷つけるよりは、ぶんなぐったほうがいいのさ。ミルティーは、ぼくなんか怖かないって言ったけど、ぼくの機嫌が直るように、誰かほかの人の絵ってことにしようって言って、アンの名前を消して下にバーバラ・ショーって書いたんだ。ミルティーは、バーバラに『かわいい子ね』とか言われて、頭をなでられたこともあるから、バーバラが嫌いなんだよ」

ドーラは、学校が好きだと、澄まして言うだけだったが、いくらドーラにしても口数が少な過ぎた。夕暮れにマリラが、二階に上がって寝るように言うと、ドーラはもじもじして泣きだした。

「あたし……こ、怖い」とすすり泣く。「あたし……暗い二階に一人で行きたくない」

「今度は何なの？」マリラが尋ねた。「この夏ずっと一人で寝に上がって一度も怖がったことはないじゃないか」

ドーラが泣きやまないので、アンはドーラを抱っこして、やさしく抱きしめて、ささやいた。

「アンに教えて頂戴(ちょうだい)な。何が、怖いの？」

「ミ……ミラベル・コトンのおじさん」とドーラはすすり泣く。「今日、ミラベル・コトンがね、学校で、親戚(しんせき)のことを教えてくれたの。親戚は、ほとんど死んじゃったんだって……おじいさんもおばあさんも、おじさんもおばさんも、いっぱい。みんな死ぬのが癖なんだって、ミラベルが言うの。ミラベルは、死んだ親戚がいっぱいいることをすごく自慢してて、何で死んだのかとか、死ぬ前にどんなこと言ってたかとか、お棺の中でどんなふうだったとか教えてくれたの。で、あるおじさんが埋められたあと、お家のまわりを歩いてるのをミラベルのお母さんが見たんだって。あたし、ほかの死んだ人は気にならないんだけど、そのおじさんのことが気になってしかたないの」

アンはドーラと一緒に二階へ上がって、ドーラが眠りにつくまで、隣に坐っていてあげた。翌日、ミラベル・コトンは休み時間に居残りを命じられ、きちんと埋葬されたあとに家のまわりを歩きまわるのをやめないおじさんがいるというのは、あなたも災難だけれど、その風変わりな紳士のことを、ずっと年下の隣の子に話すなんて、ほめられたものではないということを、「やさしく、きっぱりと」教え諭された。ミラベルは、あんまりだと思った。コトン家には、自慢できるものがほとんどないのだ。家に幽霊が出る話をしてはいけないとしたら、どうやって学校で一目置かれることができるだろう?

九月はいつのまにか、金色と深紅で彩られた優雅な十月へと変わっていった。ある金曜の夕方にダイアナがやってきた。

「今日、エラ・キンボルから手紙が来たの、アン。明日の午後、あたしたちにお茶にいらして頂戴って。町からアイリーン・トレントっていういとこがくるから、紹介するって。だけど、うちの馬は明日ぜんぶ使われてて一頭も出せないし、あなたの小馬は足を痛めているから……行けないわよね」

「歩いていったら？」アンは提案した。「森をまっすぐ抜ければウエスト・グラフトンに出て、そこからキンボルさんのところまで、すぐよ。こないだの冬、その道を通ったから、道はわかっているし。たったの四マイル〔約六・四キロ〕だし、帰りはきっとオリヴァー・キンボルが馬車で送ってくれるから歩かなくてすむわよ。馬車を使ういい口実ができたって大よろこびするんじゃないかな。あの人、よくキャリー・スローンに会いに行くんだけど、お父さんが絶対馬を使わせてくれないんだって」

というわけで、歩くことになり、翌日の午後に二人は出かけた。〝恋人の小道〟を抜けて、カスバート家の農場の裏に出て、そこから森の奥へ入っていった。森の奥では、燃えたつような赤や金色に染まったブナと楓の木々が、広大な紫の静寂と平安の中に横たわっているのだった。

「まるで、柔らかい色をおびた光でいっぱいの巨大な大聖堂で、この一年が、跪いて、祈っているみたいじゃない？」アンは夢見るように言った。「ここを急いで行ってはいけない気がしない？　まるで教会の中で走るみたいで、申し訳ない感じがするわ」

「でも、急がないとだめよ」ダイアナは、時計をちらりと見て言った。「もうあんまり時間がないもの」

「じゃあ、速足で歩くから、もうおしゃべりはしないわよ」アンは歩調を速めて言った。「この日のすばらしさを満喫したいの……まるで、空気のワインの入ったカップをあたしの唇に差し出してくれていて、一足ごとにそれをすすっているみたい」

分かれ道に来たときにアンが左に進んだのは、恐らくアンが「満喫」に夢中になっていたためだろう。右に行くべきだったのだが、あとで、人生で最もすばらしいまちがいをしたと思うことになるのだった。二人はやがて、草がぼうぼうの、さびしい道に出てきてしまった。唐檜の若木が並んでいるほか、見渡すかぎり、何もない。

「あら、ここ、どこ？」ダイアナがまごついて叫んだ。「ウエスト・グラフトン街道じゃないわ」

「そうね。ミドル・グラフトンへ行く本道だわ」アンは、かなり面目なさそうに言った。「分かれ道のところでまちがえたんだわ。正確にどこかはわからないけど、キンボルさんちまでまだ三マイルはたっぷりあるにちがいないわ」

「じゃあ、五時までに着けないわ。もう四時半だもの」とダイアナは絶望的な顔で時計を見ながら言った。「お茶が終わったころに着いちゃう。そしたら、あたしたちのために、もう一度お茶を用意していただくことになるわ」

「引き返して、家に帰りましょう」アンはおとなしくあきらめて言った。

ところが、ダイアナはしばらく考えてから、反対した。

「いいえ。ここまで来たんだから、キンボル家でお茶を頂きましょうよ」

数ヤード進むと、また分かれ道にいた。

「どっちに行く？」ダイアナが、自信なさそうに尋ねた。

アンは首を振った。

「わからないわ。これ以上まちがえるわけにはいかないし。あら、ここに門があって、小道が林の中へ延びているわ。奥にお家(うち)があるはずよ。道を尋ねに行ってみましょう」

「なんてロマンチックな古い小道なのかしら」曲がりくねった道を歩いていくとき、ダイアナが言った。

森の長老のような風格のある古い大きな樅(もみ)の林を抜けていく小道だった。樅の枝は頭上で重なり合い、いつも暗い木陰を作っていたので、下には苔(こけ)しか生えていない。右にも左にも茶色の地面が広がり、木洩(こ)れ日がちらほらと射し込んでいる。しんと静まり返っていて、この世のつらいことは愚か、この世のすべての存在さえも、遙(はる)か彼方(かなた)離れたところにある感じがした。

「魔法にかかった森の中を歩いているみたい」アンは、声を抑えて言った。「ほんとの世界へ戻る道がわからなくならないかしら、ダイアナ？　そのうち、魔法をかけられたお姫さまの宮殿が出てくるわよ」

次の角を曲がると、見えてきた小さな家は、宮殿でこそなかったが、二人は宮殿を見たかのようにびっくりした。というのも、まるで同じ種から生まれたかのようにどれもこれも似たりよったりの伝統的な木造の農家があたりまえのこの地方で、小さな石造りの家はめずらしいからだ。アンはうっとりして立ち止まり、ダイアナは叫んだ。

「あ、どこにきたのかわかったわ。これって、ミス・ラベンダー・ルイスが住んでる小さな石造りのお家よ……確かこだま荘とか呼ばれてたはず。何度も聞いたことがあるけど、見るのは初めてだわ。すごいロマンチックなところね？」

「こんなすてきな、かわいらしいところ、見たことも想像したこともないわ」アンは、よろこんで言った。「御伽噺か夢から抜け出てきたみたい」

家はプリンス・エドワード島の赤い砂岩をブロックに切り出したものを積み重ねてできており、ひさしの低い造りだった。小さな三角屋根からはふたつの屋根窓が突き出していて、古風ですてきな木製のひさしがついており、大きな煙突が二本あった。ごつごつした石になんなくからみついて家全体を鬱蒼と包み込んだ蔦は、秋の霜のせいで、とても美しい青銅色と赤ワイン色に染まっていた。

　家の前には細長い庭があって、アンとダイアナが立っているところの門からその庭へと小道が続いていた。庭の一方には家があったが、三方は古い石塀で囲まれており、石塀は苔と草と羊歯の葉で覆われていたので、まるで背の高い緑の土手のようだった。両側に暗い唐檜の木が聳えて、棕櫚のような枝を広げていたが、その下は、クローバーの生えた緑の小さな牧草地で、青いグラフトン川が湾曲しているところまで、ゆったりと下っていた。ほかには家も空き地も見えない。羽毛のような若い羊歯で覆われた丘や谷があるばかりだ。

「ルイスさんってどんな人なのかしら」二人が門を開けて庭に入ったとき、ダイアナは考えた。「とっても変わった人だっていう話だけど」

「じゃあ、おもしろい人よ」アンはきっぱり言った。「変わった人っていうのは、どんな人でも、少なくともおもしろい人にはちがいないわ。魔法にかかった宮殿に来るって、あたし言わなかった？　さっきの分かれ道に妖精たちが魔法をかけたのも、意味があったってことよ」

「でも、ラベンダー・ルイスは、魔法をかけられたお姫さまじゃないわよ」ダイアナは笑った。「お年を召した独身女性で……四十五歳で、すっかり白髪だっていう話よ」

「あら、それって魔法のほんの一部よ」アンは自信たっぷりに断言した。「心ではまだ若くて美しい人なんだわ……そして、あたしたちが魔法を解く方法さえ知っていれば、また輝いて美しくなるのよ。でも、あたしたちにはわからない……それを知っているのは王子さまだけだもの……そして、ミス・ラベンダーの王子さまは、まだ現れない。たぶん致命的な災難が王子に降りかかっているのかも……でも、それじゃ御伽噺の約束に反するわね」

「王子さまはずっと前に来て、また去っていったんじゃないかしら」とダイアナ。

「ポールのお父さんのスティーブン・アーヴィングと婚約してたっていう話だし……若い頃に……でも、喧嘩別れしたのよね」

「しっ」とアンが注意した。「ドアが開いてるわ」

二人は、蔦の巻きひげがからまるポーチで立ち止まり、開いているドアをノックした。中からパタパタと足音がして、かなり風変わりな小さな人がやってきた……そばかす顔の十四歳ぐらいの少女で、ちょこんと丸い鼻で、あまりにも大きな口をしているので本当に「耳から耳まで」裂けているように思われるほどだった。金髪をふたつのお下げにして、どちらにも巨大な青いリボンをつけていた。

「ルイスさんはご在宅ですか？」とダイアナは尋ねた。

「はい、おりますです。どうぞ、お入りくださいませ。ラベンダーさまに今お伝えしてまいりますです。二階にいらっしゃるんです、はい」

こう言うと、小さな小間使いさんはさっといなくなり、二人きりになったアンたちは、うれしそうにあたりを見まわした。このすばらしい小さな家の内装は、外装と同じくらいおもしろいものだった。

天井は低く、四角い小さな窓枠のついた窓がふたつあり、フリルがついたモスリンのカーテンが掛かっていた。家具はみな古風なものだったが、とてもきれいに、かわいらしく手入れされているので、すごくすてきだった。しかし、秋の空気の中を四マイルもひたすら歩いてきた健康な娘たちにとって、最も魅力的だったのは、おいしそうなものがいっぱいの水色の食器が並べられたテーブルだった。テーブルクロスの上に散らされた黄金色の小さな羊歯の葉は、アンならさしずめ「祝賀の気配」〔ワーズワースの哲学詩「隠遁者」にある言葉〕と呼びそうな感じになっていた。

「お茶のお客さまをお待ちだったみたいね」とアンはささやいた。「六席用意されてるもの。でも、さっきの子、おかしな女の子だったわね。小妖精(エルフ)の国のお使いみたい。あの子でも道は教えてくれたとは思うけど、ミス・ラベンダーに会ってみたかったし。しぃ……いらっしゃるわ」

そう言ったまさにそのとき、ミス・ラベンダー・ルイスが戸口に現れた。二人はあまりにも驚いたので、行儀など忘れて、凝視してしまった。これまでの経験から、なんとなく、年を取った独身女性によくあるタイプの……ずっとやせこけていて、白髪をきちんとなでつけて、眼鏡などをかけている感じの人だと思っていたのだ。ミス・ラベンダー・ルイスは、それとは想像もつかないほどかけ離れていた。

ミス・ラベンダー・ルイスは、美しく波打つ雪のように白いたっぷりした髪を丁寧にふっくらと結い上げたり巻き毛にしたりして、それがよく似合っていた。ほとんど少女のような顔には、ピンク色の頬、かわいい唇、大きな柔らかい茶色の目、そして、えくぼ……そう、まちがいなく、えくぼがあったのだ。薄い色のバラがあしらわれたクリーム色のモスリンのとてもすてきなドレスを着ていた……この年代の人が着たらひどく若すぎるはずのドレスだが、この人には完璧に似合っていて、若すぎるなんて思いもよらないのだ。

「シャーロッタ四世が、あなた方が私にご用だと教えてくれました」とミス・ラベンダー・ルイスは、その外見に似合ったかわいい声で言った。

「ウエスト・グラフトンへの行き方を教えてほしかったんです」とダイアナ。「キンボルさんのお宅にお茶に招かれたんですが、森の中で道をまちがえて、ウエスト・グラフトン街道ではなく本道へ出てしまったんです。お宅の門のところを右へ行けばいいのでしょうか、左へ行けばいいのでしょうか?」

「左よ」とミス・ラベンダー・ルイスは、自分のお茶のテーブルをためらいがちに見ながら言った。それから、ふいに、えいっと決心したかのように、大きな声をあげた。

「でも、あの、ここにいて、私とお茶になさらない? どうか、お願い。キンボルさんのところでは、あなた方が着くころにはお茶を終えていらっしゃるでしょう。シャーロッタ四世と私は、あなた方がいらしてくださるとうれしいのです」

ダイアナは黙ったまま、どうする? というように、アンの顔を見た。

「お招きをお受けしたいです」とアンはすぐに答えた。この驚くべきミス・ラベンダーのことをもっと知りたいと心に決めたところだったからだ。「お邪魔でなければ。

でも、ほかのお客さんがいらっしゃるんじゃありませんか？」

ミス・ラベンダー・ルイスは、またテーブルに目をやって顔を赤らめた。

「私のこと、途方もなくばかだとお思いになるでしょうけれど。ほんと、ばかなのよ……誰かに知られると恥ずかしいんだけれど、誰にも知られないと、そう思わないんだわ。誰も来ないの……お客さんがあるふりをしていただけなの。だって、私、とてもさびしいんだもの。お客さまは好きよ……つまり、ふさわしいお客さんなら……でも、ここはあまりにも人里離れているから、ほとんど誰も来ないの。シャーロッタ四世もさびしがっているわ。だから、お茶会があるふりをしたの。お料理をして……テーブルの飾りつけをして……母の婚礼のときの陶器を並べて……おめかしまでして」

ミス・ラベンダーというのは、噂どおりとてつもなくへんな人だわと、ダイアナは密かに思った。四十五にもなる大人が、まるで少女みたいに、お茶会ごっこをしているなんて！　ところが、きらきらと目を輝かせたアンは、うれしそうに声をあげた。

「あら、あなたも想像をなさるんですね？」

「あなたも」という言い方で、アンもまた想像をするのであり、ミス・ラベンダー・ルイスの〝魂の響きあう友〟なのだということがわかった。

「ええ、そう」とミス・ラベンダーは大胆に打ち明けた。「もちろん、私ほどの年にもなって、ばかみたいだけど。でも、誰に迷惑かけるでもなし、したいときにばかなことができなきゃ、オールド・ミスが一人っきりで暮らす意味がないでしょ？　人には、埋め合わせがなきゃいけないわ。想像の世界がなかったら、生きていけないと思うくらいよ。でも、誰にも見つからないようにしているの。シャーロッタ四世は口が固いし。だけど、今日は、見つけられてうれしかったわ。あなた方がいらしてくれて、お茶の用意がほんとにできているなんて。二階のお客さま用のお部屋へ上がって、お帽子をお取りになる？　階段の突き当たりの白いドアよ。私は台所へ急いで、シャーロッタ四世がお茶を煮たたせていないか見なくっちゃ。あの子、とってもいい子なんだけど、いつもお茶を煮たたせてしまうの」

ミス・ラベンダーは、おもてなしの用意をしようと台所へ足取り軽く出ていき、二人は二階のお客さま用の部屋へ上がった。ドアも中も白い部屋で、屋根へ張り出す窓には蔦が下がり、アンが言ったとおり、幸せな夢がふくらむ宮殿のようだった。

「すごい冒険じゃない？」ダイアナが言った。「それに、ミス・ラベンダーって、ちょっと変わってるとしても、すてきだと思わない？　ぜんぜんお年を召しているように見えないわ」

「あの人を見てると、音楽が聞こえてくるみたい」アンは答えた。

階下へ下りてみると、ミス・ラベンダーはティーポットを運んでいて、そのうしろから、ものすごくうれしそうなシャーロッタ四世が、できたてのビスケット（イギリスのスコーンに似た、ふっくらしたお菓子〕の皿を運んでいた。

「さあ、お名前を聞かせて頂戴（ちょうだい）」とミス・ラベンダー。「若いお嬢さん方で、うれしいわ。若いお嬢さんって大好きなの。一緒にいると、私まで若い気でいられるし。嫌なのよ……」とちょっと顔をしかめて、「……自分が年を取ったと思うのが。さあ、お名前は？……伺っておいたほうが、何かと都合がいいでしょ？　ダイアナ・バリーっていうのね？　そして、アン・シャーリー？　百年前からお友だちだった気になって、これからアン、ダイアナって呼んでもいいかしら？」

「ええ、どうぞ」二人は同時に言った。

「じゃあ、ゆったり坐（すわ）って、何もかも食べましょう」とミス・ラベンダーはうれしそうに言った。「シャーロッタ、あなたは末席に坐って、チキンを切り分けて頂戴。スポンジケーキとドーナッツを作っておいて、ほんとよかったわ。もちろん、想像のお客さまのためにそんなことをするのは、ばかげてるけど……シャーロッタ四世もそう思ってたはずよ。そうでしょ、シャーロッタ？　でも、ほんと、ちょうどよかった。もちろん、むだにはならないのよ。シャーロッタ四世と私とで、何日もかけて食べますからね。でも、スポンジケーキは、寝かせておくとおいしくなるものでもないし」

楽しい、思い出に残る食事だった。食べ終わると、みんなで庭へ出て、すばらしい夕焼けの光を浴びた。

「ここは、ほんとにすてきなところですね」とダイアナは、惚れ惚れとあたりを見まわしながら言った。

「どうしてエコー・ロッジっていうんですか？」とアン。

「シャーロッタ」とミス・ラベンダー。「家に入って、時計の棚から小さな錫製の角笛を持ってきて」

シャーロッタ四世はスキップして家へ入り、角笛を持ってきた。

「吹いてご覧なさい、シャーロッタ」ミス・ラベンダーは命じた。

シャーロッタは言われたとおり、吹いた。かなりきしんだ耳ざわりな音だった。しばらくしんとしていて……それから、川向こうの森から妖精のようなこだまがたくさん返ってきた。まるで「妖精の国の角笛」〔テニソンの詩「プリンセス」にある言葉〕が夕焼けに向かって吹かれたかのように、美しい澄み渡った銀の鈴の音みたいだった。アンとダイアナは、よろこんで歓声をあげた。

「今度は笑って、シャーロッタ……大きな声で笑いなさい」

シャーロッタは、ミス・ラベンダーが逆立ちをしなさいと言ったらきっと言うとおりにするのだろう。そのまま石のベンチの上に立ち上がると、大声で元気いっぱい笑った。すると、まるで紫に染まる森や樅の梢で大勢の小妖精がシャーロッタの笑いを真似しているかのように、こだまが返ってきた。

「私のこだまに、みなさん感心なさるのよ」ミス・ラベンダーは、まるでこだまが自分の所有物であるかのように言った。「私も大好き。とてもいいお友だちなの……ちょっとそういうつもりになれば。静かな夕べにはシャーロッタ四世と一緒に、よくここに坐って、こだまを相手に楽しむの。シャーロッタ、角笛を戻して、あったところにそっと掛けてきて頂戴」

「どうしてシャーロッタ四世っていうんですか？」ずっと気になっていたダイアナが尋ねた。

「私が思っているほかのシャーロッタとごっちゃにならないようにするためよ」ミス・ラベンダーはまじめに言った。「とてもよく似ているから、区別がつかなくなるの。あの子の名前は、シャーロッタなんかじゃないの。あの子は……えっと……何だったかしら？　確かレオノラ……そう、レオノラよ。つまり、こういうわけなの。十年前に母が亡くなったとき、ここで一人で暮らせなくて……一人前の娘さんのお給料を払うお金もなくて、それでまだ小さいシャーロッタ・バウマンに、衣食はこちらで提供するという条件でお手伝いに来てもらったの……その子の名前はほんとにシャーロッタで……シャーロッタ一世というわけ。ほんの十三歳で、十六になるまで一緒にいてくれて、それからボストンに行ったわ。そっちの暮らしのほうがいいからって。そのあと、その子の妹がうちにきてくれた。名前はジュリエッタ……バウマン夫人は、ロマンチックな名前が好きだったのね……ところが、その子があんまりシャーロッタにそっくりなもんで、私はいつもシャーロッタって呼んでいて……その子は気になかったの。だから、その子の本名を憶えるのをあきらめてしまって。その子がシャーロッタ二世。そして、その子が出ていって、エヴリーナがやってきて、シャーロッタ三世になって、今度の子がシャーロッタ四世。だけど、十六になったら……今、十四なんだけど……あの子もボストンへ行きたがるでしょう。そうしたら私、どうしたらいいのか見当もつかないわ。シャーロッタ四世は、バウマン姉妹の末っ子で、一番いい子なの。ほかのシャーロッタたちは、私がいろいろ想像するのをばかみたいって思っていることを隠さなかったけど、この子は、本当はどう思っているにせよ、私にはそんなそぶりをしないのよ。私にわからないようにしてくれれば、どう思われていようとかまいやしないわ」

「さて」とダイアナは沈んでいく太陽を残念そうに見ながら言った。「暗くなる前にキンボルさんのお宅に行くとしたら、お暇をしなければ。とても楽しかったですわ、ルイスさん」

「また、遊びにきてくださる？」ミス・ラベンダーはお願いした。

背の高いアンは、この小柄な女性に腕をまわした。

「もちろんです」とアンは約束した。「こうしてお知り合いになれたからには、もうこなくていいと言われるまで会いにきます。ほんと、もう行かなくちゃ……『身をひき裂かれる思いでお別れを』〔ルイザ・メイ・オルコットの小説『八人のいとこ』にある言葉〕だわ……ポール・アーヴィングがグリーン・ゲイブルズから帰るときいつも言うように」

「ポール・アーヴィングですって？」ミス・ラベンダーの声に微かな変化があった。「それはどなた？　アヴォンリーには、そんな名前の人はいないと思うけど」

アンは自分のうかつさにいらだった。ミス・ラベンダーの昔の恋物語を忘れて、うっかりポールの名前を出してしまったのだ。

「あたしの生徒なんです」アンはのろのろと説明した。「去年ボストンから、おばあちゃまのところに、越してきたんです。海岸通りのアーヴィング夫人のお宅です」

「スティーブン・アーヴィングの息子さん？」そう尋ねたミス・ラベンダーは、自分の名前と同じラベンダーの花の植え込みに身をかがめ、顔を隠してしまった。

「そうです」

「あなたたちにひとつずつラベンダーの花束をさしあげるわ」ミス・ラベンダーは、自分の問いへの答えを聞かなかったかのように陽気に言った。「とってもすてきだと思わない？　母が大好きで、ずっと前に母がこの植え込みを作ったのよ。父も大好きだったので、私をラベンダーと名づけたの。父が母と最初に会ったのは、母の兄と一緒に、イースト・グラフトンの母の家に遊びにきたとき。父は母にひと目惚れしたの。

父はお客さま用のお部屋で寝て、シーツからラベンダーの香りがして、ひと晩じゅう眠れずに母のことを思っていたんですって。それからというものラベンダーの香りがずっと大好きで……それで私にラベンダーとつけたのよ。どうかまた来て頂戴ね。待ってるわよ、シャーロッタ四世と私で」

ミス・ラベンダーは、樅（もみ）の木の下の門を開けて、二人を通した。急に年を取って、疲れたように見えた。輝きと光が顔から失われたのだ。さよならの微笑みは、これまでどおり消えることのない若さがあってすてきだったが、アンとダイアナが小道の最初の曲がり角から振り返ると、ミス・ラベンダーは庭の真ん中にある銀色のポプラの木の下の古い石のベンチに坐って、疲れたように頬杖（ほおづえ）をついていた。

「さびしそうね」ダイアナがそっと言った。「ちょくちょく来てあげましょうよ」

「あの人の両親は、あの人にぴったりの名前をつけたと思うわ」とアン。「たとえまちがってエリザベスとかネリーとかミリュエルとかいう名前をつけられても、やっぱりラベンダーって呼ばれていたと思うわ。すてきで、古風な優雅さがあって、『絹の装束』〔ロマン派詩人スザンナ・ブレマイアの詩「銀の王冠」の言葉を歌詞としてヘンリー・ビショプが作曲した歌「そしてあなたは絹の装束を着て歩く」への言及。ディケンズの『こっとう屋』でも言及される有名な言葉〕を思わせるじゃない。それにひきかえ、あたしの名前は、なんだか生活くさいわよね。バターつきパン、パッチワークに家事仕事っていうイメージ」

「あら、そんなことないわ」とダイアナ。「アンって名前は、ほんとに堂々としていて、女王さまみたいよ。でもあなたの名前がたとえケレン・ハップク〔『旧約聖書』の「ヨブ記」に出てくるヨブの三女の名前〕だとしても、あたし好きよ。人の名前って、その人自身がどうであるかによって、すてきだったり、醜かったりするんだと思うわ。あたし、今じゃジョウジーとかガーティーって名前、耐えられないけど、パイ家の姉妹と知り合いになる前はかわいい名前だと思ってたもの」

「それはすてきな考えね、ダイアナ」アンは熱心に言った。「最初は美しい名前でなくても、名前が美しくなるように生きるのね……名前を聞いただけで、すてきでうれしい気持ちになって、名前そのものはどうでもよくなるのね。ありがとう、ダイアナ」

第22章　こまごましたこと

「じゃあ、ラベンダー・ルイスと一緒に、石の家でお茶をしたの？」翌日の朝食のテーブルでマリラが言った。「今、どんなふう？　私が会ったのは、十五年以上も前だからね……ある日曜にグラフトン教会で会ったのよ。随分変わっただろうね。デイヴィー・キース、何かほしいときは、取ってくださいと頼みなさい。そんなふうにテーブルの上に身を乗り出したりしないの。ポール・アーヴィングがここで食事をしにきたとき、そんなことをしていましたか？」

「だけど、ポールの腕はぼくより長いんだもん」ディヴィーはぶつぶつ言った。「あいつの腕は十一年かけて大きくなったけど、ぼくのはまだ七年なんだ。それに、ぼく、頼んだよ。なのに、マリラとアンはおしゃべりに夢中で気づいてくれなかったんだ。それに、ポールはここでご飯食べないでお茶するだけじゃないか、朝ご飯よりお茶のほうがお行儀よくしやすいもん。そんなにお腹が空いてないからね。夕ご飯食べてから朝ご飯までって、すっごく長いんだもん。ねえ、アン、ぼくずっと大きくなったのに、スプーンはぜんぜん大きくないんだね」

「もちろん、ミス・ラベンダーが昔はどうだったかは知らないけど、あんまり変わっていらっしゃらないんじゃないかという気がするわ」アンは、ディヴィーを黙らせるために、スプーンで二杯メープルシロップをディヴィーの皿にかけてやってから言った。「髪の毛は雪のように白いけど、お顔は若々しくて、まるで少女みたいで、すごくすてきな茶色の目をしてたわ……とってもかわいらしい色合いの茶色で、微かな金色のきらめきがあるの……声は、白いサテン生地とチャプチャプ流れるせせらぎと妖精の鈴がぜんぶ混ざったような感じ」

「若い時分は、すごい美人と言われていたんだよ」とマリラ。「それほど親しくなかったけど、まあまあ好きな子だった。あの頃から、変わっていると言われることもあったけど。デイヴィー、もしまたそんなことをやっているのを見つけたら、ほかのみんなが食事を終えるまであんたの食事はお預けにするよ、フランス人と一緒に」

　双子がいるところでのアンとマリラの会話は、こんなふうにデイヴィーへの小言が途中ではさまれるのだった。このときデイヴィーは、悲しい話だが、スプーンでシロップを最後まですくうことができなかったので、両手で皿を持ちあげて小さなピンクの舌でペロリとなめることでその問題を解決したのだった。アンがものすごくおぞましいものを見たという目をしたので、小さな罪人は真っ赤になって、なかば恥ずかしそうに、なかばふてぶてしく言った。

「こうすれば、ぜんぶきれいになるでしょ」

「ほかの人とちがう人は、いつだって変わってるって言われるのよ」とアン。「ミス・ラベンダーは確かにちがっているわ。どこがどうちがっているかを言うのはむずかしいけど。ひょっとしたら、決して年を取らないからなんじゃないかしら」

「同世代の人が年を取るときは、一緒に年を取ったほうがいいよ」とマリラは、誰のことを言うわけでもなく言った。「さもないと、どこにも収まらなくなっちまう。私の知るかぎり、ラベンダー・ルイスは、世の中の流れから置いていかれてしまったのよ。あんな辺鄙(へんぴ)なところに住んで、ついには誰からも忘れられてしまった。あの石造りの家は、この島では最も古い家のひとつでね。先代のルイス氏が八十年前に、イングランドから出てきたときに建てたものなんだよ。デイヴィー、ドーラの肘をゆするのはやめなさい。何ですか、見てましたよ！　知らんぷりしてもむだです。なんだって今朝はそんなにお行儀が悪いんだろうね？」

「たぶん、起きたとき、ベッドのまちがったほうから出ちゃったのかな」とデイヴィーは言ってみた。「そうすると、一日じゅう、うまくいかないんだって、ミルティー・ボウルターが言ってた。ミルティーのおばあちゃんが教えてくれたんだって。でも、ベッドの正しいほうってどっちなの？　それに、ベッドが壁にぴったりくっついてたらどうするんだろ？　教えてよ」

「スティーブン・アーヴィングとラベンダー・ルイスはどうしてうまくいかなかったんだろうって、ずっと思ってたんだよ」マリラはデイヴィーを無視して、続けた。「二十五年前、婚約して、それが突然、破談になったんだからね。何があったのか知らないけど、よっぽどのことだろうね。スティーブンはアメリカへ行ってしまって、それっきり帰ってこなかったんだから」

「たぶん、それほどひどいことじゃないのかもしれないわ。人生の些細なことって、大きなことよりも、よっぽど面倒を起こすと思うの」アンは、いつもの洞察力のひらめきでもって言った。生まれつきの才能だ。「マリラ、あたしがミス・ラベンダーのところに行ったってこと、リンドのおばさまには言わないで。根掘り葉掘り聞かれるそんなことがわかったら、嫌だと思うの」

「レイチェルのことだから、知りたがるだろうね」マリラも認めた。「だけど、前のように、他人のことに首を突っ込んでいる時間がなくなったよ。旦那さんのトマスのことがあるから、家のことにかかりっきりでね。かなり落ち込んでるの。トマスがもうよくならないんじゃないかと希望を失くし始めているみたい。トマスにもしものことがあったら、レイチェルは一人残されて、ひどくさみしい思いをするだろうね。子供たちは、みんな西部に引っ越しちまったからね。町にいる娘さんのイライザは別だけど、レイチェルはイライザの旦那が好きじゃないし」

マリラは、旦那を大事にしているイライザでは話にならないという口調で言った。

「トマスがしっかりして、意志の力を発揮すればよくなるって、レイチェルは言うんだけど、ふにゃふにゃクラゲにしゃきっとしろって言うようなもんでしょ？」マリラは続けた。「トマス・リンドに、意志の力なんてありゃしないからね。結婚するまでは母親の言いなり、結婚してからはレイチェルの言いなりなんだから。レイチェルの許しもなしに勝手に病気をしたのが不思議ってなもんよ。でも、こんなこと言っちゃいけないね。レイチェルは、トマスには、いい奥さんだったんだもの。レイチェルがいなかったら、トマスはどうしようもなかった、それは確かね。あの人は、指図されるべく生まれてきたような人だもの。そして、レイチェルのように賢くて、やり手の人の手に落ちてよかったのよ。レイチェルに任せっきりにして、自分で決める面倒もなくてすむんだからね。デイヴィー、うなぎみたいに、もぞもぞするのはやめなさい」

「何もすることがないんだもの」デイヴィーが文句を言った。「もうお腹いっぱいで食べられないし、マリラとアンが食べてるの見てても、つまんないんだもん」

「じゃあ、ドーラと外へ行って、鶏に小麦をやっといで」とマリラ。「それから、白い雄鶏の尻尾から、もう羽を抜いたりするんじゃないよ」

「インディアンの頭飾りにするから、羽根がほしいんだよ」デイヴィーはふくれて言った。「ミルティー・ボウルターは、お母さんからもらった羽根で作ったかっこいいのをもってるんだ。お家の年取った白いオスの七面鳥を絞めたんだって。ぼくにも頂戴よ。うちの雄鶏は、どっさり羽があるから、少しくらいなくなったって平気だよ」

「屋根裏にある古い羽根箒をあげるわ」とアン。「それを緑や赤や黄色に染めてあげる」

「あんた、随分あの子をあまやかすんだね」デイヴィーがにこっとして、お澄ましドーラのあとを追って外へ出ていくと、マリラは言った。マリラの教育は、この六年で随分進歩したが、子供の願いをやたらとかなえてやるのはよくないという考えだけはなくならなかった。

「あの子のクラスの男の子たちは全員インディアンの頭飾りをもってるから、ディヴィーもほしいのよ」とアン。「そういうときの気持ち、あたしはわかるわ……あたし、ほかの女の子たちがパフスリーブを着ているとき、どんなにかあたしも着たかったか決して忘れないもの。それにデイヴィーは甘やかされてはいないわ。毎日、いい子になってるもの。一年前、ここに来たときと比べて、どれほど変わったか考えてみて」

「確かに学校に通いだしてから、あまりいたずらをしなくなったね」マリラは認めた。「ほかの男の子を相手に発散しているんだろうね。でも、あれっきりリチャード・キースから連絡がないのは解せないね。今年の五月からひと言もないなんて」

「手紙が来たら怖いわ」アンは、皿を片付けながら溜め息をついた。「手紙が来たら、双子を送り返せってあるんじゃないかと思うと、開けるのが怖い」

ひと月後、手紙が届いた。しかし、リチャード・キースからではなかった。リチャード・キースは二週間前に肺結核で死んだと、友だちが書き送ってきたのだ。手紙の送り主はリチャードの遺言執行人で、その遺言に従って、デイヴィッド・キースとドーラ・キースが成人するか結婚するまで二人の世話をするミス・マリラ・カスバートに、二千ドルの遺産が託された。それまでのあいだ、遺産の利子が二人の養育費用に充てられることになった。

「誰かが亡くなったのにほっとするなんて、よくないと思うけど」アンはまじめに言った。「キースさんのことはお気の毒だとは思うわ。でも、双子を手放さなくていいっていうのは、ほんと、うれしいわ」

「お金もとてもありがたいよ」マリラは、現実的に言った。「あの子たちを育てたいけど、どうやっていけばいいか、本当にわからなかったからね。とくに、これから大きくなっていくときに。農場を貸し出した賃貸料じゃ、この家を維持するのにやっとだし、あんたのお金は一銭もあの子たちに使うべきじゃないと思ってるからね。もう今でもじゅうぶんすぎるほど、あんたはあの子たちのために働いているんだから。ドーラに、あんな新しい帽子を買ってやらなくったってよかったんだよ。ネコに尻尾をもう一本つけてやるようなもんさ。でも、これで見通しが明るくなって、二人の面倒が見られるね」

デイヴィーとドーラは、「いつまでも」グリーン・ゲイブルズに住めると聞いてよろこんだ。会ったこともないおじさんの死は、そのことと比べれば、心に響いていないようだった。しかし、ドーラにはひとつ心配事があった。

「リチャードおじさんは埋められるの？」ドーラはアンにささやいた。

「そうよ。もちろんよ」

「お……おじさんは……ミラベル・コトンのおじさんみたいじゃないわよね？」さらにもっとどきどきするようなささやき声で、こう言った。「埋められたあと、お家(うち)のまわりを歩いたりしないわよね、アン？」

第23章　ミス・ラベンダーの恋物語（ロマンス）

「今日は、夕方、エコー・ロッジまで散歩してみるわ」十二月のある金曜の午後、アンが言った。

「雪になりそうだよ」マリラが、散歩はやめたほうがいいというふうに言った。

「降る前に着くわ。そしたら、ひと晩泊まってくる。ダイアナは、お客さんがいらしていて出られないけど、ミス・ラベンダーは今日の夕方あたしが来るのを楽しみにしていらっしゃると思うの。あそこへはもう二週間も行ってないし」

アンは、あの十月の日以来、足しげくエコー・ロッジに遊びに行っていた。ダイアナと一緒に街道を馬車で行くこともあれば、歩いて森を突っ切って行くこともあった。ダイアナが行けないときは、アンが一人で行った。心と魂に若い新鮮さを保つ女性と、想像力と直感の力で経験不足を補える少女のあいだにだけ芽生えうる、互いに助け合う熱烈な友情が、アンとミス・ラベンダーのあいだに芽生えたのだった。アンはとうとう本物の〝魂の響きあう友〟を見つけたのだ。ミス・ラベンダーがこれまでさみしく送ってきた夢見がちな隠遁生活の中に、アンとダイアナは、外の世界とつながって生きる健全なよろこびと活気をもたらしてくれた。それは、「この世から忘れられ、この世を忘れていた」〔アレグザンダー・ポープの詩「エロイーズからアベラールへ」にある言葉〕ミス・ラベンダーが、もう長いこと関わりを持つのをやめてきた世界だった。二人は若さと現実味を、この小さな石造りの家にもたらしてくれたのだ。シャーロッタ四世はいつも、とても大きな口でにっこりと、二人に挨拶した……シャーロッタの微笑みは、ほんとに恐ろしく横に長いのだ……愛する女主人のためのみならず、自分のためにも、二人が来てくれたことを大よろこびしていた。その年の秋は長く続き、十一月はまた十月になったかのように暖かく、十二月になっても夏めいた日光と靄があって、美しい季節となった。そのあいだ、この小さな石造りの家では楽しい大騒ぎが繰り広げられてきたのだった。

ただ、この日は、十二月が不意に冬だったことを思い出して、急にふさぎ込んだように、風がそよとも吹かず、雪の到来を黙って告げるかのような感じになった。それでもアンは、楽しく、ブナの森の国の大きな灰色の迷路を抜けて歩いていった。一人だったが、さびしくはなかった。想像力のおかげで、小道には陽気な仲間がいっぱいいて、それを相手に現実世界よりもずっと気がきいていてすてきな会話ができたのだった。現実世界では、思っているようなことを相手が言ってくれなくてひどくがっかりするが、「ごっこ遊び」では、えりすぐりの精霊が、まさにそうこなくっちゃというようなことを言ってくれて、こちらも言いたいことが言えるのだ。この目に見えない仲間たちと一緒に、アンが森を抜けて樅の林の小道に入ったところで、ちょうど大きな羽毛のような雪がひらひらと舞い降り始めた。

最初の角を曲がったところで、アンは、枝を広げた大きな樅の木の下に立っているミス・ラベンダーと出会った。温かそうな深紅のドレスを着て、頭と肩は銀色に光る灰色の絹のショールに包まれていた。

「樅の妖精の女王さまみたいですね」アンは、陽気に呼びかけた。

「今晩来てくれそうな気がしていたのよ、アン」ミス・ラベンダーは駈け寄りながら言った。「シャーロッタ四世が留守だから、なおさらうれしいわ。あの子のお母さんが病気で、今晩は家に帰らなければならなかったの。あなたが来てくださらなかったら、私、とてもさみしかったと思うわ……空想やこだまでさえ、話し相手には物足りないのよ。ああ、アン、あなた、なんてかわいらしいのかしら」

森を歩いてきて頬をほんのり赤く染めた、背の高い、すらりとした娘を見上げて、ミス・ラベンダーはふと言い添えた。

「なんてかわいくて、なんて若いんでしょう！　十七であるってことは、すばらしいことじゃなくって？　ほんと、羨ましいわ」ミス・ラベンダーは正直に言った。

「でも、あなたは心が十七歳でしょ」とアンは、微笑んだ。

「いえ、私はおばあさんよ……というか、中年だけど、そのほうがずっと嫌だわ」とミス・ラベンダーは溜め息をついた。「自分が中年じゃないってふりをすることもあるけど、やっぱりそうじゃないってわかっているの。大抵の女性はそのことを受け入れているようだけど、私にはできない。初めて白髪を見つけたときもそうだったけど、いつまでも抵抗しているのよ。ねえ、アン、わかろうと頑張ろうとするみたいな顔をしないで。十七歳じゃ、わかりはしないわ。でも、私は、十七歳だっていうふりができるわ、あなたが来てくれたから。あなたはいつだって、贈り物みたいに若さを持ってきてくれる。さあ、楽しい夕べを過ごしましょう。まずはお茶……お茶に何を召し上がる？　あなたのほしいもの、何でも頂きましょう。おいしくて、消化に悪いものを考えて頂戴な」

　その晩、小さな石造りの家では、陽気な大騒ぎの音が響いた。お料理をしたり、ご馳走を食べたり、キャンディーを作ったり、笑ったり、「ごっこ遊び」をしたりで、ミス・ラベンダーとアンは、四十五歳の独身女性と落ち着いた学校教師の威厳にまったくふさわしくない振る舞いをしたわけだ。そのあと疲れると、二人は客間の暖炉の前の絨毯に坐った。客間には、柔らかい暖炉の光以外に灯りはなく、ミス・ラベンダーが暖炉の飾り棚の上に置いたバラのポプリからすばらしい香りが漂っていた。風が吹いて、軒のまわりでヒューヒューと音をたて、雪は、まるで百人の嵐の精霊が入れてくれと窓を叩(たた)くかのように、窓に柔らかくぶつかっていた。

「あなたが来てくれて、ほんとにうれしいわ、アン」とミス・ラベンダーはキャンディーをかじりながら言った。「あなたがいなかったら、憂鬱(ゆううつ)で……とってもブルーで……真っ青になっていたと思うわ。夢や想像っていうのは日中、日の照っているあいだはいいけれど、暗くなって嵐が来ると、頼りにならなくなるの。そうなると本物がほしくなるのよ。でも、あなたにはまだわからないわ……十七歳じゃわからない。十七歳は夢で満足できるのよ、これから先に本物がやってくると思うから。私が十七のときはね、アン、四十五にもなって、夢でしか人生を満たせない白髪の小さなオールド・ミスになるなんて思いもよらなかったもの」

「オールド・ミスなんかじゃないわ」アンは、ミス・ラベンダーの物思いに沈む茶色の目に微笑みかけて言った。「オールド・ミスに生まれついた人だけがオールド・ミスなのであって……あなたみたいな人は、オールド・ミスになったりしないのよ」

「生まれつきオールド・ミスな者もあれば、オールド・ミスを勝ち得る者もあり、オールド・ミスを与えられる者もある」ミス・ラベンダーは、気まぐれに有名な文句をもじって言った〔シェイクスピアの『十二夜』の台詞「生まれつき偉大な者もあれば、偉大さを勝ち得る者もあり、偉大さを与えられる者もある」をもじったもの〕。

「じゃあ、あなたは、オールド・ミスを勝ち得た人だわ」とアンは笑った。「そしてあまりにも美しくやってみせたから、オールド・ミスがみんなあなたみたいになったら、結婚しないのが流行りになるんじゃないかしら」

「やるからにはすてきにやりたいと思ってるのよ」ミス・ラベンダーは熟考しつつ言った。「どうせオールド・ミスになるなら、とってもすてきなオールド・ミスになろうって決めたの。世間は私のことを変わり者だって言うけど、そんなの、私が自分流のオールド・ミスを貫いているからであって、よくあるパターンを真似しないからよ。アン、スティーブン・アーヴィングと私のことを誰かから聞いてる？」

「ええ」とアンは正直に言った。「婚約していらしたって」

「そうなの……二十五年前……ひとつの人生が終わっていてもおかしくないくらい昔。私たちは次の春に結婚することにしていたの。ウェディングドレスもできていたけれど、そのことを知っていたのは母とスティーブンだけ。生まれてからずっと婚約していたようなものだったのよ。スティーブンのお母さまがうちの母のところへ遊びに来て、幼いスティーブンはよく連れてこられていたの。そして二度めにきたとき……あの人は九歳で、私は六歳だった……大きくなったら私と結婚すると決めたって、お庭で言ってくれたの。『ありがとう』って言ったのを憶えているわ。そして、あの人が帰ってから、私、母に、大まじめに『もうオールド・ミスにならなくてすむから、ほっとした』なんて言ったの。母が笑ったことといったら！」

「どうしてだめになったんですか？」アンは息もつかずに尋ねた。

「つまらない、よくある口喧嘩をしたの。あまりにありふれたことだから、何が原因だったかさえ、憶えちゃいないし、どっちがいけなかったかわからないくらい。まあ、始めたのはスティーブンだったんだけど、こちらも要らない意地を張って向こうを怒らせたのよ。あの人には恋敵が一人か二人ほどいて、私はちやほやされて図に乗って、女っぽく振る舞って、ちょっとじらしてやろうと思ったの。あの人はとっても傷つきやすくて繊細な人だった。で、どっちも腹を立てて、喧嘩になってしまったというわけ。でも、それぐらいのこと何でもないと思ってた。仲直りできるって思ってたの。スティーブンがあんなにすぐ謝ってこなければ、仲直りできたはずなのよ。アン、私って、実は……」ミス・ラベンダーは、まるで人を殺すのが好きだと告白するかのように声を落とした。「……ひどく、すねる質なの。あら、笑ったりしないで……。ほんとのことなんだから。私、すねるのよ。スティーブンが謝ってきたとき、私まだ、すねてたの。あの人の言うことに耳を傾けなかったし、赦してあげなかった。それで、あの人は、永遠に去ってしまったの。自尊心が強すぎて、二度と戻って来られなかったのね。私は、あの人が戻ってこないといって、またすねていた。戻ってきて頂戴と使いを出すこともできたのかもしれないけれど、そうしおらしい気分になれなかったんだわ。あの人と同じように、自尊心を枉げなかった……自尊心があって、すねるって、最悪の取りあわせよ、アン。でも、ほかの人を好きになれなくて。ほかの人は嫌だったの。スティーブン・アーヴィングじゃない人と結婚するくらいなら、一千年でもオールド・ミスになったほうがましだったの。もちろん今となっては夢みたいな話ですけどね。なんて気の毒そうな顔をしてくれるの、アン……十七歳の子ならではの同情ね。でも、そんなに同情してくれなくていいのよ。私は、ほんとはとても幸せなの。胸が張り裂けたけれど、満足しているのよ。胸というものが張り裂けるものなら、確かにスティーブン・アーヴィングを失ったと気づいたとき、この胸は張り裂けたわ。けれどもね、アン、ほんとの人生における失恋なんて、本に書いてある半分もひどくはないのよ。歯が痛いみたいなものよ……そんなのあまりロマンチックな比喩じゃないと思うだろうけど。胸が痛んで、ときどき眠れない夜があるけど、その合間に、まるで何事もなかったかのように、人生も、夢も、こだまも、ピーナッツ・キャンディーも楽しめるの。ほうら、がっかりした。ついさっきまで、私は顔で笑っていても心では悲劇的な記憶の痛みに勇敢に耐えているんだと思ってたんでしょ。興醒めしたでしょ。それが本当に人生で最悪の……というより最良の点なのよ、アン。人生は、みじめな思いでは、いさせてくれないの。いくら悲しみに浸ったまま、ロマンチックなままでいようと心に決めていたとしても……慰められて、ちゃんと生きていくようになるものなのよ。このキャンディー、最高じゃない？　もう随分食べ過ぎたけど、止まらないわ」

しばらく黙っていたあと、ミス・ラベンダーは不意に言った。

「アン、あなたがここに初めて来た日、私、スティーブンの息子さんのことを聞いて、ショックだったわ。あれ以来、その子の話をすることができないでいたけど、その子のことをいろいろ知りたいの。どんな子なの？」

「あんなにかわいくて、すてきな子、見たことがありません、ミス・ラベンダー……そして、あの子、あなたやあたしと同じように、空想をするんです」

「会ってみたいな」ミス・ラベンダーは独り言のように、そっと言った。「私と一緒にここに住んでいる、夢の男の子と似ているのかしら……私の夢の中の子と」

「ポールに会いたいなら、いつか連れてきます」とアン。

「そうして頂戴……でも、すぐじゃなくて。気持ちの準備をしておきたいの。会ったら、うれしいどころか、つらいかもしれない……あんまりスティーブンに似てたら……あるいは、それほど似てなかったら……。ひと月したら、連れてきて」

そこで、ひと月後、アンとポールは、森を抜けて、石造りの家へ歩いていき、小道のところでミス・ラベンダーと会った。そのとき、ポールが来ると思っていなかったミス・ラベンダーは、真っ青になった。

「じゃ、この子が、スティーブンの子なのね」ミス・ラベンダーはポールの手を取って、低い声で言った。かっこいい小さな毛皮のコートと帽子に身を包んだポールは、美しく、少年らしい様子をしていた。「とっても……お父さん似ね」

「みんな、そっくりだって言います」ポールは、すっかりうちとけて言った。

このちょっとした場面を見つめていたアンは、ほっとして息を吸った。ミス・ラベンダーとポールは互いに「惹かれ合い」、気まずさや、ぎこちなさがないとわかったのだ。ミス・ラベンダーは、夢を見たりロマンスに夢中になったりするわりには、とても分別のある人だったから、最初に少し動揺を見せたあとは、気持ちをすっかり覆い隠して、まるで知らない人の息子が遊びに来たかのように明るく自然に、ポールの相手をした。三人はとても楽しい午後を一緒に過ごし、夕食としてこってりしたものをたくさん食べたので、もしアーヴィングのおばあちゃまがいらしたら、ポールのお腹が永遠に壊れてしまうだろうと、恐れ慄いて両手を上げたことだろう。

「また来て頂戴ね」ミス・ラベンダーは、別れのときに握手をして言った。

「ぼくにキスしたかったら、してもいいですよ」とポールは大まじめに言った。

ミス・ラベンダーは、身をかがめて、キスをした。

「どうして、私がキスしたいってわかったの？」ミス・ラベンダーは、ささやいた。

「だって、お母さんがぼくにキスしたいときにしたような顔をしていらしたもの。ほんとはね、キスって嫌なんだ。男の子ってそうでしょ、ルイスさんなら、わかるよね。でも、ルイスさんにはキスしてもらいたかった。もちろん、また遊びに来ます。ルイスさんには、ぼくの特別なお友だちになってもらいたいな、よかったら」

「わ……私は、かまわないわ」とミス・ラベンダーは言って、背を向けると、とても急いで家の中へ入ってしまった。しかし、すぐに窓から、笑顔になって、さよならの手を振った。

「ミス・ラベンダーって好きだな」ポールは、ブナの森をアンと歩きながら言った。「ぼくを見る顔つきとか好きだし、あの石のお家も、シャーロッタ四世も好き。おばあちゃまが、メアリー・ジョージャなくて、シャーロッタ四世みたいな子を雇ってくれたらいいのに。シャーロッタ四世なら、ぼくがいろいろ想像するっていう話をしても、ぼくのお頭がおかしいなんて言わないと思うよ。とってもおいしいお茶でしたね、先生？　おばあちゃまは、男の子は食べるもののことなんて考えるもんじゃありませんって言うけど、すごくお腹が空いてるときは、しょうがないよね。先生なら、わかるでしょ。ミス・ラベンダーなら、朝ご飯に男の子がポリッジなんて食べたくないって言ったら、食べさせないと思うな。食べたいものを食べさせてくれると思う。でも、もちろん……」ポールは、いつだって公平だった。「……それは健康にはあまりよくないのかもしれないけど。でも、たまには好きなものを食べるのも、とってもすてきですよね、先生。先生なら、わかるでしょ」

第24章　地元の予言者

五月のある日、アヴォンリーでは、シャーロットタウンの新聞『デイリー・エンタープライズ』紙に掲載された「アヴォンリー・メモ」なる記事のことでもちきりだった。記事を書いた人は「観察者」と署名しており、噂ではそれはチャーリー・スローンではないかということになっていた。チャーリーは、これまでにもこのような文を投稿したことがあるし、記事のひとつには、ギルバート・ブライスへの当てこすりが入っているように見受けられるからだ。ギルバート・ブライスとチャーリー・スローンは、灰色の目をして想像力に富んだある若い女性をめぐってライバル関係にある、とアヴォンリーの若者たちはいつも言っていた。

噂は、いつものように、まちがっていた。記事を書いたのは、ギルバート・ブライスだった。アンに唆(そその)かされ、アンの手伝いも受けながら、ふざけて書いたのだ。自分だとわからないようにするために、自分への当てこすりも入れた。問題となったのは、次のふたつの記事だけだった。

噂では、われらが村で、ヒナギクが咲く前に、結婚式があるらしい。極めて尊敬されている新参の村民が、わが村でとても人気のある婦人を婚礼の祭壇へと導くであろう。

わが村の高名な気象予報士、エイブおじさんは、五月二十三日の夕刻七時きっかりに、雷鳴を伴う激しい嵐を予想している。暴風域は、この地方の広範囲に及ぶであろう。その晩、外出なさる方は、傘やレインコートのご用意を。

「エイブおじさんは、この春、ほんとに嵐が来るって予想してたよ」とギルバート。「でも、ハリソンさんがほんとにイザベラ・アンドルーズに会いに行くなんて思うのかい？」

「思いやしないわよ」とアンは笑って言った。「ハーモン・アンドルーズさんとチェッカーのゲームをしに行くだけよ。でも、リンドのおばさまったら、イザベラ・アンドルーズがもうすぐ結婚するのはまちがいないって言うの。この春、ものすごくはしゃいでいるから」

可哀想なエイブおじさんは、この記事を読んで、怒ってしまった。「観察者」が自分をばかにしているのではないかと思ったのだ。嵐がある特定の日に起こるなどと言った憶えはないと腹を立てて否定したが、誰にも信じてもらえなかった。

アヴォンリーでの生活は、流れるように、穏やかに続いていった。「植林」がなされ、アヴォンリー村改善協会では植樹祭を祝った。改善員がそれぞれ五本ずつ、見栄えをよくする木を植えたり植えてもらったりするのだ。協会には今や四十人の会員がいたから、ぜんぶで二百本の若木を植えることになる。早蒔きのカラス麦が赤土の畑を緑に染め、りんご園のりんごの木は花をつけた大きな腕を農家のまわりに伸ばし、アンの部屋の前にある桜の木〝雪の女王〟は花婿を迎える花嫁のように真っ白な身支度をした。アンは部屋の窓を開けて、ひと晩じゅう、桜の香りが顔に吹き寄せるなかで寝るのが好きだった。とても詩的だと思ったのだ。そんなことをして風邪でもひいて死んだらどうするのと、マリラは言ったが。

「感謝祭は、春にお祝いすべきなのよ」ある日の夕方、アンはマリラに言った。二人は玄関の石段に坐って、鈴の音のようなきれいなカエルの合唱に耳を澄ましていたところだった。

「何もかも枯れて眠っている十一月なんかに祝うより、よっぽどいいと思うわ。何を感謝するんだっけって思い出さなきゃならないもの。ところが五月なら、自然と感謝しないではいられない……生きているんだなあって思うもの、とくにこれってことがなくても。エデンの園で、アダムとイヴがりんごを食べてしまう前に、イヴが感じてたのは、こんな幸せだと思うわ。ねえ、あの窪地の草は、緑、それとも金色なのかしら。お花が咲いて、風もただもう思いっきり、どこからともなく吹きまくって……こんな真珠みたいな日はね、マリラ、ほとんど天国と一緒なんじゃないかしらと思うわ」

マリラは、ぎょっとして、双子が近くで聞いていないかと心配そうにあたりを見まわした。ちょうどそのとき、双子が家の角をまわってやってきた。

「すっごくおいしそうな匂いのする夕方じゃない？」デイヴィーは汚れた両手で鍬を振りまわしながら、うれしそうに鼻をくんくんさせて、尋ねた。庭で仕事をしていたのだ。この春、マリラは、デイヴィーが泥遊びに傾けている情熱を役に立つことへ傾けさせようと、デイヴィーとドーラそれぞれに庭の小さな区画を与えたのだった。二人とも、デイヴィーはデイヴィーらしく、ドーラはドーラらしく、一所懸命仕事にかかった。ドーラは、丁寧に、きちんきちんと冷静に苗を植えて、雑草とりをした。その結果、ドーラの庭には、すでに野菜や一年生植物の小さな列が整然と並んでいる。ところが、デイヴィーは、あまりに熱意がこもって、慎重さに欠けた。夢中になって掘って、耕し、鋤をかけ、水をあげて、植え替えるので、植物は育つ暇もなかった。

「あなたのお庭は、どんな具合なの、デイヴィー？」アンが尋ねた。

「なかなか育たないよ」デイヴィーは溜め息とともに言った。「どうしてうまく育たないのかわかんないよ。ミルティー・ボウルターは、ぼくが月が出ていないときに植えたにちがいなくて、それが原因だって言うんだ。月がおかしいときに、種を蒔いたり、ブタを殺したり、髪の毛を切ったり、大切なことをしたりしちゃいけないんだって。そうなの、アン？　教えてよ」

「たぶん、あんたが二日とおかずに植物を根こそぎ抜いて、根っこがどうなったかどうか確かめたりしなければ、ちゃんと育つんじゃないかねえ」マリラが皮肉たっぷりに言った。

「ぼく、六つしか引っこ抜いてないよ」デイヴィーは抗議した。「根っこに虫がついてないか見たかっただけなんだ。ミルティー・ボウルターがね、月のせいじゃなければ、虫のせいだって言うんだもん。でも、虫は一匹しかいなかった。とっても大きな、汁気たっぷりのぐるぐる丸くなってた虫。そいつを石の上に置いて、別の石でぺっしゃんこにしてやった。すっごいグチャアってなったよ。もっといたらよかったのにな。ドーラのお庭は、ぼくのと同じときに植え始めたのに、あっちはちゃんと育ってるんだ。月のせいじゃ絶対ないね」デイヴィーは、よくよく考えた口調で締めくくった。

「マリラ、あのりんごの木を見て」とアン。「まるで、人間みたい。長い腕を伸ばしてピンクのスカートを優雅につまみあげて、あたしたちに拍手してもらいたがってる」

「あの〝黄色い公爵夫人（イエロー・ダッチェス）〟って品種は、いつもよく実をつけるんだよ」とマリラは満足そうに言った。「あの木は、今年はたわわに実るね。ほんとにうれしい……アップルパイにするとおいしいのよ」

ところが、マリラもアンも、そのほか誰一人として、その年このりんごからパイを作る運命にはなかったのだった。

五月の二十三日がやってきた。五月にしては暑い日だったことは、アンとその小さなハチの子たちのような生徒たちが一番よくわかっていた。アヴォンリー校の教室で分数や文の構造などを汗水垂らして勉強していたからだ。むっとする熱風が午前中ずっと吹いていたが、午後になると、風はぱたりとやんで、重苦しい無風となった。三時半に、アンは、雷が低くゴロゴロと鳴るのを聞いた。直ちに学校を終わりにして、子供たちが嵐の来る前に家に帰れるようにした。

子供たちが校庭に出たところで、太陽がまだ明るく輝いているというのに、あたり一面に黒い影が落ちているのがわかった。アネッタ・ベルがびくびくしてアンの手を握りしめた。

「ねえ、先生、あのすごい雲を見て！」

見あげたアンは、ぎょっとして叫び声をあげた。北西に、生まれてこのかた見たこともないような巨大な雲が、すごい勢いで、むくむくとふくれ上がってきているのだ。あたりは真っ暗になり、雲のめくれ上がった端っこから、気味の悪い白みがかった色が見えるだけだ。さっきまで澄み渡っていた青空にこんなに黒雲がたちこめるなんて、言いようもなく怖い感じがした。ときどき、稲妻がパッと光って横切り、そのあとから、ゴロゴロっと鳴る轟音がした。雲はあまりに低くたちこめていたので、丘の森のてっぺんにもう少しでさわりそうだった。

ハーモン・アンドルーズさんが、二頭の葦毛の馬を駆り立てて荷物運搬用の馬車を全速力でガタゴトと走らせて登ってきて、学校の前で停めた。

「エイブおじさんの予報が、初めて当たったらしいぜ、アン」アンドルーズさんは叫んだ。「ちぃーとばかし、嵐が来るのが早かったけどな。あんな雲、見たことあるかい？　ほうら、ちびっ子たち、おじさんちのほうへ行く子は乗っていきな。そうじゃない子で家まで遠い子は、郵便局へ駈け込め。そこで嵐が通りすぎるのを待つんだ」

アンは、デイヴィーとドーラの手を取って丘を駈け下り、〝樺の道〟を通り、〝すみれの谷〟と〝やなぎ池〟を越えて、双子のずんぐりした足で走れるかぎり速く走った。グリーン・ゲイブルズに着くと、あひるや鶏を大急ぎで小屋へ追いたててきたマリラと勝手口で一緒になった。台所へ駈け込んだとたんに、パッと光が消えた。まるで強力な息で灯りが吹き消されたみたいだった。すさまじい雲が太陽を覆い隠し、夜のような闇が世界を包み込んだ。同時に、雷鳴が轟き、目がつぶれそうなまぶしい稲光が走ったかと思うと、ザザザッと雹が降りだし、あたりの景色が真っ白に染まった。

嵐のすさまじい音の向こうから、折れた枝が家の上にドサッとぶつかり、窓ガラスがパリンパリンと割れる鋭い音が聞こえた。たった三分で西側と北側の窓がすべて割れて、そこから雹が注ぎ込んできて、床が見えなくなった。雹は一番小さなものでも、鶏の卵ぐらいあった。四十五分間、嵐は弱まることなく暴れまわり、これを経験した者には決して忘れられない思い出となった。さすがのマリラも……生涯でこんなことは、あとにも先にもこれっきりだったが……ただ怖くて、落ち着きを失って震え上がり、台所の端の揺り椅子のそばに跪いて、耳をつんざく雷鳴のあいだに、あえいだり、すすり泣いたりしていたのだった。アンは、顔を紙のように真っ白にして、ソファーを窓から遠ざけて、そこに、双子を両側に抱えて坐った。デイヴィーは、最初のガラスが割れたときに、「アン、アン、これって最後の審判の日なの？　アン、アン、ぼく、悪いことするつもりじゃなかったんだよ」とわめいて、アンの膝に顔を埋めて、じっとした。その小さな体は震えていた。ドーラは、いくぶん青ざめていたが、すっかり落ち着き払って、アンと手をつないで坐り、静かにじっとしていた。地震が起きたって、ドーラは取り乱さないのだろう。

それから嵐は、始まったのと同じぐらい急にやんだ。雹がやんで、雷はゴロゴロいいながら東のほうへ遠ざかっていき、太陽が陽気に明るく照りだしたが、そのとき見えてきた世界は以前とは打って変わっており、たった四十五分のあいだにこんなに様変わりするなんて信じられないほどだった。

跪いていたマリラは立ち上がって、よろよろと震えながら、揺り椅子にどしんと腰を下ろした。顔はげっそりしていて、十年も年を取ったようだった。

「みんな、生きてる？」マリラは、重々しく言った。

「もちろんさ」デイヴィーが元気に高い声で言った。もうすっかりいつものデイヴィーなのだ。「ぼく、ちっとも怖くなかったよ……はじめ、ちょっとだけ怖かったけど。あんまりいきなりだったんだもん。ぼく、テディ・スローンと月曜に喧嘩（けんか）するって約束してたけど、大急ぎで、喧嘩はしないって決めたんだ。でも、やっぱり、喧嘩してもいいかな。ねえ、ドーラ、怖かった？」

「うん、少し怖かった」ドーラは澄まして言った。「でも、アンの手をぎゅっと握って、何度も何度もお祈りを言ってたの」

「ああ、ぼくだって思いついてたら、お祈りしてたさ」とデイヴィー。「でも、」と勝ち誇ったようにつけくわえた。「お祈りなんか言わなくたって、ぜーんぜん、だいじょうぶだったじゃないか」

アンは、マリラに、気つけによく効くスグリの果実酒をグラスになみなみと注（つ）いであげた……どれほど効くかということは、アンは幼い頃、嫌というほど思い知っていた……それから、みんなで勝手口まで行って、外の異様な光景を眺めた。

ずっと遠くまで雹が膝の高さまで積もって、真っ白だ。軒下や石段のところには、雹が吹き寄せられて山のようになっている。三、四日後に雹が溶けると、被害の実態がはっきり見渡せることになる。というのも、畑や庭の植物という植物はすべてなぎ倒されていたからだ。りんごの木からすべての花が落とされていたのみならず、大枝ももぎとられていた。そして、改善員たちが植えた二百本の木々のうち、大部分が根こそぎ倒されたか、粉々にされていた。

「これが一時間前の世界と同じところなの？」アンは茫然として尋ねた。「こんなにめちゃくちゃにするには、もっと時間がかかるはずよ」

「こんなこと、プリンス・エドワード島じゃ、前代未聞だわ」とマリラ。「あったためしがないよ。子供の頃、ひどい嵐があったのを憶えているけど、こんなにひどくはなかった。そのうち、恐ろしい被害の情報が入るよ。まちがいない」

「子供たちが誰も事故に巻きこまれてないといいけれど」アンが心配してつぶやいた。

あとでわかったことだが、子供は全員無事だった。家に帰るのに時間がかかる子は、アンドルーズさんのすばらしい忠告に従って、郵便局に避難していたのだ。

「ジョン・ヘンリー・カーターがやってきたよ」とマリラ。

ジョン・ヘンリーは、ひどくおびえて歯をむき出しにしながら、雹をかき分けてやってきた。

「ひどかったね、カスバートさん。ハリソンさんが、お宅がだいじょうぶか見てこいって」

「うちは、誰も死んじゃいないよ」マリラは、つっけんどんに言った。「建物もだいじょうぶ。お宅もだいじょうぶだろうね」

「はい、お宅んとこほどじゃないけど。うちはやられたんだ。雷が台所の煙突、ぶっとばして、そのまんま家ん中まで落ちてきて、ジンジャーの籠、ぶっとばして、地下室まで落ちたんだ、はい」

「ジンジャーは、けがしたの？」アンが尋ねた。

「はい、かなりひどく。死んだんだ」

あとでアンは、ハリソンさんを慰めに行った。ハリソンさんはテーブルのそばに坐り込んで、震える手で色鮮やかなジンジャーの死体をなでていた。

「可哀想に、ジンジャーは、もうおまえさんの悪口を言えんなあ、アン」ハリソンさんは、なげき悲しんで言った。

アンはジンジャーのために自分が泣くなんてないと信じていたのだが、思わず涙を浮かべた。

「わしには、こいつしかいなかったんだよ、アン……それが死んじまった。いやはや、こんなにくよくよするのは、年のせいだ。どうってことないふりをしよう。わしが口を閉じたら、おまえさんは、何か慰めを言おうとしているんだろう……言わんでいい。そんなことをされたら、わしは赤ん坊みたいに泣いちまう。ひどい嵐だったじゃないか。もうエイブおじさんの天気予報を笑いものにするやつはおらんだろうなあ。これまでおじさんが予報して起こらなかった嵐が、いっぺんにやってきたみたいだったなあ。だけど、どうやって日にちまで当てたもんだか、びっくりするじゃないか、え？　このめちゃくちゃな家を見ておくれよ。さっさと板を取ってきて、床の穴をふさがなきゃならんな」

アヴォンリーの人々は、翌日、互いの家を訪問しあって、被害を比べ合うことしかしなかった。道は、雹のせいで、馬車が通れない。そこでみんなは歩いたり、馬で行ったりした。あちらこちらから、悪い知らせを伝える郵便が届きだした。家が壊れ、人が亡くなり、怪我をしたというのだ。電話も電報も通じず、農場で放し飼いにされていた家畜はすべて死んでしまった。

エイブおじさんは、その日の朝早く、鍛冶屋さんまで雹をかき分けて歩いていき、一日じゅうそこにいた。エイブおじさんの勝利の時が来たのであり、おじさんは大いに楽しんでいた。嵐が起こってよろこんでいると言ったら、エイブおじさんには失礼だろうが、嵐を予測したことをとてもよろこんだのだ……しかも、まさに日にちまで当てたわけだ。エイブおじさんは、日にちなど言っていないと文句を言ったことを忘れていた。時刻が少々ちがっていたことは、大したことではなかった。

夕方になってギルバートがグリーン・ゲイブルズにやってくると、マリラとアンは、割れた窓を覆うために、防水布を窓枠に釘で打ちつけて忙しくしていた。

「いつになったらガラスが手に入るかわかったもんじゃない」とマリラ。「バリーさんが今日の午後カーモディまで行ったんだけど、窓ガラス一枚、どう口説いても売ってもらえなかったそうよ。ローソンさんの店でもブレアさんの店でも、カーモディの人たちがぜんぶ買い占めちまって、十時にはもう売り切れたんだって。ホワイト・サンズでも嵐はひどかったのかい、ギルバート？」

「そうだね。ぼくは子供たちと学校に足止めをくらったんだが、怖くておかしくなりそうな子もいた。三人、気を失って、二人の女の子はヒステリーを起こし、トミー・ブルーイットはずっと金切り声を出し続けていた」

「ぼくは、一度しか叫ばなかったよ」とディヴィーが得意そうに言った。「ぼくのお庭は、ぺしゃんこになっちゃったんだ」とディヴィーは悲しそうに続けた。「でも、ドーラのとこも同じだよ」とそれがせめてもの慰めであるかのように付け加えた。

アンが西の破風の部屋から駆け下りてきた。

「ああ、ギルバート、知らせを聞いた？　リーヴァイ・ボウルターさんの古い家が雷に打たれて、全焼したんだって。ものすごい被害があったというのに、とうとうあの家がなくなったって喜ぶのは不謹慎よね。ボウルターさんは、アヴォンリー村改善協会がわざとあの嵐を魔法で起こしたと思っているそうよ」

「まあ、確かなことは」とギルバートは笑いながら言った。「『観察者』は、エイブおじさんの気象予報士としての名声を確実にしたってことさ。『エイブおじさんの嵐』はこのあたりの歴史に残るだろうよ。ぼくらが書いたまさにその日に嵐になるなんて、驚くべき偶然だね。実のところ、なかば申し訳ない気もしているんだ。ぼくがあの嵐を〝魔法で呼んだ〟かのような気がしてね。植林がすっかりだめになったんだから、古い家がなくなったことぐらいよろこんでもいいんじゃないかな。助かったのは十本もないんだ」

「あら、次の春にまた植え直せばいいのよ」アンは、悟ったように言った。「それがこの世のすばらしいところ……いつだって、春はまたやってくるのよ、何度でも」

第25章　アヴォンリー村の醜聞（スキャンダル）

エイブおじさんの嵐から二週間後の、よく晴れた六月の朝、アンは傷んだ白い水仙（ナルキッソス）の花を二本持って、花壇からグリーン・ゲイブルズの庭をゆっくりと戻ってきた。

「見て、マリラ」アンは、厳しい顔つきのマリラの目の前に花をつきつけて、悲しそうに言った。マリラは、緑の格子柄のエプロンを頭にかぶって、羽をむしった鶏を持って家の中に入ろうとしているところだった。「嵐にやられなかった蕾はこれだけなの……それも、完璧じゃなかったわ。残念……マシューのお墓にお供えしたかったのに。マシューはいつも白い水仙が好きだったから」

「水仙が咲かなくて私もさみしいよ」マリラも認めた。「だけど、もっとひどいことがたくさん起こっているというのに、水仙のことで嘆いている場合じゃないね……穀物もくだものもぜんぶやられたからね」

「でもみんな、カラス麦を蒔き直したわ」アンは慰めるように言った。「ハリソンさんは、夏の気候がよければ、少し遅くなるけど、収穫できるって言ってたわ。それにあたしが蒔いたお花も、みんな咲きだしているわ。でも、白い水仙の代わりになるものはないのよ。可哀想なヘスター・グレイにも、あげられない。昨夜ヘスターのお庭まで行ってみたんだけど、やっぱりなかったわ。ヘスター、がっかりするだろうな」

「ヘスターのことをそういうふうに言っちゃいけないと思うよ、アン。ほんと」とマリラは厳しく言った。「ヘスター・グレイは三十年前に死んで、その魂は天国にある……はずなんだから」

「ええ。でも、あの人はこの世のお庭も愛しているし、憶えていると思うの」とアン。「どんなに長く天国で暮らしていようと、下を見下ろして、自分のお墓に誰かがお花を供えてくれるのを見たいと思うもの。あたしだってヘスター・グレイのようなお庭を地上に持っていたとしたら、たとえ天国にいても、お庭が懐かしい気持ちを少しずつ忘れるのに三十年以上かかると思うわ」

「まあ、そんなこと、双子に聞かせるんじゃないよ」というのが、マリラのせめてもの反論だった。そう言うと、マリラは鶏を持って家へ入ってしまった。

アンは水仙を髪にさすと、小道の門へ行き、そこで、しばらく、六月の明るい陽射しを浴びてから、土曜の午前の仕事をしに行った。世界はまた美しくなってきていた。古き自然という母が、嵐の痕を消してくれたのだ。すっかり元どおりになるには何か月もかかるだろうが、自然は着々と奇跡の回復を遂げていた。

「今日は一日じゅうぶらぶらしていられたらいいのにな」アンは、柳の枝で歌ったり揺れたりしているルリツグミに話しかけた。「でも、双子の世話もして、学校の先生もしている身では、怠けるわけにはいかないのよ、小鳥さん。なんてすてきな歌なんでしょう、小鳥さん。あたしの心の思いを、あたしよりずっとじょうずに歌にしてくれているのね。あら、誰かしら？」

郵便局の速達馬車が小道をガタコトやってきた。前の席には二人の人が乗っていて、うしろには大きなトランクがひとつあった。近づいてくると、御者がブライト・リヴァーの駅長の息子だとわかったが、隣に坐っている人は知らない人だ……その小柄な女の人は、馬車が停まるか停まらないかのうちに門のところへ身軽に飛び降りた。美しく愛らしい女性で、四十よりは五十に近いのだが、バラ色の頰をして、きらきらする黒い目と、つややかな黒髪をし、頭には花や羽根で飾りたてたみごとな帽子をかぶっていた。埃(ほこり)っぽい道を八マイル馬車で揺られてきたにもかかわらず、まるで箱から取り出したばかりかのようにきちんとしたなりだった。

「こちら、ジェイムズ・A・ハリソンの家でしょうか？」婦人は、てきぱきと尋ねた。

「いいえ、ハリソンさんは、向こうにお住まいです」アンは、すっかり驚いて言った。

「まあ、きちんとしすぎていると思ったんですよ……ジェイムズ・Aが住んでいるわりにはきれいすぎるって。もっともあの人が、私が知っていたころと随分変わってしまったなら話は別ですが」と小柄な婦人は、にぎやかに話した。「ジェイムズ・Aがこの村にお住まいの女性と結婚するというのは、本当ですの？」

「いいえ、とんでもない」とアンがうしろめたさに真っ赤になって叫んだので、見知らぬ婦人は、ハリソン氏が結婚を計画しているのはこの女性かと、なかば疑うかのように、不思議そうにアンを見た。

「でも、島の新聞に出てましたよ」と見知らぬ美女は言った。「友だちが、新聞に印をつけて送ってくれたんです……友だちって、いつだって、そんなことをすぐにしてくれるでしょう。『新参の村民』という文字の上にジェイムズ・Aって書き込んでくれていました」

「ああ、あの記事は、ほんの冗談のつもりだったんです」とアンはあえいだ。「ハリソンさんは、どなたとも結婚なさるおつもりはありません。ほんとです」

「そう聞いて安心しました」バラ色の頰をした婦人は、足取りも軽く馬車の席へ戻りながら言った。「なにしろ、あの人は、たまたまもう結婚してましてね。私があの人の妻なんです。まあ、びっくりなさるのも無理はありません。どうせあの人は独身を気取って、あちこちの女性を泣かせているんでしょうから。さてさて、ジェイムズ・A、」婦人は、畑の向こうの白い細長い家に向かって大きくうなずきながら言った。「お楽しみはおしまいですよ。私が来ましたからね……まあ、あなたが何か悪さを企んでると思わなきゃ、わざわざ来ようとは思わなかったけど」

アンを振り返って、婦人は尋ねた。

「あの人のオウムは、相変わらず、ばち当たりなことをしゃべってますか？」

「あのオウムは……死にました……と思います」アンは、このとき自分の名前さえわからなくなるほど動揺して言った。

「死んだ！　じゃあ、もうだいじょうぶだわ」バラ色の頰の婦人は、大よろこびで叫んだ。「あの鳥さえいなくなれば、ジェイムズ・Aは、こっちの言うがままよ」

その謎の言葉を残して、婦人はうれしそうに行ってしまった。アンは勝手口へ飛んでいき、マリラと会った。

「アン、今のは、どなた？」

「マリラ、」アンは、大まじめだけれど、躍るような目で言った。「あたし、気がへんになったみたいに見える？」

「いつもよりへんには見えないよ」マリラは、皮肉を言うつもりでなしに言った。

「じゃあ、あたし、目を覚ましているのかしら？」

「アン、何をばかなことを言ってるんだい？　あの人は、誰なのよ？」

「マリラ、もしあたしの気がへんでなくて、眠っているわけでもなければ、あの人は〝夢を織りなすもの〟〔シェイクスピアの劇『テンペスト』第四幕第一場にある言葉〕でできちゃいないわ……実在するんだわ。とにかく、あんな帽子、あたしには想像することもできやしない。あの人、ハリソンさんの妻だって言うのよ、マリラ」

今度はマリラが目をむいた。

「妻だって！　アン・シャーリー！　じゃあ、なんだってハリソンさんは、独身のふりをしてたんだい？」

「ふりをしてたわけじゃないと思うの」アンは、公平になろうとして言った。「ハリソンさん、一度も自分は独り身だなんて言ってないもの。みんなが勝手にそう思い込んだんだわ。ああ、マリラ、リンドのおばさまは、なんておっしゃるかしら？」

リンド夫人が何を言うかは、その晩、夫人がやってきたときにわかった。リンド夫人は驚きもしなかったのだ！　どうせそんなことだろうと思っていたそうだ！　ハリソンという人には何かあると、わかっていたのだそうだ！

「奥さんを捨てるなんてねえ！」リンド夫人は、腹を立てて言った。「アメリカでならともかく、このアヴォンリーで起こるなんて、誰が思うでしょうね？」

「でも、奥さんを捨てたとはかぎらないわ」アンは、友人が有罪とわかるまでは、悪くないと信じようとして、抗議した。「まだ真相はわからないんだから」

「まあ、すぐにわかりますよ。今すぐ行ってきますから」辞書に遠慮という言葉があることを理解しないリンド夫人は言った。「私は奥さんがいらしたことを知らないってことにするし、ハリソンさんは今日、カーモディからうちのトマスの薬を持ってきてくれることになっていたから、いい口実になるわ。何もかも聞き出して、帰りにここへ寄って教えてあげる」

　リンド夫人は、アンが足を踏み入れるのをためらうところへ、ずかずかと押し入っていった。アンにはとてもハリソンさんのお宅へ行く気にはなれなかったが、リンド夫人と同じように好奇心はもちろんあって、リンド夫人が謎を解いてくれるのを内心うれしく思っていた。

　アンはマリラと一緒に夫人の帰りを待ちわびていたのだが、そのかいはなかった。その晩、リンド夫人はグリーン・ゲイブルズに戻ってこなかったのだ。ボウルターさんの家から夜の九時に帰ってきたディヴィーが、そのわけを説明してくれた。

「リンドのおばちゃんと、どこかの知らないおばちゃんと、窪地で会ったよ」とディヴィーは言った。「そしたら、びっくりだよ。二人いっぺんにぺちゃくちゃ話してるんだもん！　リンドのおばちゃんは、遅くなったから、悪いけど今晩は行けないって、伝えてだってさ。アン、ぼく、お腹ぺこぺこ。ミルティーのとこで四時にお茶したんだけど、ミルティーのおばさんって、ほんと、けちだよ。プリザーブもケーキも出してくれないんだもん……パンだって、ちいーちゃかった」

「ディヴィー、よそで出されたものにあれこれ文句を言ってはいけませんよ」アンは、重々しく言った。「とてもお行儀の悪いことです」

「わかったよ……思うだけで口に出さないよ」ディヴィーは、朗らかに言った。「何か夕ご飯頂戴よ、アン」

アンは、マリラを見た。マリラはアンのあとから配膳室に入り、注意深くドアを閉めてから言った。

「パンにジャムをつけておやりよ。リーヴァイ・ボウルターのとこのお茶がどんなもんか、私も知っているから」

ディヴィーは、パン一枚とジャムを溜め息とともに受け取った。

「やっぱり世の中ってがっかりだよね」とディヴィー。「ミルティーんとこのネコ、ひきつけを起こすんだ……三週間も毎日いつもガタガタって震えて、見てると、とってもへんてこらしいんだ。ぼく、ひきつけを起こすところをわざわざ見に行ったのに、あいつ、ちっともひきつけないで、ずうっと健康そのものでさ。ミルティーとぼくは、一日じゅう待ってたのに。でも、まあいいや……」プラム・ジャムのおいしさがじわじわと心の奥まで広がったところで、デイヴィーの顔が明るくなった。「……たぶん、いつかそのうち見られるさ。ずっと起こしてたのに急に起こさなくなるなんてことないもんね、そうでしょ？　このジャム、すっごくおいしいね」

デイヴィーの悲しみは、プラム・ジャムで癒されるものばかりだったのだ。

日曜はどしゃぶりとなり、人の行き来はなかったはずなのだが、月曜には、ハリソンさんの噂について何かしら聞いていない人はいなかった。学校はその噂でもちきりで、デイヴィーは、いろいろな情報を仕入れて帰宅した。

「マリラ、ハリソンさんに新しい奥さんができるんだって……えっと、ほんとに新しいんじゃなくって、随分長いあいだ結婚をやめてたんだってミルティーが言ってたよ。いったん結婚したらずっと結婚するのかと思ってたんだけど、ミルティーはちがうって言うんだ。嫌だったらやめることもあるんだって。奥さんを置いて出ていくというやり方があって、ハリソンさんはそうしたんだって。ミルティーの話では、奥さんがハリソンさんに物を……硬い物を……投げつけたからだって言うんだけど、アーティー・スローンは、煙草を吸うのを奥さんがだめだって言ったからだって言うし、ネッド・クレイは、奥さんがいつもがみがみ言うからだって言ってた。ぼくだったら、そんなことで奥さんと別れたりしないな。足をどしんとかまえて言うんだ。『デイヴィーの奥さん、俺の気に入ることをしてくれなくちゃ困るぜ。俺は男だからな』って。そしたら、あっという間に言うことを聞くさ。だけど、アネッタ・クレイは、奥さんのほうが旦那を捨てたんだって。それというのも、旦那がドア・マットでブーツをごしごししなかったからで、奥さんは悪くないって言うんだ。ぼく、今から、ハリソンさんとこ行って、奥さんがどんな人か見てくるね」

デイヴィーは、少しがっかりして、すぐに戻ってきた。

「奥さんはいなかったよ……リンドのおばさんと一緒に、客間の新しい壁紙を買いにカーモディへ行ったんだって。ハリソンさんが、アンに話があるから来てくれだってさ。それでね、床がきれいになってて、ハリソンさんはお出かけするみたいにひげを剃ってたよ。昨日は大雨で、教会のお説教はなかったのに」

アンが行ってみると、ハリソン家の台所は、随分様変わりしていた。床は、確かに完璧な美しさにまでぴかぴかに磨かれていて、部屋じゅうの家具もぴかぴかだった。ストーブは顔が映るほど磨かれていた。壁は白く塗られて、窓ガラスは日光を浴びてきらきらしていた。テーブルにいたハリソンさんは、仕事着を着ていたが、ついこの前の金曜日まではあちこち破れてよれよれだったのに、今や、きちんと継ぎはぎが当たって、ブラシがかけられていた。おしゃれにひげも剃って、僅（わず）かに残る髪の毛も注意深く散髪してあった。

「坐（すわ）って、アン、坐って」ハリソンさんは、アヴォンリーの人たちが葬式のときに出す押し殺したような声より微（かす）かに明るい声で言った。「エミリーは、レイチェル・リンドと一緒にカーモディに行ってるんだ……もうレイチェル・リンドと大の親友になっちまいやがってね。まったく女ってやつは、わけがわからん。まあ、アン、わしのお気楽な時代は終わったよ……すっかりご破算だ。これからはずっと、きちんと、きれいにして暮らさなきゃならなそうだ」

ハリソンさんは、悲しそうに話そうと頑張っていたが、どうしても目がうれしそうに輝いてしまっていた。

「ハリソンさん、奥さんが帰ってきてうれしいくせに」アンは、ハリソンさんに人差し指を振りながら叫んだ。「とぼけてもだめよ。お見通しですからね」

ハリソンさんは、ほっとして、おずおずした笑顔になった。

「いや……まあな……慣れてきたかな」ハリソンさんは認めた。「エミリーと会えて残念だとは言えんよ。こんなところに暮らしてたら、身を守ってくれるものが必要だからね。近所にチェッカーをしに行っただけで、そこの妹と結婚しようとしてるだなんてはやしたてられて、新聞にまで書きたてられちまうところだからね」

「あなたが独身のふりをしなければ、イザベラ・アンドルーズに会いに行ったんじゃないかなんて、誰も思わないわ」とアンは厳しく言った。

「ふりなんかしておらんよ。結婚しているかと聞かれたら、していると答えたさ。みんな、勝手に思い込んだんだ。結婚のことは話したくなかったし……ひどく嫌な思いをしたもんでね。女房がわしを捨てて出ていったなんてわかったら、レイチェル・リンドが舞い上がっちまうだろう？」

「あなたが奥さんを捨てたっていう噂もあるけど」

「あっちが始めたんだよ、アン、あっちが始めたんだ。すっかり話してやるよ。おまえさんには、わしのことを悪く思ってほしくないからな……エミリーのことも。でも、テラスへ出ようじゃないか。ここは恐ろしいほど、きちっとしていて、なんだか古巣が懐かしくなっちまう。しばらくしたら慣れるんだろうが、庭を見てたほうが落ち着くんだ。エミリーは、まだ庭を掃除する時間まではなかったからな」

二人がテラスに気持ちよく腰をすえると、ハリソンさんは悲しい身の上話を始めた。

「わしは、ここにくる前は、ニュー・ブランズウィック州のスコッツフォードに住んでたんだよ、アン。姉がわしのために家の面倒を見てくれて、わしにはちょうどよかった。普通にきれい好きで、わしの勝手にさせてくれて、甘やかしてくれたんだ……

と、エミリーは言っている。ところが三年前に姉が死んだ。死ぬ前に、わしがどうなるか随分心配してくれて、とうとうわしに結婚すると約束させたんだ。エミリー・スコットは自分の金をもっていて、家事にかけちゃ模範的だから、エミリーと結婚するようにって言うんだが、わしは、『エミリー・スコットは、わしのことなんか見向きもしない』と言ったのさ。『本人に聞いてご覧』と姉が言うもんだから、姉を安心させるために、そうすると約束した……で、聞いてみたら、エミリーは、わしと結婚すると言ったんだ。あれほど驚いたことはなかったよ、アン……あんなに頭がよくて美人でかわいい女が、わしみたいな年寄りと……。わしは、ついてると最初は思ったよ。でもって、結婚して、新婚旅行はセント・ジョンに二週間行って、それで家へ帰った。夜の十時に家に着いて、それからこれはほんとのことなんだが、アン、あの女は三十分後には家の掃除を始めちまったんだ。ああ、わしの家なら、あたりまえだと思ってるな……おまえさんの顔はとっても正直だよ、アン。顔にはっきりくっきり書かれているもんな……だけど、そうじゃないんだ。そんなにひどかなかった。独身生活のあいだはかなり散らかしていたが、掃除のおばさんに来てもらって、結婚前にきれいにしといたんだ。壁の塗り替えとか、修繕とか、かなりいろいろやっといたんだ。エミリーなら、新築の白い大理石の宮殿に連れていっても、普段着に着替えたとたんに床掃除をおっぱじめちまうぜ。でもって、あいつはその夜一時まで掃除を続けて、四時に起きて、また始めたんだ。ずっとそんなふうに続けて……きりがない。磨いて、掃いて、はたきをかけての繰り返し。日曜以外はね。そんでまた、月曜に始めたくってうずうずしている。だけど、それがあいつの楽しみなんだから、わしを放っておいてくれたら、それもいいと思えただろうよ。ところが、放っておいてくれないんだ。わしを変えようとし始めたんだが、こっちはもういい年だから、癖は直らん。ドアのところでブーツをスリッパに履き替えなければ家に入ってきちゃいかんと言われ、煙草は納屋に行って吸えと言われる。わしの言葉遣いも、大して悪かないと思うが、だめだというんだ。エミリーは若い頃学校の先生をしてたから、それが抜けないんだな。それから、わしがナイフで刺して物を食うのを嫌がる。まあ、そんな調子で、ちくりちくりと、しょっちゅう突っつかれるわけだ。だがね、アン、公平を期して言えば、つむじ曲がりのわしだっていかんのだよ。変わろうと努力しなかった……ただむっとして、文句を言われると、へそを曲げた。ある日、言っちまったんだ……わしが結婚を申し込んだときは、言葉遣いのことで文句なんか言わなかったじゃないかってね。ありゃまずかった。女ってのは、結婚したくてうずうずしてたんだろみたいなことをほのめかされちゃ、絶対に赦せないんだな。それくらいなら、なぐられたほうがまだましらしい。でまあ、そんな調子で口喧嘩が続いて、あんまし気分のいいもんじゃなかった。だけど、ジンジャーがいなかったら、しばらくは、互いに我慢もできたんだ。

ところが、とうとうジンジャーのせいで、わしらは、ばらばらになっちまったのさ。エミリーはオウムが嫌いで、ジンジャーの口汚い言葉に耐えられなかった。わしは、船乗りの弟の思い出があるから、あの鳥が大好きだった。子供の頃、弟とは仲良しだった。その弟が、死ぬってときに、ジンジャーを送ってよこしたんだ。あの鳥が罵(ののし)るからって、大騒ぎすることはないと思っていた。人間が罵るのは大嫌いだが、オウムのすることだ。ありゃただわしが中国語がわからんのと同じで、意味もわからず聞いたことを繰り返しているだけで、大目に見てやらにゃならん。ところがエミリーは、そんなふうに考えられないんだ。女ってのは理屈がわからんもんだな。ジンジャーに罵(ののし)るのをやめさせようとしたんだが、わしに『見れる』とか『食べれる』とか言うのをやめさせられないように、うまくいかなかった。エミリーがやっきになればなるほど、ジンジャーはひどくなるように思えたな。わしも同じだが。

　でもって、こんなふうなことが続いて、どっちもいらいらが募(つの)って、とうとう決定的瞬間(クライマックス)が来ちまった。エミリーが、うちの村の牧師夫妻をお茶に呼んだんだ。その牧師夫妻のところに遊びに来ていた別の村の牧師とその奥さんも一緒に招いた。わしは、ジンジャーを声が聞こえないようなところにちゃんと隠しておくと約束していた……エミリーは三メートルの棒でだってジンジャーの籠(かご)にふれたがらなかったからな……わしはそうするつもりだったんだ。牧師夫妻にわが家で嫌な思いをさせたくなかったからね。だが、うっかり忘れた……エミリーがきれいな襟に付け替えろだの、言葉遣いに気をつけろだの、やかましく言うもんだから、仕方なかった……で、お茶の席に着くまで、あの可哀想なオウムのことを忘れていた。うちの牧師さんがお祈りをしてる真っ最中に、食堂の窓のすぐ外のテラスにいたジンジャーが、上げなくてもいい声を上げちまった。オスの七面鳥が庭にやってきて、七面鳥を見るとジンジャーはいつも嫌な反応をするんだ。そのときはものすごかったね。にやにやしてるね、アン。わしだって、今となってはクスッと笑いたくなるが、そのときは、エミリーと同じぐらい死ぬ思いだったよ。わしは外へ出て、ジンジャーを納屋へ運んだ。そのあと食事をおいしく食べれたとは言えんね。エミリーの顔から、ジンジャーとわしはこれから大変な目に遭いそうだってことがわかった。お客が帰ったあとで、わしは牛のいる牧場へ出ていって、歩きながら考えたよ。エミリーには申し訳ないと思った。もう少し思いやりをもっていろいろしてやってもよかったと思った。それから、牧師さんたちは、ジンジャーはわしの言葉遣いを真似たと考えただろうかとも思った。要するに、わしは、ジンジャーは慈悲の心をもって処分せにゃならんと決心して、牛を家へ連れ帰ってから、エミリーにそう話そうと思って中へ入った。ところが、エミリーの姿はなく、テーブルに書き置きがあった……物語に出てくるお決まりのパターンさ。自分かジンジャーかどちらかを選べと書いてあった。実家に帰って、『あのオウムは家から追い払った』と告げに来てくれるまで待っているとあった。

わしは、カッとなったんだよ、アン。そっちがそのつもりなら、最後の審判の日まで帰ってこなきゃいいって思ったよ。そして、その気持ちを変えなかった。あいつの荷物をまとめて実家へ送りつけてやった。すごい噂になったよ……スコッツフォードってのは、噂に関しちゃアヴォンリーぐらいひどいところだからね……誰もがエミリーに同情した。それでなおさら、こっちは腹を立て、へそを曲げて、出ていかなきゃやってられないと思ったのさ。この島に来るのがいいと思ったのは、子供の頃ここに来たことがあって、気に入ってたからだ。だけど、エミリーは、暗くなってからだと島の端から落ちやしないか心配で外出できないようなところには住みたくないって言ってた。だから、ちょうどいいってわけで、ここに移ってきたんだ。これが、話のすべてだよ。土曜に裏の畑から帰ってくるまでエミリーのことは耳にしなかったし、便りのひとつもなかったってのに、帰ってきたらあいつが床磨きをして、あいつと別れてから初めてのまっとうな食事がテーブルにすっかり並んでるじゃないか。まず、召し上がって頂戴、それから話をしましょうと、あいつは言った……それで、エミリーも男とやっていく知恵を少しはつけたんじゃないかと思ったね。あいつはうちにいて、これからここで暮らすつもりなんだ……ジンジャーは死んじまったし、この島はあいつが思ってたよりもいくぶん大きかったってわけだ。おや、ありゃ、リンドのばあさんとエミリーだよ。いや、行かないでくれ、アン。ここにいて、エミリーと知り合いになってくれ。あいつは土曜日におまえさんのことを随分気に入ったらしいよ。お隣のきれいな赤毛の娘さんはどなたって聞いてたよ」

ハリソン夫人は晴れやかな顔でアンを歓迎し、とどまってお茶を一緒にしてほしいと強く勧めた。

「ジェイムズ・Aからあなたのこと、すっかり聞いておりますのよ。とても親切にしていただいて、ケーキを焼いてくださったり、いろいろしてくださったんですって？」と夫人。「できるだけ早くみなさんとお知り合いになりたいんですの。リンド夫人は、すてきな方じゃございません？　ほんとにご親切で」

すてきな六月の夕暮れのなか、アンが家に帰るとき、ハリソン夫人は、ホタルが星のような光を点(とも)している畑まで見送ってくれた。

「ジェイムズ・Aはきっと」ハリソン夫人は内緒話のように言った。「私たちのこと、すっかりあなたに話したんでしょ？」

「ええ」

「じゃあ、私からお話しするまでもないわね。ジェイムズ・Aは裏表のない人だから、ほんとのことを言ってしまうんですよ。何もかもあの人が悪かったわけじゃないんです。今となっては、それがわかります。実家に戻って一時間もしないうちに、あんなに急いで家を出てこなければよかったと思ったんですけど、こっちも意固地になってしまいました。男の人に期待をかけすぎたんだと思います。あの人の言葉遣いのことまで気にしたりして、ほんとにばかでした。台所に首を突っ込んで一週間にどれほど砂糖を使ったかなんてあれこれ言いださずに、ちゃんと稼いでくれさえすれば、男の人の言葉遣いが悪いくらいどうってことはないんです。ジェイムズ・Aと私、これからはほんとに幸せにやっていけると思います。でも、『観察者』って誰なのか、知りたいですわ。お礼が言いたいんですもの。ほんと、感謝してますの」

アンは黙っていたので、ハリソン夫人は、感謝が「観察者」本人に伝わったとは知らなかった。アンは、あのばかげた「記事」の予想外の結果について、かなり困惑していた。あれのおかげで、ある夫婦のよりが戻り、ある予言者は名声を得たわけだ。

グリーン・ゲイブルズの台所には、リンド夫人がいた。マリラに何もかも話していたのだ。

「それで、ハリソン夫人は、好きになれた？」リンド夫人は、アンに尋ねた。

「とっても。ほんとにすてきな女性だと思うわ」

「まさにそのとおりよ」レイチェル・リンドは力をこめて言った。「今もマリラに話していたんだけど、あの人に免じて、ハリソンさんの風変わりなところは大目に見なけりゃならないと思うのよ。そして、あの人に、ここを故郷（ふるさと）のように思ってもらわなきゃ、まったくもって。さて、帰らなくちゃ。トマスが待ちくたびれているだろうから。娘のイライザが来てくれてから少しは家を空けていられるようになって、このところはあの人もずっと調子がいいようなんだけど、あんまり長いこと家を空けていたくないのよ。ギルバート・ブライスはホワイト・サンズ校をやめたそうじゃないの。秋には大学へ行くんだろうね」

リンド夫人は鋭くアンを見たが、アンはソファーで眠そうにこっくりこっくりしているデイヴィーのほうに身をかがめていたので、その表情は読みとれなかった。アンはデイヴィーを抱っこすると、その卵形の少女っぽい頰をデイヴィーの巻き毛の黄色い頭に押し付けながら、階段を上がっていった。デイヴィーは疲れた腕をアンの首にまわして、ぎゅっとアンを抱きしめて、ぶちゅっとキスをした。

「アン、とってもやさしいね。ミルティー・ボウルターが今日、石盤に、こんなふうに書いてジェニー・スローンに見せてたよ。

バラは赤くて、すみれはブルー
砂糖はあまくて、きみには夢中。〔マザーグースにある詩〕

それが、ぼくのアンへの、偽りじゃない気持ちだよ」

第26章　曲がり角の向こうで

トマス・リンドは、生きていたときと同じくらいひっそりと目立たずに、その人生を終えた。妻であるレイチェル・リンドは、やさしく、辛抱強く、いつも頑張って看病をしていた。トマスが元気だった頃は、ぐずだとか、意気地がないとか、レイチェルも腹を立ててトマスに少々つらく当たったこともあったが、病気になってからは、とてもそっと声をかけ、実にやさしく手際よく手を差し伸べ、文句も言わずに夜っぴいて看病したのだった。

「おまえはいい女房だったよ、レイチェル」暗闇のなか、レイチェルがそばに坐って、トマスのやせて老いた白い手を、仕事をして硬くなった手で握りしめたとき、トマスは、ぼそっと言った。「いい女房だった。満足な財産も残してやれんで、申し訳ない。だが、子供たちがおまえの面倒を見てくれるだろう。みんな賢くて、有能な子たちだ。母親似でな。いい母親だ……いい女だ……」

それからトマスは眠りに落ちて、あくる朝、窪地のとがった樅の梢に白い夜明けが忍び寄ったとき、マリラがそっと東の破風の部屋へやってきて、アンを起こした。

「アン、トマス・リンドが亡くなったよ……今、雇いの子が知らせてくれた。私はこれからレイチェルのところへ行ってくる」

トマス・リンドの葬式の翌日、マリラは気にかかることがある様子でグリーン・ゲイブルズをそわそわ歩きまわっていた。ときどきアンを見やると、何か言いかけて、それから首を振って口を閉ざしてしまうのだ。お茶のあと、マリラはリンド夫人に会いに出かけ、戻ってくると、東の破風の部屋へ上がってきた。アンは、子供たちの提出した宿題のまちがいを直しているところだった。

「今晩は、リンドのおばさまの様子はどう？」とアン。

「だんだん落ち着いてきているよ」とマリラは答えて、アンのベッドに腰掛けた……そんなことをするなんて、何か心が落ち着かない証拠だ。というのも、とてもきちんと家事をするマリラにとって、ベッドをきれいに整えたあとでその上に腰掛けるなんて、もってのほかだったからだ。「だけど、とってもさみしがってる。イライザは今日、家に帰ったし……息子さんが病気だから、これ以上家を空けていられないって」

「採点を片付けたら、すぐ行って、リンドのおばさまとおしゃべりしてくるわ」とアン。「今晩はラテン語の作文の勉強をするつもりだったけど、それはあとまわしにできるから」

「ギルバート・ブライスは秋に大学に行くんだろうね」マリラは急に言いだした。

「あんたも行ったらどうなの、アン？」

　アンは、びっくりして顔を上げた。

「もちろん、そうしたいけど、マリラ。でも、無理よ」

「それが、無理じゃないんだよ。あんたは行くべきだって私はずっと思ってたんだ。私のために大学をあきらめさせていると思うと、気になって仕方がないんだよ」

「でも、マリラ、あたし、家にいることを残念に思ったことなんて一瞬もないわよ。ずっと幸せだった……ああ、この二年間なんか、最高だったわ」

「そうだね。あんたが満足してるのは知ってるよ。でも、問題はそこじゃない。あんたは教育を受け続けるべきなんだよ。レドモンド大学に一年通うだけのお金は自分で貯めたわけだし、家畜を売ったお金でもう一年通える……それに、奨学金だの、これからもらえるかもしれないお金もあるでしょ」

「ええ、でも、行けないわ、マリラ。もちろんマリラの目はよくなったけど、双子をマリラにだけ押し付けていくわけにはいかないもの。面倒を見るの、大変なんだから」

「私一人にはならないのよ。そこを相談しようと思ってね。今晩、レイチェルと長々と話をしたんだけどね、アン、レイチェルはかなりいろんなことに不安を抱えているの。遺産もあまりないし。どうやら八年前に農場を抵当に入れて、一番下の男の子が西部へ出るのに出資したらしいんだよ。それ以来、借りたお金の利子を返すぐらいのことしかできていないの。それにもちろん、トマスの病気で何やかやとお金がかかったからね。農場は売らなきゃならないし、借金を返済したら、何にも残らなくなるだろうって、レイチェルは言うの。イライザのところへ行って住まなきゃならないだろうけど、アヴォンリーを離れるなんて、胸が張り裂けそうだって言うんだよ。あの年になると、新しいお友だちができたり、何か新しいことを始めたりってことはなかなかできないからね。それでね、アン、その話を聞いていて、うちに来てもらったらどうかしらって思ったのよ。でも、レイチェルに何か言う前に、まずあんたと話しておかなければと思ってね。レイチェルが私と一緒に住んでくれたら、あんたは大学に行ける。どう思うね？」

「そうね……まるで誰かが……お月さまをくださって……それをどうしていいか……あんまりよくわからない感じだわ」アンは驚いて言った。「でも、リンドのおばさまにうちにいらしていただくことについては、それはマリラが決めることだわ。ほんとに……そうしたいと……思うの？　リンドのおばさまはいい人で、やさしい隣人だけど……だけど……」

「だけど、欠点もあるって？　そりゃもちろんそうよ。だけど、レイチェルがアヴォンリーから去っていくのを目にするくらいなら、どんな欠点にも目をつぶるわ。あの人がいなくなったら、ひどくさみしいからね。この村でただ一人の仲良しなんだから。

あの人がいなくなったら、どうにかなっちまうよ。四十五年間お隣さんだったんだよ、喧嘩(けんか)もせずに……とは言え、アンがあの人から赤毛だの、みっともないだの言われて食ってかかったときには、危うく喧嘩になりそうだったけどね。憶(おぼ)えてる、アン？」

「そりゃあ、まあね」アンは暗く言った。「忘れられるわけないわ。あのときは、リンドのおばさまが大嫌いだった！」

「それから、あんたがレイチェルにした〝お詫(わ)び〟といったら。まあ、手にあまる子だったよ、ほんと、アン。あんたをどうしたらいいものやら、途方に暮れちまったね。マシューのほうがあんたのことをよくわかっていた」

「マシューは、何もかもわかってくれたわ」アンはそっと言った。マシューのことを話すときは、必ずそうなるのだ。

「とにかく、レイチェルとは衝突しないでやっていけると思うのよ。ひとつの家で二人の女がやっていけない理由っていうのは、ひとつの台所を使うと、互いの邪魔になるからだと思うの。そこで、レイチェルがうちに来るなら、北側の破風の部屋を寝室にしてもらって、お客さま用の控えの部屋を台所に使ってもらったらどうかと思うのよ。控えの部屋なんて、別に要らないわけだからね。あそこに料理用のストーブを置いて、好きな家具を入れてもらって、居心地よく自由にやってもらったらいいわ。もちろん、あの人には生活していくだけのお金はあって……子供たちが面倒を見てくれることになっているから……うちから提供するのは部屋だけでいいんだよ。そうなの、アン、私はレイチェルに来てもらおうと思うの」

「じゃあ、おばさまに聞いてみて」とアンはすぐに言った。「あたしも、リンドのおばさまがいなくなってしまうのは、さみしいし」

「もし、うちに来ることになったら」とマリラは続けた。「あんたは大学に行けるってわけだよ。レイチェルが私の相手をしてくれて、双子の世話も、私にはできないことをしてくれるだろうから、あんたが大学に行けない理由はまったくなくなるんだよ」

アンは、その晩、窓辺で長いこと物思いに耽(ふけ)っていた。よろこびとつらさとが、胸のなかでせめぎあっていた。とうとう来てしまったのだ……不意に、思いがけなく……人生の曲がり角に。曲がり角の向こうには大学があり、虹(にじ)のような夢や計画が無数にひしめいている。でも、角を曲がってしまったら、すてきなものをいろいろあとにしなければならないこともよくわかっていた……この二年間でアンにとって、とても大切になってきたこまごまとした仕事や人とのつきあいがある。一所懸命やってきたからこそ、かけがえのないよろこびとなっていたのに、それを捨てなければならない。学校もやめなければならない……どの生徒も大好きなのに。出来の悪い子だって、いたずらな子だって大好きなのだ。ポール・アーヴィングのことを考えただけで、レドモンド大学ってそんなにすごいところかしらと思ってしまうのだった。

「この二年で小さな根っこをたくさん伸ばしました」アンはお月さまに話した。「あたしが引っこ抜けると、根っこはとっても痛むんです。でも、やっぱり行くのが一番なんだわ、きっと。マリラが言うように、行かない理由はないんだもの。昔の野望という野望を取り出して、埃をはたかなきゃ」

翌日、アンは辞表を提出した。リンド夫人は、マリラと腹を割って話したあとで、グリーン・ゲイブルズで暮らさないかという申し出をありがたく受け入れた。しかし、夏のあいだは自分の家にいることにした。農場は秋まで売るわけにはいかないし、いろいろ片付けておくことがあるからだ。

「グリーン・ゲイブルズなんて街道からずっと引っ込んだところに住むとは、夢にも思わなかったわ」リンド夫人は自分に溜め息をついた。「でもほんと、グリーン・ゲイブルズは、昔ほど、世界の果てには思えない……アンの友だちもよく来るし、双子のおかげで、とてもにぎやかだし。ともかく、アヴォンリーを去るくらいなら、井戸の底にだって住むわ」

このふたつの決定が村の噂として広まると、ハリソン夫人の噂話は影を潜めてしまった。リンド夫人に一緒に住もうと言うなんて、マリラ・カスバートも早まったことをしたもんだと、賢そうに頭を振ってみせる人たちがいた。あの二人じゃ、一緒にやっていけるわけがないと言うのだ。どっちも「自分のやり方にこだわる」からと、いろいろ暗い予想がなされたが、当の本人たちは一切気にしていなかった。二人は、お互いの義務と権利をはっきりさせて、それを尊重するつもりだったのだ。

「あなたのことに私はよけいな首を突っ込まないし、あなたも私のことによけいな首を突っ込まないってことね」リンド夫人は決心したように言った。「双子のことについては、私にできることは何だってやりますよ。ただ、デイヴィーの質問に答えるつもりはありませんからね、まったくもって。百科事典じゃあるまいし。フィラデルフィアの敏腕弁護士でもありませんから。そういうときは、アンがいてくれたらと思うでしょうね」

「ときどきアンの答えは、デイヴィーの質問と同じくらいへんなのよ」とマリラは冷ややかに言った。「アンがいなくて、双子がさみしがるのは、目に見えてるわね。でも、アンの将来を、デイヴィーの知りたがりの犠牲にするわけにはいかないからね。あの子が質問しても、私には答えられない。子供は黙ってなさいって言うのみだね。私はそうやって育てられたし、最近の子供の躾っていったって、昔の育て方と大して変わりはしないんじゃないのかしらね」

「まあ、アンのやり方は、デイヴィーには、かなりうまくいっていたみたいですけどね」リンド夫人は、微笑んで言った。「あの子は今じゃ、すっかりいい子になったわよ、まったくもって」

「根っから悪い子じゃないのよ」とマリラは認めた。「私がこれほどあの子たちのことを好きになるなんて思ってもみなかったわ。デイヴィーはじょうずに取り入ってくるよ……ドーラは、かわいい子だけど、ただ……ちょっと……その……」

「単調なんでしょ？　そうですよ」リンド夫人が言葉を補った。「どのページにも同じことが書いてある本みたいにね、まったくもって。ドーラはちゃんとした、頼りになる女性になるでしょうけど、目立ったことは何もしませんね。まあ、そういった人たちは、あんまりおもしろみがなくても、そばにいる分には、いてほしい人ですからね」

アンの辞職の知らせを聞いて、純粋によろこんでくれたのは、ギルバート・ブライスぐらいだろう。アンの生徒たちには青天の霹靂だった。アネッタ・ベルは、家に帰ってからヒステリーを起こした。アンソニー・パイは、売られたわけでもない大喧嘩を二度もやって、やり場のない鬱憤をぶちまけた。バーバラ・ショーはひと晩じゅう泣いた。ポール・アーヴィングは、おばあちゃまに、一週間ポリッジを食べられないと、喧嘩腰で宣言した。

「食べられないよ、おばあちゃま」とポール。「何にも食べられない気がするんだ。喉に何かひどい塊がつっかえてるみたい。ジェイク・ドネルがぼくのこと見てなかったら、泣きながら学校から帰ってくるところだったんだ。ベッドに入ってからも泣いちゃうと思う。明日、ぼくの目、真っ赤になるかな？ 泣けば、すっとすると思う。とにかく、ポリッジは食べられない。今は先生とのお別れを我慢するのに、いっぱいいっぱいなんだよ、おばあちゃま。ポリッジを頑張る力は残ってないんだ。ああ、おばあちゃま、あのきれいな先生がいなくなったら、どうしたらいいのかわからないよ。ミルティー・ボウルターは、ジェーン・アンドルーズ先生が学校に来るって言ってる。アンドルーズ先生はとてもいい先生だと思うけど、シャーリー先生みたいにいろいろわかってくれないと思うんだ」

ダイアナも、かなり悲観的な見方をしていた。

「今度の冬は、ここはひどくさみしくなるわね」ある夕暮れ、東の破風の部屋でダイアナとアンが坐って話していたとき、ダイアナが嘆いた。

月光が「銀の光」〔テニソンの詩「オードリー・コート」にある言葉〕となって桜の枝を透かして降り注ぎ、部屋は柔らかな夢のような輝きで満ちていた。アンは窓辺の低い揺り椅子に坐り、ダイアナはベッドであぐらをかいていた。

「あなたとギルバートがいなくなるのね……そしてアラン夫妻も。アラン牧師はシャーロットタウンから呼ばれていて、もちろんお受けになるでしょう。あんまりだわ。冬じゅう教会は空っぽで、また候補者のお説教を次から次に聞かなきゃならないなんて……しかも、お話のじょうずな人は半分もいやしないんだから」

「イースト・グラフトンのバクスター牧師を呼ぶのだけは、やめてほしいわ」アンはきっぱりと言った。「来たがっているけど、お説教がとっても陰気なの。日曜学校のベル校長先生によれば、古い流儀の牧師さんだそうよ。でも、リンドのおばさまによれば、あの人には、胃が悪い以外、どこも問題はないんですって。奥さまがあまり料理がじょうずではないらしくて、三週間のうち二週間も酸っぱくなったパンを食べさせられていたら、神学だってどっか歪んでくるものだって、リンドのおばさまがおっしゃってたわ。アラン夫人は、ここから離れることを、とてもつらく思っていらっしゃるわ。花嫁としてここにやってきたときからずっとみなさんによくしていただいているから、一生おつきあいしてきたお友だちと別れるみたいな気がするって。それから、赤ちゃんのお墓のこともあるしね。お墓をほったらかしにして、どうやってここを出ていけるものかわからないっておっしゃってるわ……ほんとにちいちゃな、たった三か月の赤ちゃんだったけど。お母さんがいなくなったら、さみしがるだろうとおっしゃるの。そんなことアラン牧師にはどんなことがあっても言えないってわかっていらっしゃるけど。牧師館の裏の樺の森を通って、ほとんど毎晩、墓場へ、そっと行っては、お墓にかわいい子守歌を歌ってあげてるんですって。昨夜、あたしがマシューのお墓に早咲きの野バラをお供えしに行ったとき、何もかも教えてくださったわ。だから、あたし、あたしがアヴォンリーにいるあいだは、赤ちゃんのお墓にお花をお供えしますって約束したの。あたしがいないときは、きっと……」

「あたしがやるって言ったのね」ダイアナが元気よく言った。「もちろん、やるわよ。それから、アン、あなたのためにマシューのお墓にもお供えするわ」

「あら、ありがとう。そうしてくれないか、お願いするつもりだったの。それからヘスター・グレイのお墓にもね？ ヘスターのお墓を忘れないで。あのね。あたし、ヘスター・グレイのことをいろいろ考えて、夢にまで見てきたから、なんだかほんとによく知ってる人みたいに感じてきたの。あの涼しくて、静かな緑の小さなお庭にいるヘスターのことを考えて、こんな空想をするの。ある春の夕暮れ、光と闇のあいだの魔法の時刻に、足音をたてて驚かせないように、そっと爪先立って、あのブナの木の丘を上がっていったら、昔どおりのきれいなお庭があるのよ。白い水仙や早咲きのバラが馨しく咲き誇っていて、その向こうの、つる草のからまる小さなお家に、ヘスター・グレイがいるの。やさしい目をして、風に黒髪をなびかせ、指先で水仙にふれたり、バラと内緒話をしたりして、ぶらぶらと歩きまわっているんだわ。あたしは前へ進んで、ああ、ものすごくそっとよ、両手を差し出して、こう言うの。『ヘスター・グレイ、お友だちになってくれませんか、あたしもバラが大好きだから』って。あたしたちは古いベンチに腰掛けて、ちょっとお話をして、ちょっと夢を見て、さもなきゃ、二人でうっとりと黙っているの。そしたら月が昇って、ふと、まわりを見まわすと……そこにはヘスター・グレイもいなければ、つる草がからまるお家もなければ、野バラもない……ただ、古い荒れ果てたお庭の雑草の中に白い水仙がちらほらと見えるだけ。そして、風が、ああ、それは悲しそうに桜の木々で溜め息をついたの。それがほんとのことだったのか、ただ想像しただけなのか、あたしにはわからない」

ダイアナはもぞもぞ這うようにして、ベッドの頭板に背中をぴったりつけた。薄暗がりのなかで友だちがこんな気味の悪いことを言うときは、うしろに何かいるかもしれないと想像できないようにしておいたほうがいいのだ。

「改善協会は、あなたもギルバートもいなくなったら、だめになるわね」ダイアナは悲しそうに言った。

「ちっとも心配ないわ」アンは威勢よく言った。夢の世界から現実生活へ戻ってきたのだ。「それぐらいのことで揺らがないほどしっかりとした組織になってるもの。とくに、年輩の人たちが熱心になってくれたし。この夏、芝生と小道を随分きれいにしてくれているじゃないの。レドモンドへ行ったら、参考になることがないか気をつけておいて、今度の冬にレポートを書いて送るわよ。そんな暗い物の見方をしちゃだめよ、ダイアナ。それに、あたしがよろこんでいられるのは今だけなんだから、よろこばせて頂戴よ。いざ向こうに行くとなったら、よろこんでなんていられないんだから」

「あなたは、よろこんでいればいいでしょうよ……大学へ行って、楽しくやって、新しいお友だちも山ほどできるんだろうから」

「新しいお友だちは作りたいな」アンは考え深く言った。「新しいお友だちができるかもしれないって思うと、人生がすごく魅力的に思えるわね。でも、どれほど多くのお友だちができても、昔からのお友だちほど大切にはならないわよ……とくに、黒い目をして、えくぼのできる女の子ほど。誰のことかわかる、ダイアナ？」

「だけど、レドモンドには、頭のいい女の子がどっさりいるでしょうよ」とダイアナは溜め息をついた。「あたしはただのおばかな、ときどき『見れる』とか言っちゃう田舎娘ですからね……でも、ちょっと気をつければ、そんなことは言わないんだけど。まあ、もちろん、この二年間は、最高に楽しかったわ。ともかくあなたがレドモンドに行くことでよろこんでいる誰かさんがいることはわかっているわ。アン、聞きたいことがあるの……まじめな質問よ。怒ったりしないで、ちゃんと答えてね。あなた、ギルバートのこと、好き？」

「お友だちとしてね。あなたが言うような意味では考えてないわ」アンは落ち着いて、きっぱりと言った。アンは自分でも本心を言っているつもりだった。

ダイアナは溜め息をついた。どういうわけか、アンがちがった答えをしてくれたらよかったのにと思ったのだ。

「いつかは結婚するんじゃないの、アン？」

「たぶんね……いつか……この人だと思える人と出会えたら」とアンは月明かりを夢見るように見あげて、微笑みながら言った。

「でも、この人だって、どうやってわかるのよ？」ダイアナは、しつこく尋ねた。

「あら、わかるでしょ……何かこれだってものを感じるんだわ。あたしの理想、知ってるでしょ、ダイアナ」

「でも、人の理想は変わることもあるわ」

「あたしのは変わらない。理想にぴったりの人じゃなきゃ好きになれないわ」

「そんな人と会えなかったら？」

「そしたら、オールド・ミスとして死ぬまでよ」と陽気な答え。「最悪の死ってわけでもないでしょ」

「そりゃ、死ぬのは簡単でしょうよ。オールド・ミスとして生きるのが、つらいんじゃない？」ダイアナは、ふざけているのではなく、まじめに言った。「ミス・ラベンダーみたいになれるんだったら、オールド・ミスもそれほど悪くないかもしれないけど、でも、あたしはやっぱり嫌。四十五にもなったら、ひどく太っちゃうんだわ。やせたオールド・ミスだったら、まだロマンスがありうるかもしれないけど、太ってちゃ話にならないわ。そう言えば、ネルソン・アトキンズが三週間前にルービー・ギリスにプロポーズしたんだって。ルービーが何もかも教えてくれた。あの人と結婚したら、あの人の両親と同居することになるから、結婚するつもりはなかったんだけど、あまりにも完璧に美しくてロマンチックなプロポーズだったから、もう舞い上がっちゃったんだって。でも、早まったことはしたくなかったので、一週間考えさせてほしいって、ルービーは言ったのよ。二日後にネルソンのお母さんのお宅で、裁縫サークルの集まりがあったので行ってみたら、『エチケット完全ガイド』って本が客間のテーブルに載っててね、『求婚と結婚の作法』っていう題の章に、ネルソンがやったプロポーズのまさにそのとおりの台詞が一言一句たがわず書いてあったのを読んだときの気持ちは言いようがなかったたって言ってた。ルービーは家に帰って、完璧に冷酷な断りの手紙を書いたんだって。そしたら、彼のお父さんとお母さんが、ネルソンが川で身投げをしないか交代で見張ったそうなんだけど、そんな心配なんてする必要なかったたってルービーは言うの。『求婚と結婚の作法』には、断られた場合にどうふるまうべきかも書いてあって、そこには身投げするなんて書いてなかったからですって。それから、ウィルバー・ブレアもルービーにすっかりお熱なんだけど、ルービーとしては、どうしてあげることもできないそうよ」

アンはいらいらと身じろぎをした。

「こんなこと言っちゃいけないと思うけど……お友だちを裏切るみたいだけど……でも、あのね、あたし、もうルービー・ギリスのこと好きじゃないわ。一緒にアヴォンリー校やクイーン学院へ行っていたときは好きだったけど……もちろん、あなたやジェーンほどじゃないけどね。でも、この一年、カーモディでのルービーってすっかり変わってしまったでしょ……もう……あまりに……」

「わかるわ」とダイアナはうなずいた。「ギリス家の性格が出てきているのよ……ルービーにはどうすることもできないのよ。リンドのおばさまがおっしゃるには、ギリス家の娘がたとえ男の子以外のことを考えたとしても、歩き方を見ても、会話を聞いても、男の子のことを考えているようにしか見えないって。ルービーの話は、男の子のことばっかり。どんなほめ言葉を言ってもらったか、カーモディの男の子たちがどれほどみんなルービーに首ったけかって話ばかりしてる。で、不思議なことに、ほんとにみんな首ったけなんだわ……」ダイアナは、くやしそうに認めた。「昨夜（ゆうべ）、ブレアさんのお店でルービーに会ったら、新しい〝いい人〟ができたって、ささやくのよ。誰なのか聞いてやらなかった。だって、聞いてもらいたくってうずうずしているのがわかるんだもの。まあ、ルービーがずっと望んでいたのがそれだものね。小さい頃から、大きくなったら彼氏を二、三十人作って、落ち着く前に大いに楽しむんだなんていつも言ってたものね。ほんと、ジェーンとは大ちがいだわ。ジェーンは、親切で、分別があって、貴婦人のような人よね」

「ジェーンは、宝石のような人よ」とアンも同意した。「でも」とアンは前に身を乗り出して、枕の上にぶらりと垂れている、ふっくらとした、えくぼのある小さな手をやさしくぽんぽんとたたきながら言った。「やっぱり、あたしのダイアナのような人はいないわ。あたしたちが初めて会った日の夕方、あなたのお庭で永遠の友情を『契った』のを憶えている？　あのときの『誓い』を、あたしたち、守ってるんだわ……喧嘩をしたこともないし、よそよそしくなったこともない。あなたがあたしのことを愛してるって言った日に、全身に感じたぞくぞく感を忘れることはできないわ。あたし、小さいときずっとさみしくて、心が飢えてたのよ。今になって、あのときどれほど飢えてさみしかったか、ようやくわかってきた。誰もあたしのことなんか気にかけてくれなかったし、あたしのことで面倒になるのを嫌がった。不思議な小さな夢の生活のなかで、好きなだけお友だちがいて愛されてるって想像していなかったら、すごくみじめだったと思うわ。ところが、グリーン・ゲイブルズにやってきて、すべてが変わったんだわ。あなたに出会った。あなたとの友情があたしにどれだけ意味があったか、わからないでしょ。あたし、今ここで、あなたにお礼を言いたいわ。いつもあたしを温かくほんとに愛してくれて、ありがとう」

「いつまでも、いつまでも愛するわ」ダイアナは、すすり泣いた。「あたし、あなたを愛した半分も決して愛さないわ、どんな人……どんな女の子も。そして、もし結婚して小さな娘ができたら、アンって名前をつける」

第27章　石造りの家での午後のひととき

「すっかりおめかしして、どこへ行くの、アン？」デイヴィーは知りたがった。「その服、すっげー、かっこいいよ」

　アンは薄緑のモスリンの新しい服でお食事に行こうと二階から下りてきたところだった……マシューの死後初めて着たきれいな色の服だ。アンの繊細で花のような顔色をひきたて、つややかな髪の毛によく映えて、とても似合っていた。

「そんな言葉を使ってはいけないと、何度言ったらわかるんですか」アンは叱った。「エコー・ロッジへ行くんです」

「ぼくも連れてって」デイヴィーが頼んだ。

「馬車なら、連れていってあげるけど。歩いていくし、八歳の足じゃ遠すぎるでしょ。それにポールも行くから、ポールと一緒じゃ、嫌なんじゃないかしら」

「ポールのこと、前よりずっと好きになったんだ」デイヴィーは、プディングをがつがつ食べながら言った。「ぼくもかなりいい子になったから、あいつがぼくよりいい子でもかまわなくなったんだ。このままいい子でいたら、いつか追いつくよ。足の長さも同じになるさ。それに、ポールは、学校で、ぼくら二年生にとってもやさしいんだ。ほかの大きな男の子がぼくらに手を出すのをやめさせたり、いろんな遊びを教えてくれたりするんだ」

「昨日のお昼の時間、どうしてポールは川に落ちたの？」アンは尋ねた。「遊び場で会ったけど、ずぶ濡れだったから、何があったのかつきとめる前に、早く服を着替えなさいって家へ帰したけど」

「ついうっかいなんだよ」デイヴィーは説明した。「頭をわざと突っ込んだら、体のほうが、ついうっかい落ちちゃったんだ。ぼくら、みんな小川で遊んでて、プリリー・ロジャソンが何かのことでポールに怒って……あの女の子、すっごく嫌な子で、意地悪なんだ。かわいいくせに……で、ポールのおばあちゃんは毎晩ポールの髪の毛を布に巻いてカールさせてるって言ったの。ポールは気にしなかったと思うんだけど、グレイシー・アンドルーズが笑ったもんだから、ポールは真っ赤になっちゃってね。だって、グレイシーはポールの彼女だもん。もう、ぞっこんなんだよ……お花をあげたり、海岸通りをずっと本を持ってあげたりしてね。赤かぶみたいに赤くなって、ぼくのおばあちゃまはそんなことはしないし、ぼくの髪の毛は生まれつき巻き毛なんだって言ったの。そして、土手に横になって、土手んとこの泉に頭を突っ込んで、見せてやろうとしたの。あ、ぼくらが水を飲む泉じゃないよ……」マリラの顔に浮かんだ恐怖の表情を見てデイヴィーは付け加えた。「……もう少し下のほうの小さな泉。でも、土手がすっごくすべりやすくて、ポールはそのまま下の川に落ちちゃったの。すっげーバシャーンっていったよ。あ、アン、アン、言うつもりじゃなかったんだ……つい出ちゃったの。すばらしくバシャーンっていいました。でも、ポールったら、這(は)い出てきたとき、びしょ濡れで、どろんこで、おかしな恰好(かっこう)になっててさ。女の子たちはどっと笑ったけど、グレイシーは笑わなかった。悪かったって顔してた。グレイシーはいい子だけど、だんごっ鼻なんだ。ぼく、大きくなって彼女を作るときは、だんごっ鼻の子にはしないな……アンみたいなきれいな鼻の子にするよ」

「プディングを食べているときにそんなに顔じゅうをシロップだらけにしてしまう男の子に、女の子は見向きもしませんよ」とマリラは厳しく言った。

「でも、女の子のところに行く前に顔洗うもん」デイヴィーは、手の甲で顔の汚れをごしごし拭(ぬぐ)いながら、言い返した。「耳のうしろだって、言われなくたって洗うもん。今朝まで憶えてたんだよ、マリラ。昔と比べたら、半分ぐらいしか忘れてないもんね。でも……」デイヴィーは溜(た)め息をついた。「……見えないところがいっぱいあるんだもん。ぜんぶ憶えているのはすっごくむずかしいよ。まあいいや、ミス・ラベンダーのとこに行けないなら、ハリソンのおばさんとこに遊びに行こっと。ハリソンのおばさんって、すっごくいい人だよ。小さな男の子のためにわざわざ台所にクッキーの壺(つぼ)

を用意してくれてるんだよ。それにいつだって、プラムケーキの生地を混ぜ合わせたボウルから、まわりにひっついたのをぼくに食べさせてくれるんだ。まわりにプラムがどっさりくっついているんだよ。ハリソンのおじさんも、前からいい人だったけど、また結婚したら二倍いい人になったよ。結婚すると、いい人になるのかな。どうしてマリラは結婚しないの？　教えて」

マリラは、自分が〝独身の至福〟〔シェイクスピアの『夏の夜の夢』で最初に用いられた慣用表現〕にあることにふれてほしくないとは思っていなかったので、意味ありげな視線をアンと交わしてから、

「誰も私と結婚したいという人がいなかったからだと思う」と愛想よく答えた。

「でもきっと、マリラのほうから、誰かに結婚してくださいって、頼まなかったんじゃないの」とデイヴィーが言い返した。

「あら、デイヴィー」お澄ましのドーラが、びっくりしたあまり、話しかけられもしないのに口をはさんだ。「結婚の申し込みをするのは男の人なのよ」

「どうしていつも男がするのかな」とデイヴィーがぶつぶつ言った。「何もかも男がやらなきゃいけないみたいだ。もっとプディング食べてもいい、マリラ？」

「もうじゅうぶん食べましたよ」マリラはそう言いながらも、おかわりを少しあげた。

「プディングがご飯になればいいのにね。どうしてご飯の代わりにプディングを食べないの、マリラ？　教えて」

「プディングだと、食べ飽きてしまうからです」

「ぼく、試してみたいな」食べ飽きないと思ったデイヴィーは言った。「でも、ぜんぜん食べないよりか、お魚の日（キリストがはりつけにされた金曜日は精進日として肉を断ち、代わりに魚を食べる）とお客さんが来た日だけでもプディングが食べられるほうがいいよね。ミルティー・ボウルターのうちじゃ、ぜんぜん食べないんだって。お客さんが来ると、チーズを出して、お母さんが切り分けるって、ミルティーが言ってた……ものすっごく小さいひと切れと、かっこつけてもうひと切れ」

「ミルティー・ボウルターが自分のお母さんのことをそう言ったにしても、あんたまで同じことを言うことはありません」とマリラが厳しく言った。

「なんてこった」デイヴィーは、ハリソンさんの口癖をおもしろがって真似するようになっていた。「ミルティーはお母さんをほめてるんだよ。お母さんのこと、すっごく自慢してるんだ。だって、お母さん、石ころしかなくても食べていけるって言われてるんだよ、すっごいでしょ」

「あ……また、鶏が、パンジーの花壇をつっついてる」マリラは、立ち上がって足早に出ていった。

悪者にされた鶏は、パンジーの花壇のそばにはいなかったし、マリラは花壇に見向きもしなかった。その代わりに、地下室へ下りる階段の入り口に腰掛けて、自分でも恥ずかしくなるほど笑い転げた。

その日の午後、アンとポールが石造りの家に行ってみると、ミス・ラベンダーとシャーロッタ四世が、庭で一所懸命雑草を抜いたり、鍬で土をかいたり、刈り込みを入れたり、切りそろえたりしていた。大好きなフリルとレースでいっぱいの服を着て、明るくすてきなミス・ラベンダーは、はさみをとり落として、お客さまを迎えに、うれしそうに駈け寄った。シャーロッタ四世も、うれしそうに、にこにこしていた。

「いらっしゃい、アン。今日いらっしゃるかなと思ってたのよ。あなたは今日みたいな午後にふさわしい人だから、午後があなたを連れてきたのね。ふさわしいものは、いつも一緒になるわ。そのことさえわかっていれば、どんなに悩みが少なくてすむかしら。でも、わからない人がいて……ふさわしくないものを一緒にしようとして、天と地を動かして美しい情熱をむだにしてしまうんだわ。そして、ポール……まあ、大きくなったわねえ！　前に来たときから、頭半分は背が伸びたわ」

「ええ、雑草みたいにひと晩で大きくなり始めたって、リンド夫人に言われました」ポールは、そのことを心底よろこんで言った。「おばあちゃまは、ついにポリッジの成果が出てきたって言っています。たぶんそうなんだと思います。わかりませんけど……」ポールは深く溜め息をついた。「……ぼく、かなり食べるようになったんです。誰だって大きくなるはずってくらい。食べるようになったからには、お父さんぐらい大きくなるまで、続けるつもりです。お父さんは六フィート〔百八十二・八八センチ〕あるんですよ、ミス・ラベンダー」

そうだ、ミス・ラベンダーはよく知っていた。かわいらしい頬の赤みが少し増した。一方の手でポールの手をとり、もう一方でアンの手を取ると、黙って家へ歩きだした。

「今日は、こだまが聞こえますか、ミス・ラベンダー?」ポールは心配そうに聞いた。初めてきた日は風が強すぎて、こだまが聞こえず、ひどくがっかりしたのだった。

「ええ、最高の日よ」ミス・ラベンダーは、思い出から覚めて答えた。「でも、まず、何か食べましょう。あなたたちは、このブナの森をずっと歩いてきたんだもの、お腹が空（す）いてないわけないわ。それにシャーロッタ四世と私は、いつでもお食事にできるの……便利な食欲でしょ。じゃあ、台所へ突撃。幸い、すてきなものでいっぱいよ。今日はお客さまがいらっしゃるなって予感がしてたから、シャーロッタ四世と一緒に準備してたの」

「ルイスさんはいつも台所においしいものを用意しているんですね」ポールが言った。「おばあちゃまもそうなんです。でも食事と食事のあいだにおかしを食べるのは反対してます。おばあちゃまが反対するってわかってるのに」ポールは考え込みながら、言い添えた。「お家（うち）の外で食べていいのかな」

「あら、こんなに遠くまで歩いてきたんだから、おばあさまだって反対なさるとは思えないわ。いつもとはちがいますからね」ミス・ラベンダーは、ポールの栗色の巻き毛越しに、アンと微笑みを交わした。「おかしはとても健康に悪いわ。だから、エコー・ロッジでは、しょっちゅう頂くの。私たち……シャーロッタ四世と私……は、お食事について知られているあらゆる規則を無視して生きているの。食べたいと思ったら、ありとあらゆる消化に悪いものを食べるの。昼も夜も。それでも青々とした月桂樹のように、健やかに生きているわ。いつも改心しようとは思ってるのよ。新聞で、私たちの好きなものがよくないって書いてある記事を見つけると、切り抜いて、台所の壁に貼って、忘れないようにするの。でも、どうしても忘れてしまうのよね……思い出したときは、それを食べてしまったあと。でも、まだ死なないわよ。もっとも、二人で寝る前にドーナッツとミンスパイとフルーツケーキを食べたときは、シャーロッタ四世は悪夢を見たっていうけど」

「おばあちゃまは、寝る前には、ミルク一杯とバターつきパンをくれます。日曜の夜には、パンにジャムを塗ってくれます」とポール。「だから、ぼく、日曜の夜になると、いつもうれしいんです……理由はそれだけじゃありません。海岸通りの家では、日曜はとっても長い日だから、ようやく終わるのがうれしいんです。おばあちゃまは、短すぎるくらいだっておっしゃって、ぼくのお父さんは小さいとき日曜に決して退屈したりしませんでしたよっておっしゃるんだ。ぼくの〝岩場の人たち〟と話せるならそんなに長く感じないだろうけど、おばあちゃまは日曜にそんなことをしてはいけないって反対なさるの。ぼく、いろんなこと考えるんだけど、あんまり立派なことを考えないんです。日曜には神聖なことしか考えてはいけないって、おばあちゃまがおっしゃるの。でも、アン先生は前に、本当に美しい考えは、それが何についてであっても、何曜日に考えても神聖だって教えてくださったでしょ。だけど、おばあちゃまは、牧師さまのお説教と日曜学校の授業だけが、本当に神聖な考えだと思っているんだと思います。おばあちゃまと先生の意見がちがうと、ぼく、どうしていいかわからない。ぼくの心の中では……」

ポールは胸に手を当てて、とても真剣な青い目を上げてミス・ラベンダーを見上げると、ミス・ラベンダーはすぐに思いやりのある顔つきをした。

「……先生と同じことを思うんです。でもね、おばあちゃまは、お父さんをおばあちゃまのやり方で育てて大成功を収めたけど、先生はまだ誰も育ててないでしょ。ディヴィーとドーラを育てるお手伝いはなさっているけど、あの子たちが大人になるまではわからないでしょ。だから、ときどき、おばあちゃまの意見に従ったほうがいいのかなあって思うんです」

「そう思うわ」アンは重々しく同意した。「とにかく、あなたのおばあちゃまと私が、ほんとに言いたいことは何かを話し合ったら、言い表し方はちがっても、かなり同じようなことを言おうとしているんだと思うわ。おばあちゃまの言うとおりにするのがいいと思いますよ。経験からそうおっしゃっているんですものね。私のやり方も同じように正しいかどうかは、双子が大きくなるまで待たないとわからないもの」

お昼のあと、みんなは庭に戻ってきて、そこでポールは、こだまと友だちになった。ポールは驚き、よろこんだ。そして、アンとミス・ラベンダーはポプラの木の下の岩に坐って、話をした。

「じゃあ、秋には出発なのね？」ミス・ラベンダーは、残念そうに言った。「あなたのためによろこばなきゃだめね、アン……でも、私、ひどく自分勝手だけど、残念だわ。あなたと会えなくなったらすごくさみしいもの。ああ、お友だちを作っても仕方がないなって、ときどき思うことがあるの。しばらくすると自分の人生からいなくなってしまって、一人ぼっちでいたときの空虚さよりもひどい痛みを残していくもの」

「まるでミス・イライザ・アンドルーズが言いそうなことですね。ミス・ラベンダーの言葉とは思えないわ」とアン。「空虚さよりもひどいものなんて何もないわ……そして、あたしは、あなたの人生からいなくなったりしません。手紙とか休暇とかありますからね。あたしの大切な人。あなた、ちょっと青ざめて、疲れているみたい」

「ヤッホー……ホー……ホー……ホー」土手に上がったポールの声が聞こえた。そこで、さっきから一所懸命音を出していたのだ……必ずしもきれいな音ばかりではなかったが、どれもこれも川向こうの妖精(ようせい)の錬金術師たちによって、金と銀の音に変えられて返ってくる。ミス・ラベンダーは、いらいらと、そのかわいらしい両手を振った。

「何もかもうんざり……こだま(エコー)も、もう嫌。私の人生には、こだま(エコー)しかないの……失われた希望と夢とよろこびの残響。美しいけど、からかってるみたい。ああ、アン、お客さまにこんなふうに話をしたりして、私ってひどいわね。ただ、年を取ってきて、年取ったことにどうにも耐えられないの。六十になったら、意地悪ばあさんになってるわ。でも、もしかしたら、お薬でも飲めば治るのかもしれないけど」

このとき、お昼のあと姿を消していたシャーロッタ四世が戻ってきて、ジョン・キンボルさんの牧場の北西の角が、早生(わせ)のいちごで真っ赤になっているから、シャーリー先生さま、採ってきませんか、と告げました。

「お茶に、早生のいちご！」ミス・ラベンダーが叫んだ。「ああ、私、思ったより年取ってないわ……お薬も要らない！　さあ、みんな、いちごを採って戻ってきたら、この銀のポプラの下でお茶にしますよ。自家製のクリームですっかり用意をしておきますからね」

アンとシャーロッタ四世は、言われたとおりにキンボルさんの牧場へ行った。空気がベルベットのように柔らかで、すみれの花壇のように香り高く、琥珀(こはく)のように黄金色をした、緑のひろびろとした場所だ。

「ああ、ここって、すばらしくって、新鮮ね？」アンは息を吸い込んだ。「まるで日光を飲み込んでいるみたい」

「はい、さようでございますね。はい。私もまさにそう感じますです」とシャーロッタ四世が同意した。アンが荒野のペリカンのように感じると言ったら、きっと、まさにそうだと言ったことだろう。

アンがエコー・ロッジに遊びにきたあとはいつも、シャーロッタ四世は台所の上の自分の小さな部屋に上がって、姿見の前でアンのように話したり、アンのような顔つきや仕草をしたりしてみようとやってみるのだった。うまくいったと思ったことはないのだが、学校で「習うより慣れろ」という諺を学んだので、シャーロッタはいつかアンのように、微かに顎を上に向けたり、目をきらきらと星のように輝かせたり、風に揺れる枝のように歩いたりできるようになるのじゃないかしらと、うっとりと願うのだった。アンを見ていると、とてもたやすいような気がする。シャーロッタ四世は心からアンを崇めているのだった。すばらしい美女だと思っているわけではない。美しいということでいえば、ダイアナ・バリーの赤い頬や黒い巻き毛の美しさのほうが、アンの月明かりのようなきらきらする灰色の目や、変化して定まらない薄バラ色の頬の魅力よりも、ずっとシャーロッタ四世の好みに合っているのだった。

「でも、私、美人になるより、先生さまみたいになりたいんです」シャーロッタは、アンに正直に言った。

アンは笑って、その賛辞から蜜を吸って、針は捨てた。アンは、賛否の入り交じったほめ言葉を受けるのに慣れていたのだ。アンの外見について、世の中の人の意見は一致することはなかった。きれいな子だと聞いていた人は、アンと会ってがっかりした。十人並みだと聞いていた人は、アンを見て、人々の目はどこについているのかと不思議がった。アン自身、自分が美人だとは思っていなかった。鏡を覗いても、見えるのは、鼻に七つのそばかすのある小さな青ざめた顔だった。バラ色に明るく輝く炎のようにアンの顔のあちこちに表れる、とらえがたい、常に変わり続ける感情の動きや、その大きな目に互いちがいに表れる夢と笑いの魅力を、鏡はアンに見せてくれることはなかったのだ。

アンが、厳密な言葉の意味において美女ではなかったにせよ、アンにはある種のとらえがたい魅力やはっきりした外見的特徴があり、アンを見た人は、その爽やかで洗練された娘らしさにふれて、ほっとしてうれしくなり、いろいろなことができる人なのだということを強く感じるのだった。アンを知っている人は、そうと気づかずに、アンの最大の魅力は、アンをとりまく可能性のオーラ……アンが将来何かする力を持っている様子……にあるのだと感じるのだ。アンは、何か起こりそうな気配の中を歩いているように思えた。

シャーロッタ四世は、いちごを摘みながら、ミス・ラベンダーについての心配事をアンに打ち明けた。この思いやりのある小さな小間使いさんは、大切な主人の健康のことを心から心配しているのだった。

「ラベンダーさまは病気なんです、シャーリー先生さま。ご自分ではそうおっしゃらないけれど、病気であることはわかりますです、はい。随分長いこと、いつものラベンダーさまじゃないんです……先生さまとポールが一緒にここへいらしてからというもの、ずっとなんでございます。あの夜、風邪をお召しになったんじゃないでしょうか。先生さまとポールがお帰りになったあと、あの方は小さなショールひとつだけで外へ出て、暗くなってから長いことお庭を散歩なさったんです。道には雪がたくさん積もっていて、それで冷えたんだと思います、はい。それ以来、お疲れになったり、さびしそうになさったりしていらっしゃるんです。何にも興味を持たなくなってしまったようで、はい。お客さまがいらっしゃるふりもやめてしまいましたし、その準備もなさらなくなりました。なんにもなさらないんです、はい。先生さまがいらっしゃるときだけ、少しだけ元気におなりになるようなんですけど。一番いけないのは、シャーリー先生さま……」

シャーロッタ四世は、まるで何か、ものすごく奇妙で恐ろしい症状を話そうとするかのように声を低めた。

「……私が物を壊しても、あの方、怒らなくなったんです。だって、シャーリー先生さま、昨日なんか、本棚にずっと置いてあった緑と黄色の壺を割ってしまったんです。ラベンダーさまのおばあさまがイングランドから持っていらしたもので、そりゃあ大切になさっていたものなんです。とても気をつけて、はたきをかけていたんですけど、シャーリー先生さま、はたきがすべって、こんなふうに、あっと思ってつかまえる前に、こなごなに割れてしまいました。ほんと、申し訳なくって、怖くって。ラベンダーさまにひどく叱られるだろうと思っていたんです、はい。あんなふうにされるよりは、叱っていただいたほうがよかったんです。ただ入っていらっしゃって、ろくにご覧になりもしないで、『いいのよ、シャーロッタ。破片を拾って捨てて頂戴』とまあ、そうおっしゃったんです。『破片を拾って捨てて頂戴』ですよ。まるで、イングランドから持ってきたおばあさまの壺じゃないみたいに。ああ、病気なんです。すごく心配です。私しか看病してあげられる人はいないんでございます」

シャーロッタ四世の目には、涙があふれていた。アンは、ひび割れたピンクのコップを持っているその小さな日焼けした手を、だいじょうぶよというように、ぽんぽんと叩いてあげた。

「ミス・ラベンダーには気分転換が必要なんだと思うわ、シャーロッタ。ここでずっと一人っきりで居すぎたのよ。ちょっと旅行にでも出るように仕向けることはできないかしら？」

シャーロッタは、やるせなく首を振り、大きなリボンが激しく揺れた。

「できないと思いますです、シャーリー先生さま。ラベンダーさまはお出かけがお嫌いなんです。会いに行く親戚は三軒しかなくて、それも親戚づきあいだから仕方なく会いに行くんだっておっしゃっていました。こないだ、家に帰っていらして、もう親戚づきあいはやめたっておっしゃっていました。『家に帰って、やっぱり一人がいいなって思ったわ、シャーロッタ』って私におっしゃるんです。『もう、安らかなわが家から離れたくないわ。親戚は、私のこと、おばあちゃん扱いして、もう嫌になっちゃう』そんな具合なんです、シャーリー先生さま。『もう嫌になっちゃう』って。だから、お出かけをお勧めしてもむだだと思います」

「とにかく何とかしなきゃね」アンは、ぎりぎり熟したいちごを最後に摘んで、ピンクのコップに入れながら、きっぱりと言った。「休暇になったらすぐに、ここへ来て、あなたたちとまるまる一週間過ごすわ。毎日ピクニックをして、いろいろおもしろいことを想像しましょう。そしてミス・ラベンダーを元気づけられるかやってみるのよ」

「まさにそうしていただきたかったんです、シャーリー先生さま」シャーロッタ四世はうっとりして叫んだ。主人のためにもよかったと思ったが、自分にとってもうれしいことだった。まるまる一週間かけてアンをじっと観察すれば、どうやったらアンのように動いたり、振る舞ったりできるか学びとれるはずだ。

二人がエコー・ロッジに帰ってみると、ミス・ラベンダーとポールが台所から小さな四角いテーブルを庭へ運び出して、お茶の用意をすっかり整えていた。ふわふわした小さな白い雲がたくさん浮かんだ大きな青空の下で頂くクリームつきのいちごほど、おいしいものはなかった。しかも、木の葉がサラサラと音をたてる大きな森の木陰で頂くのだから、最高だ。お茶のあと、アンは台所でシャーロッタが皿を洗う手伝いをし、そのあいだミス・ラベンダーは、ポールと石のベンチに坐って〝岩場の人たち〟の話をすっかり聞いていた。すてきなミス・ラベンダーは、とても聞きじょうずだったが、話の最後のところで、双子の船乗りの話をしてもあまり聞いてもらえていないことに、ポールはふと気がついた。

「ミス・ラベンダー、どうしてぼくのこと、そんなふうに見るんですか？」ポールは、まじめに尋ねた。

「私、どんな顔してた、ポール？」

「まるでぼくを見てると思い出す人がいて、その人をぼくの中に見てるみたい」

ポールには、ときおり怖いくらいの洞察力があって、ポールのそばで秘密を抱えているとばれてしまう危険があるのだった。

「あなたを見てると、ずっと昔に知っていた人を思い出すのよ」ミス・ラベンダーは、夢見るように言った。

「若い頃?」

「ええ、若い頃。私、とっても年取っているように見える、ポール?」

「あのね、よくわからないんです」ポールは内緒のように言った。「髪は年取ってるように見えます……若い人で白髪の人っていないから。でも、目は、笑うときなんか、ぼくのきれいな先生みたいに若いです。あのね、ミス・ラベンダーは……」ポールの声と顔は、裁判官のようにむずかしくなった。「……すばらしいお母さんになれると思いますよ。その目は、お母さんの目だ……ぼくのお母さんと同じなんだもの。ミス・ラベンダーに息子さんがいないのは、残念ですね」

「私には、小さな夢の男の子がいるのよ、ポール」

「え、ほんと? いくつ?」

「あなたと同い年だと思うわ。あなたが生まれる前に夢に見たから、もっと年上かな。でも、十一か十二より年を取らせないの。年をとったら、すっかり大人になって、いなくなってしまうから」

「わかります」ポールはうなずいた。「それが夢に出てくる人たちのいいところですよね……自分の好きな年のままでいてくれる。ぼくが知ってるかぎり、夢の人を持っているのは、世界のなかでも、あなたと、ぼくのきれいな先生と、ぼくだけだ。ぼくらがお互いに知り合いだってこと、おかしくって、すてきだと思いませんか？　でも、そういった人たちは、お互いに見つけ合うものなんだろうな。おばあちゃまには夢の人がいなくて、メアリー・ジョーは、ぼくに夢の人がいるからぼくのお頭（つむ）がおかしいと思ってるの。でも、夢の人がいるってすばらしいことだと思います。あなたならわかりますよね、ミス・ラベンダー。小さな夢の男の子の話、聞かせて」

「青い目をして、巻き毛なの。毎朝こっそり入ってきて、キスで起こしてくれるの。そして、一日じゅうお庭で遊んでる……私も一緒に遊ぶの。いろんなゲームをして。駈（か）けっこをしたり、こだま（エコー）とお話ししたり。お話を聞かせてあげたりもするわ。そして夕暮れになると……」

「ぼくにはわかります」ポールは熱心に口をはさんだ。「その子はやってきて隣に坐るんだ……こんなふうに……十二歳になったら大きすぎて膝（ひざ）に這（は）い上がってこられないものね……そして、肩に頭をもたせかけるんだ……こんなふうに……そしたら、あなたは腕をまわして、ぎゅっと抱きしめるの。ぎゅうっと。そしてその子の頭に頰を載せるの……そう、そんな具合に。ああ、わかってるんですね、ミス・ラベンダー」

石造りの家から出てきて、二人がそこにいるのに気づいたアンは、ミス・ラベンダーの表情を見て、声をかけるのを少しためらった。

「ポール、もうお暇（いとま）しなきゃ。でないと、暗くなる前に家に着けないわ。ミス・ラベンダー、近いうちに、エコー・ロッジにまる一週間お邪魔しますよ」

「一週間のつもりでいらしても、二週間は帰しませんよ」ミス・ラベンダーは、おどかした。

第28章　魔法にかかった宮殿に王子さまが帰ってくる

学校の最後の日がやってきて、終わった。期末試験が行われ、アンの生徒たちはすばらしい成績を修めた。終業式に、生徒たちは、お別れの言葉と書き物机を贈ってくれた。出席した女子生徒と母親たちは泣いて、男の子たちの中にも「泣いただろ」とあとで言われる子もいたが、「そんなことないよ」と言い張っていた。

ハーモン・アンドルーズ夫人、ピーター・スローン夫人、ウィリアム・ベル夫人は、一緒に家へ歩いて帰り、あれこれ話した。

「子供たちがあんなにアンになついているのに、学校を去らなきゃならないなんて、ほんとに残念だわ」と溜め息をついたピーター・スローン夫人は、何についても溜め息をつく癖がある人で、冗談を言っても最後に溜め息をつくほどだった。「もちろん」と夫人は急いで付け加えた。「来年いい先生がいらっしゃることはわかっているけど」

「ジェーンは、ちゃんと仕事をしますよ、まちがいなく」とジェーンの母親、アンドルーズ夫人はかなり改まって言った。「アンみたいに御伽噺を聞かせたり、子供たちを連れて森の中をうろつきまわったりはしないと思いますけどね。ジェーンは、視察官が作成する優等教員名簿に名前が載っていますからね。ニューブリッジの人たちは、ジェーンが出ていくっていうんで、大騒ぎしたそうですよ」

「アンが大学へ行くことになってほんとによかったわ」とベル夫人。「ずっと行きたがっていて、アンにとってはすばらしいことですからね」

「さあ、どうかしらね」アンドルーズ夫人は、その日、誰ともすっかり同意するつもりはないようだった。「アンにもっと教育が必要とは思わないわ。どうせギルバート・ブライスと結婚するでしょう。ギルバートが大学に通っても今までどおりアンに夢中なら。そしたら、ラテン語だのギリシャ語だの習って何になるんです？　大学で、亭主の扱い方でも教えてくれるなら、行く意味はあるでしょうけどね」

ハーモン・アンドルーズ夫人は自分の亭主の扱い方がわかっていないというのが、アヴォンリーでのもっぱらの評判だった。その結果、アンドルーズ家は、あまり夫婦円満ではなかったのだ。

「シャーロットタウンでは、アラン牧師を呼ぼうと正式に協議しているそうですよ」とベル夫人。「ということは、アラン牧師は、もうすぐいなくなってしまうんですね」

「九月まではいらっしゃるでしょう」とスローン夫人。「アヴォンリーにとっては大変な損失です……とは言っても、アラン夫人は牧師の妻にしては服が派手すぎるとは、ずっと思っていましたけどね。でも、完璧な人間などいませんし。今日、ハリソンさんがきちっとして、小ざっぱりした恰好をしていたのにお気づきになった？　あんなに様変わりした人もいませんよ。日曜日には、必ず教会へ行き、牧師さんのお給金に寄付までして」

「ポール・アーヴィングは大きくなったと思いません？」とアンドルーズ夫人。「ここに来たときは、年のわりに小さかったのに。今日、誰だかわからなかったくらいですよ。お父さんそっくりになって」

「賢い子ですね」とベル夫人。

「賢いですけど……」アンドルーズ夫人は声を落とした。「……へんな話をするんですってよ。先週、学校から帰ってきたグレイシーが、ポールからとんでもないばかげた話を聞いたって言うんです。何でも、海岸に住んでる人たちがいるとかで……まったくの嘘っぱちなんですよ。グレイシーに、そんな話、信じちゃだめよって言ったら、ポールは信じてもらいたくて話したんじゃないって言うんです。でも、信じてもらうつもりがなければ、話すわけなんかないでしょ？」

「アンは、ポールは天才だって言ってますけど」とスローン夫人。

「そうかもしれないわね。アメリカ人なんて、何考えているかわかったもんじゃありませんから」とアンドルーズ夫人は言った。アンドルーズ夫人が知っている「天才」という言葉は、変わっている人のことをくだけて「変わった天才」と呼ぶ言い方だけだった。たぶん、メアリー・ジョーと同じように、お頭がへんな人のことを言うのだと思ったのだろう。

学校の教室では、アンが二年前に初めての授業が終わったときにそうしていたように、一人で教壇の机に向かって坐っていた。頬杖をついて、涙にうるんだ目で窓の外の〝きらめきの湖〟を思いに沈んで眺めていたのだ。生徒たちと別れなければならないつらさに胸がしめつけられて、その瞬間は、大学なんてちっともすばらしくないと思えた。アネッタ・ベルが首に抱きついてきたときの腕の感触がまだ忘れられなかったし、子供っぽい泣きごとが耳にこびりついていた。

「シャーリー先生ほど大好きな先生は絶対できません。絶対。絶対」

二年間というもの、たくさん失敗を重ねて、失敗から学びながら、一所懸命、誠心誠意、頑張ってきた。頑張ったかいはあった。生徒たちに教えることはできたが、逆に教わることのほうがずっと多かったと感じていた……やさしさ、自分を律すること、無邪気な知恵、子供らしい心の教えといったことを。ひょっとすると、生徒たちのすばらしい野望を「奮い立たせる」ことはできなかったかもしれないが、それでも教えはしたのだ……これからの人生において、真実や礼儀や親切を大切にし、虚偽や卑劣さや下劣さを遠ざけて、立派に優雅に生きるのがよいことだし、必要なのだということを、こまかな教訓としてではなく、アン自身の生き方を見せることで教えたのだ。子供たちは、もしかすると、そんなことを学んだという意識はないかもしれないが、アフガニスタンの首都や薔薇戦争の年号を忘れたずっとあとまで、そうしたことを憶えていて実践することになるのだ。

「わが人生における、ひとつの章が終わったんだわ」アンは、机に鍵をかけながら、声に出して言った。本当に悲しいことだったが、「章が終わった」という発想のロマンチックなところが、ほんの少し慰めになった。

アンは、休暇が始まると、早速エコー・ロッジで二週間をすごし、みんなでとても楽しい思いをした。

アンはミス・ラベンダーを町まで買い物に連れ出し、新しいドレスを作るように勧めて、オーガンジーの布地を買わせた。それから、一緒にわくわくしながら、布地を裁ち、ドレスを作ったのだ。うれしくなったシャーロッタ四世は仮縫いをし、裁ち屑を掃除した。ミス・ラベンダーは、何に対しても興味が湧かないとこぼしていたのに、かわいいドレスのことで目に輝きが戻ってきた。

「私って、なんて浮ついたおばかさんでしょう」ミス・ラベンダーは溜め息をついた。

「ほんと、恥ずかしいわ、新しいドレスなんかで……たとえそれが、忘れな草の色のオーガンジーであったとしても……こんなに舞い上がってしまうなんて。道徳心を積んでも、海外使節への寄付の額を増やしても、こんな気持ちにならないのに」

　滞在の途中でアンは一日だけグリーン・ゲイブルズに帰って、双子の靴下を繕ったり、デイヴィーのいっぱいたまった質問に答えてあげたりした。夕方、アンはポール・アーヴィングに会おうとして海岸通りに出た。アーヴィング家の居間の低い四角い窓を通りすぎたとき、ポールが誰かの膝の上に乗っているのがちらりと見えた。しかし、次の瞬間、ポールは廊下を飛ぶようにしてやってきた。

「ああ、シャーリー先生」とポールは興奮して叫んだ。「何があったか想像もつかないと思うよ。すごいよ。お父さんが来ているんだ……考えてもみて！　お父さんが来ているんだ！　中へ入って。お父さん、ぼくのきれいな先生だよ。お父さんならわかると思うよ、ね」

　スティーブン・アーヴィングは、前へ進み出て、微笑みを浮かべて、アンと挨拶をした。背の高い、中年の美男子で、暗い灰色の髪の毛、深くくぼんだ濃い青い目、形のよい顎と額、そして悲しげで力強い顔をしていた。まさにロマンスの主人公の顔だ。アンは、こうでなくっちゃと思って、わくわくした。主人公であるべき誰かに会って、はげてたり、猫背だったり、男らしいかっこよさがなかったりすると、ほんとにがっかりするのだ。アンは、ミス・ラベンダーのロマンスの相手がかっこよくなかったら目も当てられないと思ったことだろう。

「では、こちらが息子の『きれいな先生』ですね。お噂はかねがね伺ってます」とアーヴィング氏は心のこもった握手をして言った。「ポールの手紙には、あなたのことばかり書いてありましてね、シャーリー先生。なんだかずっと前から存じあげているような気になっているんです。ポールのためにいろいろしてくださってありがとうございます。先生のような人こそ、まさにポールが必要としていた人だと思うんです。私の母は最高の女性であり、大切な人ではありますが、スコットランド人気質で質実剛健なところがあって、息子のような性格を必ずしも理解できないんです。母に欠けているところを、先生は補ってくださった。先生と母のおかげで、この二年間のポールの教育は、母親がいない子にしてはほぼ完璧だったと思いますよ」

感謝されるのは、いいものだ。アーヴィング氏にほめられて、アンの顔は「ぱっとバラ色の花を咲かせ」〔ホイッティアの詩「雪に閉ざされて——冬の田園詩」にある言葉〕たので、嫌というほど世間をよく知っているアーヴィング氏も、カナダの東のはずれの、このすばらしい目をした赤毛の先生ほど、美しくてすてきな、ほっそりした娘は見たことがないと思った。

　ポールは、二人のあいだに、有頂天になって坐った。

「お父さんが来てくれるなんて夢にも思わなかったんだ」ポールは、にこやかに言った。「おばあちゃまだって知らなかったんだよ。びっくりしたなあ、もう。普通だったら……」ポールは栗色の巻き毛を重々しく振った。「……おどかされるのって好きじゃないんだ。びっくりするってことは、わくわくしながら楽しみにするどきどき感がないってことでしょ。でも、こんなびっくりなら、いいな。お父さんは、昨夜ぼくが寝てからいらしたんだって。おばあちゃまとメアリー・ジョーがびっくりし終わってから、お父さんとおばあちゃまが二階に上がってきて、ぼくの様子を見たの。朝までぼくを起こすつもりはなかったんだけど、ぼく、飛び起きて、お父さんに会ったの。ほんと、ぼく、お父さんに飛びついたんだよ」

「熊みたいに、抱きつかれましたよ」アーヴィング氏は、微笑みながらポールの肩に腕をまわした。「こんなに大きくなって、日に焼けて、がっしりしているものだから、最初はポールだってわからないぐらいでした」

「お父さんに会って一番よろこんだのは、おばあちゃまかぼくか、わからないくらいだよ」ポールは、続けた。「おばあちゃまは、一日じゅう台所でお父さんの好物を作ってらっしゃるの。メアリー・ジョーに任せるわけにはいかないっておっしゃって。それがうれしさを表すおばあちゃまのやり方なんだ。ぼくは、ただ坐って、お父さんと話すのが一番好き。でも、今はちょっと失礼します。メアリー・ジョーのために牛を連れて帰ってこなきゃ。ぼくの日課なの」

ポールが「日課」のために飛び出していくと、アーヴィング氏はアンにいろいろなことを話してくれた。しかし、アンは、そのあいだじゅうアーヴィング氏は何かほかのことを考えているなと感じていた。やがて、そのことが表面にあらわれてきた。

「ポールが最後にくれた手紙に、先生と一緒にある人のところに行ったと書いてありました……昔の私の友人で……グラフトンの石造りの家に住むルイスさんです。よくご存じなんですか？」

「はい、よく知っています。とても大切なお友だちです」とアンは澄まして答えたが、実はアーヴィング氏にそう聞かれて、頭から爪先までぞくぞくっとしていたのだった。曲がり角の向こうから恋が覗いていると、アンは「本能的に」感じていた。

アーヴィング氏は立ち上がって、窓辺へ歩み寄ると、西日に金色にきらめいて高くうねっている大海を見やった。激しい風が音楽を奏でている。しばらく、暗い壁をした小部屋は沈黙に包まれた。それから、氏は振り返ると、アンの思いやりにあふれた顔に微笑みかけながら、なかば気まぐれに、なかばやさしく、その顔を覗き込んだ。

「君はどれほど知っているのかな」

「ぜんぶ知っています」とアンはすぐに答えた。「だって」とアンは急いで説明した。「ミス・ラベンダーとはとても親しいんです。そんな大切なことを誰にでも話すはずがありません。私たちは〝魂の響きあう友〟だからです」

「なるほど、そうなんでしょう。そこでひとつお願いがあるんですが。もし許されるなら、ミス・ラベンダーに会いに行ってみたいんです。行ってもいいかどうか聞いてもらえないでしょうか」

聞かないはずがない。もちろん、聞きますとも！　そうだ、これこそロマンスだ。まさに本物だ。ここには押韻詩(ライム)も物語も夢の魅力も、みんなあるのだ。ひょっとしたら、六月に咲くはずだったバラが十月に咲くみたいに、少し遅咲きかもしれないが、それでもバラはバラとして花開くかもしれない。甘い香りに変わりはなく、金色に光り輝く愛の花が！

あくる朝のグラフトンへ向けてブナの森を抜けていくときほど、一刻も早く伝えたいと、アンが足を速く動かしたことはなかった。ミス・ラベンダーは庭にいた。アンはものすごく興奮していた。手は冷たくなり、声が震えた。

「ミス・ラベンダー、お知らせしたいことがあります……とても大切なことです。何だかわかりますか？」

アンは、まさかミス・ラベンダーにわかるは<ruby>ず<rt></rt></ruby>がないと思っていた。ところが、ミス・ラベンダーの顔は真っ青になり、ミス・ラベンダーは、いつもの朗らかなところが微塵(みじん)もない、静かな、落ち着いた声でこう言ったのだ。

「スティーブン・アーヴィングが帰ってきたの？」

「どうしてわかったんです？　誰から教えてもらったんです？」びっくりさせてあげようと思っていたアンは、当てがはずれて、がっかりして叫んだ。

「誰からも教えてもらってないわ。あなたの話し方から、それにちがいないってわかったのよ」

「お会いにいらっしゃりたいそうです」とアン。「いらしてくださいとお伝えしていいですか？」

「ええ、もちろんよ」ミス・ラベンダーは、うろたえて言った。「いらしていただいていけない理由はないわ。昔のお友だちとしていらっしゃるだけなんだもの」

アンはそのことについて別の考えを持っていたが、急いで家の中へ入ると、ミス・ラベンダーの机で手紙を書いた。

「ああ、まるで御伽噺（おとぎばなし）の世界に生きてるみたいで、すばらしいわ」アンはうきうきと考えた。「もちろんうまくいくに決まってる……そうでなくちゃ……そしてポールには、自分と同じ心を持つお母さんができて、みんな幸せになるんだわ。でも、アーヴィングさんはミス・ラベンダーをここから連れ出すでしょうね……そしたらこの小さな石造りのお家（うち）はどうなってしまうのかしら……世の中は何でもそうだけれど、いい面もあれば悪い面もあるんだわ」

大切な手紙を書き終えると、アンはグラフトンの郵便局へそれを持っていき、郵便配達人をつかまえて、アヴォンリーの郵便局まで運んでほしいとお願いした。

「とっても大切なものなんです」とアンは心配そうに念を押した。郵便配達人は、恋の使いにはふさわしくない、随分むっつりしたおじいさんだったので、この人に頼んでだいじょうぶかしらと不安だった。しかし、おじいさんは、ちゃんと届けますと言ってくれたので、アンはそれで満足しなければならなかった。

シャーロッタ四世は、その日の午後、石造りの家に何か秘密があると気づいた。自分は教えてもらっていない秘密が。ミス・ラベンダーは取り乱した様子で、庭を歩きまわっているし、アンもまた、不安という魔物に取り憑かれてしまっているようで、行ったり来たりしていた。シャーロッタ四世は、しばらくは慎ましく我慢していたが、ロマンチックな思いに胸をふくらませているアンが意味もなく台所を三度めに往復しようとするところで、とうとう我慢しきれなくなって、話しかけた。

「お願いです、シャーリー先生さま」シャーロッタ四世は、青いリボンを怒ったようにつんと上へあげて言った。「先生さまとラベンダーさまが秘密をお持ちなのははっきりしておりますです。ぶしつけでしたら申し訳ありませんが、シャーリー先生さま、これまで三人でとっても仲良くしてまいりましたのに、私にはお話しくださらないのは、あんまりでございます」

「ああ、シャーロッタ、これがあたしの秘密だったら教えてあげるんだけど……でも、ね、これはミス・ラベンダーの秘密なのよ。ただ、これだけは教えてあげる……だけど、何にも起きなければ、誰にも言ってはだめよ。あのね、夢の王子さまが今晩来るのよ。ずっと前はここにいたんだけど、愚かしいことがあって、遠くへ去ってしまって、呪文がかかった宮殿へ行く魔法の小道の秘密を忘れてさまよっていたの。お姫さまは、王子さまをいつまでも思ったままここで泣いていたの。でもとうとう、王子さまはそれを思い出した。そして、お姫さまは待ち続けている……お姫さまを救うのは、お姫さまの好きな王子さま以外にはありえないのよ」

「ああ、シャーリー先生さま、それ、普通の言葉にすると、どういう意味ですか？」シャーロッタはわけがわからずまごついた。

アンは笑った。

「普通の言葉、つまり散文的に言うとね、ミス・ラベンダーの古いお友だちが今晩会いにいらっしゃるの」

「昔の恋人ってことですか？」想像力に乏しいシャーロッタは尋ねた。

「まあ、そう言ってもいいんじゃないかと思うけど……散文的にはね」アンはまじめに答えた。「ポールのお父さまよ……スティーブン・アーヴィング。どうなることやら、わからないけど、うまくいくように祈りましょう、シャーロッタ」

「ラベンダーさまと結婚してくださるといいですね」シャーロッタは、誤解のしようのない、はっきりした言葉で言った。「最初からオールド・ミスになるつもりの女の人もいます。私もその一人だと思います、シャーリー先生さま。私、男の方には、すぐいらいらしてしまうんだもの。でも、ラベンダーさまは、そんなことありません。それにすごく心配なんですが、私が大きくなってボストンへ行かなければならなくなったら、ラベンダーさまはどうなってしまうんでしょう。うちの家にはもう娘はおりませんし、どこかの知らない人がやってきて、ラベンダーさまがいろいろ想像なさるのを笑って、物を散らかしたままにして、シャーロッタ五世と呼ばれたがらなかったら、どうなることでしょう。私のようにお皿を割らない、ちゃんとした人が来ることはあっても、私ほどあの方を愛している人は、ほかにはおりませんもの」

忠実な小さな小間使いは、すすりあげながら走り去り、オーブンの扉の前で涙をこらえた。

その晩、エコー・ロッジではいつものようにお茶をしたが、誰も何も喉を通らなかった。お茶のあと、ミス・ラベンダーは自分の部屋へ行き、新しい忘れな草色のオーガンジーのドレスを着て、アンに髪を結ってもらった。二人とも恐ろしく興奮していたが、ミス・ラベンダーは無関心と平静を装った。

「明日はどうしても、カーテンのあのほころびを直さなくっちゃ」まるで今重要なのはそれだけだというふうにカーテンを調べながら、心配そうに言うのだ。「このカーテン、高かったのに、長持ちしなかったわ。あらまあ、シャーロッタったら、また階段の手すりの埃(ほこり)を払うのを忘れてるわ。ちゃんと言っておかなくちゃ」

翌日、アンが戸口の石段に腰掛けていると、スティーブン・アーヴィングが小道を抜け、庭をこちらへ歩いてきた。

「ここでは、時間が止まっているんだな」アーヴィング氏はうれしそうな目であたりを見まわしながら言った。「この家も、この庭も、ぼくが二十五年前にいたときと、何も変わっていない。なんだかまた若返った気分ですよ」

「魔法にかかった宮殿では、時間はいつも止まっているんです」とアンは真剣に言った。「何かが動きだすのは、王子さまがやってきたときだけです」

アーヴィング氏は、若さと希望にあふれたアンの上向いた顔に、少し悲しそうな微笑みを向けた。

「王子がやってくるのが遅過ぎたということもあるだろうね」アーヴィング氏はアンに、それは普通の言葉ではどういう意味かと尋ねることはなかった。〝魂の響きあう友〟のように、アーヴィング氏にはわかるのだ。

「とんでもない。本物の王子さまが、本物のお姫さまのところへくるのであれば、」とアンは赤毛の頭をきっぱりと振りながら言って、客間のドアを開けた。アーヴィング氏が中に入ると、アンはその背後でドアをぴたりと閉めて、「うなずいたり、手招きしたり、にっこり微笑んだりしている」〔ミルトンの詩「ラレグロ」にある妖精の描写〕シャーロッタ四世と、廊下で面と向かった。

「ああ、シャーリー先生さま」シャーロッタ四世は言った。「台所の窓から覗いていたんですが……とってもハンサムなかたですね……ちょうどラベンダーさまと同じ年頃でいらして。それで、ねえ、シャーリー先生さま、ドアに耳を当てて聞いていてはいけないでしょうか？」

「はしたないことよ、シャーロッタ」アンは、きっぱり言った。「だから、誘惑にかられないところまで、あたしと一緒にきて頂戴」

「何も手につきません。ただ何もせずに待っているだけなんて、ひどすぎます」シャーロッタは、溜め息をついた。「もしあの方が結局プロポーズなさらなかったらどうなるんです、シャーリー先生さま？　殿方なんて当てになりませんよ。うちの姉のシャーロッタ一世は、一度ある男性と婚約したつもりだったんです。ところが、その男性はそうは思っていなくて、姉はもう殿方は信じないって、申しておりました。それに、ある娘さんをひどく好きになった殿方がいたんですが、実はほんとに好きだったのはその娘さんの妹さんだったなんてこともございました。殿方が自分の気持ちがはっきりわからないなら、シャーリー先生さま、哀れな女はどうしたら殿方の気持ちを当てにできますのでしょう？」

「台所へ行って、銀のスプーンを磨きましょう」とアンは言った。「それなら、ありがたいことに、考えないでできるから……なにしろ、今晩は頭が働かないもの。でも、これなら時間がつぶれるわ」

一時間経った。アンがちょうど最後のぴかぴかのスプーンを置いたとき、玄関のドアが閉まる音がした。二人は、恐る恐る、すがるように、互いの目を見つめ合った。

「ああ、シャーリー先生さま」シャーロッタが息を呑んだ。「こんなに早々とお帰りになるなんて、何もなかったし、これからも何もないってことじゃありませんか」

二人は窓へ駈け寄った。アーヴィング氏は、立ち去るつもりはなさそうだった。ミス・ラベンダーと一緒に石のベンチへ続く中央の小道をゆっくり散歩していたのだ。

「あら、シャーリー先生さま、ラベンダーさまの腰に手をまわしていらっしゃいますよ」シャーロッタ四世は、よろこんでささやいた。「結婚を申し込みなさったにちがいありません。さもなきゃ、ラベンダーさまがお許しになるはずないですもの」

アンはシャーロッタ四世のふっくらした腰に手をまわして、二人で息が切れるまで台所で踊りまわった。

「ああ、シャーロッタ」アンは陽気に叫んだ。「あたし、予言者でもなければ、予言者の娘でもないけど、予言をするわ。楓の葉が赤くなる前に、この石造りの家で結婚式があるわ。それを普通の言葉で言い換えてほしい？　シャーロッタ」

「いえ、それはわかります」とシャーロッタ。「結婚式はむずかしい詩ではないから。あら、シャーリー先生さま、お泣きになんかなって！　どうなさったんです？」

「ああ、あまりにも美しいんだもの……まるで物語みたい……そしてロマンチック……しかも悲しいわ」アンは、目をしばたたいて、涙を振り切った。「完璧(かんぺき)にすてきだわ……でも、どこかちょっと切ないのよね」

「そりゃあもちろん、結婚には危険がつきものでございます」シャーロッタ四世は、仕方がないというふうに言った。「でも、まあ、いろいろ言っても、シャーリー先生さま、亭主よりひどいものだって、この世にはたくさんございますものね」

第29章　詩と散文

それからのひと月、アンは、穏やかなアヴォンリーにしては興奮のるつぼと言えるような暮らしを送ることになった。レドモンド大学へ着ていく自分のささやかな服の用意などは、二の次だった。ミス・ラベンダーは結婚の準備を進めており、石造りの家では、ひっきりなしに相談だの計画だの話し合いがあり、そのまわりをシャーロッタ四世がわくわくしたり驚いたりしながら右往左往していた。やがて仕立て屋が来て、どのスタイルがいいか選ぶのにうっとりしたり、がっかりしたりして、仮縫いもした。アンとダイアナは、一日の半分をエコー・ロッジで過ごした。アンは、ミス・ラベンダーに旅行用の服として濃紺ではなくて茶色のほうを選ぶように勧め、グレーの絹をプリンセス・ラインのドレスにしなさいと提案したけど、あれでよかったのかしらと悩んで、眠れなくなってしまう夜もあった。

ミス・ラベンダーの結婚に、まわりは大よろこびした。ポール・アーヴィングは、父親から結婚の話を教えてもらうと、すぐにグリーン・ゲイブルズに駆けてきて、アンに知らせた。

「お父さんがぼくのために、すてきな二番めのお母さんを選んでくれるとわかってたんだ」ポールは得意そうに言った。「頼りになるお父さんがいるって、いいもんですね、先生。ぼく、ミス・ラベンダーが、だあい好き。おばあちゃまもよろこんでます。おばあちゃまは、お父さんが二番めの奥さんとしてアメリカ人を選ばなくて、ほんとよかったって言うの。だって、最初のときはうまくいったけど、そういったことって二度続いたりしないからって。リンドのおばさまは、この結婚に大賛成で、ミス・ラベンダーも結婚するからには、もうおかしな想像をするのをやめて、ほかの人みたいになるだろうよって、おっしゃってる。でも、おかしな想像をやめてほしくないな、先生、ぼくはああいうの、好きだもの。それに、ほかの人みたいになってほしくない。

ほかの人なんて、たくさんいすぎだもの。先生なら、わかるでしょ」

シャーロッタ四世もまた大よろこびだった。

「ああ、シャーリー先生さま、とってもすばらしい結果になりましたですね。アーヴィングさまとラベンダーさまが新婚旅行から戻っていらしたら、私、ボストンに行って、一緒に住むことになったんです……しかも、私、まだ十五ですけど、姉たちは十六になるまでボストンに行かなかったんですよ。アーヴィングさまって、すてきじゃございませんか？　ラベンダーさまが歩いた大地を崇めていらっしゃって、私、あの方がラベンダーさまを見つめているときの目を見ていると、妙な気持ちになってくることがあるんです。何て言うか、とても言葉では言えません。シャーリー先生さま、お二人がこんなに愛し合っておられて、ほんとにありがたいです。何やかやあっても、これが一番でございますから。まあ、結婚しない人もいますけどね。私、三度結婚したおばがいて、そのおばが言うには、一度めは愛のために結婚し、あとの二回はまったく事務的な理由から結婚して、三回とも幸せだったそうなんです、お葬式のとき以外は。だけど、おばは危険な橋を渡ったもんだと思いますよ、シャーリー先生さま」

「ああ、とってもロマンチックだわ」その夜、アンはマリラに言った。「あのとき、キンボルさんのところへ行く道をまちがえなかったら、ミス・ラベンダーともお知り合いになることはなくて、お知り合いにならなければポールをそこへ連れていくこともなく……そしたら、ポールは、ミス・ラベンダーのところへ行きましたと手紙に書いて、ちょうどサンフランシスコへ向けて出発しようとしていたアーヴィングさんに書き送ることもなかったでしょう。アーヴィングさんがおっしゃるには、その手紙を受け取ってすぐ、サンフランシスコには仕事仲間に行ってもらうことにして自分はここに来ようと決めたんですって。十五年間ミス・ラベンダーのことは何もご存じなかったのよ。十五年前に、ミス・ラベンダーが結婚しようとしているという話を聞いて、そうなのかと思って、誰にも何にも尋ねなかったんですって。それが今、何もかも元に戻ったんだわ。それも、あたしが縁結びをしたのよ。ひょっとすると、リンドのおばさまが言うとおり、運命ってすっかり前もって決まっていて、いずれそうなるものなのかもしれないけど、たとえそうでも、あたしが運命の手先となれたと思うとすてきだわ。ほんと、とってもロマンチック」

「そんなにとんでもなくロマンチックだとは思えないけどね」マリラは、ぴしゃりと言った。アンが興奮しすぎだと思っていたのだ。大学へ行く準備だって大変だっていうときに、三日に二日はエコー・ロッジまでミス・ラベンダーを手伝いに「ほっつき歩く」なんて、度を越していると思ったのだ。

「そもそも、二人の若いおばかさんが喧嘩をして、つむじを曲げて、スティーブン・アーヴィングがアメリカ合衆国へ行き、しばらくしてそこで結婚して、どこから見ても完璧に幸せになったわけでしょ。それで奥さんが死んで、それなりの時間をおいてから、最初の恋人が会ってくれるかと故郷(ふるさと)に戻ってきた。一方、彼女のほうは、たぶんあんまりいい男が結婚を申し込んでくれなかったから、ずっと独り身でいて、二人は出会って、やっぱり結婚することにしたってだけの話でしょ。それのどこがロマンチックだって言うんだい？」

「あら、そんなふうな言い方をしたら、身もふたもないわ」アンは、冷や水を浴びせられたように、息を呑んだ。「それは散文的なものの見方よ。でも、詩的なものの見方をしたら、ぜんぜんちがってくる……あたしは詩的なほうがすてきだと思う……」アンは、自分を取り戻し、目を輝かせ、頬を赤らめた。「……詩を通して見るのよ」

マリラは、輝く若い顔をちらりと見て、それ以上皮肉を言うのはやめた。ひょっとすると結局は、アンのように「特別な見方と非凡な能力」〔ワーズワースの詩「逍遙篇」にある言葉〕を持っていたほうがいいのかもしれないと悟ったのだ。それは、世間が与えたり取り上げたりできない才能であって、その才能があれば、〝栄光と新鮮さを備えた神聖な光〟〔ワーズワースの詩「幼少時の回想から受ける霊魂不滅の啓示篇」にある言葉〕の中ですべてを見ることができ、人生がすばらしく見え……あるいは、その真の姿が見えるのかもしれない。それは、マリラやシャーロッタ四世のように、散文的な見方をする者には見えない光なのだ。

「結婚式はいつなの？」しばらくしてから、マリラは尋ねた。

「八月の最後の水曜日。お庭のスイカズラの蔓の下で結婚するのよ……二十五年前にアーヴィングさんが結婚を申し込んだ、まさにその場所で。それって、たとえ散文で言ってもロマンチックだわ。そこに集まるのは、アーヴィングのおばあちゃまと、ポールと、ギルバートと、ダイアナと、あたしと、ミス・ラベンダーのいとこたちだけ。二人は、六時の汽車で、太平洋の海岸へ新婚旅行に出かけるの。秋に戻ってきたら、ポールとシャーロッタ四世がボストンへ行って、四人で暮らすのよ。でも、エコー・ロッジは、そのまま残されるんだわ……。もちろん、鶏や牛は売り払うし、窓には板を張っておくけど……夏になったら毎年、あそこで過ごしに、戻ってくるって。ほんと、よかったわぁ。今度の冬、あのすてきな石造りの家がすっかり家具もなくて、がらんとした空っぽの部屋になってしまうと思っただけで、レドモンドでものすごく悲しい気持ちになったと思うもの……あるいは、もっとひどいのは、ほかの人たちがそこに住んでるとかね。でも、エコー・ロッジは、これまでどおり、笑いにあふれるいきいきした夏を楽しく待っているんだわ」

世間にはロマンスがいろいろあるもので、石造りの家の中年の恋人たちにかぎったことではなかった。アンは、ある晩、果樹園の坂へ行こうと森の近道を抜けてバリー家の庭に出たとき、ふいに別のロマンスを見てしまった。ダイアナ・バリーとフレッド・ライトが大きな柳の木の下に立っていたのだ。ダイアナは灰色の幹にもたれかかって、とても赤く染まった頬にまつげを伏せていた。片方の手はフレッドに握られていて、フレッドはダイアナに顔を寄せて、低いまじめな調子で何か口ごもるように言っていた。その魔法の瞬間、世界には、二人しかいなかった。だから、どちらもアンに気づかなかった。アンは、ぱっと見てびっくりして状況を理解すると、まわれ右をして、音もなく唐檜（とうひ）の森を急いで戻って、一度も止まることなく自分の部屋に駈（か）け込むと、息を切らして窓辺にへたりこみ、取り乱した頭を整理しようと努めた。

「ダイアナとフレッドは恋してるんだわ」アンは、息を呑（の）んだ。「ああ、なんて……なんて……なんてどうしようもないほど、大人になってしまったのかしら」

アンとしても、この頃ダイアナが、詩人バイロンみたいに恋の思いに沈むかっこいい理想の男性像なんてどうでもよくなってきたのではないかという気はしていたのだ。でも、そうかしらと思うのと、実際に目の当たりにしてしまうのとでは大ちがいだ。「目にしたほうが聞くより強烈」〔テニソンの詩「イノック・アーデン」にある言葉〕というけれど、ほんとにそうだったとは、驚きを通りすぎて、ほとんどショックだった。そして、妙なさみしさを感じた……なんだかダイアナが新しい世界へ行ってしまって、外にアンだけを残したままバタンとその門を閉じてしまったような。

「いろんなことがどんどん変わっていって、怖いくらいだわ」アンは少し悲しくなった。「これで、ダイアナとあたしのあいだには、溝ができたわ。こうなったからには、あたしの秘密をすっかり打ち明けることもできない……フレッドに話すかもしれないし。いったいフレッドのどこがいいっていうのよ？　そりゃ、とてもいい人で、陽気だけど……所詮、フレッド・ライトでしかないじゃないの」

誰かが誰かをどう思うかなんて、いつだってわからないものだ。でも、それでいいのだ。もし、誰もが同じものの見方をしたら……そうしたら、老インディアンの言うように「みんな、わしの女房をほしがる」ということになってしまう。アンにはわからなくても、ダイアナがフレッドに何かいいところを見つけたのは明らかだった。次の日の夕方、ダイアナは恥ずかしそうに思い悩む若い婦人として、グリーン・ゲイブルズへやってきて、東の破風の部屋の暗がりで、アンにすっかり打ち明けた。二人は泣き、キスをして、笑った。

「あたし、とっても幸せ」とダイアナ。「でも、あたしが婚約したなんて、考えるとおかしくて」

「婚約するって、どんな感じ？」好奇心からアンは尋ねた。

「そうね、誰と婚約したかで、ちがうでしょうね」婚約したことのない者に対して婚約した者がいつも見せる、あの癪に障る、わけ知り顔をして、ダイアナは答えた。「フレッドと婚約するのは最高にすてき……でも、ほかの人と婚約するとしたら、ぞっとしちゃうわ」

「フレッドは一人しかいないんだから、そうなると、残されたあたしたちはひどい目にあうわけね」とアンは笑った。

「あら、アン、わかってないのね」ダイアナは、じれて言った。「そうじゃないのよ……説明がむずかしいわね。まあいいわ、そのうちあなたにもわかるわよ。あなたの番がきたら」

「まあ、ダイアナったら、わかってるわよ。ほかの人の目を通して人生を覗(のぞ)けないんだったら、想像力は何のためにあるっていうの？」

「花嫁の付き添い役をお願いね、アン。約束して……あたしが結婚するときは、どこにいても飛んできてよ」

「地の果てからでも飛んでくるわ」アンは大まじめに約束した。

「もちろん、まだまだ先の話よ」ダイアナは顔を赤らめて言った。「少なくとも三年先……あたし、まだ十八だし、娘は二十一になるまで結婚させないってお母さんは言ってるから。それにフレッドのお父さんが、エイブラハム・フレッチャーの農場をフレッドに買ってくださるんだけど、フレッドの名義にして渡してくださるのは、代金の三分の二を払い終えてからだっておっしゃってるの。でも三年なんて、お嫁入りの準備をしてたら、あっという間ね。だってまだ編み物をひとつもしていないんだもの。明日(あした)から鉤針(かぎばり)編みでレースの敷物を編むわ。マイラ・ギリスは結婚したときレースを三十七枚持っていったんだって。あたしも同じだけ作るつもり」

「レースが三十六枚しかないんじゃ、ちゃんと家を切り盛りできないものね」アンは、まじめな顔をしながらも、目で笑いながら言った。

　ダイアナは傷ついた様子だった。

「アンにばかにされるとは思わなかったわ」ダイアナは責めるように言った。

「あら、ばかにしたわけじゃないわ」アンは申し訳なさそうに叫んだ。「ちょっとからかっただけよ。あなたは世界一すてきなかわいい奥さんになるわ。夢のお家をもう計画してるなんて、ほんと、あなたらしい、すてきなことだわ」

「夢のお家」という言葉を言ったとたん、アンの空想が蠢いて、アンは自分自身の夢のお家を描き始めた。もちろん、そこには理想的な旦那さまが住んでいるのだ……日に焼けて、誇り高くて、物思いに沈んだ、かっこいい旦那さまだ。ところが、妙なことに、夢の中にギルバート・ブライスがしょっちゅう出てくる。アンが絵を壁に掛けるのを手伝ってくれたり、花壇を造ったり、そのほか、誇り高くて物思いに沈んだヒーローが自分のやることではないと見下してしまいそうないろんなことを手伝ってくれる。アンは、自分の空想の館からギルバートを追い出そうとしたが、どういうわけか消えてくれない。アンは、急いでいたこともあり、あきらめて「夢のお家」を完成させて家具を入れた。そのとき、ダイアナが再び口を開いた。

「ねえ、アン、あたしがフレッドをこんなに好きになっておかしいと思ってるでしょ。結婚したい男性としてずっと言ってきたタイプとぜんぜんちがうものね……背が高くもなければ、やせてもいないし。でもね、フレッドが背が高くてやせていればいいとは思わないの……だって、わかるでしょ、そしたらフレッドじゃなくなっちゃうもの。もちろん、」とダイアナは憂鬱そうに付け加えた。「あたしたち、すさまじくでぶちんの夫婦になるわ。でも、結局、一人が背が低くて太っていて、もう一人が背が高くてやせているよりはましだもの。モーガン・スローンさんのところみたいにね。リンドのおばさまが言うには、あの夫婦が一緒にいるところを見ると、いつも『長短』って言葉を考えてしまうんだって」

「ともかくも」アンはその夜、金枠の鏡の前で髪にブラシをかけながら自分に言った。「ダイアナがとても幸せで満足していてよかったわ。あたしの番になったら……もし、そんなことになったら……もう少し心ときめくものがあってほしいわ。でも、ダイアナだって、以前はそう思ってたはずなのに。『つまらないよくあるような婚約は絶対しない、あたしの心をとらえるには、何かすばらしいことをしてくれなくっちゃ』って、何度も言っていたのをこの耳で聞いているもの。でも、ダイアナは変わったわ。たぶん、あたしも変わるのかもしれない。でも、あたしは絶対……絶対理想を貫くわ。ああ、親友が婚約すると、ほんと、心が乱されるわ」

第30章　石造りの家での結婚式

八月の最終週がやってきた。ミス・ラベンダーはその週に結婚するのだ。二週間後には、アンとギルバートがレドモンド大学に出発することになっていた。一週間後にはレイチェル・リンド夫人もグリーン・ゲイブルズに引っ越してきて、空き部屋に家財を入れるだろう。空き部屋はすでに夫人が越してきてもいいように準備ができていた。夫人はよけいな家具や道具類を競売で売り払い、今は、嬉々としてアラン牧師夫妻の荷造りを親切に手伝っていた。アラン牧師は、今度の日曜にお別れのお説教をすることになっていた。古い秩序は急速に新しい秩序に変わっており、幸せを感じてわくわくしているアンも、少しさみしい気持ちになっていた。

「変化ってのは、必ずしもうれしいものじゃないがね、すばらしいもんだよ」とハリソンさんは哲学者のように言った。「物事は、二年も変わらずにいれば、じゅうぶんだ。それ以上長いこと変化がなければ、古びてくるもんだ」

ハリソンさんはテラスでパイプを吹かしていた。奥さんは、ぐっと我慢して、開け放した窓のそばに坐ってくださるなら家の中で煙草を吸ってもいいと言ったのだが、そうして譲歩してくれたことに対してハリソンさんは、天気のよい日はすっかり外に出ることにした。こうして、互いに思いやるようになったのだ。

アンがハリソン家にやってきていたのは、ハリソン夫人から黄色いダリアの花をもらうためだった。アンとダイアナは、その日の夕方からエコー・ロッジに泊まり込んで、明日の結婚式の最後の準備をするミス・ラベンダーとシャーロッタ四世を手伝う。ミス・ラベンダー自身はダリアを育てたことはなかった。好きではなかったし、エコー・ロッジのひっそりとした古風な庭の雰囲気と合わなかったからだ。ところが、エイブおじさんの嵐のせいで、その夏、アヴォンリーにもまわりの村々にも、花というい花が足らなかった。そこで、アンとダイアナは、いつもはドーナッツを入れている古いクリーム色の石の壺に黄色いダリアをいっぱい生けて、石造りの家の階段の暗い陰に置いたら、玄関ホールの赤い壁紙の濃い色に映えてちょうどいいと思ったのだ。

「二週間後には大学へ出発かい？」ハリソンさんが続けて言った。「いやあ、アンがいなくなっちまうと、エミリーもわしも、随分さみしい思いをするよ。そりゃまあ、アンの代わりにリンドのばあさんがグリーン・ゲイブルズにやってくるわけだがね。あれで代わりとは、よく言ったもんだよ」

ハリソンさんの皮肉は、ここに書き表せない。奥さんがリンド夫人と仲良くしているのに、たとえ新しい体制になろうと、ハリソンさんとリンド夫人との関係は、よく言っても、武装中立といったところだった。

「ええ、出発なの」とアン。「頭ではとてもうれしいんだけど……心ではとても悲しい」

「レドモンドじゃ、そこらへんに転がっている栄誉賞を総なめするんだろうな」

「ひとつかふたつは取りたいと思う」とアンは白状した。「でも二年前必死になったほどはそういったものが大切に思えなくなったわ。大学に通って手に入れたいのは、人生を生きるのに最上の方法は何か、悔いのない人生をどうやって生きるかという知識よ。理解をして、人々や自分の役に立てたいの」

ハリソンさんは、うなずいた。

「まさにそのとおりだよ。それが大学の本当の目的だ。本で得た知識や虚栄心でぎっしりで何もわかっちゃいないような学士をわんさか作り出すのが大学じゃない。アンならだいじょうぶだ。アンなら大学に行っても、何の害にもなりゃしない」

お茶のあとでダイアナとアンは、自分たちの庭やお隣の庭をあちこちまわってたくさん摘んできた花を抱えて、エコー・ロッジへ馬車を走らせた。石造りの家は、興奮で沸き立っていた。シャーロッタ四世は元気いっぱいにきびきび飛びまわっていたので、その青いリボンはまるで同時にあちこちにあるように見え、激戦中のナヴァール王の兜（かぶと）〔T・B・マコーリーの詩に基づくバーサ・ランクルの小説『ナヴァール王の兜』にある言葉〕のように揺れたのだった。

「いらしてくださって、感謝いたしますです」とシャーロッタは心から言った。「なにしろ、やらなければいけないことが山ほどあるんです……ケーキのアイシングは固まってくれないし……まだ銀食器を磨いていないし……馬毛のトランクに荷物をつめなきゃいけないし……チキンサラダにする雄鶏(おんどり)はまだ鶏小屋のまわりをコケコッコーと言いながら走りまわっているんです、シャーリー先生さま。ラベンダーさまには何ひとつさせたくないし。さきほどアーヴィングさまがいらしてくださって、ラベンダーさまを森へ散歩に連れ出してくださって、ありがたかったんです。求婚は、それ自体は結構なんですけどね、シャーリー先生さま、料理だの掃除だのが一緒になりますと、何もかも台なしです。それが私の意見でございます、シャーリー先生さま」

　アンとダイアナは一所懸命働いたので、十時にはシャーロッタ四世でさえもこれでじゅうぶんだと満足した。数え切れないほど髪を編み込んだシャーロッタは、疲れ切った小さな体を休めようと自分の寝室へ向かった。

「でも、一睡もできないに決まっているんです、シャーリー先生さま、最後の最後に何かがうまくいかなくなるんじゃないか心配で……クリームが泡立たないとか……アーヴィングさまが発作を起こしていらっしゃれないとか」

「アーヴィングさんは、発作持ちじゃないでしょ？」と尋ねたダイアナのえくぼの浮かんだ頬が、笑いたそうにひくついた。ダイアナにとって、シャーロッタ四世は、

〝美の申し子〟でないにしても〝永遠のよろこび〟［キーツの詩「エンディミオン」にある言葉］だったのだ。

「発作は病気かどうかとは関係ありません」シャーロッタ四世は威厳をもって言った。「突然起こるんです……よろしゅうございますか。誰にだって発作は起きます。発作の起こし方を知らなくたっていいんです。ある日食事をしようと席に着いたとたん発作を起こした私のおじに、アーヴィングさまはよく似ているんです。でもたぶん、何もかもうまくいくのでしょう。この世では、うまくいくように祈って、最悪の事態を覚悟し、神さまがくださるすべてを受け入れるしかないんでございます」

「ただひとつ心配なのは、明日(あした)は天気がくずれそうってことよ」とダイアナ。「エイブおじさんが、週のなかばは雨だろうって予報を出していて、あの大嵐以来、エイブおじさんの予報は当たるんじゃないかって気がしてならないの」

ダイアナとちがってアンは、エイブおじさんが実はあの嵐を予報していないことを知っていたので、それほど気にならなかった。アンは疲れきってぐっすり眠り、シャーロッタ四世にとんでもない時間に起こされた。

「ああ、シャーリー先生さま、こんなに早く起こして申し訳ありません」鍵穴(かぎあな)の向こうから泣き声が聞こえてきた。「でも、まだやらなければならないことがたくさんあって……ああ、シャーリー先生さま、雨が降りそうな気がして、先生さまに起きていただいて、雨じゃないって、おっしゃっていただきたいんです」

アンは窓へ飛んでいった。シャーロッタ四世がこんなことを言うのは、ただアンを叩き起こそうとして言っているのだと願ったのだが、残念ながら、朝の空模様は不吉に見えた。窓の下のミス・ラベンダーの庭は、薄っすらと新しい朝陽で輝いているはずなのに、どんよりと暗く、風もなかった。樅の木立の上の空は、泣きだしそうな雲で暗くなっていた。

「ひどいわ！」ダイアナが言った。

「きっとだいじょうぶよ」アンは断言した。「雨さえ降らなければ、今日みたいな涼しい、きれいな灰色の日のほうが、陽射しのきつい暑い日よりもずっとましよ」

「でも、降りますよ」部屋の中にこそこそ入ってきながらシャーロッタは嘆いた。頭じゅう、たくさんの三つ編みを編み込んで、白い糸で結わえているので、髪の先が四方八方に飛び出していて滑稽だった。「最後の最後まで降らないでおいて、それからどしゃぶりになるんです。みなさん、びしょ濡れになりますです……家のまわりはすっかりぬかるんで……スイカズラの下での結婚式もできません……お日さまが花嫁を照らさないなんて、あまりにも不幸でございますよ、シャーリー先生さまが何とおっしゃろうと。あまりにも話がうまくいきすぎてるって、私にはわかっておりました」

シャーロッタ四世は、まちがいなくミス・イライザ・アンドルーズの本から一ページ借りてきたようだった。

ずっと雨が降りそうな雲行きだったが、降らなかった。お昼までにお部屋は飾りつけられ、食卓はきれいに並べられた。二階には、飾りたてた花嫁が花婿の許へ行く時を待っていた。

「きれいだわ」アンがうっとりして言った。

「すてき」ダイアナもうっとりと言った。

「準備万端整っております、シャーリー先生さま、恐ろしいことはまだ起こっておりません」というのが、シャーロッタが着替えるために裏の小部屋へ行くときの陽気な発言だった。シャーロッタは、まず三つ編みをぜんぶほどいた。ちぢれてうねうねと大きく広がった髪をふたつのお下げに編んで、リボンをふたつどころか明るい青の新品のリボン四つで結んだ。上のふたつのリボンは、伸びすぎた翼のようにシャーロッタの首から突き出していて、どこかラファエロの描く天使ケルビムのようだった。しかし、本人は、リボンがとてもきれいだと思っていた。あまりにもごわごわに糊を利かせたので、床に置くとドレスだけで立ちそうな白いドレスをがさごそと着込むと、鏡で自分を眺めてご満悦だった。と言っても、そのご満悦が続いたのは、廊下に出て、お客さま用の部屋のドアの隙間から、すらりとした娘が、ふんわりと体にまとわりつくドレスをまとい、波のように揺れる赤い髪に星のような白い花を飾った姿を見るまでだった。

「ああ、シャーリー先生さまみたいには絶対なれないわ」と可哀想なシャーロッタは絶望した。「ああいうふうになれるのは、生まれつきなんだわ……どんなに真似しようと頑張っても、あんなふうには、なれません」

一時までに、アラン牧師夫妻を含めて、お客さまがそろった。グラフトンの牧師さんが休暇中でいらっしゃらないので、アラン牧師が式を挙げてくださるのだ。結婚式は堅苦しいものではなかった。花嫁姿のミス・ラベンダーが階段から下りてきて、下で待っている花婿と出会い、花婿に手を取られると、その大きな茶色の目で彼の目を見上げた。そのときの表情を盗み見たシャーロッタ四世は、ぞくっと妙な心持ちになった。二人はアラン牧師が待っているスイカズラの東屋(あずまや)へ出ていった。お客さまたちは、思い思いに集まっていた。アンとダイアナは古い石のベンチのそばに立ち、二人のあいだに立ったシャーロッタ四世は必死で二人の手を、その冷たく震える小さな手で握りしめていた。

アラン牧師が青い本を開いて、儀式を進めた。ミス・ラベンダーとスティーブン・アーヴィングが夫婦であると宣告されたちょうどそのとき、未来の幸福を約束しているかのような、とても美しいことが起こった。ふっと太陽が灰色の雲から顔を出し、幸せな花嫁に光の洪水を注いだのだ。瞬く間に庭は、踊る影や、ちらちらする光で生き返ったようになった。

「なんてすてきな吉兆なんでしょう」アンはそう思って、花嫁にキスをしようと駆け寄った。それから、三人の女の子は、新郎新婦を取り囲んで笑っているお客さまたちを残して、急いで家に戻って、ご馳走がすっかり整っているか確かめた。

「ありがたいことに、終わりましたです、シャーリー先生さま」シャーロッタ四世は、ほっとして言った。「お二人は無事に結婚しましたから、もう何があってもだいじょうぶです。お米の入った袋は、配膳室にあります。古い靴はドアのうしろ、ホイップ・クリームは地下室の階段にあります」

二時半にアーヴィング夫妻は出発し、みんなも夫妻が午後の列車に乗るのを見送ろうとブライト・リヴァー駅へ行った。ミス・ラベンダーが、もとい、アーヴィング夫人が自分の古い家のドアから出てきたとき、ギルバートと娘たちはお米を投げつけ、シャーロッタ四世は古い靴をあまりにもすばらしい狙いを定めて投げたので、靴はアラン牧師の頭にバシッと当たってしまった。けれども、一番かわいらしい見送りは、ポールがすることになっていた。玄関ポーチから飛び出したポールは、食堂の暖炉の飾り棚にあった、食事を知らせる巨大な古い真鍮の鐘をガランガランと鳴らした。ポールは楽しい音をたてたくてそうしただけだったが、ガランガランという音がおさまると、川向こうの梢や曲がり道や丘から「妖精の婚礼の鐘」〔ジーン・インジェローの詩「わけられて」にある言葉〕が響いていた。まるでミス・ラベンダーの愛したこだまたちがさようならの挨拶をしているかのように、はっきりと、甘い音で、微かに、次第に微かになって消えていった。こうしてすてきな音の祝福のなか、ミス・ラベンダーは夢や空想ばかりだった古い人生から出て、彼方の忙しい世界で現実の充実した人生を送ることになったのだ。

二時間後、アンとシャーロッタ四世は、再び小道を歩いていた。ギルバートは用事でウエスト・グラフトン村まで出かけ、ダイアナは自宅で仕事があった。アンとシャーロッタは小さな石造りの家の後片付けや戸締りをするために帰ってきていた。庭は、夕方の黄金の陽射しにあふれており、蝶々がひらひら舞い、ハチがブンブン飛んでいた。しかし、小さな家には、お祭り騒ぎのあとに必ずやってくる、あの何とも言えないさびしさがあった。

「なんだかさみしいですねえ」駅から家までずっと泣き続けていたシャーロッタ四世が洟をすすった。「結婚式って、終わってしまうと、結局、お葬式よりもあまり陽気なものじゃありませんね、シャーリー先生さま」

そのあとに、忙しい夕方がやってきた。飾りつけをはずし、皿を洗い、手をつけていないご馳走はバスケットに入れて、家で待つシャーロッタ四世の幼い弟たちのために持ち帰ることにした。アンは、何もかもきちんと片付くまで手を休めなかった。シャーロッタがおみやげを持って家に帰ったあと、アンは静かな部屋部屋をまわりながら、がらんとした宴会場を一人で歩いているような気分になって、日除けを閉めた。

それから、ドアに鍵をかけ、銀色のポプラの木の下に坐って、ギルバートを待った。とても疲れていたが、「遠い遠い思い」〔ロングフェローの詩「失われた青春」にある言葉〕にいつまでも耽っていた。

「何を考えているんだい、アン？」小道をやってきたギルバートが尋ねた。馬と馬車は街道沿いに置いてきたのだった。

「ミス・ラベンダーとアーヴィングさんのこと」アンは夢見るように答えた。「何もかもうまくいったと思うと、すばらしいじゃない？……長年離れ離れになって誤解をしてたのに、また一緒になったなんて」

「うん、すばらしいね」ギルバートは、アンの見上げる顔をじっと見下ろしながら言った。「でも、アン、誤解をして離れ離れになっていなかったら、もっとすばらしかったと思わないかい？……人生をずっと手を取りながら歩んで、思い出の中にはいつもお互いがいたとしたら？」

その瞬間、アンの心は奇妙にどきどきした。初めてアンの目は、ギルバートに見つめられてどぎまぎし、色白の顔がバラ色に染まった。まるで内面の意識にかかっていたヴェールが上げられて、思いがけない気持ちと現実とがはっきり見えたようだった。ひょっとすると、ロマンスというものは、快活な騎士が馬でやってくるみたいに、鳴り物入りで人生に入り込んでくるのではないのかもしれない。ひょっとすると、昔からの友だちのように、静かに自分のそばに忍び寄ってくるのかもしれない。ひょっとすると、まるで散文的に、あたりまえのようにやってきて、ふっと光が射し込むと、そのページからロマンチックな詩のリズムや音楽が聞こえてくるのかもしれない……ひょっとすると……ひょっとすると……青い蕾（つぼみ）から黄金の雌蕊（めしべ）を持つバラが花咲くように、美しい友情から自然と愛が芽生えるのかもしれない。

やがてヴェールは、また下りた。しかし、暮れてゆく道を歩いていくアンは、前の日の夕方に陽気に馬車を走らせてきたアンとはちがっていた。少女時代が終わり、見えない指によって少女の章が閉じられ、女性としての章が、その魅力や謎、痛みやよろこびに満ちて、目の前に開かれていたのだ。

ギルバートは賢明にも、黙っていた。しかし、アンが顔を赤らめたのを思い、これからの四年の行く末を静かに読みとった。四年間、まじめに楽しく勉強するのだ……そうして、有益な知識を身につけるだけでなく、すてきな恋人の心をつかむのだ。

二人のうしろには、庭の影にまぎれて小さな石造りの家がぼうっと浮かび上がっていた。さみしいけれど、見捨てられたわけではない。夢や笑いや人生のよろこびは、この家から消えたわけではない。この小さな石造りの家には、まだ何度も夏がやってくるのだ。それまで待てばいいのだ。川向こうでは、紫色にたそがれた森の奥に潜むこだまたちが、その時が来るのを待っていた。

訳者あとがき

アン・ブックスの第二巻『アンの青春』の特色は、少し大人になった、でもまだ少女らしさが残るアンの想像力と愛と活力がみなぎっている点にある。原題は『アヴォンリーのアン』であり、アヴォンリー村の美しい自然を愛し、そこに住む人たちを愛するアンの温かい心が、読者をなごませる。つらいことがあっても、想像力の翼で高く舞い上がればいい。そんな「アンの哲学」は、難しい言葉を使わないが、実はストア派哲学にも匹敵する立派な哲学なのである。想像力の重要性を描く別の作家で、アンが頻繁にその言葉を引用する作家にシェイクスピアがいるが、シェイクスピアの特徴の一つとしてオクシモロン——物事には相反する二面性があることを示すべく矛盾した表現をする撞着語法(どうちゃく)——がある。そして『アンの青春』はまさにオクシモロン的に描かれた作品なのだ。たとえば第七章「それは義務なのです」では、誰かが「お伝えするのが義務だと思う」と言うときは「何か嫌なことを言おうとしている」から「それは義務だ」なんていう言い方は嫌だとアンは考えるが、最後にはそんなアンが「双子を引き取るのは、あたしたちの義務のようよ」とマリラを説得している。第十三章「黄金のピクニック」では、プリシラが「キスはすみれみたいなものだと思う」と考えを口にしたことに喜んだアンが「みんなが自分のほんとに思っていることを口にしたら、この世はもっとずっとおもしろいものになると思う」と言い、思ったことは口に出すべきだと主張しながら、森の池が「クリスタル・レイク」と命名されたときには、「池が可哀想」という思いは口には出さないのである。

本書で描かれる若き学校教師アンの背後には、一八九四年に教員免許を取得して教壇に立った作者L・M・モンゴメリ（一八七四～一九四二）の姿が反映されている。アンと作者の共通点は多い。作者は小さい頃、本棚のガラス戸に映る自分の姿を友だちケイティ・モーリスだと想像して遊ぶ子だったが、これは『赤毛のアン』でアンの話になった。また、一歳九か月で母を亡くした作者は、三歳のとき、教会でエミリーおばさんに「天国ってどこにあるの？」と尋ねたことがある。おばさんが黙って上を指さしたので、教会の天井を見つめながら「教会の天井裏に上がればお母さんに会える」と思ったそうで、これは本書の第十六章で利用されている。

作者が七歳のとき、同い年のウェリントン・ネルソンと一つ年下のデイヴィッド・ネルソンという二人の少年が作者の住む祖父の家に下宿して遊び相手となったのも重要だ。というのも、〝お化けの森〟はこの子たちとの遊びから生まれたからで、「陽が沈むと、もう誰も森に近づけない。死ぬほど怖かった」とモンゴメリは自叙伝に記している。このネルソン少年たちが購読していた児童雑誌『ワイド・アウェイク』を彼女も読ませてもらっていたらしく、第十五章でアンとポールが想像力の王国の美しさを知っていると語る際に引用される詩句は、この雑誌の一八八六年二月号に掲載されたハリエット・トロウブリッジの書いた詩「白昼夢」のエピグラムだ。これはカナダのモンゴメリ研究者ベンジャミン・ルフェイヴ（Benjamin Lefebvre）が突き止め、二〇二二年十一月にインターネット上に公開してくれた貴重な情報である。

How fair the realm
Imagination opes to view
Soft emerald fields
And skies of melting blue!

想像力が見せてくれる王国の
美しきこと、かぎりなし
柔(やわ)きエメラルドの原(はら)の上、
溶けゆく青き空たかし！

この最初の二行が本書に引用されている。偶数行が「なし」(view)と「かし」(blue)で韻を踏んでいるが、このように原文に押韻(ライム)がある場合は、本書でも押韻させて訳した。作者は十一歳のときこの雑誌を読んだわけで、ポールの年齢設定が十一歳であることを考えると、彼女は十一歳だったときの自分をポールに投影させているのかもしれない。アンはポールに「あなたは詩人になると思う」と言うが、モンゴメリは九歳で詩作を始めるという、ポール顔負けの詩人だった。しかも十六歳の誕生日の十日前には、全三十九行の彼女の叙事詩が新聞『ペイトリオット』紙（一八九〇年十一月二十日号）に掲載されるという超才媛(スーパーさいえん)だったのだ。

この頃の彼女はオルコットの『若草物語』（一八六八）や当時人気を博したスーザン・クーリッジの『ケイティ物語』シリーズ（一八七二〜九〇）等の児童文学を読んでいたと思われる。『赤毛のアン』とこれらの作品との関連を論じる研究者もいる（Shirley Foster and Judy Simons, *What Katy Read: Feminist Re-Readings of 'Classic' Stories for Girls*, Basingstoke: Macmillan, 1995）。モンゴメリが当時有名なスーザン・クーリッジに親しみ、その詩「新しい毎朝（New Every

Morning)」を読んでいたのはまちがいない。第十二章でアンとポールがどちらも想像力の王国の美しさを知っていると語る際にその詩を引用しているからである。原書（Susan Coolidge, *A Few More Verses*, Boston, 1889; 1891）で確かめると、第一連の最初の二行はこうなっている。

Every day is a fresh beginning,
Every morn is the world made new.

毎日はいつも、新たな始まり
朝はいつも、新世界

モンゴメリは一行目のday（日）をmorn（朝）という語に置き換えて引用しているが、アンがぐっすり寝て朝起きてみると気分が一新したことを強調したかったのであろう。T・S・エリオットはdayをmomentに変えて「一瞬一瞬が新たな始まり」として戯曲『カクテル・パーティ』（一九四九）で使用している。一九六〇年刊行の人生指南書（Dan Custer, *The Miracle of Mind Power*, Prentice-Hall, 1960）も、クーリッジのこの二行を使って「朝の瞑想（めいそう）」の言葉にしましょうと指導する。

本書の最後でミス・ラベンダーはめでたく結婚するが、モンゴメリ自身がきっとこんな結婚をしたかったのではないだろうか。というのも、モンゴメリは二十代のとき（アンと同様に）多くの男性から求愛されたが、彼女の最愛の〝初恋の人〟ハーマン・リアードにまつわる逸話があるのだ。彼と初めて出会った一八九七年、彼女はすでに別の男性エドウィン・シンプソンと婚約していたが、ハーマンと出会って「初めて恋をした」のだと本人は（ロミオのように）

断言している。ハーマンとのキスは体じゅうが燃え上がるようで恍惚(こうこつ)としたのに、エドウィンとのキスは氷のように冷たく感じられたという。婚約者を裏切ってはいけないと苦悩して、彼女はハーマンと別れた末に、一八九八年には婚約をも解消し、ロマンティックな恋をあきらめてしまう。そして、その直後ハーマンがインフルエンザに罹(かか)って死亡したと知って愕然(がくぜん)とする。本物の愛が永遠に失われたのだ。彼女は三十六歳のとき牧師と結婚するが、この結婚生活は苦しいものだった。「神々は破滅させたいと思う人間を牧師の妻にするのです！」と彼女は手紙に記している（この表現は、「牧師の妻」を「田舎の女教師」に換えて、『アンの初恋』で用いられる）。以上を踏まえれば、ミス・ラベンダーが〝初恋の人〟を永遠に待ち続け、ついにその願いをかなえるのは、モンゴメリ自身がかなえたかった夢だったと言えるかもしれない。

　しかし、夢と現実はちがう。作者はアンにもそのギャップを味わわせようとする。アンがスティーブン・アーヴィングと初めて会ったとき、彼の顔がかっこいい「ロマンスの主人公の顔」だと知って、「こうでなくっちゃと思って、わくわくした」とあるのに気をつけてほしい。次巻『アンの初恋』では、アンの恋愛相手として、まさにそんな理想の男性が登場する。

　アン・ブックスの中で最もロマンス色の強い、ドキドキワクワクの続編『アンの初恋』も、ぜひ新訳でお楽しみいただきたい。

二〇二五年二月　　　河合祥一郎

翻訳・参考資料

原文

L. M. Montgomery, *Anne of Avonlea*, The Anne of Green Gables Novels #2（1909; New York: Dell Laurel-Leaf, 2003).

研究書（雑誌論文を含む）

Blackford, Holly, ed., *100 Years of Anne with an 'e': The Centennial Study of Anne of Green Gables*（Calgary, Alberta: U of Calgary P, 2009).［12本の論文を収めた研究書。特に第3部の 'Quoting Anne: Intertextuality at Home and Abroad' では間テクスト性について論じられている］
Bode, Rita, and Jean Mitchell, eds, *L. M. Montgomery and the Matter of Nature(s)*.（McGill-Queen's UP, 2018).［これも12本の論文を収めた研究書。環境や自然との親和性のなかに作品を位置づける試み］
Epperly, Elizabeth Rollins, *The Fragrance of Sweet-Grass: L. M. Montgomery's Heroines and the Pursuit of Romance*, revised edn（Toronto: U of Toronto P, 2014).［初の本格的研究書であり、初版1992年ののち、2014年に改訂版が出ている］
-----, Imagining Anne: The Island Scrapbooks of L. M. Montgomery（Toronto: Penguin Canada, 2008).［詳細な注のついた1893～1910年代半ばまでのモンゴメリのスクラップブック資料集］
Gammel, Irene, *Looking for Anne of Green Gables: The Story of L. M. Montgomery and Her Literary Classic*（New York: St. Martin's Press, 2009).［1903～38年のモンゴメリを分析して当時の執筆状況を詳細に考察した研究書］
-----, ed., *Making Avonlea: L. M. Montgomery and Popular Culture*（Toronto: U of Toronto P, 2002).［2000年にプリンス・エドワード・アイランド大学で開催された学会での発表論文23本を収めた研究書。「日本における大衆文化とアン・クラブ」についての論文もある］
----- and Benjamin Lefebvre, eds, *Anne's World: A New Century of Anne of Green Gables*（Toronto: U of Toronto P, 2010).［新しい視点でアンを語る11本の論文を収めた研究書］
Howey, Ann F., 'Anne of Green Gables: Criticism after a Century', *Children's Literature* 38（2010): 249-253.［『赤毛のアン』100周年を迎えて活発化した批評をまとめた論考］
Ledwell, Jane, and Jean Mitchell, eds, *Anne around the World: L. M. Montgomery and Her Classic*（Montreal & Kingston: McGill-Queen's UP, 2013).［『赤毛のアン』シリーズ（アン・ブックス）の国際的・多角的な評価を分析。日本でなぜアン・ブックスが人気なのか、ノートルダム清心女子大学教授赤松佳子へのインタビューも収録］
Lefebvre, Benjamin, ed., *The L. M. Montgomery Reader*, Volume 1: A Life in Print（Toronto: U of Toronto P, 2013).［モンゴメリが書き遺した文書や当時の批評文から著者の実像を浮かび上がらせる］
-----, ed., *The L. M. Montgomery Reader*, Volume 2: A Critical Heritage（Toronto: U of Toronto P, 2014).［モンゴメリ没後70年間の批評と受容を分析する20本の論文を収録］
-----, ed., *The L. M. Montgomery Reader*, Volume 3: A Legacy in Review（Toronto: U of Toronto P, 2014).［モンゴメリの24作品についての当時の書評を収録］
Mitchell, Jean, ed., *Storm and Dissonance: L. M. Montgomery and Conflict*（Newcastle upon Tyne, Eng.: Cambridge Scholars Publishing, 2008).［2006年にプリンス・エドワード島で開催された第7回国際L. M. モンゴメリ学会での発表論文を契機に編まれた研究書。多様性に特色がある］
Rubio, Mary Henley, *Lucy Maud Montgomery: The Gift of Wings*（Toronto: Doubleday Canada, 2008; paperback ed., Toronto: Anchor Canada, 2010).［モンゴメリ伝記の決定版］
Waterston, Elizabeth, *Magic Island: The Fictions of L. M. Montgomery*（New York: Oxford UP, 2009).［モンゴメリの虚構という「魔法の島」がどのように形成されたのかを研究。前掲のRubioの伝記とともに読むように書かれている］
Wilmshurst, Rea, 'L. M. Montgomery's use of quotations and allusions in the "Anne" books', *Canadian Children's Literature*, 56（1989): 15-45.［シリーズ全巻に亘って引用の原典を詳細に明示した研究。本翻訳書に付した注はこれに基づいている］
松本侑子訳・訳注『アンの愛情』集英社文庫（集英社、2008）、改稿版・文春文庫（文藝春秋、2019）［翻訳であるが、訳者の研究による注釈が豊富なので、ここに掲げる］

インターネット

'Anne of Green Gables Wiki'《https://anneofgreengables.fandom.com/wiki/》［このサイトにはアン・ブックスにおける引用・出典についての情報が https://anneofgreengables.fandom.com/wiki/Notes:Cultural_references_and_allusions に詳細に記されている］
'Benjamin Lefebvre'《http://benjaminlefebvre.com/》［3巻本の The L. M. Montgomery Reader（2013-14）の編纂を手掛けたモンゴメリ研究の第一人者Lefebvre個人の研究成果をアップしたサイト］
'L. M. Montgomery Online: Devoted to the life, the work, and the legacy of Canada's most enduringly popular author'《http://lmmonline.org/》［最新の研究書や雑誌論文に至るまで詳細な情報を集積した研究者のための学術サイト。Benjamin Lefebvreが監修しており、信頼性が極めて高い］
'L. M. Montgomery Institute'《https://www.lmmontgomery.ca/》［プリンス・エドワード・アイランド大学内にあるモンゴメリ研究所のサイト。研究活動・作品・伝記についての情報を提供］

参照した先行訳

石川澄子訳『アヴォンリーのアン』(東京図書、1990)
掛川恭子訳（1990～1991)、『アンの青春』講談社文庫（講談社、2005)
茅野美ど里訳『アンの青春』偕成社文庫（偕成社、1991)
谷詰則子訳『アンの青春』(篠崎書林、1990)
中村佐喜子訳『アンの青春』角川文庫（角川書店、1958)
村岡花子訳（1954)、『アンの青春 ―赤毛のアン・シリーズ2―』新潮文庫（新潮社、2008)

新訳（しんやく） アンの青春（せいしゅん）

モンゴメリ　河合祥一郎（かわいしょういちろう）＝訳

令和7年 4月25日　初版発行

発行者●山下直久

発行●株式会社KADOKAWA
〒102-8177　東京都千代田区富士見2-13-3
電話　0570-002-301（ナビダイヤル）

角川文庫 24627

印刷所●株式会社暁印刷
製本所●本間製本株式会社

表紙画●和田三造

●お問い合わせ
https://www.kadokawa.co.jp/（「お問い合わせ」へお進みください）
※内容によっては、お答えできない場合があります。
※サポートは日本国内のみとさせていただきます。
※Japanese text only

ISBN 978-4-04-116009-1　C0197

◇◇◇